숭실대학교 한국문예연구소 학술총서 42

# 카자흐스탄 고려인 극작가 한진의 삶과 문학

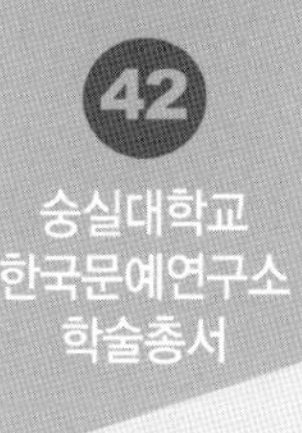


카자흐스탄 고려인 극작가

# 한진의 삶과 문학

조규익 · 김병학 지음

글누림

## 머리말

중앙아시아 고려인들이 매우 고통스런 삶을 살아왔지만 그 가운데서도 극작가 한진 선생만큼 복잡다단하고 극적인 삶을 살아온 이는 드물다. 그는 북한에서 인텔리 부모의 자식으로 태어나 단기간에 초·중등교육과정을 마치고 1948년에 북한 최고의 교육기관인 김일성종합대학 노문학부에 들어갔다. 공부에 취미가 남달랐던 그는 곧바로 학업성적에 두각을 나타내며 천재성을 인정받았다. 그러던 중 6·25동란이 일어나자 인민군으로 참전했고 전쟁의 와중에 국가 장학생으로 선발되어 모스크바로 유학을 떠났다. 거기서도 변함없이 최우등의 학업성적을 보였다. 시쳇말로 그는 '최고의 스펙'을 쌓은 전도유망한 청년학도였다. 그의 앞에는 장밋빛 미래가 보장되어 있었다.

그랬던 그가 안정과 명성이 보장된 미래를 던져버리고 돌연 디아스포라의 가시밭길을 택했다. 이유가 무엇이었을까? 당시 소련에는 냉혹한 스탈린 체제가 종말을 고하고 해빙의 파도가 밀려오고 있었다. 사회 전반에 자유와 지성이 숨 쉴 수 있는 바람이 불었다. 그런데 조국은 김일성 개인숭배가 격화되면서 자유가 억압되고 문화예술은 이념의 시녀로 추락하고 있었다. 조국은 더 이상 기쁘게 돌아가 양심에 따라 글을 쓸 수 있는 곳이 아니었다. 결국 그는 발길을 돌려야 했다. 전쟁터에 나갔다가 어머니를 만나지도 못하고 떠난 소련유학길은 그렇게 그에게 긴 고난의 여정이 되고 말았다. 수없이 날아오는, '돌아오라'는 어머니의 편지를 '눈물로 거역하며' 망명의 가시밭길을 걸었던 그의 고뇌를 어느 누가 헤아릴 수 있을까!

다행히 찬 서리를 맞으며 얼어가던 그에게 따스한 사랑의 볕이 쪼였다. 그에게 일생의 반려가 되어준 운명의 러시아 여인 지나이다 이바노브나, 그와 함께 새로운 삶을 선택한 동료 허웅배・리경진・최국인・김종훈・량원식・정추……, 김일성대학 노문학부 은사이자 주옥같은 평론으로 그의 재질을 선양해준 고려인 한글문학평론가 정상진, 그의 문학적 재능과 꿈을 인정하고 격려해준 연극계와 문학계의 선배 조정구・연성용・채영・김기철・전동혁……, 늘 다함없는 문학예술의 벗이 되어준 후배작가 송 라브렌치・강 겐리에따, 작곡가 한 야꼬브 등은 이국에서 꽁꽁 얼어붙은 그의 마음을 녹여준 훈훈한 봄볕이었다. 그들은 부모형제의 빈자리를 채워주었고 그가 고려극장에서 펼친 창작활동에 변함없는 지지자가 되어주었으며 그의 후반생을 굳건히 떠받쳐준 버팀목으로 남아주었다. 한진은 새로운 땅에서 부지런히 밭을 갈고 씨를 뿌렸다.

돌아갈 수 없는 조국과 영영 만날 수 없는 부모형제는 그가 일평생 벗어날 수 없는 트라우마의 근원이 되었지만, 그는 이 아픔을 자신이 창작한 희곡에 미학적으로 승화시켜 극장을 찾은 수많은 관객들의 심금을 울렸다. 특히 그가 말년에 쓴 희곡 「나무를 흔들지 마라」는 오직 한진 자신만이 보여줄 수 있는 조국통일에 대한 독특하고도 통찰력 있는 비전을 담아낸 역작이다. 그는 이 작품에서 마치 예언자처럼 하나가 되기를 갈망하는 남과 북의 우리가 궁극적으로 찾아내야 할 해답을 선취해서 보여주고 있다. 이는 동족상잔의 전쟁에 직접 발을 담갔던 한진이 소련에 유학하던 첫해부터 자신을 되돌아보며 평생을 붙들고 다듬어온 구상으로, 그는 이것을 우리에게 소중한 유산으로 남겼다.

한진 선생이 세상을 떠난 지도 어언 20년의 세월이 흘렀다. 오래 전에 선생의 행적을 발굴하고 당신의 문학세계를 널리 알렸어야 했는데 늦은 감이 없지 않다. 너그러이 이해해주시리라 믿는다.

우리나라에서 한진 선생이 아직은 낯선 존재임에도 불구하고 우리의 연구결과를 이렇게 멋진 책으로 만들어 주신 글누림출판사 최종숙 사장님의 결단 및 임애정님의 야무진 손끝과 노고에 감사드린다.

2013년 7월

저자들

차례

머리말 ___ 5

제1부 사진 및 기록자료

1장. 사진 _ 13

1. 평양 시절 13
2. 소련 모스크바 유학 시절 18
3. 러시아 바르나울 시절 20
4. 카자흐스탄 크즐오르다 시절 27
5. 카자흐스탄 알마티 시절(전반기) 30
6. 카자흐스탄 알마티 시절(후반기) 34

2장. 편지 _ 40

3장. 육필 원고 _ 60

4장. 신문 게재 원고 _ 95

5장. 책 · 잡지 게재 작품 및 글 _ 110

6장. 기타 자료 _ 117

7장. 작품 목록 _ 127

1. 희곡 127
2. 단편소설 · 소품 128
3. 직접 편찬했거나 편찬을 주도한 단행본 129
4. 번역 작품 129

## 제2부 한진의 생애와 문학

1장. 한진의 생애와 작품 세계 _ 133

2장. 한진 희곡의 미학과 문학 세계 _ 231

3장. 한진 희곡의 고전수용 양상 _ 271

4장. 한진의 연보 _ 300

5장. 참고문헌 _ 306

찾아보기 ___ 311

# 제1부 사진 및 기록자료

# 1장. 사진

## 1. 평양 시절

❶ 아기 한진과 어머니 박성수(1931년 가을)

❷ 한진 100일 사진(1931년 초겨울)

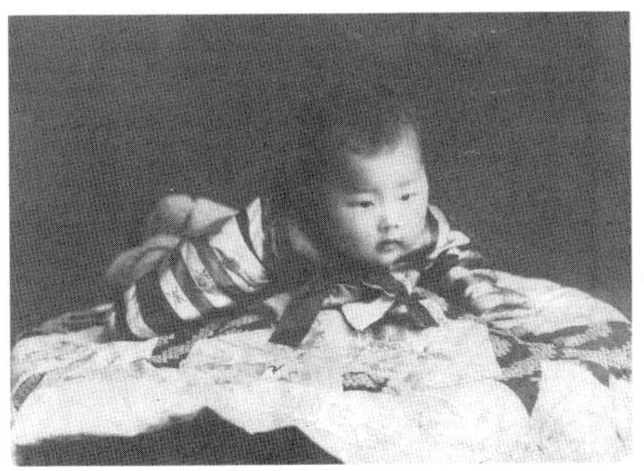

❸ 돌을 맞아 아버지 한태천, 어머니 박성수, 할머니 김성일과 함께(1932년 여름)

④ 6 · 25전쟁 중에 인민군으로 복무하던 시절의 한진(1951년 가을)

⑤ 한진의 아버지 극작가 한태천

⑥ 둘째누이 동생 신옥(앞줄 왼쪽. 1959년 10월 17일 흥남 교육실습장에서)

❼ 한진의 부모와 동생 대관, 조카 영희(1960년 7월)

❽ 김일성의 산업시찰에 동행한 한진의 아버지 한태천(맨 오른쪽. 1960년대)

⑨ 평양에 살던 한진의 가족이 보내온 가족사진. 둘째 줄 왼쪽 첫 번째부터 조카 영희, 아버지 한태천, 어머니 박성수, 이모 박명수. 뒷줄은 삼촌 연수, 둘째 여동생 신옥, 맨 오른쪽이 막내 여동생 수옥이다.(1967년 1월)

## 2. 소련 모스크바 유학 시절

❶ 당당한 모스크바 영화대학 조선유학생 한진(왼쪽)과 리경진. 뒷 건물이 바로 영화대학이다.(1953년)

❷ 모스크바 영화대학 조선유학생 동료들(1956년 11월). 왼쪽부터 정린구(7기), 김순자(8기), 허웅배(7기), 한진(7기), 리경진(6기), 김종훈(8기), 리진황(9기). 이들 중 김순자를 제외한 모두는 나중에 소련으로 망명했다.

③ 붉은광장에서 영화대학 동료학생들과 함께. 오른쪽에서 세 번째 안경 쓴 이가 한진, 가운데 흰옷 입은 이가 리경진이다.(1957년)

④ 붉은광장에서 영화대학 동료학생들과 함께. 오른쪽 안경 쓴 이가 한진, 흰옷 입은 이가 리경진이다.(1957년)

## 3. 러시아 바르나울 시절

❶ 한진(1958년)

❷ 장래 아내 지나이다와 열애하던 시절의 한진(1958년)

③ 바르나울시 TV방송국에서 일하던 시기 야외촬영현장에서(1958년)

④ 서재에서(1959년 바르나울)

5 작업 중 파안대소하는 한진(1959년 바르나울)

6 장래 한진의 아내 지나이다 교원의 근무 모습(1950년대 말)

7 작업에 열중하고 있는 한진(1959~1960년 바르나울)

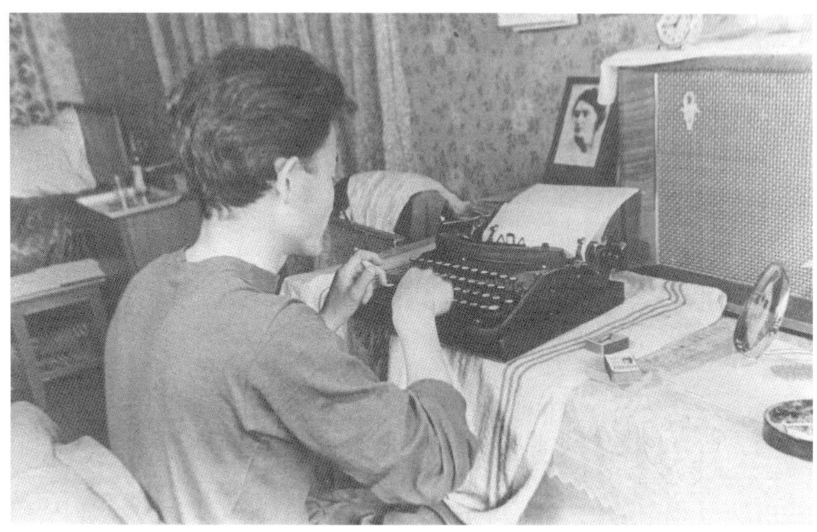

8 원고를 읽고 있는 한진(1960년 바르나울)

⑨ 한진 가족—아들 안드레이, 아내 지나이다와 함께(1960년 가을)

⑩ 아들 안드레이 돌을 맞아(1961년 5월)

⑪ 가족나들이-아들 안드레이, 아내 지나이다와 함께(1963년)

## 4. 카자흐스탄 크즐오르다 시절

❶ 러시아 바르나울에서 카자흐스탄으로 이주한 한진을 맞이하는 동료 최국인(1963년 여름 알마티)

❷ 러시아 바르나울에서 카자흐스탄으로 이주한 한진을 맞이하는 동료들. 왼쪽 두 번째부터 량원식, 정추, 한진, 맹동욱, 최국인, 그리고 망명동료 허웅배의 제자였던 조선극장 가수 김 블라지미르(1963년 여름 알마티)

③ 러시아 바르나울에서 카자흐스탄으로 이주한 한진을 맞이한 동료들과 함께. 왼쪽부터 정추, 량원식, 맹동욱, 최국인, 한진(1963년 여름 알마티)

④ 한진이 쓴 희곡 「의부 어머니」를 읽어보는 고려극장 원로극작가 채영. 이 자리에는 레닌기치신문사와 조선극장의 중요한 인물들이 다 모여 있다. 왼쪽 앞부터 시계 방향으로 한진, 림하(레닌기치 기자), 염사일(레닌기치 부주필), 정상진(레닌기치 기자), 리길수(조선극장 배우), 조정구(극장장), 채영(극작가), 김진(인민배우), 한 사람 건너 연성용(극작가)이다.(1964년)

5 크즐오르다 조선극장 앞에 선 극장 단원들. 앞줄 오른쪽이 극작가 한진이다. (1965년 크즐오르다)

6 유일한 여성망명동료 최선옥

## 5. 카자흐스탄 알마티 시절(전반기)

❶ 조선극장 단원들과 함께 신년을 맞으며. 오른쪽에서 두 번째가 한진(1970년대 초)

❷ 망명동료들. 왼쪽부터 량원식, 한진, 정추, 최국인, 정린구(1970년대)

4 чел - руководители
один исполнитель

③ 맏아들 안드레이가 성년이 되어 연권을 받던 날, 한진도 공민권을 받고 가족기념 사진을 찍었다.(1976년 5월 18일)

④ 한진 50회 생일을 맞아 망명동료들이 모였다. 왼쪽 앞줄부터 김종훈, 그 뒤부터 오른쪽으로 최국인, 리경진, 정상진이다. 이중 정상진은 1948~1950년에 평양 김일성대학교에서 리경진과 한진에게 문학원론과 세계문학을 가르친 스승이다. 뒷줄은 왼쪽부터 안드레이(한진의 맏아들), 인나(리경진의 딸), 드미뜨리(한진의 둘째 아들), 잔나(이두환의 딸), 지나이다(한진의 아내), 한진, 허웅배다.(1981년 8월 17일)

5 한진 50회 생일을 맞아 모인 동료들. 왼쪽부터 리경진, 허웅배, 량원식, 한진. (1981년 8월)

6 레닌기치신문사에서 열린 창작콘퍼런스에서 발표를 하는 한진(1981년 8월말)

7 레닌기치신문사에서 열린 창작콘퍼런스에서 리정희의 보고를 듣고 있는 한진과 리경진(1981년 8월말)

## 6. 카자흐스탄 알마티 시절(후반기)

1 한진(1980년대)

② 한진(1980년대 말)

3 망명동료들. 왼쪽부터 허웅배, 최국인, 한진(1980년대)

4 어떤 모임에서 발표를 하고 있는 한진. 왼쪽은 원로 극작가 연성용, 오른쪽은 철학자 박일이다.(1980년대 말~1990년대 초)

5 문학 후배들과 함께. 뒷줄 안경 쓴 이가 모스크바 영화대학 시나리오과 후배인 송 라브렌치 극작가, 앞줄 가운데는 동화작가 강 겐리에따다.(1980년대)

6 가족사진. 왼쪽부터 아내 지나이다, 손녀 율리아, 며느리 마리나, 손자 예브게니, 한진. 며느리 마리나는 1995년 11월에 병으로 세상을 떠났다.(1991년 알마티)

⑦ 한국에서 연극 「나무를 흔들지 마라」를 성공적으로 공연하고 나서. 한국에 사는 외삼촌 가족이 찾아와 40여년 만에 외삼촌과 상봉이 이루어졌다.(1991년 9월 15일 서울)

⑧ 한국에서 연극 「나무를 흔들지 마라」를 성공적으로 공연한 뒤 조선극장 단원들과 함께(1991년 9월 15일 서울)

⑨ 손녀 율리아를 안고(1992년)

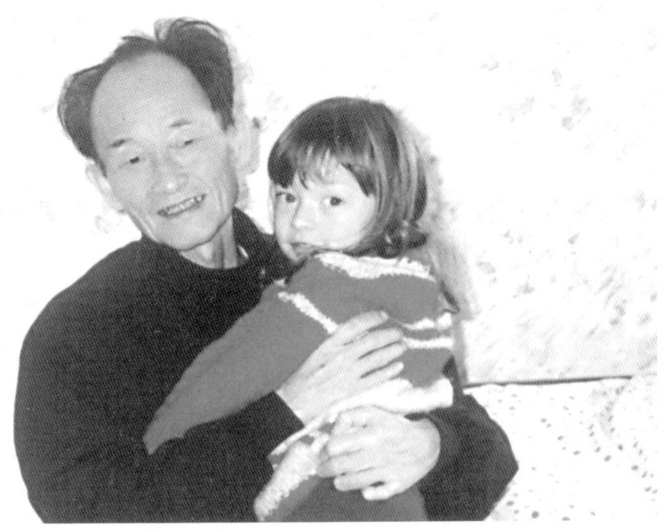

⑩ 문병 온 스승 정상진과 함께 찍은 한진의 생애 마지막 사진(1993년 6월 23일). 한진은 이로부터 3일 후에 자리에서 일어나지 못했고 17일 후에 사망했다.

# 2장. 편지

## ❶ 아버지 한태천이 보낸 편지(1956년 6월 7일)

태용에게

김상일 동무 편에 보낸 편지는 받았다. 올가세가 무사히 지내니 안심하였다

종종 너에 대해서는 간접적으로 늘상 듣고 있는데 들리는 말은 공부를 잘한다는 것이어서 응당히 착실한 아들을 가진 것을 남몰래 만족해하고 있다

특히 네가 구상한 조국통일에 대한 이야기는 나는 [illegible] 생각한다 우리 현실과 덜 부합되거나 또는 맞지 않는 것이 있으나 우선 이야기 자체가 평화적인 것만은 사실이다

나는 이 조그마한 구상에서도 너의 발전의 척도를 알 수 있게 되어 상당한 기대와 희열을 느낀다

나는 힘닿는 한 여기 대한 자료를 너에게 제공하마. 일찍 내가 하지 못한 말을 네 손으로라도 성공된다면 이 얼마나 기쁜 일이냐

나는 지금 작가학원을 책임지고 신인육성에 내 시간을 거진 전부 보내고 있다

얼마 후에는 나도 휴가를 얻어가지고 "강선사람들" (강선용광작업원의 회상기 — 박달씨 ...)을 쓰려 지방으로 한달 혹은 두달 나려가련다

우리 나라에서 [illegible] 영화예술의

② 어머니 박성수가 보낸 편지(1952년 12월 14일)

/

나의 사랑하는 아들에게

소식몰나 넘어 탐하여 유학生 강습소로 편지를 하였드니 윤택이가
回答하기를 9月4日에 모스크바로 出發하였다고 傳하여줌으로서 그렇게
알고서는 每日 — 기다리는 편지를 오늘 (12.13) 네가 11.21日에 부친글
을 반갑게 받었다 선진국가로 유학간 아들을 둔 이 어머니의 깃븜은
말노다 表現할수 없다 나의 平生 바라든 바를 네의 특수한人才로써
많은 사람들中에서 추천받은 것을 生覺할때 첫재 나의 바람은 이루
워젔다 둘재로는 선진국가의 모든 文化를 열심이 학습하여 祖
口에서 네의대한 기대를 自身있게 발휘할수 있는 人格者가 되여
돌나는 것을 꼭 바란다 他國이고 선진국家이니 만큼 모든
일에 있어서 실수함이 없이 항상 주의할것을 부탁한다 여러나라학生
中에 특히 英雄朝鮮의 학생 답게 모든것에 있어서 모범이 될만한
나의 아들이 되여다고 네가있는 곧은 기숙사이냐? 生活規則이 다를

### 3 맏누이동생 경옥이 보낸 편지(1956년 4월 1일)

오빠 신옥에게 춘옷감과 가방을 보내겠다고한 편지를 받고는 얼마나
기뻐하는지 모릅니다.

오빠 그런데 人便이길래 모두 쓰는데. 편지를 전하는 이는 아버지
의 친구인데 경공업성 부상으로 계시다 이번에 국가 건설위원회 부위원장
으로 임명된 분인데 비행기로 1956. 4. 3일에 출발한다는
소식을 듣고 편지와 장볶음을 전하게 되었소.

그런데 오빠 약 2개월간 Москва에 체류되어 있을듯 합니다.
그런데 나의 부탁은 여기에 춘옷감은 그리 빗싸지 않지만 질이
매우 약합니다.

그래. 오빠. 매우 不足한 生活費로 동생들에게 선물을 보내겠다는
것 대단히 기쁩니다.

그래. 어머님에게도 한가지 나의 의견같애서는 옷감
나에게는. 다른것은 필요없고. 한가지 비옷. 앞으로 매일같이 비가
오게되면 가만히 집안에 머물고 있게 된듯해서 꾸리한 부탁이
있습니다. 될수록 무게가 많이 나가지 않는것으로 해서. 부모. 동생들의
선물로 대해주면 이상 없겠습니다. 신옥의 가방속에 모두 넣어다
보내주세요 人便이 좋아서 이렇게 씁니다. 여기에서는 우리들이
언제나 Москва의 오빠를 자랑합니다. 오빠의 선물을
기다리는것보다. Москва에서 왔다는것을 자랑하고 싶어서
입니다. 그리고 효덕의 색씨는 행방불명입니다. 자주 효덕이
한테서 편지가 옵니다.
효덕의 주소는 신옥의 편지에 있습니다.

Досвидания! 1956. 4. 1일 경옥 올림

④ 둘째 누이동생 신옥이 보낸 편지(1957년 초봄)

그리운 오빠에게!

오빠. 그간 안녕하십니까?
Москва에서 얼마나 흥미있게 공부하고 있습니까.?
평양은 나날이 변모를 새롭히 하고 있습니다.
아마 오빠가 나올때면 찾아 보기 힘들것입니다.
참말 오빠를 못본지가 벌써 해수로 6년이 되었습니다.
나는 녀고 3학년에서 공부하고 있습니다. 내년이면 고중을 졸업하지요.
전쟁일어날때 인민학교를 졸업한 내가 내년이면 고중을 졸업한단 말이지요.
참. 세월은 이렇게도 빠릅니다.
오빠!
지금 국립극장에서는 세관사가(번역극) 상연됩니다. 평이 대단히 좋습니다.
이는 김혁인씨(외국인지)가 번역, 연출하였지요.
오빠! 쏘련(Москва)을 좀 자세히 소개해 주세요.
그곳의 공장일들에 대하여서도 자세히 들려주십요.
어머니도 몹시 늙으셨지요. 오빠 말을 자주하지요.
아버지는 작가학원(우원장)에서 일하십니다.
그리고 현재 여기서는 제3차 전당대회를 앞두고 모든사업에
충실히 하고 있습니다([illegible]에 열렬적입니다)
아마 오빠는 조선 현정세를 모를것입니다. 잘 [illegible]
조선의 건설을 소개하겠습니다.(평양)
새로건설된 중앙청사. 이는 화신 옆에 자리를 잡았지요
화신은 [illegible] 꼭 같이 보입니다.
그때 제-크던 집이던것이지요
그리고 대동문영화관 모란봉극장. 역사 (박물관) 등을. 이룩하다.
대단히 많이 건설되었습니다.
대관이는 공부 열심히하고 있습니다
그는 지금 내 옆에서 [illegible] 잠을 자고있습니다
평양의 날씨는 쌀쌀합니다
오빠! 나의 부탁을 들어주세요 꼭!
쏘련녀동무 하나를 소개해 주세요.

## ⑤ 둘째 누이동생 신옥이 보낸 편지(1990년 7월 24일)

No 1

나의 오빠에게

오빠! 보내준 편지는 7.20에 반갑게 받았습니다.
꿈인지 생시인지 그 기쁨 그지없습니다.
오빠의 필체는 아버지의 필체와 어쩌면 그리도 비슷합니까.
오빠! 금년 9월 14일이 음력 팔월추석입니다.
그날 우리는 청계산의 부모님앞에 오빠의 소식을 전하겠습니다.
아마 운명하실때에도 그어딘가 허공중에서도 찾아보려고
애썼을 오빠에 대해서 말입니다.
얼마나 오빠가 잘 되길 바라시던 우리의 아버지 어머니 입니까?
우리나라에는 추석날 산소에 가서 묘앞에 상을 차려놓고
인사를 하는 풍습이 있습니다.
풍습대로 상을 차릴때 오빠몫으로 오빠가 보낸 사진을
놓으려고 결심하였으니 참석한것으로 합시다.
오빠! 지나간 일은 잊어버리고 앞을보고 살아갑시다.
오빠가 조국을 위해 좋은글을 많이 쓰면 무덤속에 계신
부모님들도 너그럽게 용서할것입니다.
오빠에게는 위대한 부친의 필봉이 쥐어져 있지 않습니까.
나도 작품을 많이보고 책읽기를 좋아하였지만 아버지는
나에게 글쓰는재능을 넘겨주지 않았거든요....
생각하는대로 글이 되지않으니 말이예요
오빠!
이번 13차 세계청년학생축전을 텔레비죤을 통해 보았겠지요
우리의고향 평양이 얼마나 아름다우며 우리의 인민들은
얼마나 훌륭하며 우리의당은 얼마나 위대합니까!

## ❻ 동생 대관이 보낸 편지(1959년 7월 1일)

형님 앞.

6월도 어느덧 지나가고 7월이 다가오는군요.
한장의 서신을 전하지 못하여 동생으로써 용서를 빕니다
어머니와 아버지도 편지를 하지 못했을 겁니다
아버지는 출장갔다 갓 오시고 어머니는 밤 생활 때문에 무던히 곤한 모양입니다.
이제 어머니와 아버지도 편지를 할겝니다 오해 마십시요.
형님! 그간 몸 성은 어떤지요?
형님의 결혼 식은 아버지를 비롯하여 온가내가 기뻐하고 있읍니다
단 섭섭한것은 결혼식을 구경 못 했것입니다
형님! 아주머니는 착하고 어진 분이지요?
저는 사진을 보고 짐작 했읍니요. 그렇지 않습니까? 그렇지요.
저는 아주머니를 보고 싶습니다. 그날은 멀지 않았겠지요!
형님은 지금쯤 조선에 나오면 깜짝 놀라실 겁니다.
천리마를 타고 사회주의로 달리는 조국은 참 바쁩니다
그러나 방송을 통하여 알았겠지만. 평양이 어떻든 예전과 다릅니다
대동강 유보도와 대성산 유원지. 경상골 화초원. 아파트 주장들은 참 면모가 크고 아담하고 훌륭하게 되어 있읍니다.
보통강을 아시겠지요? 그 감탕을 알겠습니다
그러나 지금은 보통강 유원지를 만들기 위해 강 쪽에는 호안 공사를 했고 감탕은 다 쳐내고 모래를 깔았읍니다.
그리고 경상골 화초원(청단공원)에 분수 달린 동양에서 제일 크다는것인데 물은 수 메터씩 올라 갑니다.
그리고 목포. 유람교. 등을 비롯하여 대성산에 동물원. 식물원들은 규모가 대단히 크게 됩니다.
우리집은 평양에서 제일 높은 지대인 만수대에 있읍니다.
할머니가 장마철이면 저 만수대에서 살면 좋겠다든 소리 떠깁니다

## 7 막내 여동생 수옥이 보낸 편지(1961년 여름)

그리운 오빠에게

오빠 그간 안녕하십니까?

형님도 질이도 잘 있는지요?

지금 여기 평양에서는 4차 당대회를 높은 정치적 열의와

노력적 성과로 맞기 위한 준비사업에 참 바쁩니다

이번 당 대회는 우리 사회주의 진영의 통일 단결과 그의

단합된 힘으로 발전된 우리 나라는 전 세계에서 주목하는

대회로 됩니다 그러니 만큼 지금 그를 맞기 위한 준비

사업은 참으로 분주합니다

아버지는 당대회 기념 작품 창작에 바쁘시고 어머니는

동여맹 부위원장. 학부형 위원장으로서 지금 진행되는 사업에

바쁘십니다 그러나 늘 높은 뜻으로 당과 조국에 충실하여야

한다고 말씀하시곤 합니다

언니는 지금 대학을 졸업하고 배치 중입니다

만약 언니가 지방으로 나가면 우리는 네 식구가 되므로

참으로 적적하게 됩니다. 나는 지금 분단 위원장 사업에

더욱이 바쁘며 로어 불란서어. 라틴어 학습에 전력을

기울이고 있습니다 그런데 학습장과 그타 학용품들이

부족합니다 그래서 오빠에게 부탁합니다

학습장. 연필 책가방 색연필. 그타 학용품들을 책가방에

## 8 사촌동생 윤덕이 보낸 편지(1953년 3월 28일)

형 에게!　　　　　　　　　　　　　　　　　　　　　1

오늘 바로 3월28일. 형이 옥녀동무에게 보내온 편지를 나는 읽으
면서. 옥녀동무와 같이 기뻐하였소. 나는 지금까지 형의 주소를
알지 못해서 무척 생각을하였고. 형의 주소를 알기위해. 문예총의
큰아버지께서 편지를 써서 물었지. 이미 일주일이 훨씬 넘는가
보아. 형이 열히 공부를 하고 있다니. 윤덕이는 대단히 기뻐.
얼마나 학업에 바빠하는지? 형은. 로어에 대한 기초지식이 풍부하
여서. 학업에서 그리 지장은 가지지 않으리라고 생각해 위대한 Сталин
대원수의 서거는. 형과 함께. 나도. 눈물로서 서거를 추모하였고. 특히 이곳
체코슬로바키아에 있어서는. 이 서거의 슬픔도 사라지기전에. 공화국대통령
클레멘트. 고트왈드 동지를 잃었소. 이 나라에서 이같이 거듭되는 슬픔이
있었지만. 그러나. 조금도 사업에서 지장을 가지지 않어.
형! 그러면. 이 윤덕이의 소식을 전할려고 해. 나는. 바로 외국
류학시험을 받고. 합격장을 받아. 제대수속을 완료하고. 강습소에 도착한거
는 바로. 형이 노래를 부르며. 자동차를 타고. 류학을 떠나던 작년 9월
4일이였어. 나는. 형을 보지 못하였지만. 또다른 류학생들이 자동차를 타고
지나가는것을 보았소. 강습소에 오니까. 여러동무들이. 형이 바로 쓰나
리오파로. 쏘련류학을 떠났다고 하지 않었나 .... 얼마나 형을 만나지못
한것이. 일이 아까웠던지 .... 하루만 더 빨리 왔더라면. 형을 만나는것이
였지 .... 강습소에 나는 약3개월 있었소. 이 동안에. 나는. 큰어머니가.
형에게 보내온 편지를 받았어. 나는. 형을 대리하여 큰어머니께 회답
을 써보냈소. 형! 이 동생이 충고라도 듣을 필요가 있을것이야/

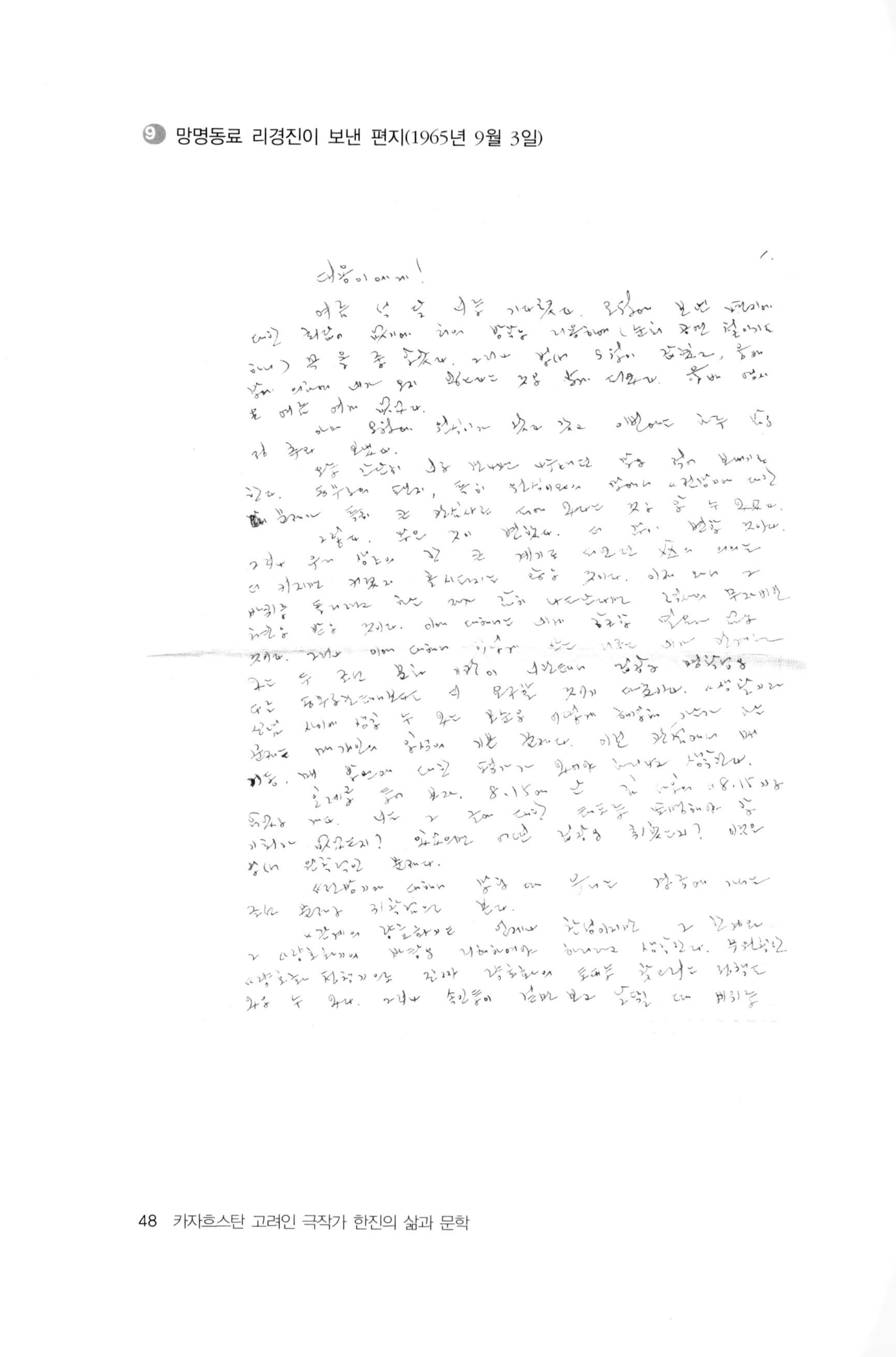

## ⑨ 망명동료 리경진이 보낸 편지(1965년 9월 3일)

1.

대웅이에게!

## ⑩ 망명동료 최국인이 보낸 편지(1958년 9월 22일)

대용 에게!

오늘 네가 보낸 편지를 Сергеевка에서 35км나 되는 곳에서
촬영을 끝내고 돌아와 접수하였다. 아마 편지는
몇일전에 도착하였을 것이다.
지금 우편국에서 인차 회답을 쓴다.
내가 있는 곳은 네가 있는 곳으로 부터 비행기로
한시간 (до Усть-Каменогорска) 다음 자동차로
(автобус) 3시간 걸리는 곳이다. 사이 있으면 놀러
오너라. Иртыш 강에 고기는 무진장이다.
나는 아침 6시에 기상하여 저녁 7시까지 촬영하고
돌아오면 말할 용기도 없다.
우리가 촬영하는 곳은 Бухдарешнок ГЭС를 건설하는 곳이다.
плотина의 높이가 96м 인바 (1960년까지 건설完成予定)
쏘련서 제일 높은 плотина 이다.
건설장에서 대부분 죄인들이 일하고 있다.
대개 20년, 18년, 16년 징역을 받은 자들이다.
그러나 건설장은 참으로 무시 무시 하다.
너의 편지에서 대개 정형은 알았으나 그전 내가
출발하기 전에 토의한것 처럼 당적으로 정권주,
서기로 리진향 동무가 사업하게끔 결정되였는지?

## ⑪ 망명동료 정린구가 보낸 편지(1958년 10월 2일)

그래 오늘은 할수없이 다시 똑똑의 편지를 써야하겠다
한달에 한번씩 총화 사업도 있어야 하겠는데
다른 동무들에게서 소식이 없으니 따로히 얼치 할수 없다
문제는 매개 동무들의 자각적으로 사업에 참가하여야만
되리라고 본다. 매자 판에 조직 문제와 관련하여
편지를 써야 할 것인데 진황에게서 부모을 말
듣하지 않으니 쓰지 못하고 있다.
나의 소식에 대하여 위에서 간단히 말하였지만 더
구체적으로 써 보겠다. 아직까지 방 문제는 해결
을 보지 못하고 있고 여관의 한방 동거이하고
있다. 여관비는 하로에 18 руб 씩이다.
당분간 여관비는 촬영소에서 지불하고 있으니
마음 놓고 살고 있다. 물론 방은 독방이니 아주
살기 편리하다. 전화로부터 시작하여 일절 편리한
도구는 다 있지 되여 있다. 월급은 아직
1500 руб를 넘지 못한다. 다른 촬영자들은
3000 руб 이나 5000 руб 나 하지만
너도 알겠지만 우리 촬영소는 восточной
Сибири 일대를 담당하고 있다. 그런데
알고 있나는 иркутская область에서

**⑫ 망명동료 김종훈이 보낸 편지(1959년 9월)**

11 대룡이 에게

너의 편지는 반가히 받았다. 편지를 받을때마다 나의 마음은 기뻤다. 몸건강히 일에 매우 성과를 낼뿐만 아니라 남편으로서의 책임의 몫을 다할 줄 믿고, 이북국에서 뜨거운 축하의 인사를 건낸다. 그런데 대룡이 좀 미리 한 2달전에 휴가를 받는데 대하여 서로 통지하였다면 나는 이곳에서 능히 조절할수 있었으나, 이미 휴가가 박두한 즉 불똥이 발등에 떨어졌을때, 문제를 해결할려는것은, 좋은 방법으로서는 생각할수 없지 않는가? 그는 마치 화살이 활에서 떠났을때, 그를 멈추려는것과 같다.

오늘까지 휴가에 대하여 부주도 나에게 어느때 어디로 보이자는 것에 대하여 말하여온자는 없다.

오늘 우리 촬영소에서 이미 휴가 문제가 "불탄"에 의하여 다 결정된 오늘 나는 그것을 위반할수 없고 즉 우리곳에는 촬영가가 없는 条件下에서 떠날적에 나중 이곳에서 놀 일 주지를 않는다.

그러나 이미 오래 전에 이런 문제가 제기되기 되었다면 추천하여 [illegible]를 작성 할때 나의 의견을 제기 할수 있었을 것이나 지금은 늦고도 또 늦었다. 나는 휴가를 10月1日부터 받았다.

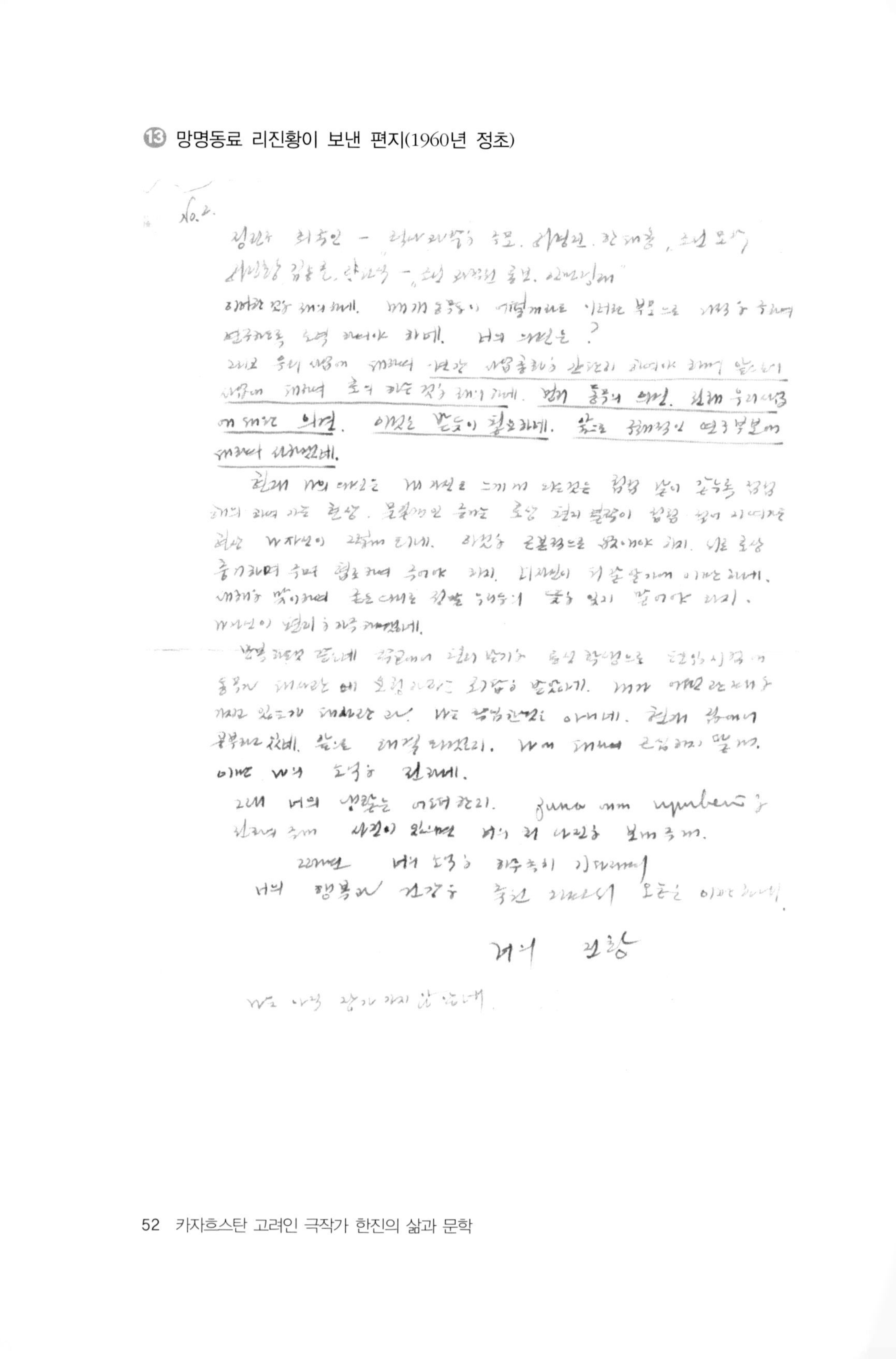

## ⑬ 망명동료 리진황이 보낸 편지(1960년 정초)

⑭ 망명동료 량원식이 보낸 편지(1960년 여름)

대용에게! 1

너의 편지를 받았다.
우선 너의 첫 아들 탄생을 충심으로 축하한다. 부족하게 살면서 식구의 증가는 곤란하지만 그러나 이것은 더 없는 락이요 금으로써도 어린 생명의 자라나는 [illegible] 안까지 근심이 풀리는 것이다. 아무쪼록 잘 길러 훌륭한 조선의 아들로 만들어 주기 바란다.
때를 보아 선물이나 사보내야 하겠는데 Лиля가 있는 곳으로 탄생일을 적어 보내라. 그런데 너의 직장 문제는 참 곤란하게 됐구나? 그런데 너의 경험에 비하면 너도 좀 서둘렀다. 미리 수속을 다 해놓고 이동하거나 미리 퇴직서를 내고 그다음에 [illegible] 하려면 여간만 신경을 쓰지 않는다. 한가지 묻고 싶은 것은 그런 일을 너가 찬성하였는가? 그렇지 않으면 찬성자는 [illegible] 그렇게 되었는가? технический брак 인가? творческий брак 인가? 만일 технический брак 이면 찬성자가 전적으로 책임지나 너가 하등의 상관이 없다.
어떻든 직장에서 그렇게 잘 되지 않으니

## ⑮ 망명동료 정추가 보낸 편지(1958년 12월 25일)

친우 한대용

그간 묵묵한 생활을하고 보니 미안하게 되소.
그래 직장과 생활문제들은 이미 안착
되였겠지. 소식에 들으면 동무의 부친이
모스크바까지 왔다가 만나지도 않고 도라나갔
다는 말이 있는데 어째서 말인지 또 조선서 편지
들은 받어보는지. 나도 편지 한장 받지
못하오 궁금하오.
아무튼 一九五九년 새해를 맞이하여 동무가
많은 복을 받을것을 축원하는바이오.
우리가 비록 조국의 사랑하는 마음으로
투쟁도 했고 애거 쌓었으나 모두다 헤어지고
보니 적적하기 짝이 없소. 그러나 동무는
물론 자기의지를 든든히 하여 모든것을 이겨
나가리라고 믿소. 나의 문제는 우선
저의 주요작품들, 교향시 조선"을 에게
관현악단과 연주하게로 계약이 되였소. 지금
그들이 까자흐 대가다 때문에 모스크바에
가 있기 때문에 기다리는 중이오. 고정적
직업을 가져야 생활할수 있는데 현재 이거
뿐에서 경제생활이 형편없이 되였소
우리장안에 좀 마야와의 관계가
참지 못할지경에 갔기때문에 리혼할것을
진작하고 있소. 큰 불행이오 나는 동무
가 결혼하게 된다면 될수 있으면 조선
여자 그리고 대학졸업 정도 받다시 처녀
이조건에서 좋은 기를 바라오.

## ⑯ 망명동료 리상조가 보낸 편지(1972년 3월 22일)

1

한래홍 동무

편지 반가히 받았습니다. 그동안 별일없이 지내신다니 우리들에게 좋은 소식이라 할수있군요. 동무의 편지로서 그곳 여러 동무들 소식을 알게 되였고 국인동무 작품이 곧 완성된다는 소식도 기쁜 일이였습니다.

발일라의 번역관계는 매우 복잡한 문제로 되고 있습니다. 지난해 그가 "자유신봉자 김립" 이라는 "박사론문"을 쓴다 하여 나로서 가능한 도움을 그에게 준것과 관련하여 번역을 맡기게 된것인지 나도 여름 방학기간을 리용하여 번역을 해 주겠다 말을 했은 것이 큰 실수를 한것 같습니다.

사실은 金笠의 詩 100여편을 가지고 博士論文을 쓴다는 것이 좀 부족한 것이였으나 그가 조선시인을 쏘련 讀者들께 소개하는 것은 두 나라 우의관계에 도움이 될수있고 조선 문학가 쏘련의 소개되는것이 좋은 일임으로 여러가지 材料를 구하여 주었든 것입니다.

그러나 그것이 博士論文의 대상으로는 価値를 갖지 못할것을 벌써 들어서 알았든 것입니다. ① 金笠의 100여편 詩文中에 哲学理論이나, 倫理学說이나, 美学思想이 체계적으로 표현되여 있지 못하다는 것 ② 金笠의 詩로 전하여 지고 있는 詩들이 엄격한 의미에서 볼때 어느것이 金笠의 詩이고 어느것이 同時代 사람들, 或은

⑰ 산문작가 김기철이 보낸 편지(1963년 5월 3일)

Газета
**ЛЕНИН КИЧИ** „레닌 기치"신문사
МЕЖРЕСПУБЛИКАНСКАЯ ГАЗЕТА

№ 05-875 3 мая 1963 г.

한 대용 동무!

여름 휴가에 본사를 방문하겠다니 대단히 감사합니다. 꼭 놀라 오십시오. 그런데 7월 하순에 저는 모쓰크와로 가기 예정입니다. 같은 값이면 제가 있을 때 왔으면 좋겠는데 8월이 오시겠다니 그것이 좀 유감스럽습니다. 그러나 정 상진, 김 하, 전 동혁 선생들이 계시니 괜찮습니다. 그러면 기다리겠습니다. 쏘련 국적 문제에 대해 어떻게 생각하시는지요? 만일 그 문제가 해결된다면 본사에 와서 일할 수 있습니다. 내내 건강하시며 창작 사업에서 성과를 거두시기를…

3/V-63 김기철

⑱ 조명희연구가 최 예까쩨리나가 보낸 편지(1986년 3월 9일)

존경하는 한진 선생님 앞!

얼마전 (10/I-1986) 에 조명희 작가에 대한 연구 각본을 나는 선생님께 보내였는데 받으시였는지 알고저 합니다. 만일 선생님이 받으시였다면 난 그각본에 시정할것이 있는데 첫째로 _ 중국작가 Эми Сяо 에 대하여 _ 나는 모쓰크와 국립종합대학 중국문학교수, 어문학 학사 Цыбина Е.А. 에게서 물어봤는데, 그는 말하기를 작가 Эми Сяо 는 마지막 까지 쏘련의 벗이였다고 말하였습니다.

그래도 관람자들에게 중국작가 때문에 그의 이름이 적당하지 않다면 다른 로씨아 시인 Анатолий Гай 로 대신 할수있습니다. А. Гай 는 Хабаровск 시에서 조명희와 한집에서 살았으며 매우 친하던 사람입니다. 그는 쏘련작가동맹 조명희 문학유산 꼬미씨아 성원이였습니다. А. Гай 는 전쟁후에 Хабаровск 시에서 떠나 Москва 에 이주하여 와서 쏘련 작가동맹에서 일하다가 얼마전에 세상을 떠났습

## ⑲ 소설가 박성훈이 보낸 편지(1991년 4월 17일)

존경하는 한진 同志!

前略.

오래간 만에 붓을 들었습니다.

나의 心中의 苦悶으로하여 同志와 筆談으로서 의견을 풀어 보려 합니다.

昨年以來 "레닌기치-고려일보" 紙의 論調를 보다면 이 신문이 소베트 내지 北方의 체제를 離脫하는 방향으로, 지나치게 한국을 美化하는 方向으로 가게 아니하는가하는 감을 느끼지 않을수 없습니다. 그리하여 이에 對하여 同志의 率直한 필답을 드리옵고저 합니다.

1. "고려일보" №20 (от 29.01.91) "역사를 외곡하지 말자"란 Сахалин 신문 주필의 기사를 읽고 놀나지 않을수 없었습니다.

이 기사를 쓴 필자와 이 기사를 容認한 신문 編輯部員들의 목적 추궁 여하를 보는 것입니다.

이 記事에: "1897년에 조선왕정부는 대한제국으로 개칭하였다. 이렇게 나라는 완전한 자주독립국으로 많은 나라들의 시인을 받았다… 일본이 강요한 국명 «조선»을 쓸 필요가 없다… «조선» – 아침의 신선이란 뜻인데 해가 돋으면 (일본은 해돋는 나라) 아침의 신선이 사라진다. 즉 일본에 먹히고 조선이 망한다… 한국이라고 하는 것이 가장 옳다. 마지막 국가 국호가 «한국»이나 일본이 강제적으로 부르게한 «조선»은 취소해야 할 것이다. 이렇게 가장 옳은 력사를 따라야 한다…"

Это наглая фальшивка истории и глупое толкование. "아침 신선이 일본해가 돋으면 사라진다"란 어리석은 선전은 戰前 日帝 사무라이가 "露시아가 아침 이슬이니까 일본해가 돋으면 사라진다 즉 로씨아가 사라지고 [illegible]까지 우리의 일본". 이에 대해 로씨아 작가의 対句: 로씨아는 大国, 이슬이 하도 많아 증발되면 안개, 구름으로 закроет солнце!

일본 사무라이의 이런 妄言을 오늘에 와서 되푸리?!

필자는 고종왕이 "대한 帝國"으로 개칭하였다고 主張했지만 이것은 фальшивка! 李朝 조선이 中国의 종속(вассальное гос-во) 되어있는 한편 19세기 중엽에는 Россия 제국의 [illegible]가 조선에까지 미쳤고 新興 사무라이 무리가 그에 対敵해 나섰고 "임진왜란" (壬辰年 -1892) 이후 계속 조선을 침공하여 조선을

## ⑳ 한진이 둘째 여동생 신옥에게 쓴 편지(1990년 4월)

그리운 동생 신옥이에게. 그리고 네가 보내준 선물도 감사히 받았다. 편지도.

그동안 잘 있었느냐. (멀리서 그냥 바라보는것은 너희들의 사진이다.) 악단이 돌아와서 나에게 자세한 말들을 하더라. 이번에 극단이 가는데 그 인솔자가 진 블라지미르라는 사람이다. 그 사람이 이 편지와 물품을 전달하려고 한다. 내가 쓴 연극들에서 몇도 주역을 한 배우다.

보내는 물건은 쓸모없는 것이지만 생활에 보태어 써라.

솜-9개, 네자 상의 4벌, 면도날, 중국콜라 14, (이것은 세관을 통과하지 못할수도 있다. 이것은 은종이채 한 5分 끓여서 꺼내 봉지를 떼고 먹을수 있다. 꺼내서 그냥 밥에 끓여도 되고) ~~면도날~~, 일회식 면도칼, 사탕, 차 한통, 네자 구두 1켤레.

기타 등등…

일본 자동카메라를 하나 샀는데 좋은가 거기 없는것이 되서 이렇게 했으면 좋을지 모르겠다. 무방하다면 10月달에 나가는 극부단에게 보내겠다. 명수에도 선물을 그때.

나는 거기 사정을 잘 알고 있다. 그래 집에 산지 않겠다.

우리 집안은 다 잘 있다.

그리고 몇 같은 이런것도 보내지 말아라. 좀 보내겠으면 고추장이나 조금 보내고. 그리고 "홍심방"이 들어 있는 레코드판이 있으면 보내라도. 다른 애들 소식도 전해주면 감사하겠다.

# 3장. 육필 원고

## ❶ 단편소설 「편지에 대해서」 원고(1960년 3월 8일)

11.—

하긴 만일 미국놈들이 강을 건너 섬으로 따라 온다면 이 놈은 섬에서야 독안에 든 쥐지 정말 수밖에 다른 도리가 없었으나 이렇게 섬 한가운데 앉아 보니 실없이 [illegible] 보다는 강기슭에 숨어서 행동을 살피며 급한 경우에는 물속에 뛰어 드는 것도 수라고 생각하고 기초는 멀리 다 마는 곳을 들고 일어나 조심스레 풀을 헤치며 섬 아래 쪽으로 걸어 가기 시작했다. 여기에는 풀이 키가 넘었다. 한참 조심스레 걸어가는데 갑자기 눈앞에 풀이 쓰러져 있는 것을 발견했다. 기초는 그자리에 몸을 웅추리고 앉았다. 아무 소리도 들리지 않았다. 기초는 가만이 머리를 들고 풀이 넘어져 나간 것을 바라다 보았다. 그것은 확실히 사람이 지나간 자리 였다. 짐승이 지나간 곳에는 풀이 이렇게 [illegible] 지지 않는다. 기초는 바지 주머니에서 [illegible] 뽑아 쥐었다. 그러나 그 넘어진 풀에 말라 붙은 [illegible] 피를 발견했다. 그리고 보니 이곳에는 [illegible] 상을 당한 무거운 몸이 지나간 자리가 분명했다. [illegible] 지나 갔는 곳에는 풀이 앞으로 넘어 지기 때문이다. 사람은 섬 남쪽에서 기여 왔다. 기초는 풀이 넘어진 곳을 따라서 섬 편으로 다시 기여 가기 시작했다. 누군가 반듯이 이 섬에 와 있다. 그가 누군지를 똑똑히 알기 전까지는 마음 놓고 [illegible] 이 섬에 남아 있을수가 없었다. 지금 이대로 강을 건너 [illegible]

## ② 단편소설「편지에 대해서」원고(1960년 3월 8일)

13.—

물었다.

— 어느 쪽으로 가?

— 남 쪽으로...

— 가지 말라

— 알아...

— 통은 있니?

— 통?.. 총에 맞았어...

— 내 허리를 찾아라.

청년은 찬찬히 기호를 바라다 보고 있었다. 그러다 기호를 보고 다시 말을 했다.

— 통에서 편지를 꺼내 달라...

기호는 통을 끌어 당겨 안에 든 것을 쏟아 놓았다. 두개의 봉투가 들어 있었다.

— 이것을 읽어 줘. — 청년은 기호가 오른 손에 든 편지를 눈짓으로 가르키며 말을 했다. 기호는 편지를 봉투에서 꺼냈다. 이때에 청년은 괴로운 신음 소리를 내더니 정신을 잃었다. 심장은 그대로 가쁘게 뛰고 있었다.

편지에는 다음과 같은 글이 쓰여 있었다.

《 33-34호 앞

작업 결과는 받았다. 그대로 일을 계속하라. 북진은 수일 내에 시작된다. 편지를 갖어 가는 이 자식은 소리 없이 없애 치우라.

### ③ 단편소설 「착각」 원고(1960년 3월 9일)

착각

한 신문사의 교정과장인 김 동무는 직장에 나가려고 방에서 나와 며칠 전에 안해와 함께 국영백화점에 가서 산 가죽 구두를 손에 들고 한참 동안 뜰악을 내려다 보고 있었다. 초봄이라 땅이 녹기 시작하였기 때문에 새 구두를 신고 가나 마나 판결을 내리는 차였다. 십년 남아 오자를 골라내는 교정일을 하는 동안 성미도 꽤 꼼꼼해졌다. 그리 소홀히 할 구두가 아니였다. 몇 년 만에 처음 신는 새 구두였다. 그래 지금도 꼼꼼히 생각을 하다가 종내 결심을 한듯 마루에 내려앉아 구두를 신기 시작했다. 그리고는 흙이 묻을세라 발꿈치를 쳐들고 조심스레 뜰악을 지나 대문을 나섰다.

## ④ 단편소설 「초상화」 원고(1961년 4월 15일)

초상화

« 일본놈들은 우리를 포탄으로
우리는 그들을 성상으로 »
= 러일전쟁 때의 러시아 노래

산마루에 외로이 서있는 소나무의 가지에 둥근 달이 걸려있다. 우리 진지와 적진 사이에 흘러떨어지는 폭포가 은색으로 빛난다. 물떨어지는 소리가 미지근한 바람을 타고 날아온다. 이 소리는 정적을 건드리지 않는다. 이것은 전쟁의 소음이 아니다. 이런 때 전사들은 사색에 잠긴다.

전호의 흙벽에 기대여서서 아바이는 순진한 꼬마의 얼굴을 회상하였다.

꼬마...

땅을 기고, 포연에 그슬리고 땀에

❺ 단편소설 「그의 사회성분」 원고(1960년대 초로 추정)

그의 사회성분

<김동무 출세하는 모양이군...>

리력서를 쓰고있는 김계석이와 사람 보고 그와 책상을 맞대고앉아 한과에서 같이 일하는 리동무가 말을 걸었다.

<출세가 다 뭐요. 옛날 잘못을 시정하고있소.> 김계석이는 히죽히죽 웃으면서 대답하였다.

<무슨 잘못이기에 리력서로 시정을 하오?>

<그런 일도 있었다우.>

그때는 호기심이 잔뜩 난 리동무는 말을 끝까지 들어보려고 <담배피우러 나갑시다.> 하며 김계석이를 밖으로 불렀다.

<대체 무슨 일이요?> 하고 랑하로 나오자마자 리동무는 따지였다.

<별다른 일이 아니요... - 김동무는 계속 히죽거리며 말을 이었다. - 리력서에

Типография газеты «Правда». Зак. 3134.

❻ 단편소설「말조심 하세요」원고(1963년 1월 6일)

«말조심 하세요»

오동무는 어느 청에서 근무하는 사무원이다. 그는 본래 말이 없고 순순한 사람인데 아주 드문일이기는 하나 술 세잔만 들어가면 사람이 달라지어 말을 하느라고 입을 다물지 못한다. 그래 어제 신년 야회에 초청을 받고 집을 나설 때 그의 안해가 문밖까지 따라나와 남편을 배웅하며 «조심하세요» 하는 일상 말 대신에 «말조심 하세요» 하고 당부까지 하였다.

그러나 그 말을 귀등으로 들었던 까닭에 정월 초하루부터 오동무에게는 근심거리가 잔뜩 생겼다. 이렇게 근심이 생길줄 알았으면 애당초 새해맞이를 하지 않았을 것이다. 한다해도 야회에는 가지 않았을 것이며 또 갔다해도 술은

⑦ 단편소설「김용주」원고(1963년 1월 25일)

김용주

지금 할려는 이 이야기는 오래 전에 있은 일이다. 내가 그때 이 말을 입밖에 내였더라면 두말할 것없이 김용주라는 애에게 다리 하나 쯤은 부러졌을 것이다. 또 그때는 내가 말을 안하나 면 후날이라도 이런 글을 쓰리라고 그가 미리 짐작이라도 했으면 나의 두 눈통은 성해있지 못했을 것이다.

그때로부터 세월은 많이 흘렀다. 우리들도 이젠 어린애들이 아니고 엄이 들었으니 그가 이 글을 읽드래도 성을 내지 않으리라고 생각한다. 다 지나간 일이니까...

여든 개의 의자, 두명에서 차지하는 책상 마흔 개, 여든 명의 장난꾸러기로

## 8 소품 「물맛」의 원고(1963년 2월 20일)

2

걸어가도 사람 사는 마을은 나타나지 않았다. 이따금
언덕에 그슬린 주추'돌들이 쓸쓸하게 지나가는 나를 바라
보았다.

걸음이 차차 더 힘들었다. 숨이 탁탁 막히는 것 같았다.
그런때 신작로에서 얼마 떨어지지 않은 곳에 솔밭이 나타
났다. 그래 그곳에서 좀 쉬어갈 생각을 하고 오솔길로 들어
섰다. 솔밭 속은 어느 때나 선선하다.

솔밭은 언덕진 곳이였고 그 밑에 우묵
진 평지에 아담한 작은 농촌 마을
이 있었다. 그것은 천장 천하 같은 아늑한 마을이였다. 마당
들은 티끌 하나 없이 깨끗했고 마을 한 가운데에 있는 우물
도 말끔하였다. 오직 사람의 그림자가 없는 것이 부자
연스럽기 짝이 없었다.

그런데 솔밭 쪽으로 가장 가까운 농가의 부엌문이 열리
더니 (부엌문 열리는 소리가 들리는 것 같았다.) 한 처녀가 물동이를
손에 들고 머리 우에 얹고 밖으로 나와 얌전한 거름으로
우물로 와 갔다.

처녀, 처녀의 치마 저고리, 우물, 우물'가의 버들, 농가…
눈앞에 보이는 것은 조선 민속화 그대로였다. 그것은 또 소리가
들리지 않는 조용한 그림이였다.

처녀는 드레박으로 물을 길러 동이에 부었다. 물이 눈부시게
햇볕에 반사했다. 물을 보고서는 더 참을 수가 없었다.

## ❾ 단편소설 「어머니의 편지」 원고(1963년 3월 29일)

단편.

어머니의 편지

총탄 밑에 흙이 한덩어리 부서져 전호 바닥에 떨어졌다. 흙덩어리가 떨어진 전호 벽에 새하얀 메꽃 뿌리가 돋아 났다. 이렇게 전호 속에 봄이 왔다.

지금쯤 고향 집 뜰악의 빨래'줄에는 무오가리가 주렁주렁 매달려 있을 것이다. 그 생각을 하니 짭짤한 무오가리 맛이 짜르르 혀끝에 돌았다. 이것이 집 생각의 시작이 였다. 젊은 병사들에게 집 생각이란 우선 어머니 생각이다. 나를 전선으로 배웅하던 어머니의 모습이 떠올랐다. 마을 어귀까지 따라 나와 눈물이 글썽글썽하며 말을 못하시고 옷자락만 만지작 거리다가 겨우 «몸조심 해라» 한 마디를 하시고 어머니는 나와 헤어졌다. 그 때 어머니는 집으로 돌아 가시지 않고 동구 밖 언덕으로 올라 가시는 것을 나는 봤다. 아마 내가 산굽이를 돌아 서서 사라질 때 까지 언덕 마루에 서서 지켜보고 계셨을 것이다.

그러자 어머니께 오래 동안 편지를 하지 못한 것이 마음에 가책이 되여 배낭 밑에 들었던 잡기장과 연필을 꺼내 편지를 쓰기 시작했다. 오래 간만에 쓰는 연필이라 글씨가 서툴어 지고 또 문장도 잘 짜여 지지 않았다. 편지를 다 써놓고 보니 표현이 잘 되지 않은 것 같은 감이 없지 않았으나 다시 쓸 시간도 없어서 다음과 같은 길지 않은 편지를 그대로 붙였다.

그리운 어머니, 안녕 하십니까.

전투의 짬을 타서 편지를 올립니다. 저는 씩씩한 몸으로

⑩ 단편소설 「비상사고」 원고(1963년 8월 15일)

비상사고

一九五二년 八월 그믐날

이 날의 신의주 거리는 스산하기 짝이 없었다. 심한 폭격을 매일 같이 겪는 국경 도시는 재와 먼지에 덮였고 더위로 하여 공기는 무겁고 숨이 막히게 답답하였다. 그러나 시내 한복판을 뚫고나간 평양으로 통하는 넓고 곧은 신작로만은 비행장의 활주로처럼 깨끗하고 곧았다. 이 신작로는 건장한 젊은 사나이의 근육처럼 굳건하고 믿음직하였다.

정오가 좀 지나서 이 쓰라린 도시의 경치와는 아주 어울리지 않게 말끔하게 양복차림을 한 백여 명의 젊은이들이 몇 대의 화물자동차를 타고 시내에 들어섰다. 같은 양복, 같은 모자, 같은 구두, 심지어 속내의까지 똑 같이

Типография газеты «Правда». Зак. 1383

## ⓫ 희곡 「고용병의 운명」 원고(1967년)

제 2 장

서울에 있는 «국군» 병영 마당 한 구석과 병영 밖의 길이 보인다. 병영과 길은 높고 두터운 벽돌담으로 가로 막혔다. 불이 켜지면 길은 보이지 않고 병영 뜰악만 보인다.

철수와 마이.
군인 둘은 담장 밑에 앉아 있다.

철 수. 철갑모, 군복, 속에 입은 내의, 배낭, 총, 단도, 구두, 물통 - 말 그대로 머리 꼭대기에서 발끝까지 우리 몸에 붙은 것은 모두 아메리카 것이다.

마 이. 이 나라 것이라는 건 오직 몸뚱이 밖에 없다.

철 수. 이 옷을 입은 후부터는 어쩐지 내 자신이 다른 사람이 된 것 같아.

마 이. 이 옷에는 표식이 많아. 그 표식들은 하나 하나가 모두 죽음의 상징 같애.

철 수. 더우기 여기에 가치워 내놓지 않으니 다시는 세상을 못 볼 것만 같아.

마 이. 앞을 보나 뒤를 보나 왼쪽을 보나 오른 쪽을 보나 눈에 드는 것은 담장 뿐이다.

철 수. 이 담장은 서울에서 제일 크고, 높고, 제일 믿음직한 것이다. 이 담장 밖에서 무슨 일이 일어나고 있는지 여기서는 도무지 알 수가 없고, 또 밖에서는 우리가 여기에서 뭣을 하는지 도저히 알 수 없을 것이다.

마 이. 그러나 이 담장에 구멍이 있는 것은 참 다행이다.

⑫ 희곡 「량반전」(1972년) 문서보관소 소장 원고(1985년)

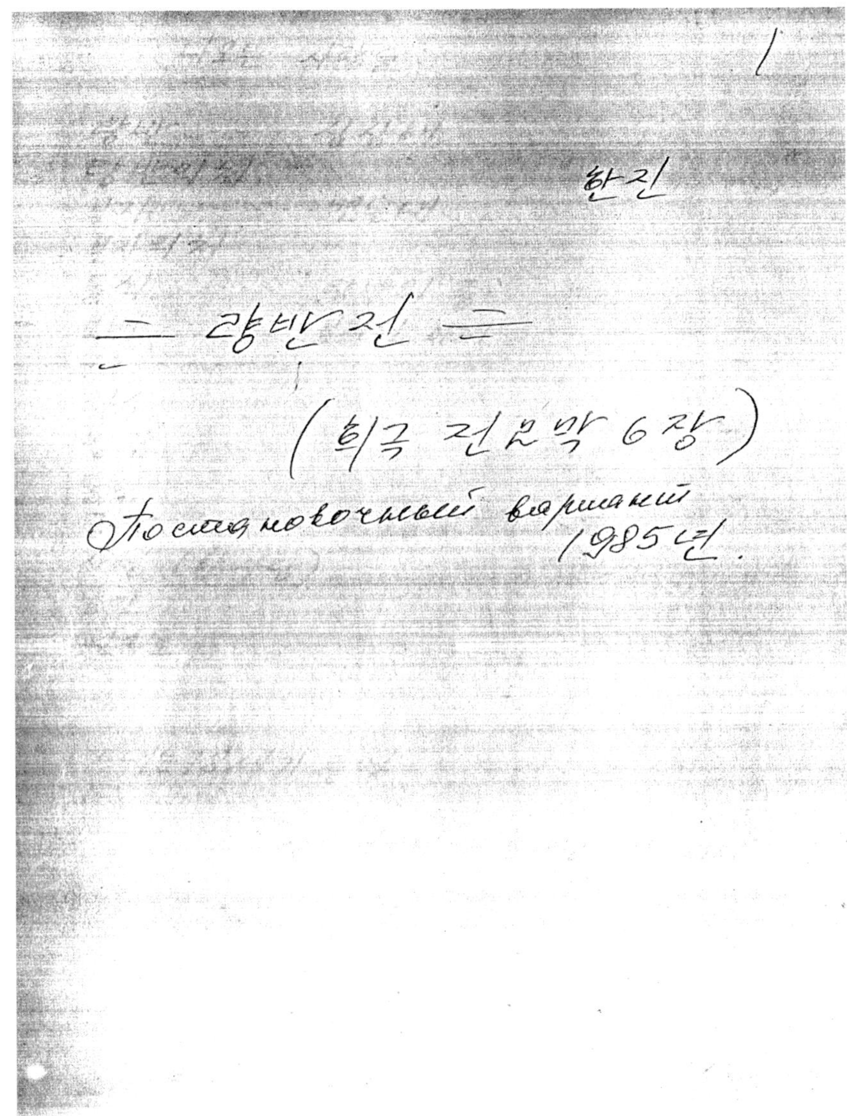

1

한진

= 량반전 =

(희곡 전2막 6장)

Окончательный вариант
1985년.

⑬ 희곡 「량반전」(1972년) 문서보관소 소장 원고(1985년)

서 막 2.

막이 열리기전

(억쇠 달려 나오다 관중들을 보고 놀라며)

억쇠 ..... 에이쿠!

마당쇠 ....(달려 나오다가 억시..) 에이쿠!

억쇠 ...... 야 마당쇠야, 너 돌쇠를 못 봤니?

마당쇠 .... 너 보배 보지 못했니?

억쇠 ...... 못 봤어.

마당쇠 .... 이거 야단 났군 구경군들이 다 모였는데

억쇠 ..... 그애들이 없으면 연극을 못 놀겠는데..

마당쇠 ... 야, 저기 돌쇠 온다!

(돌쇠와 보배 나타난다)

억쇠 ....너 어데 바라다니니 응? 손님들이 다 모였는데.

돌쇠 .... 주인 량반 신바람 갔다온다

마당쇠.....주인량반 신바람 이 읍집 처녀하고 같이 다니느냐!

돌쇠 ... 좀 노는데 뭐 큰일났니? (Танец) "𝄞"

(무대 뒤에서 부르는 소리)(보배야, 보배야! 이년 어데 갔소! 보배야!)

보배 ... 아이구, 주인이 찾는다! 난 가 봐야겠다!

돌쇠 ... 야, 보배야 좀 기다려라!

보배 ... 기다릴새 없어! (달려 나간다)

(무대 뒤에서 부르는 소리)(돌쇠야! 돌쇠야!)

돌쇠 ... 좀 노을 하니 이렇구나. 주인 량반이 부른다 나도 가봐야겠다.

억쇠 ... 마당쇠야, 넌 왜 멍하니 서있니? 연극이 벌써 시작 됐는데 왜 그러고 서 있는가 말이야?

마당쇠 ... 그래?

## ⑭ 희곡「꽃의사」원고(1974년)

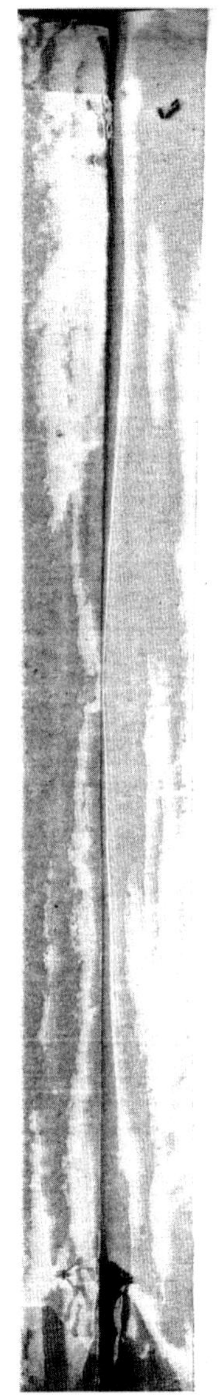

한진

꽃의사

(서정극)

## ⑮ 희곡 「꽃의사」 원고(1974년)

4.

제 일 막.

제 일 장.

여름. 푸른 초원. 한구석에 초막이 서있다.
알라와 와실리이 들어 온다.

알라. 저게 뭘가? 누가 풀을 베서 가려놨나?
와실리 초막이야.
알라. 초막? 여기에 무슨 초막일가?.. (가 본다.)
와실리. 아마 목동이 친거겠지.
알라. 알루미니야 대로 세웠어...
너 여기 전에 왔던 일이 있니?
와실리 ... 처음이야.
알라. 처음인데 어떻게 이 고장을 그렇게 잘 아느냐?
와실리 저 언덕 넘어에 별장들이 있지. 한번 동무한테 놀려왔던 일이 있는데 그 때 이 고장이 내 마음에 들었어.
알라. 사람의 그림자 하나 얼씬하지 않네...
와실리 풀냄새가 얼마나 향기로우냐.
알라. 지금은 햇빛이 땅에게 장가드는 신비로운 계절이야.
와실리 그들의 결혼을 축하해서 자연은 꽃단장을 한 모양이군.
알라. 얼마나 조용한지 귀가 쟁쟁 울려. 풀들도 우리의 발소리를 엿듣고 있는가 움직이지 않아.

(두 마리의 꾀꼴새가 한시에 노래를 시작한다. 좀 있다 한 마리는 날아나고 다른 것이 그냥 울다 끊친다.)

참 이상하군... 이 놈은 초원에 자리가 없는가? 어째 두 마리가 한나무가지에서 노래를 했을가? 서로 노래를 배워주는가?

⑯ 희곡 「어머니의 머리는 왜 세였나」 원고(1976년) 표지

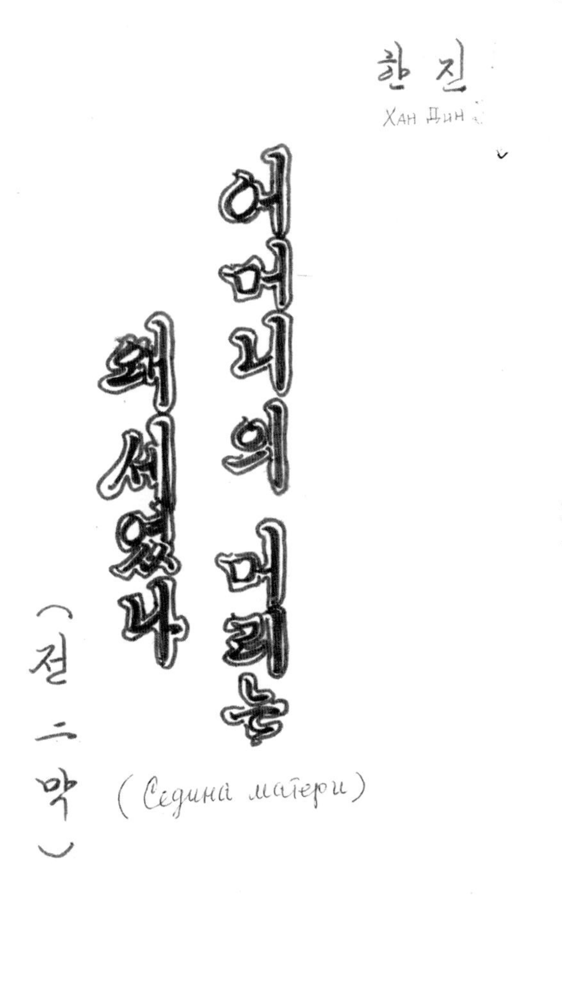
한 진
ХАН ДИН
어머니의 머리는
왜 세였나
(전 二 막)
(Седина матери)

⑰ 희곡 「어머니의 머리는 왜 세였나」 원고(1976년)

2.

제 일 막

제 일 장

골목구석. 보이지 않는 가로등의 불빛이 쓰까메이까를 비치고 있다.

무대 한구석에 전화 불까가 보인다.

롬까, 페자, 똘랴가 포도주를 한병씩 들고 빈둥빈둥 걸어나와 쓰까메이까 등지대기 우에 걸쳐 앉는다. 페자는 기따라를 멨다.

셋은 각기 자기 병을 열고 한목음씩 마신다.

롬까. 요새 어재 쎄료자 보이지 않아? 앓치나 않는지.

페자. 아래동네에 다니는 모양이야. 어떤 계집애를 친한것 같애.

똘랴. 그 자식 이런 (엄지손가락을 보인다.) 친쓰 사람있더라. 어데서 어떻게 구하는지 참 재간들이야.

페자. 돈만 있으면 마지 뿐이겠니, 별거 다 사지.

롬까. 집에서 자꾸 일하러 가라는데 야단났네.

페자. 오래지 않아 군대에 가겠는데 그때까지 난 실컷 놀겠어.

롬까. 어머니 성화에 죽을 지경이야. 난 어데 라지오 공장에 갔으면 좋겠는데, 그런 공장이 여기에 있는지...

똘랴. 뗄레위조르 고치는 아뗄리예가 있지 않니. 그것두 돈벌이가 괜찮은 모양이야.

롬까. 그런덴 싫어. 난 큰 공장에 갔으면 좋겠어. [illegible] 무엇하든 일을 했으면 좋겠어!

(또 술들을 마시고 알수없는 노래를 큰 소리로 위친다.)

## ⑱ 희곡 「산부처」(1979년) 원고

№3.

### 제 일막 - 일장

대궐으로 올라가는 높은 돌 층계. 늙은 병사 례순이와 젊은 병사 희이가 파수를 서며 이야기를 하고 있다.

례순. 얘야, 난 오늘 너를 처음 보는데 이름이 뭐냐?

희이. 희이라 합니다. 궁예 장군의 본영을 지키라는 명령을 받고 어제 명주성에서 올라왔습니다.

례순. 군대에 들어온지 오래냐?

희이. 이럭저럭 한 삼년 군대 밥을 먹습니다.

(원희 들어온다)

원희. 오늘 밤엔 장수들을 청했으니 이런 표식이 없는 사람들만 들여보내라.

례순. 예! (원희 나간다)

희이. 저분이 누구세요?

례순. 원희 장군이야.
편안하냐, 너 아직 어린 녀석 같은데 그것은 보검이구나. 남달리 옷도 값있는것을 입은걸 보니 꽤 잘사는 집안 자식 같구나.

희이. 천만의 말씀이외다. 잘사는 집안이 다 뭐요 나는 집이란것을 모르고 자랐소. 이건 다 상으로 받은거요.

례순. 상으로?

희이. 예! 궁예 장군께서 몸소 나에게 상을 주셨습니다.

례순. 무슨 그런 큰공을 세웠기에?

희이. 명주성 싸움에서 관군의 목을 세개 베었습니다

례순. 네가 벌써 사람을 죽였어?

희이. 왜 그렇게 놀래세요? 내 부모를 잡아서 죽인 관가를 들이치는 일에 뭣을 주저하겠소. 이때까지 죽인것을 다 합하면 열일곱이 됩니다.

례순. 너 나이는 얼만데?

희이. 열 여덟이요.

례순. 그러니 너는 세상에 나서 사람 죽이는 일만 했구나. 배꼽이 떨어진 그날부터 한해에 한사람씩 죽인 셈이야.

⑲ 희곡 「산부처」(1979년) 원고

№2.

**등장 인물:** Живой Буда!

1. 궁예
2. 강씨 - 왕후.
3. 어미비
4. 신현훤
5. 원희회
6. 옥희, - 원희의 딸
7. 허이 - 청년 장군
8. 려순
9. 옥지 - 운장방 장인
10. 두령 - 폭동의 두령
11. 왕건
12. 대사 석총
13. 중 -1
14. 중 - 2
15. 촌장
16. 포리
17. 신현의 부하,
18. 증인
19. 호위병
20. 기타 남녀 포로, 군인 다수.

때는 - 후삼국 시대
기원 900년경.

## ⑳ 희곡 「토끼의 모험」(1981년) 문서보관소 소장 원고(1982년)

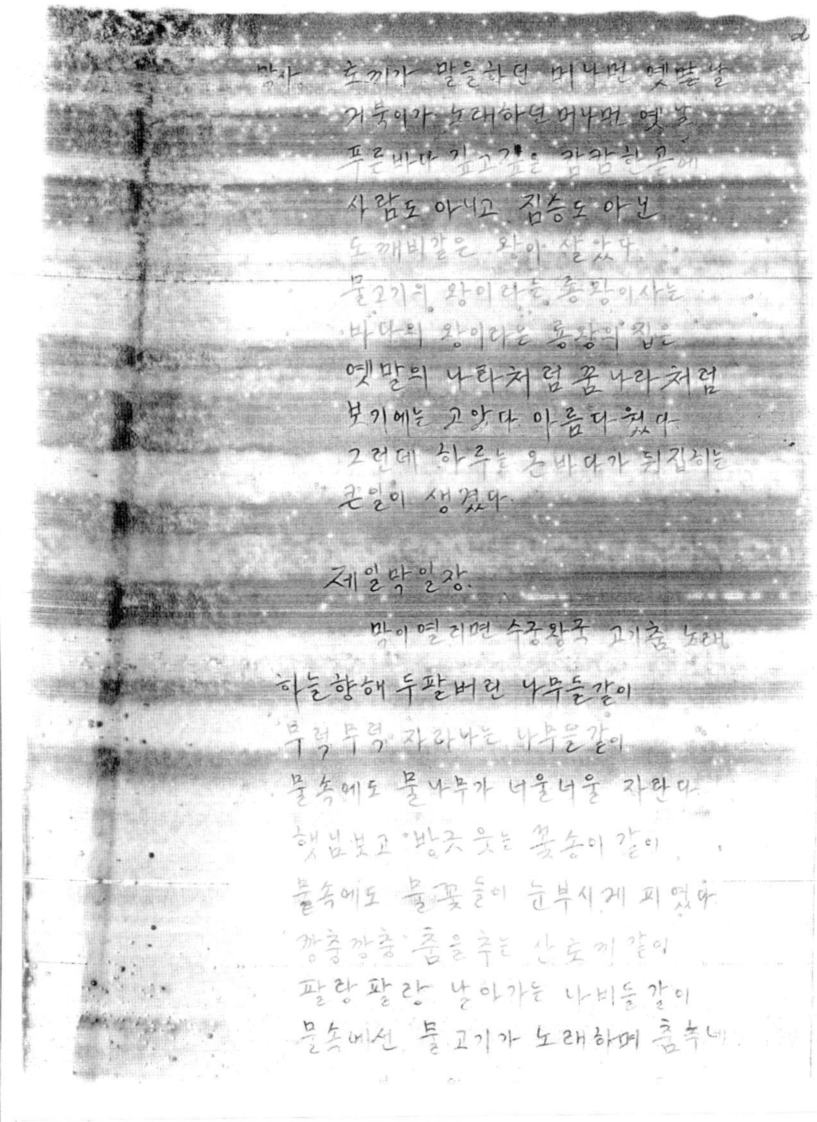

2

막사. 토끼가 말을하던 머나먼 옛날
거북이가 노래하던 머나먼 옛날
푸른바다 깊고깊은 캄캄한 곳에
사람도 아니고 짐승도 아닌
도깨비같은 왕이 살았다
물고기의 왕이라는 용왕이 사는
바다의 왕이라는 용왕의 집은
옛말의 나라처럼 꿈나라처럼
보기에는 고왔다 아름다웠었다
그런데 하루는 온바다가 뒤집히는
큰일이 생겼다.

제일막일장.

막이 열리면 수궁왕국 고기춤 노래
하늘향해 두팔벌린 나무들같이
무럭무럭 자라나는 나무들같이
물속에도 물나무가 너울너울 자란다
햇님보고 방긋웃는 꽃송이 같이
물속에도 물꽃들이 눈부시게 피었다
깡충깡충 춤을추는 산토끼같이
팔랑팔랑 날아가는 나비들같이
물속에선 물고기가 노래하며 춤추네

㉑ 희곡 「나 먹고 너 먹고」(1983년) 문서보관소 소장 원고 속표지

한진

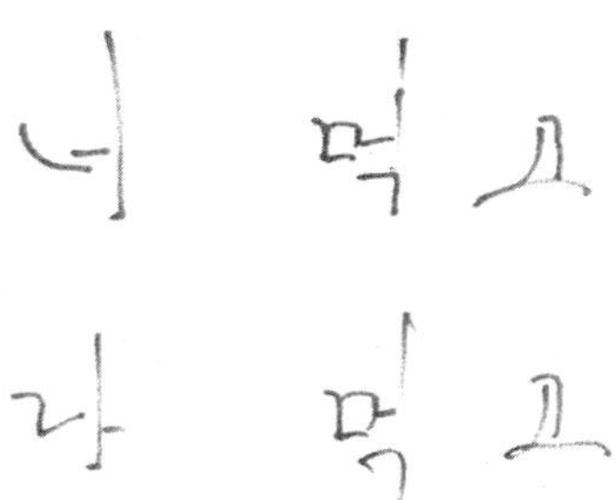

너 먹고

나 먹고

경희극. 전이막. 사장

알마-아타

1983년

## ㉒ 희곡 「나 먹고 너 먹고」(1983년) 문서보관소 소장 원고

№9

손녀에게 물렸으니 관계를 잘 처리하여라.
넌 내가 무슨 말을 하는지 잘 알것이다. 먹을땐
꽉 먹이라고 했다. 돈을 아끼지 말아라.

먹니꼴라이. 먹을땐 꽉 먹이고 먹을땐 꽉 먹고...

공니꼴라이. 안.연.아.의 젊은 안깐은 벌써 거기에 가서 새집도 받았다고 한다. 앤비는 여기서 뒷처리를 하느라고 며칠 지체되는 모양인데.. 넌 네 안깐을 데리고 가서 안가의 안깐과 면목을 익히고 빨리 손을 써라. 안가는 지금 젊은 안깐에게 홀딱 빼앗겼으니 그 안깐 말은 다 들을것이다. 앞으로 잘되기를 바란다. 끝으로 한번 너의 건강과 행복을 빈다. 손녀에게 안부를 전해라... 형 그리고리.
일은 이렇게 됐단 말이야.

한니꼴라이. 가만있소. 그럼 그젊은 안깐이 벌써 여기 와서 산단 말이오?

공니꼴라이. 그런데 어디서 사는지 ~~알수가 없단 말이다~~.

한니꼴라이. 그건 내 인차 알아 볼수있소. 들었으면 새집에 들었겠지. 요새 집들이 한 집은 저 소층집 외에는 없소.. 그러니 들었으면 그집에 들었을거요.

공니꼴라이. 누구 Горисполкоме에 아는 사람이 없나? 거기 가서 요새 알마-아따에서 이사온 안.연.아.란 사람이 집을 받았는가 알아 보면 좋겠는데...

한니꼴라이. 그럴 필요 없소. 내 여기 [illegible]를 아는데 그 친구에게 물어 보면 알수 있을거요.

공니꼴라이. 야, 그럼 어서 가보시라.

한니꼴라이. 알겠소. 인젠 안나올 것인데...

공니꼴라이. 그럼. 이렇게 앉아 있겠단 말이냐.

한니꼴라이. 집으로 찾아가지. 그런데 술 한병 집에 있소

23 희곡「폭발(양공주)」원고(1985년)

한 진

양 공 주

( 전 2 막 )

폭 발

Время разлук.

헤어지는 세월.

## ㉔ 희곡 「폭발(양공주)」 원고(1985년)

1.

등장인물들:

| | | |
|---|---|---|
| 박 춘심 | – 심학수 | 55세 |
| 전 [illegible] | – 심철호 | 그의 아들, 25세 |
| 김 исанна | – 최귀덕 | 철호의 약혼녀, 23세 |
| 맹 [illegible] | – 최실팔 | 그의 아버지, 55세 |
| 김 학년 | – 박용주 | 절름발이, 57세 |
| 배 또냐 | – 선녀 | 그의 딸, „양공주", 25세 |
| 김 [illegible] | 대식 | 청년 |
| 박 [illegible] X | – 뜰만이 | 청년 |
| 한 에레르 | 박종선 | 흑인 반종, 26세 |
| | – 일남 | 21세 |
| 안 알렉산드르 | 양만식 | 국군 장교, 30세 |
| 반 세르게이 | 양만길 | 그의 동생 25세 |
| 리 오레그 | – 흑인 병사 | 24세 |

때는 현재

장소: 군사분계선이 가까운 어떤 «기지촌».

## ㉕ 미완성 희곡 「서울손님」 원고(1993년)

2.

나오는 사람들

| | |
|---|---|
| 공 와짐 | 50세 |
| 쏘냐 | 38세,그의 처 |
| 한 와짐 | 40세 |
| 니나 | 37세,그의 처 |
| 오 와짐 | 49세 |
| 백 와짐 | 51세 |
| 인나 | 45세,그의 처 |
| 천 와짐 | 53세 |
| 메리 | 그의 처,중년인데 나이가 확실치 않다. |
| "서울 영감" | 80세 |
| 공 로마 | 35세,정체 모를 어떤 상사의 사 장 |
| 문 조야 | 38세,통역 |
| | |
| 김사장 | 45세,"서울손님" |
| 문 윤수 | 40세,김사장의 비서 |

때: 현 재

"고려인"들이 많이 모여 사는 구 소련 중앙아시아의 큰 도시.

## 26 미완성 희곡 「서울손님」 원고(1993년)

3.

제 1 막

제 1 장

공 와짐의 사택. 상당히 큰 집의 한 방이다. 왼편 전면에는 현관에서 들어오는 문이 있고 우편 전면에는 다른 방으로 통하는 문이 났다. 우편 후면에는 부엌으로 통한다. 왼편에는또한 이층으로 올라가는 층계가 있다.

지금 이 집 사람들은 모두 공 와짐의 50주년 생일잔치에 가고 조용하다. 막이 오르면 심부름을 하는 겸 집을 보는 "매지깨"노친과 "전보대"노친이 한담을 하고 있다. "매지깨"노친은 키는 작고 몸은 똥똥하다. 반대로 "전보대"노친은 키가 크고 호리호리하다. 매지깨노친은 쉬지 않고 주안상 차리는 일을 하고 있다.

**전보대노친.** 여보,노친 여기 좀 안ㅈ소. 무슨 죽을 땔 만났다고 그냥 일만 하고 있소. 와서 집을 봐주는 것만 해도 고마운 일인데 술상까지 차려달라구? 하긴 이 집 안깐이 염치 없는 년이야... 저희들은 레스또랑인지 뭔지 한데 가서 배 터지게 먹으면서 뭐 우리 생각 같은 거 할줄 아우?

**매지깨노친.** 일은 무슨 일이오... 아마 돌아와서 또 추렴을 할 에 산인지 열댓명 먹을 술상 차리라고 그래서.

**전보대노친.** 그것들이 빨리 온다고 해도 아직 한시간은 잘 있어야 될 거요. 여기 와 안ㅈ소, 우리도 한잔씩 합시다.

**매지깨노친.** (안ㅈ는다.) 이왕 마실 바에야 찡찡이라도 하기요.

**전보대노친.** 지금은 찡찡이도 별하게 한다면서.

**매지깨노친.** 별하게라니 어떻게?

**전보대노친.** "워하어!"한다나...

**매지깨노친.** "워하어!"? 그 게 무슨 말이오?

**전보대노친.** 나도 모르겠소. 하여는 서울에서 온 신식이라우.

**매지깨노친.** 그럼 우리도 신식으로 한번 마서 봅시다구려. "워하어!"

**전보대노친.** "워하어!" (술들을 마신다.)

**매지깨노친.** 워하곤 안 워하곤 쓰긴 마찬가지우. 그런데 말이야, 환갑이나 진갑 쇤다는 것은 나도 알만 하우 그건 쇠는 것이 당연할거요.조상 때부터 내려오는 습관이기도 하지만 나름대로 뜻이 있다고 생각하우,그런데 말이야 이 놈의 쉰살 쇠는 법은 어떤 놈이 생각해

㉗ 한진이 번역한 희곡 「월식의 밤」 문서보관소 소장 원고(1975년)

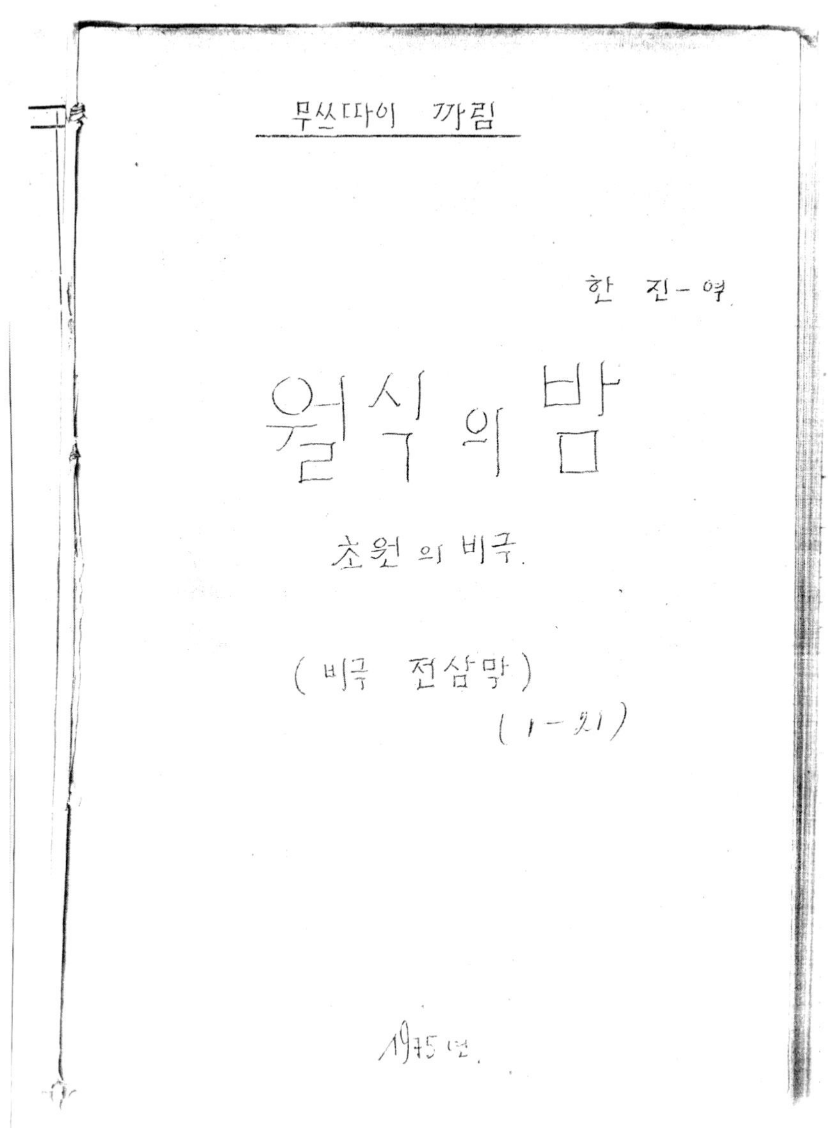
무쓰따이 까림

한 진-역

월식의 밤

초원의 비극.

(비극 전삼막)

(1-21)

1975년.

㉘ 한진이 번역한 희곡 「뻐꾹새의 울음소리」 문서보관소 소장 원고(1982년)

2

제 1 막

자브로진 일가의 주택. 이 주택은 모쓰크와 레닌그라드 대통로에 서 있는 새집에 있다. 집 맞은 편에는 «디나모» 운동장이 있고, 그 집 뒤에는 남쪽으로 소년 삐오네르 운동장과 북쪽으로 중앙 직승 비행기 정류장이 있다. 이 집은 세 채로 되여 있는데 그 집채들은 공중 다리로 서로 련결되였다. 매 공중 다리는 쇠'창살- 란간으로 나뉘여 두개의 발꼰을 이루고 여름이면 이 발꼰에 꽃들을 심는다. 담장이와 머루 잎들이 쇠'창살을 둘러 싸고 있다. 아래로부터 세 번째 발꼰이 자브로진의 것이다. 우리는 여기로 부터 이 주택을 들여다 볼 수 있다. 막내 아들 보리쓰의 방. 서둘러 거두어 놓은 침대. 침대에는 축구뽈과 운동복이 놓여 있다. 책상에는 체육 신문과 잡지 더미가 쌓였다. 못에 걸려 있는 사진기. 창문'턱에는 현상 용구, 확대기등 사진 기구들이 있다.

현관. 거기에는 의자 두 개와 체경이 있고 항상 떨어지건 하는 옷걸이가 있다.

㉚ 한진이 번역한 희곡 「선녀의 오솔길」 문서보관소 소장 원고(1980년대 번역, 2007년 공연)

2.

제 1 막. 할머니와 손자.

무대는 비였고 인기척이 없다. 무대 한가운데 안락의자와 작은 상이 있다. 상에는 어린애들의 장난감인 꾸비크들이 놓여있다. 갑자기 사방에서 관람자-배우들이 나타나 무대 량측면과 뒷면에 흩어져 앉는다. 채은희[ 가 나와 안락의자에 앉아 상우의 꾸비크들을 만지작거린다. 률동적인 음악이 들려온다. 운동복을 입은 손자가 춤을 추며 나타난다.

손자. (음악에 맞추어) 움빠-움빠! 움빠-움빠! 움빠-움빠!

채은희. (만지던 꾸비크에서 눈을 떼여 손자를 쳐다본다.) 누가 목덜미에 뜨거운 감자를 넣어놓니. 지랄맞은것처럼 떨기는 젠장. 너 이리 좀 오너라!

손자. (그냥 춤을 추며) 할머니, 왜 그러우?

채은희. 코끼리를 주어 맞출수가 없구나.

손자. 어디 봅시다. (춤을 추며 다가와 할머니 어깨 넘어로 꾸비크들을 바라다 본다.) 가운데 거와 세번째 것을 바꿔 채우. 웃줄의 거 말이오. (춤을 추며 물러난다.)

채.은희. (만족해 하며) 정말 코끼리가 됐구나. 꼬리도 제 자리에 있구.

손자. 움빠-움빠! 움빠-움빠!

채.은희. 이번엔 락타를 만들어 볼가. (꾸비크를 섞는다.)

손자. (춤을 추며) 락타! 등곱새!

채은희. 너 왜 요새 련습은 안하니, 왜 대사를 외우지 않는가 말이다?

손자. 그래 할머니 생각엔 내 몫을 하는것 같소?

채은희. 궁둥이를 내저으며 망측하게 그게 무슨 짓이냐. 너 왜 대사를 연습하지 않는가 말이다?

## ㉛ 한진의 고려일보 첫 호 기고글(1991년 1월 2일 추정)

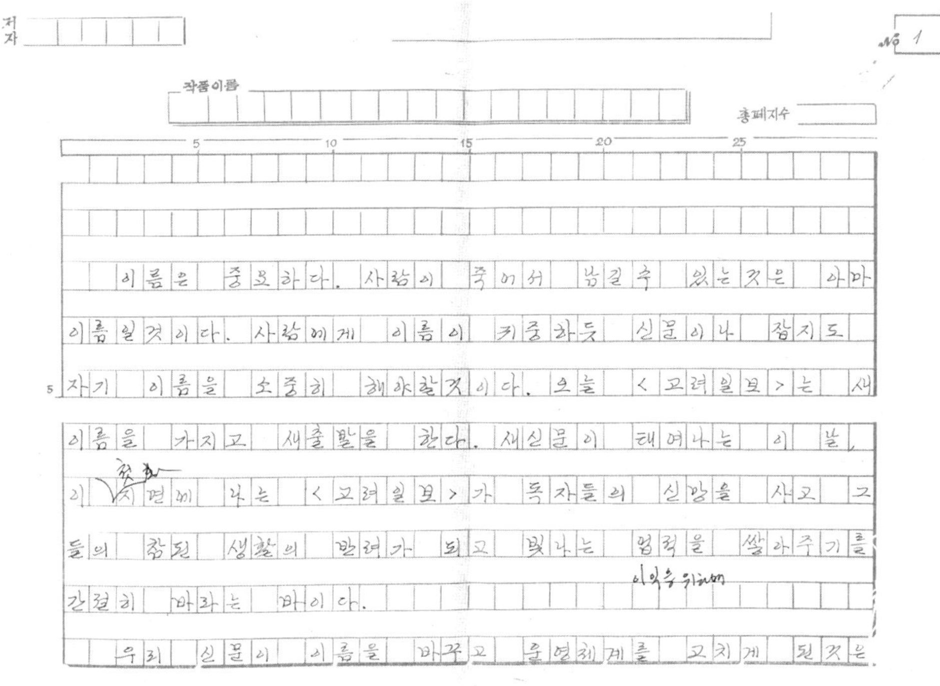

저자

작품이름

№ 1

총페지수

이름은 중요하다. 사람이 죽어서 남길수 있는것은 아마 이름일것이다. 사람에게 이름이 귀중하듯 신문이나 잡지도 자기 이름을 소중히 해야할것이다. 오늘 <고려일보>는 새 이름을 가지고 새출발을 한다. 새신문이 태여나는 이 날, 이 첫호 지면에 나는 <고려일보>가 독자들의 신망을 사고 그들의 참된 생활의 반려가 되고 빛나는 협력을 쌓아주기를 간절히 바라는 바이다.

이익을 위해

우리 신문이 이름을 바꾸고 운영체계를 고치게 된것은

32 망명회의록 초고(1958년 2월경 모스크바). 이 회의록은 총 31장이다.

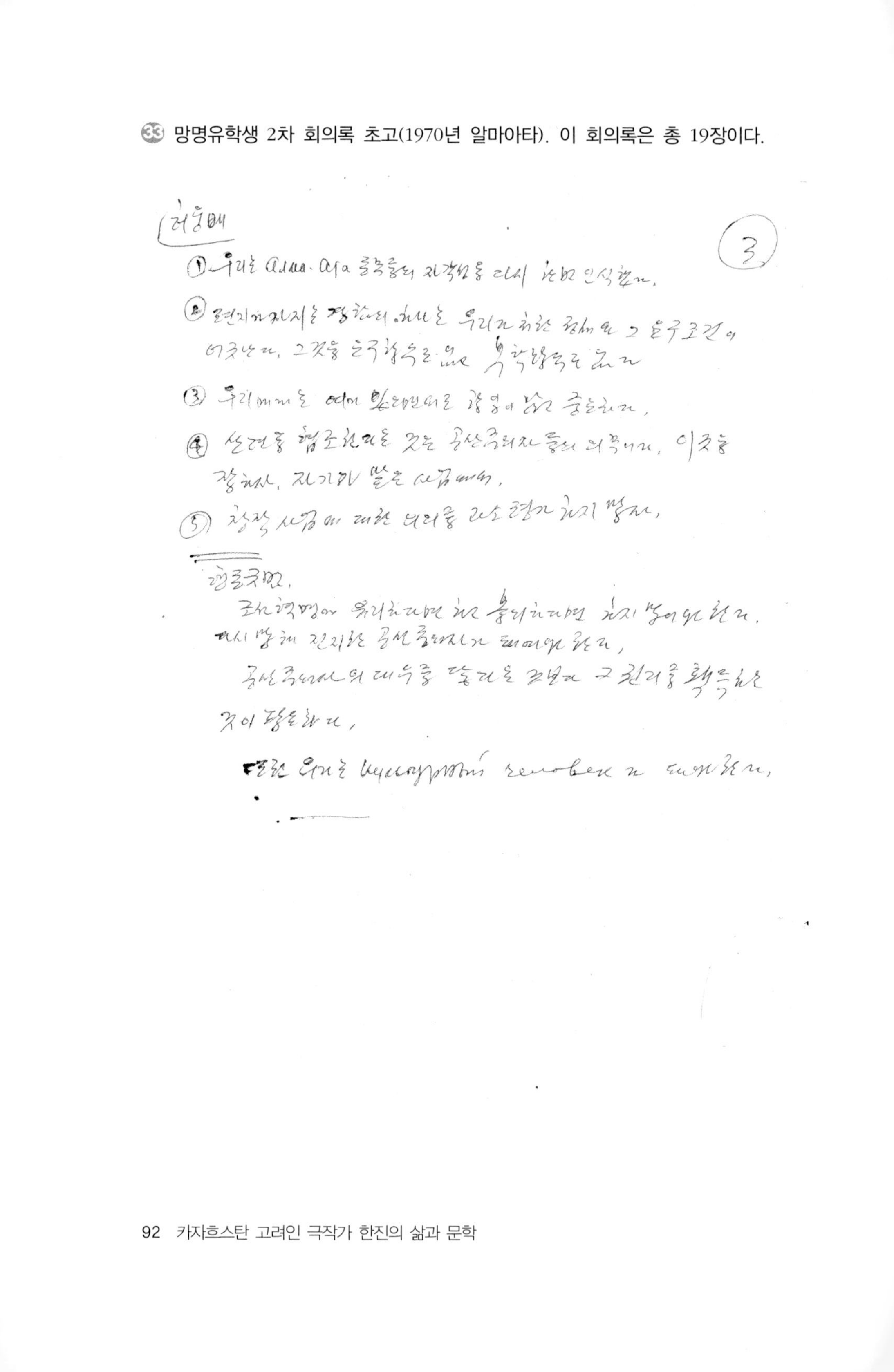

㉝ 망명유학생 2차 회의록 초고(1970년 알마아타). 이 회의록은 총 19장이다.

㉞ 한진이 각종 메모를 해놓은 갈색 수첩(1960년대)

35 한진이 각종 메모를 해놓은 검정 수첩(1980~1990년대)

Date Page

10. 15. (陰 9. 16.)

새벽 6-7시 사이. 시뻘건 둥근 달이 西天에.

아주 지기 전 한 뼘쯤 남은 시점에 빛을 잃다.

—

自由의 맛.

해방 직후. → 점점, 자유는 縮小되어

전쟁 직전에는 [illegible] 뿐에.

또 한번의 해방(즉 自由)는 [illegible]. (일종의 의미에서는 그렇지도 않는데.) 죽음이 끝나가고

自由의 맛을 이 눈앞에 [illegible].

· 할 수 없이 살지.

· 죽지 못해 살지.

·

[illegible]

Э. Перевод и В поисках радости.

# 4장. 신문 게재 원고

❶ 단편소설 「찌르러기」가 실린 레닌기치 1962년 10월 7일자 지면

1962년 10월 7일, № 200 (4723) 레닌 기치

단편 소설

## 찌 르 러 기

한 진

② 단편소설 「밤길이 끝날 때」가 실린 레닌기치 1962년 12월 16일자 지면

단편 소설

# 밤'길이 끝날 때

한 진

철갑모, 군복, 속에 입은 내의, 배낭, 총, 단도, 수류탄, 구두, 물통—말 그대로 머리 꼭대기에서 발끝까지 몸에 붙은 것이란 모두 미국 것이였다. 이 나라의 것은 하나도 없는가? 물통에 든 물만은 조선의 것이다. 하기야 그것들을 붙이고 있는 몸뚱이도 국산품이다. 어린애들에게 «고용병»이라는 그림을 그리라면 아마 모두 호식이의 초상화를 그렸을 것이다.

호식이가 이 모양을 하고 전선에 나온 지도 벌써 한 해가 잘 된다. 그래 군대 생활의 쓰고 단 맛을 다 보았다고 해도 과언이 아니겠고, 겁도 습관이 되고 굳어져서 꽤 침착하게 무서움을 겪어 낼 수 있게끔 되였다.

그러나 오늘따라 죽음에 대한 겁은 삭지를 않았다. «오늘은 죽는다» 하는 흉한 생각이 고름을 빨아 내는 검은 고약처럼 뒤'덜미에 짝 늘어 붙어 떨어지지를 않았다.

정찰을 갔다 오라는 명령을 받고 기조라는 나어린 병사와 함께 본대를 떠나 온 지도 세 시간이 잘 되였고 또 길의 도랑을 따라 기기 시작한 지도 한 시간이 남았을 것이다. 그러나 아무 것도 별다른 것을 발견하지 못 했다.

어둠 속에 희슷희슷 놓어 나간 큰 길은 조용하고 허무하다. 다른 땅색보다 길이 류달리 희ㄴ 것이 어쩐지 해골의 흑은 색을 상기시키며, 그 길에 들어 서면 다시는 빠져 나올 것 같지를 않았다. 그리고 보니 길이 거져 평탄하고 조용한 것이 아니라 움적움적 움직이는 것 같았고 그 어떤 광장이 큰 구렁이 같은 괴물의 잔등과도 같이 보였다. 어둠 자체가 그 괴물이 내쉬는 입김 같았다. 오늘따라 왜 이렇게 무서워나는지 호식이 자신에게도 모를 일이였다.

«무엇 때문에 죽어야 하는가?» 이 질문에 대답은 잠'결에도 서슴지 않고 할 수 있게끔까지 외워냈다. 하나 그 말을 할 때마다, 들을 때마다 «속는다, 속는다» 마음 한 구석에서 다른 말소리가 들려 오군했다.

그런데 며칠 전부터 무의식중에 «속는다, 속는다»는 «속았다, 속았다»로 변해 버렸다. 그래 지금도 기느라고 팔을 내밀 때마다 «속았다, 속았다» 소리 없는 마음의 말이 들려 왔다. 잘랑잘랑 물통에서 흔들리는 물소리도 «속았다, 속았다»를 되풀이하는 것 같았다. 호식이는 물통의 마개를 뽑아 물을 마신 다음 나머지 물을 땅 우에 부었다. 물통 속에서 흔들이는 물소리가 몹시 신경을 자극했기 때문이다. 전선에서 한 해를 보내면 웬만한 사람은 다 신경질에

이 말은 호식이의 가슴을 찔렀다. «오늘은 죽는다» 하는 생각을 호식 자기만이 하는 것이 아니고 기조도 하고 있는 것이 분명했다.

—얘, 혀끝을 작작 놀려. 정말 붙잡혀 «혀»가 되지 않으려면……—호식이는 상관답게 기조에게 타이르듯 말을 했다.

그러나 기조는 뚱딴지 같은 말을 더 붙였다.

—죽기 전에 말이라도 시원하게 하자꾸나. 우리는 인차 네 발 가진 짐승으로 변하고 말게야. 글쎄 싸움이 시작된 날부터 기기만 해야 하는 신세니 손이 발로 변하고 만단 말이야…

호식이는 기조와 말을 하고 있을 때가 아니라고 생각하고 숲 속으로 발을 옮기기 시작했다. 기조는 다시는 말을 꺼내지 않았다.

두 사람은 조심스레 나무 가지를 헤치며 숲 속으로, 숲 속으로 들어 갔다. 들어 가도 새 숲 속은 더 어두워졌으나 오래지 않아 차차 다시 밝아지기 시작했다. 인차 숲이 끝났다. 두 사람은 밖으로 나가지 않고 나무 뒤에 숨어서 앞을 살펴 보았다. 폐허로 된 마을에는 성한 집이라고는 보이지 않았다. 오직 숲에서 멀지 않은 곳에 있는 초가집 한 채가 신기하게 남아 있었다. 바람에 떠는 함석장의 흔들리는 소리가 덜컹덜컹 무기미한 소리를 내고 있었다.

호식이 뒤에 서 있던 기조가 갑자기 호식이의 손을 뒤로 끌어 당겼ㅅ다.

—초가집에 불빛이…

정말 초가집 창문에 불빛이 비꼈ㅅ다. 인차 사라졌다.

—누굴까? 원쑤일까?—기조가 혼자'말처럼 근심 섞인 낮은 목소리로 물었다.

«원쑤»란 말은 호식이에게 «귀신»이나 «하느님»이라는 말과 같이 거저 말에 불과했다. 귀신이라는 말을 들을 때는 머리에 뿌리가 난 도깨비를 그려 보았고 하느님이라는 말을 들을 때는 인자한 백발 로인의 모습을 회상했다. 그러나 원쑤라는 말을 들을 때는 아무런 사람의 모습도 련상할 수가 없었다. 때때로 그 말을 들을 적마다 자기와 똑 같은 나이의, 생김생김도 같은 수만의 조선 청년들의 모습이 떠올랐다. 왜 그런지 원쑤라는 말을 들을 때마다 호식이는 자기와 똑 같은 사람을 그리군 했다. 그러나 «원쑤»라는 말은 호식이에게 그 어떤 추악하고 혹독한 존재, 그와 함께는 땅 우에 공존할 수 없는 그 어떤 악독한 존재에 대한 생각을 자아 내게 하였다. 너냐, 나냐? 내가 너를 죽이지 않으면 네가 나를 죽일'게고 네가 나를 죽이지 않으면 내가 너를 죽여야

방 안에는 이 모녀 외에 다른 사람이 있는 것 같지 않았다. 호식이는 벌꺽 문을 열어 제끼며 낮욱한 목 소리로 호령을 했다. «움직이면 쏜다!» 그리고는 전지 불로 방 안을 비쳤다.

삿 바닥에 누더기를 쓰고 누워 있던 백발이 된 로파가 손을 쭉 앞으로 내밀어 펴며 애걸을 했다. —살려 주…살려주어!

—왜 전쟁판에 남아 있소?

—이 몸이 원쑤웨다. 말이 나서 걷지를 못 하는구려…

호식이는 로파의 머리맡에 웅크리고 앉았다.

—어머니, 어서 여기서 떠나시오! 인차 전투가 시작됩니다.

—가긴 어데로 간단 말이오? 온 땅이 불에 타는데…

호식이는 더 말을 하고 있을 때가 아니라는 것을 깨닫고 인차 방에서 뛰여 나와 다시 숲으로 기여 갔다. «내 모양이 사람을 죽이는 악한과 같은가부다. 내 어머니 같은 저 녀인도 나에게 살려 달라구 빌지 않는가…» 가면서 호식이는 이런 생각을 했다. «살려 주오», «살려 주오» 로파의 목 소리가 귀'속에서 쟁쟁 울리는 것 같았다.

날이 훤하게 밝아 오기 시작했다. 밤'길은 끝났다. 밤과 함께 공포심도 한결 삭아졌다. 그러나 이 번에는 심한 피로를 느꼈ㅅ다. 떠나 오기 전에 낮잠은 잤ㅅ으나 낮잠은 밤잠보다 효력이 적다. 그래 두 정찰병은 숲에서 쉬여 가기로 했다.

호식이는 두 손으로 성냥불을 가리우고 담배를 피워 물었다. 위험하긴 하였으나 그런 때 담배는 더 피우고 싶다. 숲 속에서 타는 담배 냄새는 류달리 셌ㅅ다.

담배를 거진 반 대나 피였을 때다. 갑자기 처녀의 고함 소리가 들려 왔다. 네 명의 미국 군인이 (몸 차림을 보아 정찰병들임에 틀림 없었다) 초가'집의 처녀를 붙들어 끌어 내고 있었다. 그 중 두 명은 두리번 두리번 사방을 살피고 다른 두 명은 처녀의 입에 수건을 틀어 막고 있었다.

처녀는 몸부림을 치며 고함을 질렀다. —엄마, 엄마!

호식이는 자기도 모르는 사이에 벌써 총을 겨누고 있었다. 전에는 거저 말에 지나지 않던 «원쑤»라는 말에 대한 삽화를 눈 앞에 보았던 것이다.

그러나 호식이가 총을 쏘기 전에 초가'집 건너 쪽에서 먼저 총 소리가 났다. 호식이도 기조도 격철을 당겼ㅅ다. 미국놈들의 손에서 벗어 난 처녀는 총 소리가 나는 숲으로 달려 왔다. 호식이는 달려 가 처녀를 마중 했다. 처녀는 겁에 질려 온 몸

③ 단편소설 「소나무」가 실린 레닌기치 1963년 2월 24일자 지면

단편소설

한 진

# 소 나 무

④ 소품 「물맛」이 실린 레닌기치 1963년 5월 19일자 지면

소품

한 진

# 물 맛

태양이 어떻게 눈부시게 빛나는 지 좀처럼 하늘로 눈을 쳐 들 수가 없다. 구름 한점 없는 하늘 빛이 눈을 의심하리만치 새하야ㅎ다. 희ㄴ눈에 덮인 빵도 눈'살을 찌프리지 않고서는 바라 볼 수가 없다. 세상은 빛에 찼다.

양지 바른 창문턱에 물이 가득 찬 엷은 유리 고뿌가 놓여 있다. 그 운두에 바늘 구멍 같은 기포들이 많이 붙어서 물이 더 맑게 보인다. 그것들은 기포라기보다 물속에 잠긴 빛의 구슬들 같다. 이 물을 마시면 빛이 함께 흘러 들어 가 가슴 속이 환하게 밝아질 것 같다. 고가한 포도주를 맛볼 때처럼 혀끝과 앞 이'새로 발듯이 물을 조곰 빨아 들였다. 그 순간 뜻하지 않게도 버들 냄새가 코를 스쳐 지나 갔다. 이 냄새가 정말 물에서 났는지 그렇지 않으면 내가 거저 생각해 낸 것인 지도 모르겠다. 하여튼 그 냄새는 다시 나지 않았으나 추억을 내기에 충분했다. 생각은 어느덧 십 여 년 전 옛날을 더듬고 있었다.

전쟁 때였다.

병원에서 부상을 치료하

가까운 농가의 부어ㅋ문이 열리더니 (부어ㅋ문 열리는 소리가 들리는 것 같았다) 한 처녀가 머리 우에 똬리를 얹고 물동이는 손에 든채 뜰악으로 나와 얌전한 걸음으로 우물가로 나갔다.

처녀, 처녀의 치마 저고리, 우물, 우물가의 실버들, 농가…눈앞에 보이는 것이 조선의 옛 민속화 그대로였다. 그것은 또 포성이 들리지 않는 조용한 그림이였다.

처녀는 드레박으로 물을 길어 동이에 쏟았다. 물이 눈부시게 태양에 반짝이였다. 그 것을 보고서는 더 갈증을 참을 수가 없어 나는 솔밭을 나서 마을로 발걸음을 옮겼다.

처녀는 물긷던 손을 멈추고 언덕'길을 내려 오는 나를 바라다 봤다. 내가 그의 아는 사람인 지 아닌 지 바라다 보다가 낯선 사람인 줄 확인하자 손가락으로 이마에 드리운 머리오리를 걷어 올리고 다시 물을 긷기 시작했다.

«처녀 동무, 물 한 모금 주십시요» 우물가에 멎어 서서 버들 기둥에 배낭을 걸어 놓

에 언짢ㅎ을가 바…»

이 말은 내 심장을 두드렸다. 더위에 허덕이는 사람이 단숨에 뱅수를 들이켜고 빨이 날까바 근심을 해서 잎사귀를 던져 준 처녀의 심정을 무엇에 비교할 수 있겠는가.

처녀는 수줍어선 지 또는 일이 바빠선 지 인차 물동이를 이고 집으로 들아 갔다. 그의 걸음에 따라 동이를 덮은 바가지의 장단 소리가 우물가에 울려 퍼졌다. 그 소리도 나의 가슴을 울렸다. 고국의 모든 것이 더 귀중하게 더 살뜰하게 느껴졌다.

처녀가 들아 간 후 내가 그 집 앞을 지나며 보니 마당에 갓 빨아 널은 녀자의 군복이 걸려 있었다. 그 처녀는 군인이였다. 그 때야 처녀가 고무신을 신지 않고 군화를 신고 있은 것이 생각키웠다. 아마 나처럼 자기 부대를 찾아 길을 가다 점심 식사를 하는 차에 빨래를 해놓고 그것이 마르는 동안 주인집 부어ㅋ일을 돌봐 주고 있는 지도 모른다.

그 때부터 나에게 가장 맛있는 물은 버들 내가 풍기는 물이다.

1963년 2월.

5 단편소설 「녀선생」이 실린 레닌기치 1963년 8월 27일자 지면

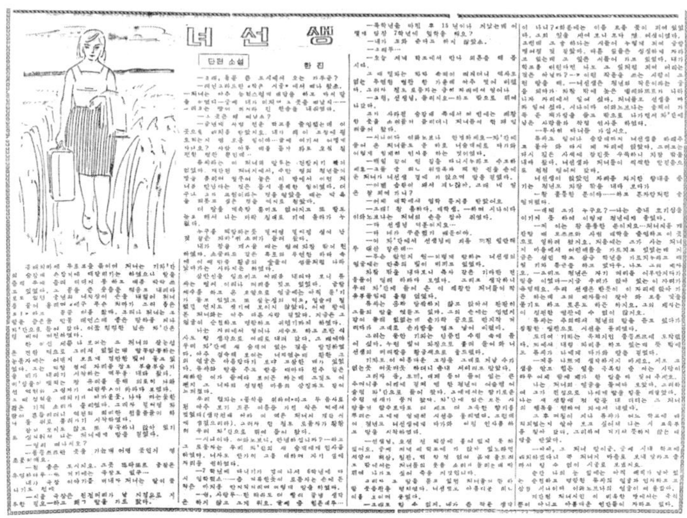
녀 선 생

단편 소설

한 진

6 단편소설 「축포」가 실린 레닌기치 1963년 11월 7일자 지면

1945년 11월 7일까지도 토성낭의 저녁은 몹시 어두웠다.

오랜 세월을 내려 오며 봄이면 보리'고개에서 허덕이고, 여름이면 홍수에 울고, 가을이면 흉주림에 흐느끼고, 겨울이면 추위에 떨던 보통문의 평양이 해방됐다고 해서 당장 팔자를 고칠 수는 없었다. 그러니 토성낭이 평양의 다른 곳보다 특별히 더 어두웠다는 것은 우연한 사실이 아니다. 전기는 있었으나 전구가 없어 불을 켜지 못 하는 집이 대부분이였다.

어둠 속에서 할 일이 없는 이 곳 사람들은 초저녁부터 잠자리에 눕는 것이 습관이 되였다. 겨울 밤은 지루하게 길었으나 이 어둠 속에서는 눈 뜬 소경이지 할 일이 없었던 것이다.

덜커덩덜커덩 대문에 매달아 놓은 깡통이 바람에 흔들릴 때마다 중학교 일학년 학생인 윤덕이는 읽던 책을 삿자리에 내려 놓고 방문을 바라다 보군 하였다. 아직 해가 있을 때 삼촌의 집으로 나들이를 간 어머니가 돌아 오지 않아 기다리는 참이였다.

방문의 창호지가 화닥화닥 바람에 떨었다. 창호지라야 진짜 창호지가 아니고 낡은 신문지였는데 거기에는 굵은 활자로 일본의 무조건 항복을 알리는 기사의 제목이 특별히 눈에 띄였다. 윤덕이는 해방 직후에 있은 어느 저녁 일을 회상하였다. 그 일이란 젊은 일본 장교 다섯 명이 송족저기에서 자폭 자살을 한 사건이였다. 그들은 일본이 항복한 날을 세상의 마지막 날로 간주했던 것이다. 그들은 속았던 것이다.

창호지는 더 요란히 떨리기 시작했다. 바람이 세진 모양이였다. 윤덕이는 다시 책을 들었다. 그리고 그리 밝지 않은 등잔'불 밑에서 계속하여 책을 읽기 시작했다.

단편 소설

축포

그런데 갑자기 방문에 번개'불같이 환한 섬광이 비꺼스다 사라지며 집을 떠내는 것 같은 요란한 소리가 토성낭을 뒤흔들었다.

윤덕이는 방문을 열어 제치고 바까르을 내다 봤다. 만수대 쪽에서가 환해지며 폭음이 다시 들렸다. 이 곳 저 곳에서 대문 어닫는 소리가 부산하게 들리며 웅성거리는 말 소리가 더 커갔다.

불빛과 폭음은 뒤에 뒤를 이어 쉴 새 없이 났다. 윤덕이는 집에서 나와 큰길 쪽으로 나가 봤다. 보따리를 든 사람, 어린애를 안은 사람, 많은 사람들이 빠른 걸음으로 지나 가고 있었다. 윤덕이는 한 사내애를 붙잡고 물어 봤다: «얘, 무슨 일이 생견?» 대답은 뜻밖의 것이였다. 일본 패잔병들이 평양에 밀려 들어 지금 쏘련 군대와 전투를 한다는 것이였다. 또 저 불'빛과 뢰성이 일본놈들의 포사격이라는 것이였다.

만수대 삼촌의 집에 가 있는 어머니가 근심되여 윤덕이는 그 길로 어머니를 찾아 나섰다. 피난을 가는 사람들이 넘어 가는 보통강 나무 다리 목에는 장정들이 모여 있었다. 한 사람이 큰 소리로 고함을 질렀다: «싸울 수 있는 사람들은 다 여기에 남으십시오!».

윤덕이는 계속 달음박질을 쳐서 만수대로 뛰여 올라 갔다. 순간 그는 자기 눈을 믿지 못하였다. 여기 거리는 여느 때보다도 더 밝았고 또 만나는 사람들의 얼굴에는 기쁨이 떠돌고 있었다. 무슨 영문인지 도무지 알 수가 없었다. 윤덕이는 다시 달리기 시작했다.

삼촌의 집 꿀악에 들어 섰을 때 방안에서 어머니의 웃음소리가 났다. 문을 열고 방에 들에 서니 어머니는 왜 왔느냐고 묻지도 않고 인차 이렇게 말을 했다.

«축포를 봤느?»

«축포? 동리에선 싸움이 났다고 피난들을 하고 있어요».

«저런 일이라구야! 어서 가 봐야겠군…»—어머니는 인차 자리에서 일어 났다.

길을 가면서 어머니는 아들에게 말을 했다.

«축포가 얼마나 아름다운지 네가 보지 못 한 것이 아깝다».

«축포가 무슨 축포애요?».

«오늘이 사회주의 시월 혁명 기념일이란다».

«시월 혁명이면 시월 달에 있을 거지 지금은 십일월이 아닙니까?».

«바로 음력으로 시월이였거던. 양력으로 세면 바로 오늘이란 말이야…».

그들이 다리 있는 데로 가까이 왔을 때 다리 목을 보고 있던 젊은 이들은 벌써 보이지 않았다. 속고 피난을 갔던 사람들이 어슬렁어슬렁 돌아 오고 있었다.

어둠 속에서 사람들의 목소리가 떠들석하니 들려 왔다. 그소리가 차차 가까워지며 사람들의 그림자들이 떠올랐다. 적위대원들이 네 명의 사나이를 호위하여 끌고 가고 있었다. 그들 중에는 미끈한 명주 주의를 입은 아주 깨끗하게 옷차림을 한 안경쟁이도 있었다. 그는 잡화 상점 주인놈이였다.

«저 붙들려 가는 잡화 상점 주인놈이 글쎄 헛 소문을 꾸며 냈구려. 다른 놈들은 그 놈의 졸개들인데 사람들이 피난한 틈을 타서 도적질들을 하다 잡혔스다우…» 그들의 뒤를 따라 가던 너인이 이렇게 말했다.

집에 돌아 와 윤덕이는 방에 들어 가지 않고 추운 것도 잊고 오래 동안 마당에 서서 만수대 쪽을 바라다 봤다. 그리고 이 번에도 자폭을 하던 일본 장교들의 불덩어리가 된 비행기가 생각 났다.

글쎄 축포를 자기를 죽이려는 포사격과 혼돈을 하다니! 오직 굴욕만을 알고 살아 온 조선 사람들은 축포가 무엇인지 몰랐다. 속지 않으려면 알아야 한다. 윤덕이는 방에 들어 가 등잔'불 밑에 책을 펴들고 읽기 시작했다.

아브로라의 포성은 23 년이 지난 그 날도 사람들께 자각의 눈을 뜨게 하며 울려 퍼졌다.

한 진

Адрес редакции и издательства: г. Кзыл-Орда, ул. Атбасарская 1. Телефоны: редактора — 0-84, зам. редактора — 3-56, отв. секре
УП00821 сельского хозяйства — 3-56 (2 эв.), издательства — 0-89. Адрес типографии: гор. Кзыл-Орда, ул. Журбы 35. Облг

⑦ 소품 「어머니의 편지」가 실린 레닌기치 1964년 2월 25일자 지면

1964년 2월 25일, № 41 (5082)

콩락 밀의 흙이 한 덩어리 부서져 전호 바닥에 떨어졌다. 흙 덩어리가 떨어진 전호 벽에 새하얀 메꽃 뿌리가 들어났다. 이렇게 전호 속에 봄이 왔다.

지금쯤 고향 집 뜰악의 빨래'줄에는 무우오가리가 주렁주렁 매달려 있을 것이다. 그 생각을 하니 짭짤한 무우오리 맛이 짜르르 혀끝에 돌았다. 이것이 집 생각의 시작이였다. 나이 어린 병사들에게 집 생각이란 무엇보다 어머니 생각이다. 나를 전선으로 바래주던 어머니의 모습이 떠올랐다. 마을 어귀까지 따라 나와 눈물이 글성글성하여 말을 못 하시고 치마'자락만 만지작거리다가 겨우 «몸 조심해라» 한 마디를 하시고 어머니는 나와 헤여졌다. 그 때 어머니는 집으로 들어 가시지 않고 동구 밖 언덕으로 올라 가시는 것을 나는 봤다. 아마 내가 산구비를 돌아 서서 사라질 때까지 언덕 마루에 서서 지켜 보고 계셨을 것이다.

그러자 어머니에게 오래 동안 편지를 하지 못 한 것이 마음에 가책이 되여 배낭 밑에서 잡기장과 연필을 꺼내 편지를 쓰기 시작했다. 오래간만에 드는 연필이라 글씨가 서투러지고 또 문장도 잘 지어지지 않았다. 편지를 다 써놓고 보니 글이 잘 되지 않은 감이 없지 않았으나 다시 쓸 시간이 없어서 다음과 같이 끝을 맺고 그대로 부쳤다.

… 어머님이 그리운 마음이야 말로 다 할 수가 없습니다. 얼마나 보고 싶은지 한 눈으로라도 잠간 봤으면 한이 없겠습니다. 아무쪼록 몸 건강하십시요.

아들 올림.

그 후 여러번 전호도 바꾸고 가렬한 싸움도 겪었다. 어느 새 땅은 높은 풀에 덮이였다. 그러던 어느 날 나는 기다리던 어머니의 편지를 받았다. 편지는 오래 동안 온 것 같아 봉투의 모서리가 닳아 있었다. 봉투 한 복판에는 낯익은 어머니의 글씨로 내 이름이 크게 씌여져 있었다. 비록 한 장의 편지였지만 어머니를 직접 대하는 것 같은 기쁨으로 하여 눈시울이 뜨거워졌다. 나는 서둘러 봉투를 떼ㅅ다.

사랑하는 아들아, 보아라

네 편지를 받아 보고 근심이 되여 곧 붓을 들었다. 글쎄 «한 눈으로라도»라니 그것이 무슨 말인가? 숨기지 말고 바른 대로 말해라, 눈은 성하냐? …

나는 편지를 끝까지 읽지 못 하고 잠간 동안 멍하니 앉아 있었다. 편지는 시초부터 나를 놀라게 하고 또 부끄럽게 하였다. 어머니를 안심시키려고 쓴 편지가 도리여 근심을 자아냈던 것이다. 내가 어머니에게 편지를 쓸 때 몹시 보고 싶다는 뜻을 강조하고 사랑을 표시하느라고 «한 눈으로라도 잠간 봤으면 한이 없겠습니다»고 했었다.

그 때부터 나는 참으로 조심해서 어머니에게 편지를 쓴다. 그 편지에는 아름다운 문장도 장황한 수식사도 필요 없다. 어머니는 자식의 글을 심장으로 읽는다.

나비 행기

8 단편소설 「땅의 아들」이 실린 레닌기치 1964년 4월 19일자 지면

단편 소설 　　　　　　　　한 진

# 땅의 아들

내가 카사흐쓰딴의 한 휴양소에서 휴식한 것은 칠 년 전 일이다. 그 곳은 참으로 경치가 아름답고 공기가 맑은 고장이였다. 나는 그 때 두 사람과 친하게 지냈는데 한 사람은 대학을 금방 졸업한 해'내기 의사인 리 지나라는 어여쁜 처녀였고 다른 한 사람은 농업 대학 연구사인 박 인철이란 나이가 한 삼십된 사나이였다. 우리는 한 상에서 같이 식사를 하기 때문에 사귀게 되였다. 우리는 어느 때나 같이 산보도 하고 영화 구경도 다니고 함께 배놀이도 하였다.

하루 우리는 조반을 먹고 밖으로 나왔다. 신선한 공기를 마시며 솔밭 속을 지나 가는데 난데 없이 시원한 동치미국 맛이 입안에 돌았다. 아마 솔밭 냄새가 정신이 버쩍 나게 몸에 작용했고 그 냄새를 맛에 비한다면 동치미국과 같으리라고 내가 생각하기 때문이였을 것이다. 하여튼 여기에서 나에게 가장 마음에 든 것은 무엇보다 맑은 공기였다. 그러나 사람들의 취미는 다 다르다고 지나는 경치가 아름답다는 말을 늘상 했고 박 인철은 이 곳 경치나 공기가 도리여 가슴을 답답하게 한다고 불평만 말했다. 이 경치가 광활하지 못 하고 아기자기해서 싫증이 나고 공기는 구수하지 못 하고 녀자의 분냄새처럼 달콤해서 마음에 들지 않는다는 것이였다. 그런데 나에게는 그 말이 과장인 것 같이 생각되지도 않았다. 해'빛에 그슬린 얼굴이나 굵직굵직한 손이 밭도 많이 갈아 본 것 같은 사람이였다. 그는 땅의 아들이 분명했다. 그가 구수한 땅 냄새와 광활한 벌판을 더 좋아 하리라는 것은 당연한 일이라고 생각되였던 것이다.

그와 지나는 한 도시에서 왔다. 그래서 그런지 그들의 사이는 나와 그와의 사이보다도, 나와 지나의 사이보다도 더 가까운 것 같았다. 나는 그들이 둘이서 호수'가에 앉아 오래 동안 조용한 이야기를 하고 있는 것을 여러 번 봤다. 그러나 그들의 관계는 동무지간에 불과했고 사랑의 싹이 튼 것 같이는 생각되지 않았다. 하기야 그들이 벌써 이 때에 더 심중한 말을 마음 속에서 주고 받고 있었는지도 모른다.

우리는 솔밭을 지나 높은 산들에 둘러 싸인 잔잔한 호수로 나왔다.

«이 곳 자연은 무지개 같애·분홍색 꽃밭, 노란 모래밭, 푸른 솔밭, 쪽빛 호수, 파란 하늘...»호수'가로 나와 시야가 넓어지자 지나는 또 경치 자랑을 시작하였다.

«이런 손바닥만 한 곳에서 답답해서 어떻게 사오. 오늘이 마지막 날이기 다행이지 하루라도 더 있으라면 안타까워 고혈압증을 만나겠소. 하기야 저 산'봉우리에 올라 가면 경치가 괜찮을거야…»

이렇게 말하는 박 인철은 황홀한 눈으로 아득히 높은 푸르스레한 바위 산 꼭대기를 바라다 보고 있었다. 나도 지나도 그가 바라다 보는 산'봉우리를 올려다 봤다.

그 때 박 인철이는 반가운 목소리를 질렀다.

«내가 어찌 아직 저 산에 올라갈 생각을 못 했을가… 저기라도 올라가 봐야 휴양 왔던 보람이 있지. 저 산 넘어에는 더 아름답고 더 광활한 경치가 있을게야…»

이렇게 되여 우리 세 사람은 높은 산을 오르게 되였다.

산으로 올라 가려면 우선 수림을 지나야 했다. 숲속으로 들어 가두 새 길은 더 어둠침침해졌다. 주위는 조용하고 바람이 없어 솔방울 떨어지는 소리 조차 뚜루 요란하게 들리는 것 같았다. 자연은 우리의 발자욱 소리에 귀를 기울이고 정적을 깨치며 지나 가는 우리의 뒤를 살펴 보고 있는 것 같았다. 다람쥐가 한 마리 깡충 나무 가지에서 나무 가지로 뛰여 넘었다. 그것은 마치 잔잔한 호수에 난데 없이 떨어진 돌이 파문을 일군 것과 같은 감을 자아냈다.

우리가 지나 가는 숲속의 길은 평탄하게 생각되였다. 그러나 이것이 벌써 산'길이였다. 수림을 지나 공지로 나왔을 때 비로소 이것을 깨달았다. 특음 사이로 들여다 보이는 휴양소의 흰 집채들도 거울 같은 호수도 고불고불 엉키운 길들도 한눈에 내려다 보이는 높은 곳에 우리는 올라와 있었다. 여기에서 바라다 보이는 경치는 참으로 무지개처럼 아름다웠다.

잠간 이 곳에서 숨을 돌려 가지고 우리는 다시 산'길을 떠났다. 길은 가파라웠고 험했다. 그러다 그 길조차 없어진 후에는 바위에서 바위로 뛰여 넘거나 그 바위 짬을 누비며 올라가야 했다. 이것은 거저 심심해서 하는 산보가 아니였다. 이것

현의 빛이 서리여 있었다. 그 순간 나는 그가 지나를 사랑한다는 것을 깨달았다. 그의 눈에 비낀 수심은 여실히 애정을 말해 주고 있었다.

박 인철의 눈'길을 감촉한 처녀는 머리를 숙이였다. 혹시 이 때 처녀도 그를 따라 끝까지 산을 올라 가 볼 생각이 있었는지도 모른다. 그러나 아마 녀자의 자존심이 그 생각을 억눌러 버린 모양이다.

«난 도로 내려 가겠어».

처녀는 딱 말을 잡아 떼고 자리에서 일어 났다. 그러나 박 인철이는 아무 말 없이 그 자리에 서 있을 뿐이지 같이 내려 갈 생각을 하지 않았다. 처녀는 드디여 내리받이'길로 발걸음을 떼었다. 그래도 박 인철이는 움직이지 않았다. 나는 할 수 없이 처녀를 바래 주려 그의 뒤를 따랐다. 한참 내려 오다가 처녀는 뒤를 돌아다 보았다. 나도 그가 바라다 보는 쪽으로 눈'길을 돌렸다. 산을 기여 올라 가는 박 인철의 모습이 바위 사이로 사라졌다간 또 나타나군 했다. 그러다 한 바위 뒤로 사라진 후는 다시 보이지 않았다. 처녀는 한숨 비슷한 가벼운 숨을 내쉬더니 다시 걷기 시작했다. 우리는 산 밑으로 내려 와 서로 자기 숙소로 헤여질 때까지 아무 말도 하지 않았다. 나는 어쩐지 처녀와 박 인철이가 말 싸움이라도 단단히 한 것 같은 감을 느꼈다. 솔밭 속의 오솔길을 걸어 가는 날씬한 처녀의 몸매는 자연에 어울려 더 아름답게 더 깨끗하게 느껴졌다. 그 순간 나도 어쩐지 그 처녀가 그리워나는 충동을 느꼈다. 그것은 그 어느 한 녀자에 대한 애정이라기보다도 아름다움에 황홀해진 나의 감정의 발작적인 표현이였다.

점심 때 박 인철이는 돌아 오지 않았다. 처녀와 나는 둘이서 식사를 했다. 어느 때나 맛있게 음식을 먹던 처녀가 한두어 번 술을 들었다 놓고는 우유를 마시고 나가 버렸다. 나는 그의 행동에서 고민이나 후회를 감출 줄 모르는 아주 순진한 마음씨를 엿볼 수 있었다.

저녁 식사가 끝날 때까지도 그는 돌아 오지 않았다. 나는 그의 저녁을 받아 가지고 숙사로 돌아 와 홀로 우묵하니 앉아 있었다. 무슨 불상사나 생기지 않았는가 별별 생각이 다 떠올랐다. 드디여 나는 그를 찾아 나서려고 막 일어 서는데 조용히 방문이 열리였다. 문턱에는 박 인철이가 자기의 흰 적삼을 벗어 들고 서 있었다. 그 적삼에는 무엇인가 무거운 것이 들어 있어

⑨ 레닌기치에 실린 단편소설 「땅의 아들」 스크랩-표지

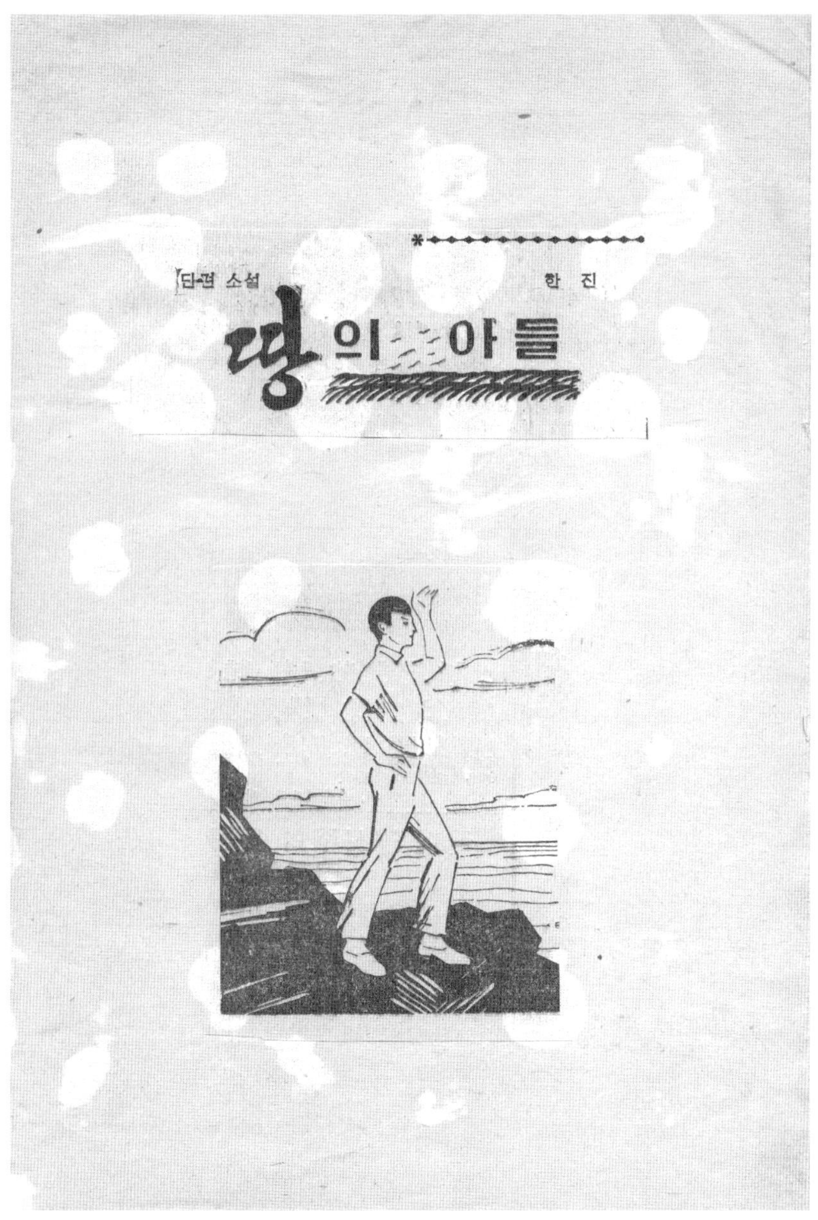

## ⑩ 레닌기치에 실린 단편소설 「땅의 아들」을 스크랩—첫 장

내가 카사흐쓰딴의 한 휴양소에서 휴식한 것은 칠 년 전 일이다. 그 곳은 참으로 경치가 아름답고 공기가 맑은 고장이였다. 나는 그 때 두 사람과 친하게 지냈는데 한 사람은 대학을 금방 졸업한 해'내기 의사인 리 지나라는 어여쁜 처녀였고 다른 한 사람은 농업 대학 연구사인 박 인철이란 나이가 한 삼십된 사나이였다. 우리는 한 상에서 같이 식사를 하기 때문에 사귀게 되였다. 우리는 어느 때나 같이 산보도 하고 영화 구경도 다니고 함께 배놀이도 하였다.

하루 우리는 조반을 먹고 밖으로 나왔다. 신선한 공기를 마시며 솔밭 속을 지나 가는데 난데 없이 시원한 동치미국 맛이 입안에 돌았다. 아마 솔밭 냄새가 정신이 버쩍 나게 몸에 작용했고 그 냄새를 맛에 비한다면 동치미국과 같으리라고 내가 생각하기 때문이였을 것이다. 하여튼 여기에서 나에게 가장 마음에 든 것은 무엇보다 맑은 공기였다. 그러나 사람들의 취미는 다 다르다고 지나는 경치가 아름답다는 말을 늘상 했고 박 인철은 이 곳 경치나 공기가 도리여 가슴을 답답하게 한다고 불평만 말했다. 이 경치가 광활하지 못 하고 아기자기해서 싫증이 나고 공기는 구수하지 못 하고 녀자의 분냄새처럼 달콤해서 마음에 들지 않는다는 것이였다. 그런데 나에게는 그 말이 과장인 것 같이 생각되지도 않았다. 해'빛에 그슬린 얼굴이나 굵직굵직한 손이 발도 많이 갈아 본 것 같은 사람이였다. 그는 땅의 아들이 분명했다. 그가 구수한 땅 냄새와 광활한 벌판을 더 좋아 하리라는 것은 당연한 일이라고 생각되였던 것이다.

그와 지나는 한 도시에서 왔다. 그래서 그런지 그들의 사이는 나와 그와의 사이보다도, 나와 지나의 사이보다도 더 가까운 것 같았다. 나는 그들이 둘이서 호수'가에 앉아 오래 동안 조용한 이야기를 하고 있는 것을 여러 번 봤다. 그러나 그들의 관계는 동무지간에 불과했고 사랑의 싹이 튼 것 같이는 생각되지 않았다. 하기야 그들이 벌써 이 때에 더 심중한 말을 마음 속에서 주고 받고 있었는지도 모른다.

우리는 솔밭을 지나 높은 산들에 둘러 싸인 잔잔한 호수로 나왔다.

«이 곳 자연은 무지개 같애·분홍색 꽃밭, 노란 모래밭, 푸른 솔밭, 쪽빛 호수, 파란 하늘..»호수'가로 나와 시야가 넓어지자 지나는 또 경치 자랑을 시작하였다.

«이런 손바닥만 한 곳에서 답답해서 어떻게 사오. 오늘이 마지막 날이기 다행이지 하루라도 더 있으라면 안타까워 고혈압증을 만나겠소. 하기야 저 산'봉우리에 올라 가면 경치가 괜찮을거야…»

이렇게 말하는 박 인철은 황홀한 눈으로 아득히 높은 푸르스레한 바위 산 꼭대기를 바라다 보고 있었다. 나도 지나도 그가 바라다 보는 산'봉우리를 올려다 봤다.

그 때 박 인철이는 반가운 목소리를 질렀다.

«내가 어찌 아직 저 산에 올라갈 생각을 못 했을가…저기라도 올라가 봐야 휴양 왔던 보람이 있지. 저 산 넘어에는 더 아름답고 더 광활한 경치가 있을게야…»

이렇게 되여 우리 세 사람은 높은 산을 오르게 되였다.

산으로 올라 가려면 우선 수림을 지나야 했다. 숲속으로 들어 가두 새 길은 더 어둠침침해졌다. 주위는 조용하고 바람이 없어 솔방울 떨어지는 소리 조차 벽루 요란하게 들리는 것 같

1

⑪ 단편소설 「서리와 별」이 실린 레닌기치 1965년 2월 14일자 지면

단편 소설

한 진

준희는 춥기만 하였다. 그것은 목덜미와 소매자락으로 스며드는 찬 바람 때문에만도 아니였다. 워낙 마음 속이 싸늘하였다.

맥없이 옮기는 발'길에 동기여 길에 얼어 붙었던 도토리알이 쏜살 같이 날아 났다. 여느 때 같으면 경쾌한 그 소리가 반갑게 귀'전을 울렸을 것이다, 그러나 준희는 듣지도 보지도 않고 얼빠진 사람처럼 걸었다. 나무가지에 핀 성에도 상점 진렬장의 유리도 모든 것이 눈 부시게 빛을 뿜고 있었으나 컴컴한 담'벽 그늘을 걷는 것처럼 산산하고 침울한 기분을 어찌할 수 없었다.

며칠 전에 있었던 일이 자꾸 생각되였기 때문이다.

준희는 손아귀에 든 종이 쪽지를 꽉 틀어 쥐였다. 이 편지 쪽지는 그 날 저녁 사람들이 헤여져 갈 때 현관에서 외투를 입혀 주며 그 사람이 남몰래 손에 쥐여 준 것이였다. 준희는 거기에 무슨 글이 적혀 있는지 따로 외우고 있을 뿐만 아니라 그 글'자들의 생긴 모양까지도 기억하고 있다. 5시에 만나자고 쓴 그 «5» 자가 «4» 자 우에 씌여 있는 것까지 눈 앞에 선하였다.

대학에서 함께 공부하는 올라라는 녀동무의 초청을 받고 준희는 도시에 와서 처음 연회에 참가하였다. 그리고 이 생일놀이에서 처음 유리라는 청년을 봤다. 이 연회는 반 년 전 콜호스에서 중학교를 졸업할 때 차렸던 송별회와는 아주 판이하게 굉장하였다. 더우기 이것은 어른들의 모임이였다. 그리고 준희도 당당한 어른의 자격으로 이 야회에 참가하였다. 모인 사람들의 옷차림만이 어른다운 것이 아니였다. 나이는 아직 적은 사람들이였으나 그들의 말도 그들이 먹는 음식도 다 어른들의 것이였다. 하여튼 처음 겪는 일이 되여서 그런지 준희는 몹시 거북하였다.

그러나 유리는 이 사람들 속에서 아무 구속도 받지 않고 태연스레 행동하였다. 그는 말도 많이 하였으나 그 말이 우습고 기지 있는 것이여서 어느 때나 사람들이 환영하여 들었다.

사람들이 한창 흥이 나서 떠들 때 유리는 술'잔을 들고 일어 섰다. 그리고는 생글생글 준희를 바라 보며 웃다가 «자, 우리 아가씨들이 어느 때나 늙지 않을 것을 원하여 잔을 듭시다». 하고 축배를 권하였다.

«야, 참 좋은 축배다. 이런 술이야 다 마서야지». —유리 곁에 앉아 있던 올랴가 떠드는 바람에 준희도 잔을 들었다.

그리고는 모두 일어나 이웃 방으로 나갔다. 춤이 시작된 것이였다. 낯선 사람들 속에서 준희는 어쩐지 마음이 조마조마해서 춤추기도 싫었다. 그래 혼자 방에 남았다. 한 번 먹고 일어난 명절상은 몹시 복잡하고 어지러웠다. 그런데 열핏 통조림통이 하나 눈에 띄였다. 통조림통은 뚜껑은 열렸는데 아무도 그 속에 든 물고기는 다치지 않았다.

«아마 맛이 없는 물고긴가 봐… 또 보기에도 신통치 않고. 내가 저 물고기 신세야. 그러니 누구 한 사람 춤을 추자고 권하러 오는 사람이 없지‥»—이런 실없는 생각이 머리를 스쳐 지나 갔다. 그런데 준희는 미운 처녀는 아니였다. 그의 얼굴에는 은근한 녀성미가 돌고 있었다. 그리고 그 그윽한 얼굴은 아직 순진한 해'내기 처녀의 면사포로 덮여 있었다.

그 때 유리가 방에 들어 왔다. «왜 적적하게 홀로 앉아 있소?»하고 그는 준희에게 말을 걸었다.

«거저…»—준희는 생각 없이 입에 오르는 대로 대답하고 어색해서 눈을 내리 떴다.

유리는 술을 한 잔 마시고 안주를 고루다가, «불상한 물고기두…아무도 다치지 않았네. 내나 먹어 줘야지…» 하며 껄까 한 마리를 냉큼 입에 던져 넣었다. 준희도 그냥 앉아 있는 것이 무엿하고 심심해서 말을 꺼냈다.

«나도 금방 그 물고기가 불상하다고 생각했는데…호, 호…»

«그럼 당신의 취미가 내 취미와 비슷하오. 나도 물건을 파보는 편이요. 오늘도 이리로 오다가 참새들이 노는 것을 한참 서서 봤소. 참새도 수'놈은 알락달락한 게 곱습디다…»

이렇게 그들은 말을 주고 받았다. 그러자 춤이 끝나고 사람들이 다시 방으로 돌아 왔다. 그 후에도 연희는 오래 계속되였다.

손님들은 저녁이 늦어서야 헤여졌다. 준희도 현관에 나와 중학교 때부터 입는 겨울 외투를 입으려는데 유리가 다가'와 입혀 주었다. 그 때 그가 준희 손에 이 쪽지 편지를 쥐여 주었던 것이다. 그리고는 히죽 웃어 보이고 방으로 되돌아 갔다.

준희는 밖에 나와 가로등 밑에서 편지 쪽지를 읽었다. 이틀 후에 만나자는 사연이였다. 준희는 쓴 웃음을 웃으며 그 편지 쪽지를 호주머니에 넣고는 잊어 버리고 말았다.

그러나 그것은 아주 잊어 버린 것도 아니였다. 이틀이 지나 만나자는 그 날이 왔다. 준희는 다시 그 쪽지 편지를 꺼내 봤다. 그 편지는 호기심을 자아냈다. 글쎄 이것은 처음 사나이에게서 받은 비밀 편지가 아닌가. 그런데 그 날은 또 몹시 추운 날이였다. 이렇게 추운데 자기를 보겠다고 밖에서 떨고 있을 유리를 생각하니 가엽기 한이 없였다. 가서 만날 사이가 없고 말이라도 하고 오야 하지 않을가? 그렇다 해도 그것은 만나러 가는 것이지. 그럴 바에야 식을 다 차려야지…

(제 4 면에 계속)

1965년 2월 14일

⑫ 새에 대한 이야기 「뻐꾹새」가 실린 레닌기치 1965년 4월 24일자 지면

새에 대한 이야기

## 뻐 꾹 새

한 진

날'짐승들이나 길'짐승들에게 무슨 사람과 같은 정이야 있으랴만 나는 아주 신기하고 심상치 않은 짐승의 행동을 목격했다.

수림 속에 외로이 서 있는 산림 경영소에서 휴식하고 있을 때였다. 저녁 노을이 깃든 수림의 하늘은 훤하니 밝았으나 땅과 나무 기둥들 사이에는 벌써 어둠이 짙어 가고 있었다. 이 때 어디선가 뻐꾸ㄱ새 우는 소리가 들려 왔다. 가만히 살펴 보니 뻐꾸ㄱ새는 높은 소나무에 앉아 산림 경영소 뜰악에 서 있는 백양나무를 바라다 보며 울고 있었는데 백양나무 우에는 참새 둥지가 있었다. 참새가 나무 우에 둥지를 튼다는 말을 나는 그 때까지 듣지 못 했었다. 그러나 그 둥지의 주인은 확실히 한 쌍의 참새들이였다. 며칠 후에야 안 일인데 그 때 뻐꾸ㄱ새는 참새들이 어디로 나간 틈을 타서 그 곳에 알을 낳고 운명의 롱락에 자기 자식을 맡기고 떠나는 차였다. 이렇게 하는 것은 뻐꾸ㄱ새의 습성이다. 그러나 알을 버리고 가기는 뻐꾸ㄱ새에게도 안타까운듯 나무 우에서 울고 있었던 것이다.

그 후 며칠이 지났다. 뜨거운 여름 해를 받으면서도 지긋이 둥지에 웅구리고 알을 품고 앉아 있던 참새의 날개죽지 밑에서 뻐꾸ㄱ새 새끼가 흉측한 작은 대가리를 내밀었다.

뻐꾸ㄱ새 새끼는 몹시 빨리 자라기 시작했다. 그의 양부모인 한 쌍의 참새들은 갓 깐 새끼를 먹여 살리노라고 모진 고생을 다 하였다. 그러나 귀찮다는 기색은 조금도 보이지 않았다. 참새들의 혜택으로 뻐꾸ㄱ새는 아무런 불편을 모르고 자랐다. 자리는 어느 때나 깨끗하였고 먹을 것도 어느 때나 풍족하였다. 뻐꾸ㄱ새의 식욕은 대단했다. 아직 자연의 모든 것이 잠에서 깨여 나지 않은 이른 새벽부터 뻐꾸ㄱ새는 배가 출출하다고 어리광을 부리며 울어대여 참새들을 깨우군 하였다. 자기들의 몸집보다 몇 배나 더 큰 뻐꾸ㄱ새가 제 새끼가 아닌 것을 참새들은 알아 차렸을 것이나 아마 낳은 정만 정인가 기른 정도 정이지 하고 제 새끼와 다름 없이 기른 모양이다. (사람들에게 도적놈이라고 불리우는 참새들에게 이런 정이 있으리라고는 정 믿어지지 않았다).

그러던 어떤 날 거픈 도적 고양이가 새둥지에서 째ㄱ째ㄱ거리는 뻐꾸ㄱ새의 울음 소리를 듣고 입맛을 다시며 백양나무로 기여 오르기 시작했다. 새파란 고양이의 눈초리를 보자 뻐꾸ㄱ새 새끼는 질겁을 하여 팔락거리며 요결하게 소리를 지르기 시작했다. 그 소리에 참새들은 황황히 날아 왔으나 때는 이미 늦었었다. 축 쳐진 뻐꾸ㄱ새의 한 쪽 날개에서 피가 뚝뚝 떨어지고 있었다. 참새들은 자기 생명의 위험을 무릅쓰고 고양이에게 달려 들어 쫓기 시작했다. 고양이는 할 수 없이 다 잡았던 뻐꾸ㄱ새를 두고 땅으로 뛰여 내릴 수 밖에 없었다.

가련하게도 뻐꾸ㄱ새는 세상에 태여 나서 한 번도 날아 보지 못 하고 병신이 되고 말았다. 그러나 참새들은 뻐꾸ㄱ새를 버리지 않고 몸을 돌보아 주며 자기들은 끼를 굶어도 배부르게 뻐꾸ㄱ새를 먹여 살렸다. 뻐꾸ㄱ새는 날지는 못 했으나 건장하게, 크게 자랐다.

하루는 아침부터 하늘이 흐무더니 저녁 때가 되면서 소낙비가 내리기 시작했다. 하늘이 짜개지는 것 같은 요란한 우뢰 소리와 함께 뱀의 허물 같은, 아니 사나운 고양이의 눈초리 같은 번개'불이 수림 속으로 내려 박혔다.

혹시 이 때 뻐꾸ㄱ새 새끼에게 부모가 있었다면 어린애가 비 오는 날 우뢰 소리를 무서워할 때 이불을 덮어 주며 달래듯 날개로 뻐꾸ㄱ새를 싸안고 공포심을 덜어 줬을지도 모른다. 그러나 힘이 센 뻐꾸ㄱ새의 요동을 참새들은 진정시킬 수 없었다. 놀란 뻐꾸ㄱ새는 억세하는 참새들을 밀어 던지고 날개가 상한 것도 잊고 둥지에서 날아 올랐다. 그리고는 돌덩이처럼 무겁게 젖은 땅 우에 떨어지고 말았다. 날이 밝자 참새들이 죽은 뻐꾸ㄱ새에게로 날아 왔다. 그것들의 주둥이에는 벌레가 한 마리씩 물려 있었다. 그러나 뻐꾸ㄱ새는 주둥이를 벌리지 않았다.

비에 흠씨ㄱ 젖은 뻐꾸ㄱ새의 시체를 발견했을 때 나의 목구멍에는 뜨거운 것이 북바쳐 올랐다. 뻐꾸ㄱ새를 묻어 주려고 나는 수림 속으로 들어 갔다. 두 마리의 참새가 요란하게 지저귀며 나의 뒤를 따라 날아 오고 있었다.

⑬ 단편소설 「공포」가 실린 레닌기치 1989년 5월 23일자 지면

⑭ 단편소설 「그 고장 이름은?」이 실린 고려일보 1991년 7월 30일자 지면

《그 고장 이름은?…》

한 진

(계속)

⑮ 한진의 단편소설 「찌르러기」와 「소나무」에 대한 정석(정상진)의 평론이 실린 레닌기치 1963년 5월 19일자 지면

# 실감 있고 향기로운 작품을 위하여!

(신춘 문예 페지들에 실린 단편 소설들과 시들을 중심으로)

«레닌 기치» 문예 페지들은 그야말로 «수양버들 가지에 첫 꽃이 피여 나고 제비들이 처마끝에 동지를 틀 때»의 봄 향기로 가득히 담기웠으며 «우리의 새 행복 싣고 오는 봄»을 맞이하는 «창조의 새록 새 페지를 쓰고 있는 수백만 사람들»의 기쁨과 삶의 노래로 충만되여 있다.

신춘 문예 페지들에는 우리 신문에 계속 차기 작품을 보내고 있는 기성 작가, 시인들이 다수이지만 청소하고도 전망 많은 시인들도 적지 않다.

우리 문예 페지에 새로운 향기를 뿌려 주고 있는 한 진과 부 뽀뜨르 두 작가로부터 이야기를 시작하려 한다.

한 진은 우리 문예 페지의 하늘에 새로운 별로 나타났다. 그의 단편 «찌르러기», «소나무» 등은 단편들이라기보다 산문 포에마들이라고 하는 것이 가당할 것이다. «찌르러기»에서의 안드레이까의 내면 세계는 자연과 같이 소박하고도 아름다우며, 찌르러기처럼 천진란만하다. 그의 «찌르러기»의 생명을 위한 지극하고도 꾸준한 «투쟁», 생에 대한 높고도 극진한 사랑, 학교에 갈 시간까지도 잊을 지경 «삶»을 위하여 생각하고 있는 그의 심정—이것은 앞으로 풍부하고 광활한 세계를 담기 위한 어린이의 내'적 토대이다. 한 진의 «소나무»도 역시 소나무의 «삶»을 위한 사람들의 간고한 투쟁에 대해 말해 주고 있다. 이 단편에서 보는 바와 같이 소나무는 쓰딸린의 개인 숭배밥에 억눌리워 비참하게 희생된 아름다운 우리 사람들의 상징으로 되고 있다. 이 아름다운 사람들이 사회주의의 승리를 위하여 끼친 업적은 말라 죽은 소나무의 «마른 송진이 전등불에 비치어 수정처럼 반짝»이 듯이 빛나고 있으며 송진 냄새는 대대손손 내려 가면서 그들의 업적을 잊지 못하게 할 것이며 개인 숭배에 대한 저주를 자아 낼 것이다.

사랑과 분노는 시가의 어머니라고 말들 한다. 한 진의 이 상 단편들이 곧 사랑과 분노의 창미로 되였다.

부 뽀뜨르의 실화 «니나의 재산»도 역시 그 내용으로 보나 작가의 의도로 보아 퍽 아름답다. 한 마디로 단편은 고 니나와 수라 쎄르기엔꼬의 우정, 사랑에 대한 이야기를 담고 있다. 진실한 사랑은 란관을 두려워 하지 않는다. 오히려 난관은 사랑을 굳세게 하며 그런 사랑은 피곤도 락심도 모른다. 고아들인 두 청년 남녀가 아이 때부터 고아원에서 같이 자라고 같이 공부하여 사랑까지 맺는 것을 작가는 실감 있게 이야기하였다.

루크 농사에 취미를 붙이게 한 것은 결국 돈이였다. 그 때문에 사랑하는 사람도 찾아 가지 않고 자기 아주머니의 선전과 또 돈 버는 재미…쎄르기예느꼬는 결국 니나의 과오를 알기 시작하였다. 그리하여 쎄르기예느꼬는 니나로 하여금 진실한 재산이 돈에 있는 것이 아니라, 인간 자체에 있으며 인간, 사랑하는 사람, 주위의 인간들의 성의—이것이 곧 재산이라는 각성에까지 나가게 하였다. 마침내 니나는 3 년 간 벌어 놓은 5천 루블리를 고아원에로 송금하여 선사하였다. 그리고 니나는 진실한 재산을 사람들과 자기 사랑하는 수라 쎄르기예느꼬에게서 얻었다.

이것은 실화다. 또 그렇기 때문에 실감이 있으며 실감이 있기 때문에 아름답다. 진실로 아름다운 것은 생활에 있으며 그 진실한 미를 찾을 줄 아는 작가만이 자기의 작품을 통하여 인간들에게 행복감, 기쁨, 아름다움을 줄 수 있다. 작가가 만일 이 방면에서 이런 수법으로 꾸준이 로력한다면 우리에게 좋은 작품을 줄 수 있을 것은 의심할 바 없다.

단편 소설 «비상한 날» (안 표도르) 도 역시 실감적이며 감격적이다. 단편을 읽은 후 독자의 첫 인상은 «참 위대한 쏘베트의 조국이여, 단 너의 품 속에서만이 이와 같은 비상한 날에 행복을 서로 주고 받고 또 너의 너그러운 품 속에서만이 각 민족들의 친선이 두터워 질 수 있을 것이다»라고 긍지감을 갖게 된다.

조선인 박 장식이 고아원에서 가져다 기른 로씨야 어린이 빼짜 깔리꼬브가 죽었다던 친 어머니를 찾게 되여 행복하게 기른 아버지 박 장식이와 함께 셋이 한 가정에서 행복하게 살게 되였다는 이야기는 진실로 비상한 날의 비상한 기쁨을 말하여 주고 있다. 얼마나 아름답고도 고상한 사람들인가!

단편의 작가 안 표도르는 이 상 첫 작품으로써 우리 문예 페지에 «비상한 날»의 온화한 빛을 뿌려 주고 있다. 독자들은 그에게 더 많은 «비상한 날»의 꽃떨기들을 우리 문예 페지'우에 던져 줄 것을 기대할 따름이다.

우리 신문 문예 페지들에는 희곡 작품들이 드문 손님으로 되여 있다. 꼴호스들과 기업소들에서의 소인 연예단들은 특히 단막 희곡들을 요구하고 있다. 그러나 우리 문예 페지들에서 희곡을 본다는 것은 진실로 하늘의 별 따기로 된다. 이와 같은 별로서는 금년 정월 문예 페지에 실린 진 우 작 경희극 «우니웨르쌀까»이다.

경희극은 그 쟌느르의 명칭과 마찬가지로 우스워야 한다. 웃음으로써 우리 생활에서 찾아 볼 수 있는 단'점과 결함들을 시정하려는 것이 이 쟌느르의 목적일 것이다. 작가 진 우는 «우니웨르쌀까»로써 이 목적을 달성하고 있다. 자기의 딸을 음악

(제 4 면에 계속)

⑯ 한진의 희곡 「봉이 김선달」에 대한 전향문의 극평이 실린 레닌기치 1975년 5월 15일자 지면

## 극평 풍자극의 풍격

—연극 "봉의김선달"에 대하여—

카사흐국립조선연극극장 창작집단이 창조한 연극 "봉의김선달"(한진 작, 김이오씨프연출, 박곤쓰딴찌느미술, 정추음악)은 시대의 선진적 사상의 체현자로서의 봉의 김선달의 형상을 통하여 당해시대 썩어빠진 량반관료배들의 부패성과 추악성을 낱낱이 폭로하며 국토와 자연에 대한 인민들의 공동소유의 념원을 주도적으로 천명하고 있다.

그러므로 옛 고전작품들인 "홍길동"은 비상적인 봉건왕국의 건설로, "춘향전"은 탐관오리의 청산으로 끝났다면 이보다 시대적으로 훨씬 후에 나온 "봉의김선달"은 대동강을 포악무도하고 허위와 기만으로 가득찬 배골 부자에게 팔아 넘기는 사건을 통하여 량반통치계급의 착취제도를 신랄히 폭로규탄하고있으며 불합리한 사회제도에 대한 인민들의 비판과 반항의 정신을 예리한 풍자의 수법으로 표현하고있다.

이런 의미에서 인간에 의한 인간의 착취제도가 청산되고 자연과 향토가 전인민적소유로 된 우리 사회주의 현실에서는 마치 먼 옛날의 전설과도 같이 들릴수 있는 이 하나의 이야기를 통하여 사회주의 제도하에 사는 행복감과 긍지감을 고착시키며 사회주의—공산주의 건설의 크나큰 자부심을 갖게 하는 측면에서 일정한 의의가 있는것이다.

연극 "봉의김선달"의 창조자들은 예로부터 인민들의 구두를 통하여 내려오는 김선달에 대한 하구 많은 이야기중에서 원의 지지와 비호밑에 마을사람들에게 우물물을 팔아먹는 사건과 농군들과 길손들에게 바가지팔아 먹는 사건과 추려서 대담하게 그려내려고 집요하게 노력한데서 얻어낸 결실이다.

연극의 제1장과 제2장, 그리고 마지막 장을 대비해보면 우리는 그것을 쉽게 알수 있다.

이 장면들은 사실상 서로 비슷한 사실들이 그려져있다. 극의 제1장에서 배골부자가 우물물을 팔고, 바가지장사를 하여 부자가 되는 장면이 그려졌다면 극의 마지막 장은 그가 더 큰 부자가 되려고 김선달에게서 대동강을 사는 장면이 그려졌다.

보는바와 같이 이 사실들은 물론 그 자체가 일정하게 류사성을 띠고 있는것은 사실이나 우물물을 팔고 대동강을 사는 배골부자의 행동계기와 정황들은 같지 않으며 또한 이 사실과 직접 관계되고있는 김선달의 형상이 역시 상당한 발전을 가져오고 있다.

즉 극의 제1장과 2장에서 김선달은 돈을 주고 우물물을 사마시고 또 차돌이와 꽃분이의 사랑관계에 일정한 지지와 동정을 표하며 그들로 하여금 우물안에 빠져죽는다는 설화로 배골부자를 설득시킴에 도우미를 주고있는것으로 성격이 묘사되여있다면 극의 마지막장에선 도루먹이져으로 배골부자에게서 거액의 금전을 받고 대동강을 팔아넘기는 그의 성격장성의 력사를 통하여 시대의 선진사상의 체현자로서의 그의 주도를 적극적으로 탐구 개방해 내려는 창조자들의 지향과 형상체계의 집약성 등 일련의 긍정적면들을 갖고있다.

즉 봉의김선달과 같이 선진사상으로 일정하게 준비된 인간을 혁명적 힘세의 전진과 함께 그의 성격발전과정을 진실하게 묘사함에 있어서는 창작실천상 풀기 어려운 문제들이 있는것만은 사실이다. 그러나 연극창조자들은 주인공인 김선달의 성격적특징들을 엄밀히 발전적인 과정에서 형상화해냈다는 점이다.

바로 여기서 연극창조자들은 성격발전과 인간장성의 개념을 동일시하지 않고 새롭고 비반복적인 다양한 정신세계, 정서적인 속성들을 부단히 확충하면서 폭넓은 인간으로 형상하기 위하여 적지 않은 노력을 기울였다.

다시 말해서 봉의김선달의 주도적성격은 이미 극의 초기부터 일정한 높이에 올라있었지만 얽힘새가 상승발전함에 따라 이러저러한 인간들과의 극적관계속에서 그의 성격발전의 과정을 생동하게 그렸다는 점이다.

바로 그렇기때문에 그가 부닥치는 정황과 다양한 극적관계속에서 그의 풍부하고 지혜로운 다면적인 정신적면모가 일정하게나마 확충되고 심화됨으로써 시대의 선각자로서의 지성과 감정세계를 심도있게 구현할수 있었다.

이외에도 당해시대 평민들의 락천적인 생활감정을 형상적으로 재치

대동강사건에 대한 독립된 두개의 드라마선에 대한 지리한 묘사, 주인공의 성격발현에서 나타나야 할 사상정신적관계보다 차돌이와 꽃분이의 애정관계를 원과의 삼각경쟁속에 몰아넣고 따분히 끌고간 사실, 또한 극에서 묘사되는 사건과 사실들이 주인공의 성격에 의해 내적으로 엄격히 통일되지 못하고 평면라렬에 의해 산만히 묘사된 점과 다소 꾸며낸듯한 장면 등을 들수 있다.

또한 이외에도 연극에 등장하는 인물수에 비하여 거기에 나타난 사회적관계와 시대상의 폭이 넓지 못한 점들과 농군들과 마을사람들의 개성적특징들이 거의 일률화되고 다양한 속성들로 개방되지못한 점, 일련의 명대사들에 대한 그릇된 인식 및 표현 등을 들수 있다.

그러나 무대미술을 담당한 박곤쓰딴찌느은 풍만한 색채와 밝고 아름다우며 은근하면서도 서정미로 가득찬 농탄한 조선화의 필치로 대동강의 전경묘사를 진실하고 생동하게 그려냄으로써 관람자들로 하여금 조선의 독특한 자연미에 대한 황홀감에 사로잡히게 했으며 연극의 주제사상을 천명함에 일정하게 기여하였고 무대 공간처리, 환경묘사에서도 사실주의적향취를 그윽히 풍기게 하였다.

또한 이 연극의 음악을 담당한 작곡가 정추는 흥겹고 경쾌한 선률, 부드럽고 박력있는 음향들로 등장인물들의 성격적특징들에서 발현되

끝으로 배우들이 무대우에서 살며 행동하는 최고목표는 개성화된 역인물의 성격창조이다.

이런 의미에서 "배골부자의 역으로 분한 재능있는 젊은배우 룹알렉싼드르와 원의 역으로 분한 김안톤, 그리고 주인공 김선달의 역으로 분한 공화국공훈배우 박춘섭은 역인물의 사회계급적본질들을 정확히 파악하고 그의 내면세계를 심도있고 진실하게 형상하였다. 특히 김안톤의 연기는 놀랄만한 형상으로 하여 관중들에게 깊은 인상을 남겨놓았다. 이외에도 삐오쇄역(배우 박와쎌리), 차돌이역 (배우 전에두아르드), 꽃분이역 (배우 박마이야) 형상에서도 개성화된 성격창조를 보게 되였음을 기쁘게 생각한다.

그러나 아직까지도 배우연기에서 보게 되는 일반적인 결함은 소위 자연스러운 연기를 일소하는 문제이다. 형상이라는 그 자체의요 구로부터 출발하여 배우는 무대우에서 사람들이 생활하는것처럼 자연스럽게 연기하는것만으로는 만족할수 없다. 배우들은 필연적으로 보다더 본질적이며 중요한 대사를 찾아야 하며 개성적인 행동을 더욱 강조하는 방법으로 예술화해야 한다. 이와 같이 형상과정이 없이 소위 자연스럽게 연기한다 하여 객석에는 지어 중요한 대사도 잘 들리지 않으며 무대적행동에는 굴곡이 없이 기록적인 연기를 해서는 안된다.

그러므로 배우들, 자신들이 연기기량을 제고하기 위한 목적의식적이며 체계적인 훈련을 꾸준히 진행하여야 하겠다는것이며 또한 연출가는 극작품의 기본문제의 해

**17** 한진 50회 생일을 맞아 모스크바에서 내려온 리경진과 한진 등이 주축이 되어 열린 창작 콘퍼런스에 대한 기사(레닌기치 1981년 8월 28일)

# 현실반영과 쏘련조선인작가들의 과업

《레닌기치》신문사에서는 카사흐쓰딴작가동맹조선쎅치야의 주최로 쏘련조선인작가들의 창작꼰페렌치야가 진행되였다.

본사주필 한 인노껜찌 빠블로위츠가 꼰페렌치야를 개회하였다.

꼰페렌치야에서 카사흐쓰딴작가동맹 조선쎅치야 꼰쑬딴트 한진은 《쏘련공산당 제XXVI차대회와 제VII차쏘련작가대회 결정에 비추어 쏘련조선인작가들앞에 나선 과업에 대하여》 보고하였다.

금년은 쏘련공산당 및 가맹공화국들의 당대회가 진행되였으며 제XXVI차당대회 결정을 실천하기 위한 제VII차쏘련작가대회가 소집된 큰 사변의 해라고 보고자는 지적하였다.

쏘련작가들은 현실을 반영하며 자기 작품의 주인공인 근로자들의 내면세계를 깊이있게 형상하기 위해 노력하고있다. 쏘련문학은 77개 언어로 발행되고있는바 그중의 하나인 조선문학도 다른 형제공화국의 문학과 마찬가지로 민족문학을 찬란하게 꽃피우기 위하여 노력하고있다.

당과 정부의 배려하에 조선문학을 발전시킬 훌륭한 조건들이 조성되였다. 카사흐쓰딴작가동맹내에 조선쎅치야가 사업하며 국립조선극장과 공화국간공동신문 《레닌기치》는 조선인작가들의 작품을 내놓으며 《사싀수》 출판사에서 조선어로 작품집이 출판되고있다.

지난 5년간 김준의 시집 《그대와 말하노라》와 맹동욱의 시집 《영원한 길동무》 (로문판)가 발행되였으며 금년에 종합작품집 《해바라기》와 연성용작품선집이 조선어로 출판될것이다. 앞으로 김준의 작품집과 강태수, 김광현의 시집이 로문으로 출판될것이다. 그리고 래년부터 조선작가들의 작품집을 정기적으로 매년 발간할 예정이다. 그러기때문에 우리 조선인작가들은 당과 정부의 신임에 보답하기 위하여 좋은 작품들을 창작하는것이 선차적과업으로 제기되고있다.

우리가 좋은 글을 써서 독자들의 기대를 어기지 말아야 할것이다. 작가들은 좁은 테두리를 벗어나 벅찬 현실을 그리기 위해 생활속으로 들어가야 하며 로씨야문학에서 배워야 한다. 《종이에다 글을 쓰는것이 아니라 은에다 금싸라기같은 글을 쓰자, 창작의 포부와 꿈을 현실화하자》고 보고자는 강조하였다.

다음 평론가 정상진(두산베)은 《최근에 발표된 산문에 대하여》 보고하였다.

조선문학의 무대가 《레닌기치》문예페지인것만큼 그 역할을 높여야 한다. 그러기 위해 문예페지에 많은 사람들을 인입시켜야 하며 지면에 발표된 산문의 질을 높이기 위해 주의를 돌려야 한다. 최근에 발표된 10여편의 산문을 분석하면 내용이 빈약할뿐아니라 낮은 수준에 처해있다. 작가대회에서 제기된 문학의 역할과 지위, 작가들의 현실반영문제와 결부하여 볼 때 문예페지의 산문은 너무나 거리가 멀다.

전동혁의 《권총》에서 청진전투의 묘사는 사실을 외곡하였으며 장윤기의 《아들과의 상봉》은 그 누구의 심정도 건드리지 못하는 미약한 작품이라고 지적하였다.

소설이란 생활을 그대로 그린다면 작품으로 될수 없다. 그것은 작가의 사색과 토로가 안받침될 때에만이 생활이란 무엇인가를 느낄수 있게 한다. 글을 쓰는 사람을 교양하고 작가의 기량을 높여주는 평론사업이 꼭 동반되여야 한다고 지적하였다.

다음으로 연단에 오른 시인 리진(모쓰크와)은 《쏘련조선시문에 대하여》 보고하였다.

《레닌기치》 문예페지의 기본은 시편들이다. 시는 신문과는 달리 기동성있고 감수성이 빠르기에 무엇보다 독자들과 인차 친숙해진다. 시어는 보통어이지만 시적이여야 하며 여운을 남기는 글이 되여야 한다.

금년에 발표된 시를 읽어보면 서정시들이 많은 부분을 차지하고있다. 발표된 시들에는 정론시들이 있는데 정론시는 조금만 잘못 쓰면 아무리 노력해도 성과를 달성하지 못하고 만다. 그러기에 정론시를 쓰는 경우에는 많은 주의를 돌려야 한다.

서정시들을 보면 《련정의 선물》과 《아리랑노래》는 독자들의 심금을 울리지 못하는 시이다. 《정적속의 한순간》은 좋은 시상을 가지고있는 시임에도 그것을 잘 시화시키지 못하여 좀 서운하였다. 문예페지에는 《사랑에 대한 발라다》와 같은 사회주의사실주의와는 거리가 먼 시들이 발표된것은 유감스러운 일이다.

또한 시를 쓸 때 시상을 잘 무르익히며 확고한 립장을 가지고 자유롭게 써야 한다. 언어에 대한 요구성을 높이며 서로 창작토론을 전개하여 더 좋은 시를 창작하여 조선시문학을 발전시켜야 한다고 말하였다.

토론에 참가한 리정희는 매 문예페지에는 7—8편의 시가 발표되는데 투고된 작품들은 량적으로 적을뿐만아니라 질적면에서도 미약하기에 곤난한 점이 많다고 말하였다. 그렇기때문에 많은 시들이 발표되지 못한다.

투고된 작품들을 보면 봄, 가을 등 계절에 대하여 쓴 시들이 많은데 이 시들은 제목도 비슷하거니와 내용도 서로 근사하기에 이름만 없으면 누구의 작품인지 모를 형편이다. 《내 나라 붉은기》, 《흘레브》를 비롯한 적지 않은 시들은 시상이 약할뿐 아니라 시어선택에서도 결함을 가지고있기에 세상을 보지 못하게 되였다.

그전에 문예페지에서 볼수 있었던 리진을 비롯한 많은 시인들이 글을 쓰지 않는다. 작가와 시인들이 창작의 붓을 다시 들고 좋은 글을 쓰자고 말하였다.

토론에 참가한 철학학사이며 작가동맹 맹원인 박일은 《레닌기치》문예페지는 일정한 결함이 있지만 계속 발표하는것을 찬양할만하다고 말하였다. 그러나 여러해동안 지상에 발표되는 산문과 시들의 절대다수가 과거, 지나간 이야기를 내용으로 하고있기에 오늘의 현실이 반영되지 않는것이나 다름없다. 그것은 글쓰는 사람이 인민과 같이 살며 숨쉴줄 모르기때문이다. 지금까지 발표된 작품을 보면 쏘련조선사람의 생활이 적게 보인다. 조선민족문학사를 연구하며 조선인근로자들의 생활을 실감있게 그리자. 조선말의 음악적인 언어를 잘 연구하여 시에서 운률을 살리자고 말하였다.

이외에 윤수찬, 정장길, 김 이오씨프, 김기성, 리함덕이 토론에 참가하였는데 그들은 작품평론을 앞세우며 자라나는 젊은 세대들의 창작기량을 높이는 사업에 작가동맹 조선쎅치야가 관심을 돌려야 한다고 지적하였다.

또한 신진작가들의 창작수준이 낮기에 그저 만세식으로 작품을 쓰고있다. 조선쎅치야는 작가들의 창작경험을 후대들에게 전달하며 그들의 창작사업에 방조를 주는 일련의 대책들을 취하여야 한다.

작가들이 희곡을 많이 창작하여 조선극장무대를 화려하게 하여야 한다. 창작토론회를 전개하며 창작련계를 강화하지 않고서는 우리 문학이 발전할수 없다고 한결같이 말하였으며 일련의 창작문제들이 심중하게 토의되였다.

꼰페렌치야에서는 《레닌기치》문예페지에 많은 작가들이 망라되여 질좋은 작품을 창작할뿐만아니라 앞으로 발간될 종합작품집에 대한 구체적인 문제들이 론의되였다.

(본사기자)

사진 : 꼰페렌치야에서 웨. 꾸츠낀 촬영

고려일보 1992년 7월 24일 금요일 3 면

**7월 27—29일 알마아따에서는 한국 문인협회 제3회 해외문학 심포지움이 진행된다. 카사흐쓰딴이 독립국으로 된후 처음 진행되는 이 국제 포룸은 독립국공동체 고려인 문학발전에서 큰 도움으로, 획기적인 단계로 될것이며 한국—카사흐쓰딴 친선에도 많은 기여를 하게 될것이다. 아래에 독립국공동체 고려인문인협회 회장 한진의 주제발표문을 게재한다.**

# 민족문학의 진로

오늘의 주제는 《민족문학의 진로》라는 간단하고 명료한 제목입니다. 그러나 고려인이라는 구소련땅에 살아온 우리의 경우 이 주제의 말마디마디가 많은 문제점들을 가지고 있습니다. 고려인이란 누구냐? 고려인문학이라는 것이 존재하느냐? 존재한다면 그것은 어떤 것이냐? 또 나아갈 길은 있느냐? 주제발표의 의뢰를 받고 인차 내 머리를 친 의문들이었습니다.

여기에서 우리 교포들을 고려인이라고 하는 것은 어색하고 또 비논리적이지만 구소련 동포들이 의식적으로 사용하기 시작한 말입니다. 소련에서 페레스트로이카가 시작되기전까지만 하여도 우리는 자신을 조선사람이라고 불렀습니다. 이 고려인이란 말은 민간에서 사용되던 말인데 로씨아어로 우리 조국을 꼬레야라고 하기때문에 거기서 유래했을 수도 있고 또 포석 조명희선생의 유명한 산문시 《짓밟힌 고려》의 영향으로 생겨난 말일 수도 있습니다. 그러나 한국과 소련이 수교가 되고 상호교류가 빈번해짐에 따라 대한민국의 국호를 고려하고 또 조선민주주의인민공화국의 반응도 생각하여 중립적인 이름을 취하게 된 것입니다. 가장 대중적인 우리 동포단체의 이름이 국제고려인협회이고 우리 문인들의 모임이 고려문인협회입니다. 그러나 조선이란 말을 쓰는 사람도 있습니다. [illegible] 단체이름이 그러합니다. 구소련의 우리 동포들에게는 조국의 남도 또 북도 다 같은 우리의 조국입니다. 우리들의 염원도 [illegible] 하루 빨리 조국이 통일이 되는 일입니다. [illegible] 조국의 남북이 평화통일의 대화를 시작한 이 때 이곳의 교포들은 거기에 해가 되는 일은 절대로 해서는 안될 것입니다. 한 동포들 사이에 민족의 이름이 여러 가지가 생긴 것도 결국은 조국분단이 빚어낸 또하나의 비극이 아닐수 없습니다.

로씨아 고려인사회의 역사는 [illegible] 오랍니다. 지금으로부터 한 1세기반 전인 이조의 쇄국정책시대인 1863년 13가족이 두만강을 건너 로씨아 연해주로 들어왔다는 기록이 남아 있습니다. 1860년 후반에는 로령 두만강연안에 약 1천8백명의 우리 동포들이 살았고 1902년에는 벌써 3만여명에 달했습니다.

이들은 로씨아령 연해주에서 아무런 인간의 권리가 없이 최하층 소작농으로 살았습니다. [illegible] 《유랑하는 가족》이었습니다. 그때 로씨아국적을 받는다는 것은 로씨아정교의 세례를 받는 것이었습니다. 세례를 받은 사람은 귀화한 사람으로 인정되어 토지를 분여받아 비교적 부유한 생활을 할수 있었습니다. 로씨아정교의 세례를 받으면서 그들은 이름을 세례명으로 고쳤습니다. 그때부터 우리 동포들 사이에는 로씨아식으로 이름을 짓는 습관이 생기기 시작하였습니다. 지금 구소련의 우리 동포들은 거진 다 로씨아이름입니다. 1922년 로령 연해주의 우리 동포는 10만6천8백71명이었는데 7만2천2백58명이 로씨아국적을 갖지 못한 《외국인》이었습니다. 그들은 1917년 혁명후에도 로씨아농민이 경영하는 농장에서 소작농, 고용노동자로 일을 하였습니다. 소위 노농정부라는 소련정부의 정책이 이러하였음에도 불구하고 일제통치 하에서 신음하는 우리 동포들의 소련이주는 늘어가기만 하였습니다. 특히 한일합병후 독립지사들이 적지 않게 로씨아연해주에 망명하여 동포들 속에서 적극적으로 계몽운동을 전개하였으며 이민들의 자녀교육에 헌신하였습니다. 이들은 계몽운동을 조국의 독립운동과 불가분리의 위업으로 생각하고 자라나는 세대에게 애국심을 불어넣었습니다.

그러다가 농업집단화가 시작되었습니다. 이 집단화로 하여 우리 빈농들은 땅을 받을수 있었고 최하층의 생활에서 벗어날수 있는 기회를 얻었습니다. 생활이 안정되기 시작하면서 교포사회의 문화활동도 활발해졌습니다. 1931년에는 조선사범대학이 생겼고 1932년에는 직업적인 조선극장이 창립되었습니다. 이 극장은 오늘도 우리 말로 공연을 하고 있습니다. 바로 한달후면 창립 60주년이 됩니다. 해외에는 물론 조국의 남에도 북에도 이런 오랜 역사를 가진 우리 민족극장은 [illegible] 소련에서는 [illegible] 문맹퇴치운동이 벌어졌는데 어느 민족보다 먼저 문맹퇴치를 완료한 민족이 우리 민족이었다고 합니다. 물론 우리 민족의 근면성과 향학열도 원인이 되었겠지만 우리는 다시 한번 우리 한글의 위대함을 느끼지 않을수 없습니다.

이민사회의 이런 생활을 배경으로 하고 재소고려인문학이 태어나게 됩니다.

민족문학이나 이민문학에 무슨 생년월일이 있겠습니까마는 소련 교포문학의 출발은 보통 1923년으로 추정하는 것이 상례로 되어 있습니다. 그 해 3월 1일, 삼일 운동 4주년이 되던 날 《선봉신문》창간호가 세상에 나왔습니다. 이 신문이 소련 교포 문학 발전에 커다란 역할을 하였습니다. 신문은 자기 주위에 재간있는 문학청년들을 모아들여 그들의 작품들을 발표하기 시작하였습니다. 이렇게 처음으로 소련에서 우리 말로 쓴 교포문인들의 문학작품들이 활자화되었으며 첫 작가들과 시인들의 이름이 세상에 알려지기 시작하였습니다. 이 갓난 소련 고려인문학이 걸음마를 탈 때 그를 부축해준 사람들 가운데는 막씸 고리끼와 같은 작가도 있었습니다. 신문에 뒤이어 1932년에는 블라지보스토크 신한촌에 조선극장이 창립되어 처음으로 우리 극작가들의 희곡이 상영되기 시작하였습니다. 연성용의 《장평동의 횃불》, 채영의 《동해의 기적》, 김해운의 《동북선》, 김기철의 《동변빨찌산》 등이 그런 희곡들입니다. 1934년에는 이종림선생의 각색으로 된 《춘향전》이 상연되었고 1935년에는 채영선생 각색의 《심청전》을 무대에 올렸습니다. 공산주의체제의 독재하에서 그 사상의 선전만을 강요당하던 그 때 《춘향전》과 《심청전》 같은 우리 민족의 불멸의 고전들을 극장 초창기에 상연할수 있었다는 것은 우리 극장 선배들의 용감성과 현명성을 말해주는 것입니다.

이 시기의 우리 동포문단 발전에 헤아릴수 없는 큰 공헌을 하신 분이 포석 조명희선생입니다. 1928년 일제의 압박을 피하여 소련에 망명한 포석선생은 연해주의 도시에 머물지 않고 [illegible] 교편을 잡고 자라나는 세대에게 애국교육에 힘을 쏟았습니다. 그러면서 《선봉신문》에 시, 수필, 논문, 평론 등을 발표하면서 우리 동포청년들의 문학지식을 힘써 배양하였습니다. 포석선생의 명성이 높아짐에 따라 우리 청년들의 문학에 대한 열의도 높아갔습니다. 그의 발기와 지도하에 소련에서 우리 작가, 시인들의 첫 창작집 《노력자의 [illegible]》이 1935년에 발간되었습니다. 1937년 《노력자의 고향》 제2호를 발행하고 포석선생은 아무런 죄도 없이 소련 [illegible]에 체포되어 억울하게 《일본간첩》이란 누명을 쓰고 10분 동안의 《삼인재판》 판결에 의하여 애석하게도 총살을 당했습니다. 그의 무덤이 어데 있는지 누구도 아는 사람이 없습니다. [illegible] 이렇게 금방 태어나 발걸음을 떼기 시작한 소련 동포문단은 [illegible] 말았습니다. 그러나 선생님은 제자들을 남겼습니다. 강태수, 유일룡, 김해운, 한병철, 조기천, 전동혁, 김증송, 주송원 등 선생님의 제자들은 훗날 유명한 작가들과 시인들이 되었습니다. 그중의 한 분을 소개하겠습니다. 강태수선생은 1908년 함경남도 이원군에서 출생하였고 1927년에 소련으로 넘어왔습니다. 조선사범대학 문학부에 다니다가 졸업을 못하고 1938년 반소죄로 체포되어 감옥과 강제수용소를 전전하다가 스탈린 사망후 명예회복이 되어 근 20년만에 풀려나왔습니다. 그가 체포된 동기는 시때문이었습니다. 사범대학 벽보에 시를 냈는데 어떤 앞재비가 시의 뜻을 왜곡하여 케이. 지. 비. 에 고발하였다는 것입니다. 우리 동포들 속에는 이런 자들도 있었습니다. 그래 이 시 한편으로 하여 그는 20년의 자유를 박탈당했던 것입니다. 그는 석방이 된 후에 다시 시를 썼습니다. 그러나 출판기관을 포함한 재소 고려인 사회는 그를 그냥 《전과자》로 보고 외면하였습니다. 어느날 그는 그 시들을 불사르고 《붓을 꺾었습니다》. 마침내 페레스트로이카가 시작되어 그는 다시 붓을 들었는데 여기에는 젊은 교포작가들과의 사귐과 그들의 격려도 큰 도움이 되었습니다.

스탈린 사망후에도 언론의 자유는 없었습니다. 실례로 《레닌기치》신문에는 《고향》이란 말을 쓸 수가 없었습니다. 당과 정부의 지도부는 이 《고향》이란 말에 재소 동포들이 고향인 원동이나 조상의 나라를 그리워하는 불온한 생각이 숨어 있다고 간주하였습니다. [illegible] 내용에 대한 검열이 얼마나 심했었는가는 말할 필요도 없습니다. 소련공산당과 정부, 그리고 그 밑에서 지시를 받던 우리 민족의 고관들은 우리의 조국은 소련이지 한국이나 조선이 아니라고 그냥 선전선동하였습니다.

그러나 어떤 힘이든 한 민족의 문화전통을 말살시킬수는 없는 것 같습니다. 1937년에 정간되었던 《선봉신문》은 1938년 《레닌기치》란 이름으로 발간되기 시작하였습니다. 이 신문은 우리 고려인작가들의 유일한 문단이었고 자기 지면에 정기적인 문예면을 마련하여 우리 문학의 목숨을 잇게 하여 주었습니다. 1937년 강제이주이후 우리 문단에서 활약한 문인들의 이름을 들어보겠습니다. 장편소설 《15만원 사건》의 저자 김준, 중편소설 《금각만》의 작가 김기철, 단편작가 한상욱, 시인들인 전동혁, 김세일, 김증송, 주송원, 강태수, 이은영, 김종세, 김남석, 조정봉, 박현, 양원식, 등입니다. 그리고 조선극장은 태장춘, 채영, 연성용, 임하, 김두철, 맹동욱과 같은 희곡작가들에 의하여 공연종목을 풍부하게 할수 있었습니다. 우리 문단에서 특별히 말해야 할 사람이 있다면 그것은 시인 이진입니다. 그는 40여년동안 꾸준히 예술성이 높고 내용이 깊은 시를 썼습니다. 그의 유일한 시집인 《해돋이》[illegible]는 로문 문단에서뿐만 아니라 한국에서도 좋은 평을 받고 있습니다. 그는 자기 창작경험과 세계 여러나라 민족들의 작시법을 분석하고 그것들과 우리 한글시를 비교하는 입장에서 《우리말 시란 무엇인가?》란 우리말 시의 독특한 시론을 썼습니다. 이 시론은 한국에서 출판이 되면 많은 논의와 반향이 있으리라고 저는 믿습니다.

1990년 재소고려인문단에는 특기할 일이 하나 있습니다. 소련작가동맹 직속 출판사인 모스크바의 《소련작가》사에서 처음으로 재소고려인작가들의 총 단편 소설집을 로씨아어로 출판하였습니다. [illegible] 이 작품집에는 8명의 현역작가들의 작품이 하나씩 수록되어 있습니다. 그 목차를 보면 김 아나똘리의 《나의 아버지의 이야기》, 송 라브렌찌의 《삼각형의 면적》, 박 미하일의 《방장막의 저쪽》, 강 알렉싼드르의 《후보자》, 한 안드레이의 《시골》, 강 겐리에따의 《끝없는 변화》, 이진의 《고초》, 그리고 한진의 《공포》들입니다. 이중에서 이진과 한진의 작품은 우리 말로 쓴 것을 로어로 번역을 했고 다른 작품들은 직접 로어로 쓴 것들입니다. 이 책은 그 당시 소련 중앙출판물들에서도 높은 평가를 받았습니다. 김 아나똘리는 한국에 알려져 있기때문에 그만두고 다른 작가들에 대하여 몇마디 말씀 드리겠습니다.

그들은 모두 젊습니다. 그리고 그들의 창작 자세는 부러울 정도로 자유롭습니다. 무엇은 쓸수 있고 뭣은 써서 안된다는 것을 너무나 잘 알고 있었던 선배들에게 비하면 그들은 정말 아무런 제한도 모르고 그 어떤 구속도 없이 자기들의 구상을 재간있게 실현해나가고 있습니다. 페레스트로이카란 말은 《개편》, 《개조》, 《재건》 등의 뜻을 가지고 있는데 이 젊은 작가들은 페레스트로이카라고 해서 별로 개편 또는 개조할 것이 없습니다. 이 젊은이들은 개편시대와 같이 창작생활을 시작한 세대입니다. 그리고 그들의 창작에는 몇가지 공통점이 있습니다. 대부분의 경우 그들의 이야기는 구소련 사회의 변두리나 시골에서 벌어지며 주인공들은 사회의 《낙오자》들입니다. 이것은 우연한 일이 아니라고 생각합니다. 소련에서 우리 동포들의 처지는 일정한 권리를 [illegible] 사회의 《낙오자》들이었습니다. 이 젊은 작가들은 자기들이 살아오며 보고 느끼고 또 겪은 사회적, 정신적 모든 현상을 자기 작품들에 반영하고 있습니다. [illegible] 소련에서 우리 동포들의 생활을, 정신세계를 [illegible] 가장 진지하게 보여준 최초의 작품집이라고 말할수 있습니다.

이 책은 《사회주의 사실주의》하고는 아무런 연이 없습니다. 현재 구소련의 사회여론은 《사회주의 사실주의》의 문학은 소련사회를 궁지에 몰아넣은 지배층의 어용문학이었다는 판결을 내렸습니다.

보시다싶이 로어로 쓰는 작가들이 한글로 쓰는 작가들보다 더 많습니다. 지금 고려인 문단에서 우리글로 작품을 쓰는 작가들은 [illegible] 꼽을수 있습니다. 물론 그들은 나이가 많은 사람들이고 50세미만은 거의 없습니다. 소련에서도 민족문학의 정의에 대하여 많은 논쟁이 벌어졌습니다. 민족문학은 민족어로 창작되어야 한다는 것은 논의 여지가 없습니다. 그런데 로어로 쓴 작품이 우리 민족의 문학으로 될수 있는가? 여러가지 주장이 많으나 아직은 결론을 보지 못하고 있습니다. 이론은 어떻게 되었든지 지금 조성된 고려인문단의 형편을 보면 우리말문학은 오래 갈 것 같지 않습니다. 소름이 끼치는 말이지만 한글로 글을 쓸수 있는 삼사십대의 작가들은 없습니다. 하긴 지금 우리 동포들 사이에서는 우리 말을 배우려는 열성이 높아가고 있지만 그들 속에서 우리말로 작품을 쓸수 있는 작가가 나오리라고는 기대할수 없습니다. 적어도 작가가 되려면 한 나라말만은 완전히 알아야 한다고 생각합니다. 이 말은 어머님의 젖과 함께 익힌 말일 것입니다. 그러니 구소련의 우리말 문단에는 반드시 《진공시기》가 올것입니다. 이 공간을 채우는 것이 로어로 된 고려인 문학일 것입니다. 바라건대 이 《진공시기》가 영원히 지속되지 말고 될수 있는대로 짧기를 바라는 바입니다. 조성된 상황에서 우리는 로어로 쓰는 젊은 작가들을 배척하지 말고 너그럽게 포용하여 《진공시기》의 우리말문학을 대신케 하는 것이 유일한 길이라고 생각합니다. 그들이 우리말을 모르는 것은 그들의 잘못이 아닙니다. 그들을 대신하여 여러 선생님들에게 부탁을 드립니다. 《우리를 배척하지 말아주십시오》.

이 언어문제에 대해서는 좀더 자세히 말씀드리고 싶습니다.

1937년 신문사와 극장 그리고 사범대학도 연해주의 우리 동포들과 함께 카사흐쓰딴으로 강제이주를 당했습니다. 그리고 다음해인 1938년에는 사범대학과 전체 우리 학교들이 로씨아어 교수로 넘어갔습니다. 그때 우리 학교를 없애고 자녀들을 로씨아학교로 교육을 시켜달라고 학부형들의 많은 편지가 정부에 올라갔다고 합니다.

[illegible] 소련의 우리 동포들이 자기 말을 잊어버리기 시작한 것은 아마 그 때부터였을 것입니다. 물론 로씨아어로 교육을 받았기때문에 우리 학생들은 대학에 진학할수도 있었고, 빨리 선진지식을 소유할수도 있었습니다. 그들속에는 많은 학자들도 나왔습니다. 그러나 그것이 우리말도 보존할 수 있는 교육이었었다면 얼마나 좋았겠습니까!

1937년과 1992년, 그러니 금년은 이주 55주년이 되는 해입니다. 그 동안 [illegible] 모래가 흘러내리듯 우리말을 아는 동포의 수는 줄어가고만 있습니다.

우리들은 문화재를 보호하고 있습니다. 그것은 구소련에서도 마찬가지일 것입니다. 크든 작든 한 민족의 언어는 두말할 것 없이 문화의 기념비입니다. 민족은 자기의 언어로 하여 불멸합니다. 누구를 막론하고 우리는 우리에게 생명과 더부러 가장 큰 보물인 우리말을 주신 조상들앞에 자손으로서 지켜야 할 신성한 의무가 있습니다. 그 의무란 바로 우리말을 보존하고 발전시키는 일입니다. 아직은 우리에게 자기 신문, 극장, 문학이 있습니다. 어떤 사람들은 그것을 대수롭지 않게 여기지만 그것들이 다 없어졌다고 생각해 보십시오. 그것은 비참한 일이 아닐수 없습니다. 문화가 없는 민족은 망한 민족입니다. 얼마전만 하여도 이런 말을 하면 그것은 편협한 민족주의적 견해라고 《감투》를 씌우며 떠들던 고려사람들이 있었습니다.

어떻게 하면 좋겠습니까?

구소련땅에서 우리말이 죽기전에 살려야 합니다. 그러기 위해서는 학교를 열고 어린애들에게 우리말을 가르쳐야 합니다. 누구가? 선생이 없습니다. 하루빨리 우리말 선생을 양성해내야 하겠습니다. 다행히 한국교육부에서는 작년에 알마아타에 한국교육원을 열어 [illegible] 선생님이 정말 헌신적인 노력을 하고 계십니다. 이 일은 문맹의 [illegible] 그런 정도의 일이 아닙니다. 우리말 귀머거리와 벙어리들에게 귀를 열어주고 혀를 놀리게 하는 아주 힘겨운 일이라고 생각합니다. 우리말교육을 위한 이런 교육원이 금년에 타스켄트에도 생겼다는 말을 들었습니다. 그리고 그 원장님이 한국 문협의 작가라니 참 반가운 일입니다. 우리 교포들에 대하여 배려해주시는 한국정부에 감사를 드립니다. 고마운 일입니다.

1937년 강제이주 이후 반세기가 넘는동안 동포작가들이 출판한 책은 모두 합하여 13권밖에 안됩니다. 구소련의 고려인문학은 풍부한 생활을 누리지 못하였습니다. 그 존재 자체에 대하여 논하기조차 거북합니다.

우리는 오래동안 조국과 아무런 연계가 없이 살아왔습니다. 그러다 정말 세상이 발칵 뒤집히는 바람에 우리는 다시 조국을 찾았습니다. 우리는 다시 찾은 조국에 많은 희망을 겁니다. 그러나 소위 이 고려인문학이 한국문학이나 조선문학의 재판이나 축소판이 되지는 않을 것입니다. 이 문학은 한국문학 또는 조선문학의 일부분인 동시에 독립국가방 문학의 구성부분이기도 합니다. 우리 문학은 이 땅에서 자기 개성이 있는 독특한 발전을 해야 할 것입니다.

그러고 또 우리 문학은 한국에 로씨아문학을 위시하여 다른 여러 민족의 문학을 소개하는데 많은 도움을 줄수 있으리라고 생각합니다.

한 젊은 학자가 나에게 이런 말을 하였습니다. 《난 조선말을 몰라도 성공하였소. 나는 자기 자식들에게 말을 가르치라면 조선말대신에 차라리 영어를 가르치겠소. 영어가 유리하다고 생각합니다. 조선말은 배워서 어데다 써먹겠소?》 나는 말문이 막혔습니다. 제 민족의 말을 《어데 써먹을데》가 있어야 배우는가? 정말 써먹을데가 없는 말을 배워서는 뭣하겠는가? 다행히 이것은 2—3년전에 있었던 일입니다. 그후 소련과 한국간의 관계가 급격히 호전되면서 우리말의 지위도 올라가고 있습니다. 한국의 국제위신이 올라감에 따라 우리 동포들뿐만 아니라 다른 민족들도 우리말을 배우려는 사람이 늘어가고 있습니다. 고려인들이 우리말을 살리기 위한 절호의 기회가 왔다고 생각합니다. 그리고 지금 이 자리에서 진행되고 있는 한국문인협회 제3회 해외문학심포지움도 우리말을 되찾고 우리 문학을 보전 발전시키는데 큰 도움이 될 것입니다. 여러 선생님들, 고맙습니다.

## 카사흐쓰딴 소식

### 금년 작황은 좋다

알마아따. 올해 카사흐쓰딴 남부지역과 북부지역에서의 화곡작물농사는 그 작황으로 보아 3분의 2는 대단히 좋으며 기타는 만족할만한 결과라고 카사흐쓰딴공화국 농업성에서 평가하였다. 실로 그렇다. 현재 남부지역에서 수확걷이가 끝나가고있는데 농업성에서 예측한것이 확증되었다.

금년에 벼, 사탕무우, 해바라기의 재배면적을 훨씬 늘였다. 거기에서도 작황이 좋다.

농민들은 농기계, 부속품, 부분품 등의 부족을 느끼고있음에도 불구하고 한알의 허실도 없이 수확을 거두어들이는데 심혈을 기울이고있다. 금년에 도시주민들은 잡풀을 제거하고 해충을 없애는데 큰 도움을 주었다. 최근에 와서 농업경리들과 공업기업소들간에 상호유익한 경제접촉관계가 맺어졌다.

### 상호유익한 협조

악따우. 얼마전에 창설된 《악따우》국제해상운수회사는 골란지아 비즈네스맨들과 2개의 조약을 체결하였다.

골란지아 《라르마그에네르지 그룹》회사는 《악따우》해상운수회사의 거중조정하에 카사흐쓰딴과 골란지아의 무역관계를 추진하는데에 협조할것이다. 《인떼르베똔》회사는 악따우항구를 국제규격에 알맞게 수리정비할것을 약속하였다.

### 누가 아랄해를 구원하겠는가?

요즈음 알마아따에서 아랄해문제에 관한 국제학자실무그룹의 회의가 자기 사업을 끝냈다. 일본, 미국, 중앙아시아 나라들과 카사흐쓰딴공화국 대표들이 아랄해구원을 위한 종합계획의 과학적보장과 보증금을 심의하였다. 실무그룹 학자들의 모든 사업은 일본에 창설된 국제히부구조혼드의 비호하에서 진행되고있다.

카사흐쓰딴공화국 과학원 지리학연구소 소장 엔. 까. 무꺼따노브의 말에 의하면 아랄해를 구원하기 위한 일정한 사업을 해놓았다 한다. 그런데 그것을 구원하는 계획을 실현하는데에 누가 출자하겠는가에 대한 문제가 기본장애물로 되어있다. 바로 이 문제가 아직까지 긍정적으로 해결되지 못했다.

국제학자실무그룹은 알마아따에서 사업을 끝낸 후 따스껜트로 떠났다.

(카스따그)

## ⑲ 한진에 대한 동료 량원식의 회상기(고려일보 2001년 8월 17일)

한진 작가에 대한 추억

# 그는 언제나 우리와 함께

오늘은 유명한 극작가인 한대용선생의 탄생 70주년이 되는 날이다. 평양에서, 당대 북한의 유명한 극작가였던 한태천선생의 맏아들로 태어난 그는 김일성종합대학교 외국문학학부 노문학과에서 공부하다가 6.25동란이 일어나자 학업을 중단하고 조선인민군대에서 일년남짓 복무했다. 그러다가 조선민주주의인민공화국 정부의 파견을 받아 1951년 9월 출국하여 재모스크바 전연맹국립영화대학교 시나리오과에서 유학을 하게 된다. 대학과정 수료후 정치적 문제를 이유로 삼아 귀국을 거절하고 소련땅에 남게 됐다. 그후부터 한대용선생을 한진이란 필명으로 불렀다.

1958년 8월 한진은 소련정부의 파견으로 알타이변방 수도인 바르나울로 가 현지 TV 방송국 책임편집원으로 근무한다. 1963년도에는 당시 아직 카자흐스탄 크즐오르다시에 위치해 있던 공화국간 고려인신문 "레닌기치" 신문사의 초청을 받아 본사 문예부 직원으로 근무했다. 그때 "레닌기치" (현 "고려일보"의 두번째 선행지) 신문 문예페이지에 한진의 첫 단편소설 "찌르레기"와 유명한 작가 칭기스 아이트마또브의 중편소설 "첫교원"의 번역작품이 발표됐다.

1964년 공화국 고려극장은 한진을 문학부장으로 초대했으며 그해에 벌써 첫 희곡 "외붓어머니"가 창작되 고려극장 무대에서 상연됐다.

희곡 "외붓어머니"는 인간상호관계에 대해서와 상호간의 의무에 대한 서정적 가정드라마이다. 이 희곡에서 저자는 세대의 계승성, 부모와 자녀들간의 정신적 일치성 문제를 취급했는데 어떠한 경우에서는 핏줄은 같지 않아도 더 가깝고 더 튼튼할 수도 있다는 인간본성 문제를 말하려 했다.

한진은 작품 창작에서 조선 고전작품들에 많이 의존했다. 고전작품들을 각색한 작품들이 "양반전", "김선달", "토끼전", "산부처" 등이다.

희곡 "양반전"(1973년)은 한진이 연암 박지원선생의 작품 "양반전"을 각색한 작품이다. 이 소설작품에서 박지원선생은 봉건사회 붕괴의 시초와 새로운 계급인 부르조아계급의 산생을 보여주었다. 18세기의 위대한 사상가이며 인도주의자인 박지원선생은 나라의 사회 경제적, 문화적 발전을 장애하는 다양한 봉건적, 유교적 생활법칙과 양반들의 기생주의적 생활양식을 비판했다. 한진은 이 작품을 기초로 풍자적 희극을 창작했다. 물론 희곡에서 한진은 자기 자신의 입장과 견해를 많이 주입하면서도 원작에 담겨 있는 사상-형상적 바탕은 조금도 건드리지 않았다.

희곡 "산부처"(1979년)는 17세기 김부식의 삼국사기를 기초해 쓴 작품이다. 역사적인 자료를 이용하면서 한진은 정의와 불법, 억압과 강압, 위선과 숭배, 진리와 선동주의, 독재와 자유 문제들을 취급했다. 희곡작가는 자기 작품에서 이 문제들을 변증법적 상호관계의 범주로 평가했다. 한진은 이 희곡을 통해 자기의 사상, 생활상 견지와 입장을 표현했다고 서슴 없이 말했다.

한진의 창작 중에서는 희곡 "나무를 흔들지 말라"가 아마 대표적인 위치를 차지할 것이다. 이 희곡은 우리 한민족의 가장 큰 관심사로 되어있는 한반도 통일문제를 취급한 작품이다. 이 주제를 한진은 대학시절때부터 구상해 왔는데 졸업작품 - 나중에 영화시나리오로 썼다. 그런데 영화로는 만들 수가 없었던 탓에 희곡으로 형체를 바꾸게 됐다. 사건은 3.8 휴전선에서 벌어지는데 실제로 흔히 있었던바와 같이 휴전선에도 장마 가물자 구제되기 위해 큰물을 피하다가 한 나무 위에서 북조선 인민군 병사 한사람과 한국 국방군 한사람이 자리를 같이 하게 된다. 소속상 그들은 서로 적수이지만 그 나무 위에서 싸우게 되면 둘이 다 죽는 수밖에 없다. 나무는 남반부나 북반부 어디에서 살건 조상, 뿌리는 하나라는 것을 상징한다.

조국통일에 대한 문제를 취급한 예술작품은 많지만 이렇게 한진작가처럼 독특하게 창작한 작품은 없을 것이다. 이 연극은 여기 알마타에서만 상연된 것이 아니라 서울 대극장 무대에서도 상연되어 높은 평가를 받았다.

이상 열거한 희곡들 외에 한진 희곡작가는 "고용병의 운명", "폭발", "너먹고 나먹고", "어머니의 흰머리" 등 다수의 희곡을 창조했다. 그리고 지금 이 모든 희곡들은 우리 민족의 가치있는 정신적인 재산으로 됐다.

한진은 훌륭한 번역가로서도 잘 알려져 있다. 그의 의해 [illegible] 아우에소브의 희곡작품 "포플란드"와 "까라고즈", 칭기스 아이트마또브작 "어머니의 마음", 부싸따이까리모브작 "월식날의 밤"이 번역되어 상연됐다.

작가 한진은 러시아 및 세계 고전작품들도 번역했는데 이. 슈또크작 "레닌그라드 대볼로", 게. 로르까작 "베르나르드 알리브의 집" 등이 번역되어 고려극장 무대에서 성공적으로 상연됐다.

작가 한진은 카자흐스탄 작가동맹 관리위원회 위원과 조선과 과장으로서 사회활동에도 적극 참여했다. 그의 직접적인 참가하에 많은 문학서적들이 한국어와 노어로 출판됐다. 그가 쓴 단편소설들인 "공포"와 "그 장소를 무엇이라고 부르는가"는 한국의 한 잡지에도 출판됐고 노어와 카자흐어로 번역되기도 했다.

1958년도에 한진은 카자흐스탄 작가동맹 베임베트 마일린명칭 문학상을 수여받았고 1987년도에는 "한진의 희곡집"이라는 제목으로 그의 작품집이 단행본으로 출판됐다. 그는 또한 카자흐공화국 최고소비에트 영예표창을 표창받았고 1998년도에는 카자흐스탄 공훈예술활동가라는 영예를 지니게 됐다.

1992-1993년기간에는 한진은 "고려일보"사 주필직에서 근무하기도 했다. 이상과 같이 재능가로서의 그의 생애는 훌륭한 창작으로만 일관되어 있다.

우리 인간이란 아마 그렇게 돼 있는 모양이다. 사람이 아직 살아있어 같이 교제할 때는 못 느끼다가도 일단 그가 우리 곁을 떠나가게 되면 그때야 비로소 무엇인가 허전함을 느끼게 된다.

한진은 연령상으로 보아 필자보다 몇과 한살밖에 차이가 없지만 가장 친근한 벗, 전우뿐 아니라 스승이라고도 서슴없이 말할 수 있으며 어로서 긍지감도 느낀다.

양원식

## ⑳ 한진에 대한 김병학의 글(고려일보 2009년 8월 14일)

6 카사흐스탄 고려인 사회 제32호 2009년 8월 14일

# 망명지에서 솟아난 희곡문학의 거대한 산

- 극작가 한진 선생을 추억하며 -

극작가이자 소설가로서 고려인 한글문학을 이끌었던 한진(본명 한대용) 선생이 우리 곁을 떠난 지도 어언 열여섯 해, 그분이 세상에 태어난 지는 일흔여덟 해가 되었다. 조선민주주의인민공화국에서 장래가 촉망되는 젊은이로 태어나 모스크바까지 유학 왔건만 뜻하지 않은 정치적 사변에 휩쓸려 고국으로 돌아가지도 못하고 더없이 파란만장한 고뇌의 삶을 사셨던 그분의 일생도 세월과 함께 조금씩 잊혀져가고 있는 것 같아 안타깝기가 그지없다. 올해 피어난 형형색색의 꽃들이 전년도에 열린 탐스런 열매를 기억하지 못하는 것처럼 우리의 기억이란 늘 그렇게 얄팍하고 간사한 것일까.

한대용은 1931년 8월 17일 조선 평양에서 저명한 극작가인 아버지 한태천과 사려 깊고 이해심 많았던 어머니 박성수 사이에서 맏아들로 태어났다. 문학을 하는 아버지의 영향 때문이었을까, 한대용은 일반학교를 졸업하고 1948년 김일성종합대학교 외국문학학부 노문학과에 들어간다. 1950년 전반기까지 그 대학에서 2년간 노문학과 세계문학을 강의하며 한진을 직접 가르쳤던 재소고려인 문학평론가 정상진 옹의 증언에 의하면 당시 20여 명의 노문학과 학생들 중에서 ...

... 면서 인생의 중대한 전기를 마련한다. 일생의 반려자가 된 노어교사 지나이다씨를 만나 가정을 이룬 것이다. 이로써 그는 뜨내기처럼 불안정한 무국적자 신분의 외국생활에 비로소 안정을 찾게 되었다.

1963년에 들어서자 카자흐스탄공화국 서부도시 크즐오르다에 자리한 <레닌기치>신문사는 한진을 문예부 기자로 초청하였다. 한진은 초청을 기쁘게 받아들이고 단숨에 카자흐스탄으로 건너왔다. 그리고 그때부터 왕성한 창작활동을 시작하여 마지막 숨이 멎는 날까지 활동을 멈추지 않았다. 그는 <레닌기치>에서 일하던 첫해에 벌써 단편소설 『찌르레기』를 발표하고 키르기즈스탄의 유명작가 칭기스 아이뜨마또브의 소설 『첫 교원』도 번역하여 실었다.

범상치 않은 한진의 문학적 재능을 알아본 고려극장은 바로 이듬해 그를 극장 문학부장으로 초대했고 그는 극장의 기대에 부응하여 그해에 희곡 『의붓어머니』(1964년)를 창작하여 무대에 올렸다. 작가는 이 작품을 통해서 계모를 악의 상징으로 상정하여 복수하기를 좋아하는 우리의 낡은 설화구조의 대척점에 서서 가족간의 진정한 유대는 핏줄과 관계없이 희생과 헌신과 사랑을 바탕으로 성장해 ...

... 수하게 살려냈다.

그가 창작한 대표적 희곡작품은 아마 『산부처』와 『나무를 흔들지 마라』(1987년)일 것이다. 희곡 『산부처』는 10세기 초 태봉국을 건설해 후삼국시대를 열었던 궁예왕의 일대기를 형상화한 것이다. 한진은 이 작품을 통해 한 인간이 왕위에 오른 뒤 간신의 유혹에 빠져 어떻게 과대망상에 빠져들어 가는지, 그럴 때 백성들은 어떤 학정과 수난을 당해야 하는지, 충신과 간신 사이에서 난무하는 정의와 불의, 사랑과 배신은 결국 어떤 결과로 귀결되는지를 적나라하게 묘사했다. 그는 여기서 사회의 거시적 사건과 사람들의 미시적 관계에서 일어나는 미묘한 사회심리 문제도 유감없이 파헤쳐 보여주었다. 이 연극은 1979년 3월에 고려극장에서 초연되었고 그해 9월 모스크바에서 세 차례나 공연되어 절찬을 받았다.

당시 연극평론가 블라지미르 스뜨라로브는 자주와 독립을 위한 10세기 태봉국 백성들의 투쟁을 그린 한진의 『산부처』는 관객들을 현 (세계에서 벌어지고 있는) 정치적 측면과 연결시켜 그들에게 뚜렷한 (정치철학적) 확신을 심어주었으며 (누군가의 평가로 이해되는 것이 아닌) 연극 자체가 자신을 드러내주는 ...

... 다. 이 작품은 개방이후 한국에서도 상연되어 뜨거운 호평을 받았다.

이 외에도 『고용병의 운명』(1967년), 『어머니의 머리는 왜 세었나?』(1976년), 『너 먹고 나 먹고』(1983년), 『폭발』(1985년) 등 다양하고도 훌륭한 여러 희곡 작품을 써서 고려극장의 고귀한 유산으로 남겨주었다.

또한 그는 훌륭한 소설가였다. 그는 여러 편의 소설을 써서 남겼는데 특히 고려인 강제 이주 직후 크즐오르다 고려사범대학에서 일어났다고 전해지는 우리 고서적 분서 사건을 다룬 소설 『공포』와 강제이주 이후 한 세대가 흐른 뒤 임종에 직면하여 모국어로만 이야기하는 어머니와 모국어를 전혀 이해 못하는 딸 사이에서 절박하게 전개되는 의사소통 ...

... 올린 진정한, 그리고 유일한 프로 극작가였다. 그는 1990년에 고려극장의 유일한 극작가로 있으면서 극장의 위기와 우리 고려인들의 정체성에 대해 다음과 같이 말한 적이 있다.

"아직은 우리에게 자기 신문, 자기 극장, 자기 문학이 있다. 지금 어떤 사람들은 그것들을 대수롭지 않 ...

# 5장. 책·잡지 게재 작품 및 글

## ❶ 공동작품집 『해바라기』(1982년)에 실린 소설 「녀선생」(1963년 작)

흥겹세 흥겹세 부르네.

노래처럼 춤도 즐기는 처녀들이
《아리랑》 곡조에 성수나니
서로서로 손잡고 춤을 춘다.
빙빙 돌며 친선의 원무를 춘다.

《아리랑 아리랑 아라리오》 —
《아리랑 고개를 넘어온 《아리랑》 아
해마다 만풍년 드는 시르치크벌에
네 오늘 친선의 벨로지야 되였구나!

한진

### 녀 선 생

처녀는 객차 승강대손잡이에 매달리기는하였으나 홀태치마에 무릎을 묶이여 발을 층계우에 올려놓지 못하여 애를 박박 쓰고있었다.

그꼴을 쓴웃음 먹음고 내려다보고있던 중년의 녀차장이 손을 내밀어 처녀를 차간으로 끌어올리며 《에구, 무슨 치마가 그리 좁은고?》하고 끌끌 혀를 찼다. 그러나 처녀는 그 말을 들언둥만둥 태연스레 좁은 랑하를 지나 차간으로 들어갔다. 어둠컴컴한 넓은 차간은 텅비여 허전하였다. 그는 차창곁에 자리를 잡고 마침 부슬부슬 가을비가 내리기 시작한 역두를 내다봤다. 비방울이 맺히는 유리창을 놓하여 외로이 나와선 역원의 그림자가 어렴풋이 바라다보였다. 그때 정적을 깨치기가 아까운듯 나다마는듯한 짧은 기적소리가 들렸다.《덜커덩》 차량이 흔들리더니 역전의 희미한 전등불들이 하나둘 뒤로 흘러가기 시작했다.

이십살이 쥬 넘어보이는 그처녀의 살눈섭은 진한 먹칠을 하였고 그사이로 들여다보이는 말뚱말뚱한 눈동자에는 어덴지 모르게 경망한 빛이 도는것처럼 느껴졌다.

나는 잠이 오지도 않고 또 우둑하니 앉아있기도 싱거워서 처녀에게 말을 걸었다.

《멀리 떠나시오?》

《룸쫍쓰크란 곳으로 가는데 어떤곳인지 영 초문이애요》.

《참 좋은곳이지요. 그곳 뜨락또르공장은 유명하다우…또 거기에는 극장도 있구…》

내가 극장이야기를 내자마자 처녀는 말을 듣기도전에《시골극장은 진절머리가 날 지경으로 지루한걸》 하고 핵 말을 가로챘다.

《그러니 동무는 큰도시에서 오는가부군?》

《레닌그라드란 《작은 촌》에서 떠나옵니다. —처녀는 아주 능청스럽게 대답하고 다시 말을 이었다.《글쎄 내가 미쳐서 그곳을 떠났지…》그리고는 땅이 꺼지라 긴 한숨을 내쉬었다.

《그곳은 왜 떠났소?》

《금년에 사범대학을 졸업했는데 이곳으로 배치를 받았지

83

## ❷ 공동작품집 『오늘의 빛』(1990년)에 실린 소설 「공포」(1989년 작)

공 포 한진

1

바이칼호반의 금한 산비탈인가…소나무들이 드문드문 꽂혀있다. 수평선인가 지평선인가…멀리 까마득한 곳에는 하늘과 땅이 맞닿아 팽팽하게 잡아당긴 머리카락 같은 금을 그었고 그것이 아지랑이속에서 바르르 떨고있다. 아무 소리도 들리지 않는다. 그러나 죽은 세상은 아니다. 나무들이 흔들리는것 같기도 하고 아지랑이가 움직이는것 같기도 하다. 꿈이다.

무슨 일이 반드시 일어나고야말것이다. 눈이 자꾸 산비탈로 쏠린다.그 비탈기슭의 한 곳이 배꼽쟁이어린애의 배꼽처럼 부풀어오르다가 소리없이 터지며 쥐새끼 같은것이 삐죽 대가리를 내밀더니 슬금슬금 기여나온다. 아니 그것은 쥐새끼가 아니다. 멀어서 성냥갑 같이 작게 보이는 화물차량이다. 바퀴가 있는지 없는지 모르겠다. 철로도 보이지 않는다. 그러나 그것이 굴러나오는것만은 틀림이 없다. 한대가 빠져나오니 뒤이여 다른 차량이 나타난다. 세개, 네개, 다섯개… 차량들이 잇달아 밀려나온다. 이것은 아마 렬차인 모양이다. 끄는 기관차가 없으니 이 렬차는 뒤걸음질을 하는것이다. 그 어덴가 땅속 깊은곳에서 기관차나 아니면 무슨 큰 힘이 이 차량들을 밖으로 밀어내고있는것일가? 차량들은 쉼새없이 꼬리를 물고 그냥 밀려나오고있다. 다 똑같은 유개화물차량이다. 마소도 나르고 곡식과 기계도 나르고 또 죄수들도 실어내는 바로 그 화물차량들이다. 그 문짝들이 활짝 열려있는것 같으나 멀어서 그속에 무엇이 들어있는지 보이지 않는다. 차량은 그냥 땅속에서 기여나오고있다. 첫 차량은 벌써 까마득히 지평선을 넘어가고있다. 이 렬차는 끝이 없는것 같다.

차량들이 차차 가까워오며 커진다.이제는 차간속이 들여다보인다.차간은 한가운데가 비였고 량쪽에는 다락마루가 있어 이층차량인데 아래우에 다 사람들이 앉아있다. 거기는 차량의 문짝과 차체의 널빤지에 가리워 보이지 않겠는데 그래도 다 들여다보인다.꿈이 틀림없다. 한차량에 몇식구나 들었는가? 왼쪽 다락우에 두가정, 그 밑에 오륙명의 한식구. 오른쪽 다락우에는 두세대. 그 밑에도 두집…이십명? 삼십명? 아이 어른 할것없이 그들은 모두 문쪽을 향하여

9

## ❸ 공동작품집 『오늘의 빛』(1990년)에 실린 소설 「그 고장 이름은?」

뿌스낀 국립도서관의 특별장서실에 보관되어있다. 그러나 이 책들을 읽으러 오는 사람들이 없다. 그때 사범대학이 문을 닫은 후 반세기라는 세월이 흘렀다. 린 어린애들에게 조선말을 가르칠 선생들이 없어졌다. 책들을 읽을 사람들이 없어진것이다.

그러나 나는 믿는다.때가 오면 다시 이 도서관을 찾 이 책들을 읽을 사람들이 반드시 있으리라는것 믿고싶다.순진한 리선생이 믿은것 같이 그날은 오고야 이다. 리선생에 대한 이 말은 쏘련의 조선사람들속 널리 알려진 전설 같은 이야기다.

《 그 고 장 이 름 은 ? … 》

그 해 양력설날은 음력으로 섣달 초이틀이였고 그름날 동지달 초여드레였다.음력의 한해 날자는 양력보다 적이 보통인데 이 정묘년은 음력날자가 양력보다 훨 아졌다.윤달이 있었기때문이다.류월이 윤달이여서 30일대 59일이 된 셈이다.어머님의 생일은 음력 동지달 보였다.그러니 금년은 어머니의 생일이 없는 해이다. 그 래년엔 어머니의 생일이 두번 있다.그것은 양력으로 초사흘과 섣달 23일에 해당하다.어머님은 왜 이렇게 로운 음력으로 생일을 쇠시는가?아마 어머님이 태여난 옛날엔 조선사람들이 음력을 사용하고있은 모양이다. 님이 나이가 많은것이 걱정이 되었다. 래년엔 그 일중의 하나를 꼭 어머니를 모시고 같이 쇠야겠다고 생 며 까쮸사는 학교에서 돌아오고있었다.그는 로어선생이 .

비가 오고있었다.거미줄같이 가는 비였다.펴든 우산에 비맞는 소리는 나지 않았다.비도 사람들의 성질을 닮 지 여러가지가 있다.닮았다기보다도 사람의 성질도 포 자연의 모든 형상은 다 그런 기질을 가진 모양이 명주실이 하늘에서 술술 풀려나듯 소리없이 점잖게 내리 실비는 어쩌면 그렇게도 까쮸사의 성미를 닮았는가… 자기 집 모서리를 돌아 안뜰로 들어서니 금발머리태를 따드린 에쓰또니아처녀의 뒤모습이 보였다.그 순간 까 는 가슴이 뜨끔하는것을 느꼈다. 전보배달처녀있다. 까 가 남편을 따라 이 발찍해변으로 이사온것은 삼년

40

전일이다.늙으신 어머님은 지금 알마아따에 홀로 계셨다. 얼마전까지도 어머니는 까쮸사의 아우인 아들과 같이 계셨는데 그 아우가 갑자기 까리간다로 전근을 하게 되여 데리려올 때까지 집을 보느라고 지금은 홀로 계신다는 소식을 받은것이 얼마전의 일이었다. 그 때부터 어머님에 대한 근심이 더해졌고 전보배달을 볼 때마다 가슴이 설레이는것을 느끼게 되였다.

사층까지 올라와 손가방에서 열쇠를 꺼내는데 문틈에 무슨 종이쪽지가 꽂혀있었다.그것을 뽑아가지고 급히 방으로 들어갔다.그것은 전보였다.꺼리고 꺼리던 일이 닥치고야말았구나. 왈칵 겁이 나서 온몸이 굳어졌다. 떨리는 손으로 전보를 뜯었다.어머님이 몹시 앓으시니 빨리 오라는 내용이였다.전보를 보낸 사람은 마샤아주머니라고 했는데 누군지 도무지 생각이 나지 않았다.아마 이웃집 아주머닌지 모르겠다.하여튼 돌아가셨다는 전보가 아닌것이 다행이였다. 까쮸사는 전보를 쥔채 오래동안 정신없이 방 한구석에 앉아있었다.

어머니는 삼십이 훨씬 넘어서야 까쮸사를 낳았다.지금은 그가 맏이지만 어머님이 맨먼저 낳은 자식은 아니다. 1937년에 낳은 딸이 있었는데 그해가을 이주할 때 기차간에서 앓아죽었다.그 형이 살아있었으면 벌써 할머니가 됐을 나이이다. 둘째 애는 아들이였다고 한다.전쟁이 일어나는 해에 낳았다가 전쟁이 끝난 이듬해 성홍열로 죽었다.

어머님은 홀로 계신다,어머님은 홀로 계신다… 얼마나 자식들이 보고싶겠는가…까쮸사는 퍼뜩 정신을 차렸다. 밖에서는 비가 억수로 퍼붓고있었다.그 비속을 뚫고 어머님이 부르는 소리가 멀리서 들려오는것 같았다. 어렸을 때 밖에서 노는 자기를 저녁을 먹으라고 부르던 그 때의 그 목소리가.

동지달 초순이였지만 알마아따는 화창한 봄날처럼 따사하였다. 가로수들은 아직도 푸른 잎을 그대로 이고있었다. 까쮸사는 딱씨를 타고 어머님이 사시는 미크로구역으로 내뽑았다.《늦으면 안된다.늦으면 안된다.》 마음 한구석에서 저도 모르는 사이에 이런 생각이 자꾸 피여올랐다.아무리 내려누르려고 해도 불길한 마음은 그냥 바늘끝처럼 고개를 쳐들고 사그러지지 않았다.드디여 까쮸사는 어머님의 집앞

41

❹ 『한진 희곡집』(1988년)에 실린 희곡 「산부처」(1979년 작)

❺ 『한진 희곡집』(1988년)에 실린 희곡 「산부처」(1979년 작)

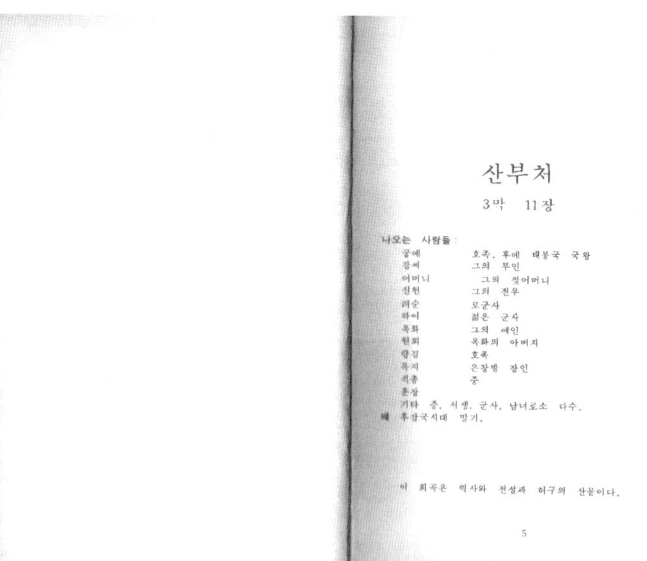

산부처

3막 11장

나오는 사람들 :

| | |
|---|---|
| 궁예 | 호족. 후에 태봉국 국왕 |
| 강씨 | 그의 부인 |
| 어머니 | 그의 젖어머니 |
| 신헌 | 그의 전우 |
| 려순 | 로군사 |
| 하이 | 젊은 군사 |
| 옥화 | 그의 애인 |
| 원회 | 옥화의 아버지 |
| 왕건 | 호족 |
| 욱지 | 은장방 장인 |
| 석총 | 중 |
| 훈장 | |

기타 중, 서생, 군사, 남녀로소 다수.

때 후삼국시대 말기.

이 희곡은 력사와 전설과 허구의 산물이다.

5

6 『한진 희곡집』(1988년)에 실린 희곡 「의부 어머니」(1964년 작)

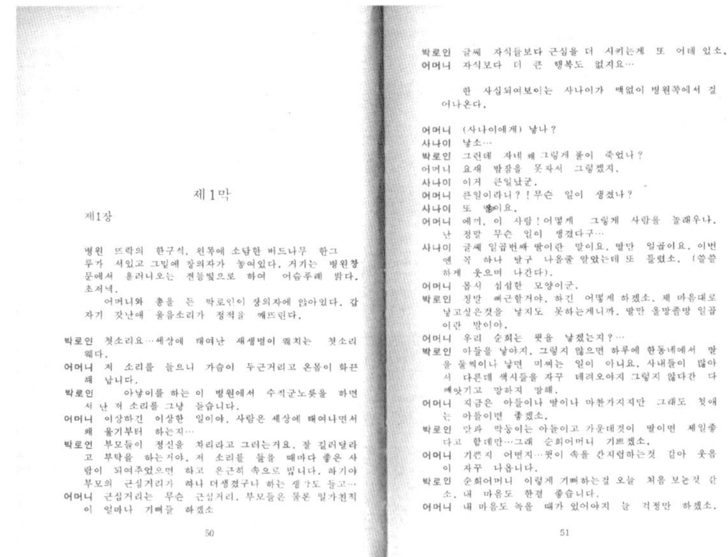

제1막

제1장

병원 뜨락의 한구석. 왼쪽에 소담한 버드나무 한그루가 서있고 그밑에 장의자가 놓여있다. 거기는 병원창문에서 흘러나오는 전등빛으로 하여 어슴푸레 밝다. 초저녁.

어머니와 총을 든 박로인이 장의자에 앉아있다. 갑자기 갓난애 울음소리가 정적을 깨뜨린다.

박로인 첫소리요…세상에 태여난 새생명이 웨치는 첫소리웨다.
어머니 저 소리를 들으니 가슴이 두근거리고 온몸이 화끈해 납니다.
박로인 아낳이를 하는 이 병원에서 수직군노릇을 하면서 난 저 소리를 그냥 듣습니다.
어머니 이상하긴 이상한 일이야. 사람은 세상에 태여나면서 왜 울기부터 하는지…
박로인 부모들이 정신을 차리라고 그러는거요. 잘 길러달라고 부탁을 하는거야. 저 소리를 들을 때마다 좋은 사람이 되여주었으면 하고 은근히 속으로 빕니다. 하기야 부모의 근심거리가 하나 더생겼구나 하는 생각도 들고…
어머니 근심거리는 무슨 근심거리. 부모들은 물론 일가친척이 얼마나 기뻐들 하겠소

50

박로인 글쎄 자식들보다 근심을 더 시키는게 또 어데 있소.
어머니 자식보다 더 큰 행복도 없지요…

한 사십되여보이는 사나이가 맥없이 병원쪽에서 걸어나온다.

어머니 (사나이에게) 낳나?
사나이 낳소…
박로인 그런데 자네 왜 그렇게 풀이 죽었나?
어머니 요새 밤잠을 못자서 그렇겠지.
사나이 이거 큰일났군.
어머니 큰일이라니?! 무슨 일이 생겼나?
사나이 또 [illegible]이요.
어머니 에끼, 이 사람! 어떻게 그렇게 사람을 놀래우나. 난 정말 무슨 일이 생겼다구…
사나이 글쎄 일곱번째 딸이란 말이요. 딸만 일곱이요. 이번엔 꼭 하나 달구 나올줄 알았는데 또 틀렸소. (쓸쓸하게 웃으며 나간다).
어머니 몹시 섭섭한 모양이군.
박로인 정말 딱근할거야. 하긴 어떻게 하겠소. 제 마음대로 낳고싶은것을 낳지도 못하는게니까. 딸만 올망졸망 일곱이란 말이야.
어머니 우리 순희는 뭣을 낳겠는지?…
박로인 아들을 낳야지. 그렇지 않으면 하루에 한동네에서 딸을 둘씩이나 낳면 미쩌는 일이 아니요. 사내들이 많아서 다른데 색시들을 자꾸 데려오야지 그렇지 않다간 다 빼앗기고 망하지 망해.
어머니 지금은 아들이나 딸이나 마찬가지지만 그래도 첫애는 아들이면 좋겠소.
박로인 맏과 막둥이는 아들이고 가운데것이 딸이면 제일좋다고 합데만…그래 순희어머니 기쁘겠소.
어머니 기쁜지 어떤지…뭣이 속을 간지럽하는것 같아 웃음이 자꾸 나옵니다.
박로인 순희어머니 이렇게 기뻐하는걸 오늘 처음 보는것 같소. 내 마음도 한결 좋습니다.
어머니 내 마음도 녹을 때가 있어야지 늘 걱정만 하겠소.

51

7 『한진 희곡집』(1988년)에 실린 희곡 「나무를 흔들지 마라」(1987년 작)

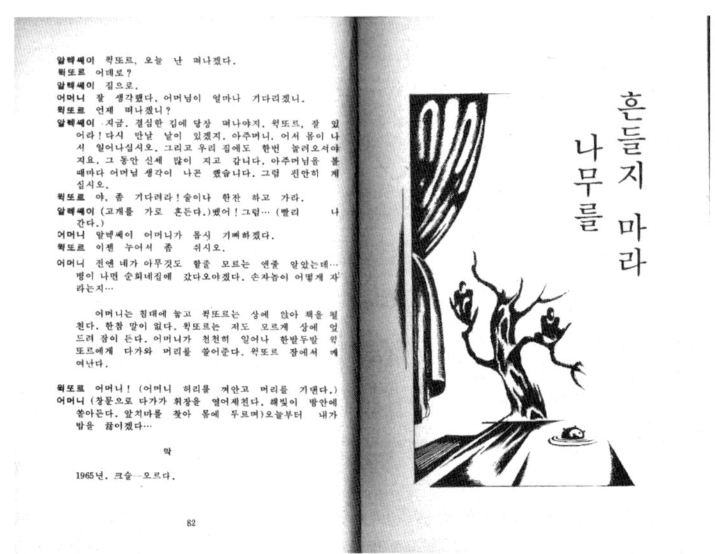

알렉쎄이 웍또르, 오늘 난 떠나겠다.
웍또르 어데로?
알렉쎄이 집으로.
어머니 잘 생각했다. 어머님이 얼마나 기다리겠니.
웍또르 언제 떠나겠니?
알렉쎄이 지금. 결심한 김에 당장 떠나야지. 웍또르, 잘 있어라! 다시 만날 날이 있겠지. 아주머니, 어서 몸이 나서 일어나십시오. 그리고 우리 집에도 한번 놀려오셔야지요. 그 동안 신세 많이 지고 갑니다. 아주머님을 볼때마다 어머님 생각이 나곤 했습니다. 그럼 편안히 계십시오.
웍또르 야, 좀 기다려라! 술이나 한잔 하고 가라.
알렉쎄이 (고개를 가로 흔든다.)됐어! 그럼… (빨리 나간다.)
어머니 알렉쎄이 어머니가 몹시 기뻐하겠다.
웍또르 이젠 누어서 좀 쉬시오.
어머니 전엔 네가 아무것도 할줄 모르는 앤줄 알았는데… 병이 나면 순희네집에 갔다오야겠다. 손자놈이 어떻게 자라는지…

어머니는 침대에 눕고 웍또르는 상에 앉아 책을 펼친다. 한참 말이 없다. 웍또르는 저도 모르게 상에 엎드려 잠이 든다. 어머니가 천천히 일어나 한발두발 웍또르에게 다가와 머리를 쓸어준다. 웍또르 잠에서 깨여난다.

웍또르 어머니! (어머니 허리를 껴안고 머리를 기댄다.)
어머니 (창문으로 다가가 휘장을 열어제친다. 해빛이 방안에 쏟아든다. 앞치마를 찾아 몸에 두르며)오늘부터 내가 밥을 끓이겠다…

막

1965년. 크슬—오르다.

82

8 『한진 희곡집』(1988년)에 실린 희곡 「토끼의 모험」(1981년 작)

찾아올수가 없었습니다. 이 나무는 지금 군사분계선안에 들어있습니다. 그 동안 이 나무는 사람의 그림자를 한번도 보지 못했습니다. 거저 해마다 늦은가을이면 흰두루미가 두마리 날아와 잠간 나무우에 앉았다가 어디론지 날아가곤 합니다. 기복이와 남수의 혼이 아닌지요…

나무우에서 퍼덕이는 날개소리와 함께 끼륵끼륵 두루미 울음소리가 들려온다. 춘희가 나무를 쳐다본다. 그리다가 다시 지구의에 눈을 멸군다. 춘희 지구의를 관중석으로 던진다.

막

120

토끼의 모험

9 공동작품집 『오늘의 빛』(1990년) 머리말에 실린 한진의 글

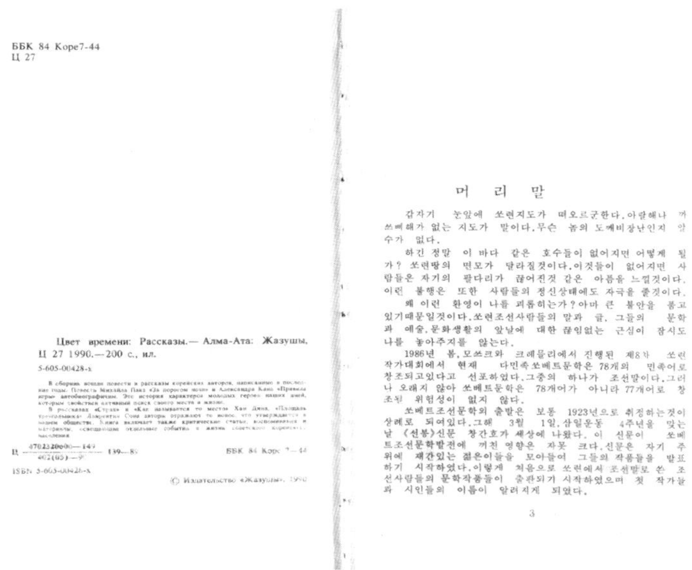

ББК 84 Коре7-44
Ц 27

Цвет времени: Рассказы.— Алма-Ата: Жазушы,
Ц 27 1990.—200 с., ил.

5-605-00428-x

В сборник вошли повести и рассказы корейских авторов, написанные в последние годы. Повесть Михаила Пака «За порогом ночи» и Александра Кана «Правила игры» автобиографичны. Это история характеров молодых героев наших дней, которым свойствен активный поиск своего места в жизни.

В рассказах «Страх» и «Как называется то место» Хан Дина, «Площадь треугольника» Лаврентия Сона авторы отражают то новое, что утверждается в нашем обществе. Книга включает также критические статьи, воспоминания и материалы, освещающие отдельные события в жизни советского корейского населения.

Ц 4702320000—149 / 402(05)—9 139—89 ББК 84 Коре 7—44

ISBN 5-605-00428-x



머 리 말

갑자기 눈앞에 쏘련지도가 떠오르군한다. 아랄해나 까쓰삐해가 없는 지도가 말이다. 무슨 놈의 도깨비장난인지 알수가 없다.

하긴 정말 이 바다 같은 호수들이 없어지면 어떻게 될가? 쏘련땅의 면모가 달라질것이다. 이것들이 없어지면 사람들은 자기의 팔다리가 끊어진것 같은 아픔을 느낄것이다. 이런 불행은 또한 사람들의 정신상태에도 자극을 줄것이다.

왜 이런 환영이 나를 괴롭히는가? 아마 큰 불안을 품고 있기때문일것이다. 쏘련조선사람들의 말과 글, 그들의 문학과 예술, 문화생활의 앞날에 대한 끊임없는 근심이 잠시도 나를 놓아주지를 않는다.

1986년 봄, 모쓰크와 크레믈리에서 진행된 제8차 쏘련작가대회에서 현재 다민족쏘베트문학은 78개의 민족어로 창조되고있다고 선포하였다. 그중의 하나가 조선말이다. 그러나 오래지 않아 쏘베트문학은 78개어가 아니라 77개어로 창조될 위험성이 없지 않다.

쏘베트조선문학의 출발은 보통 1923년으로 취정하는것이 상례로 되여있다. 그해 3월 1일, 삼일운동 4주년을 맞는 날 《선봉》신문 창간호가 세상에 나왔다. 이 신문이 쏘베트조선문학발전에 끼친 영향은 자못 크다. 신문은 자기 주위에 재간있는 젊은이들을 모아들여 그들의 작품들을 발표하기 시작하였다. 이렇게 처음으로 쏘련에서 조선말로 쓴 조선사람들의 문학작품들이 출판되기 시작하였으며 첫 작가들과 시인들의 이름이 알려지게 되였다.

3

⑩ 국립조선극장 창립 60주년 기념화보집 표지(1932~1992)

국립 조선 극장
창립 60주년 기념화보집
1932 – 1992

## ⑪ 조선극장 60주년 기념화보집에 실린 한진의 글(1992년)

# 극장 이상의 극장

### 국립조선극장 60돌 회고

알마아따에 있는 카사흐쓰딴공화국 국립조선극장은 1932년 로씨야 연해주 블라지워쓰또크시 신한촌에서 창립되었다. 바로 60년 전의 일이다.

극장의 60주년…. 인생으로 말하면 환갑이 되는 나이이다. 그러나 극장의 나이는 인생의 나이보다 훨씬 많은 것이 아닐까? 극장이 60년을 살아오는 동안 극단의 배우들은 4-5세대가 바뀌었다. 극장 60년은 인생 100년, 그 이상이 되는 것 같다.

지금은 없어진 소련이란 나라에서 60년 전에 막을 올려 오늘날까지 우리 말로 동포들에게 "춘향전"을 보여주고 있는 우리 극장은 거저 "극장"이 아니다. 이 극장은 극장보다 큰것이며 극장 이상의 것이다. 이 극장은 이국 타향에서 조국의 한구석으로 남아있는 민족의 혼이다. "재소"동포들은 오래동안 조국과 아무런 연계가 없이 살아왔다. 우리 극장은 그들에게 바로 조국이었다고 해도 과언이 아닐 것이다.

**창립시기**(신한촌시기). 1920년대 말부터 1930년대 초에 걸쳐 로씨야 원동의 우리 동포사회에서는 많은 연극서클들이 생겨나기 시작했다. 소위 "소인예술단"이라고 일컬은 이런 예술서클은 학교, 공장, 어촌, 농촌들에서 유행하였다. 그 중에서도 가장 유명했던 것이 블라지워쓰또크의 신한촌 구락부였다. 결국은 얼마 지나지 않아 이 구락부를 모체로 하여 조선극장이 생겨나게 되었다. 그것은 1932년 9월 9일이었다. 처음 몇해는 단막극들을 상연하여 배우들을 모집하고 극장의 틀을 잡기 위한 일들이 진행되었다. 그러다 1935년 드디오 이종림 각색으로 된 "춘향전"을 상연하게 되었다. 아마 이때부터 우리 극장은 직업적인 성격을 띠게 되었을 것이다.

공산주의체제의 독재하에서 그 사상의 선전만을 강요당하던 그때 "춘향전"과 "심청전" 같은 우리 민족의 위대한 고전들을 극장 초창기에 상연할 수 있었다는 것은 물론 우리 극장 선배님들의 현명성과 용감성을 말해주는 동시에 그것은 또한 우리 극장의 관중들인 동포들의 염원이었을 것이다. 그러나 우리 극장의 신한촌시기는 오래지 못하였다. 1937년 창단 5주년이 되는 해 극장도 "재소"동포들과 함께 카사흐쓰딴의 크슬오르다란 사막도시로 강제이주를 당하였다.

**강제이주·크슬오르다시기**. 이주직후의 극장사정은 일반 동포이주민에 비하여 비교적 좋은 편이었다. 그 때 우리들의 유일한 "선봉신문"은 정간을 당하여 오래동안 나오지 못하다가 이듬해인 1938년에야 "레닌기치"라는 이름으로 복간되었다. 조선사범대학은 1938년부터 로어교수로 넘어가 우리 민족대학의 면목을 상실하고 크슬오르다 국립사범대학으로 변신하였다. 동시에 전체 동포국민학교도 로어교육으로 넘어갔다. 아마 "재소" 우리 동포들이 우리 말을 잊어버리기 시작한 것은 이때부터였을 것이다. 이 힘들고 복잡한 시기에 우리 극장은 우리 말로 연극을 상연하고 우리 동포들이 이주하여온 곳을 찾아다니며 순회공연을 할 수 있는 "특권"을 가질 수 있었다. 특권이라는 것은 우리 동포들은 자유이동이 금지되어 허가 없이는 지정된 거주지에서 다른 곳으로 갈 수가 없었다. 강제이주당시 이산가족이 많이 생겼고 사람들은 친척들의 생사를 몰라 안타까워하는 때였다. 이런 때였는데 우리 극장 배우들만이 우리 동포들을 찾아다닐 수 있는 행운을 지닐 수 있었던 것이다. 우리 배우들은 공연을 하며 강제이주에 지친 동포들을 위안도 하였으나 동시에 이 마을 저 마을을 전전하며 편지도

# 6장. 기타 자료

❶ 한진이 편찬한 『한진 희곡집』(1988년)

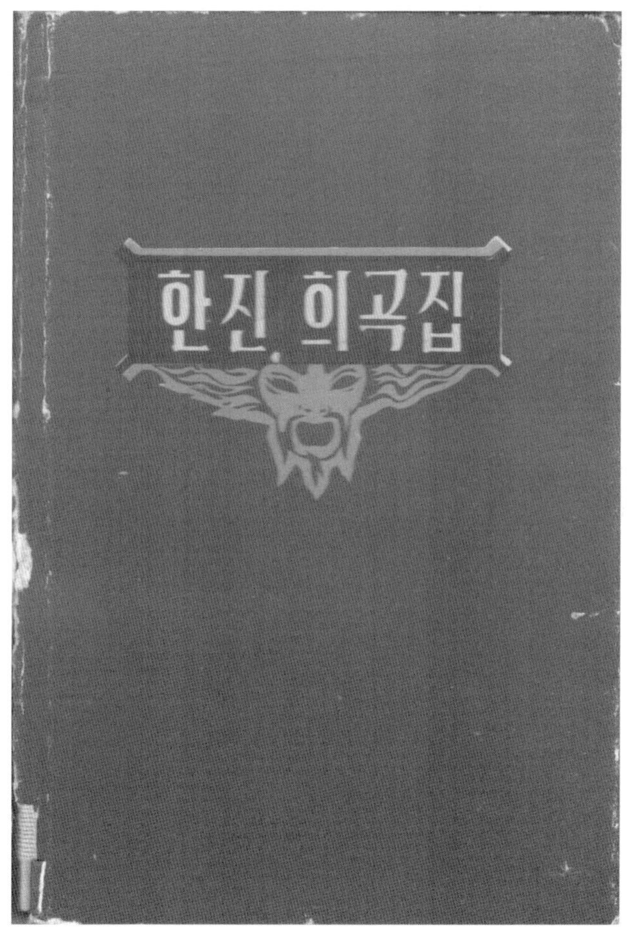

2 한진이 편찬을 주도한 종합시집『꽃피는 땅』(1988년)

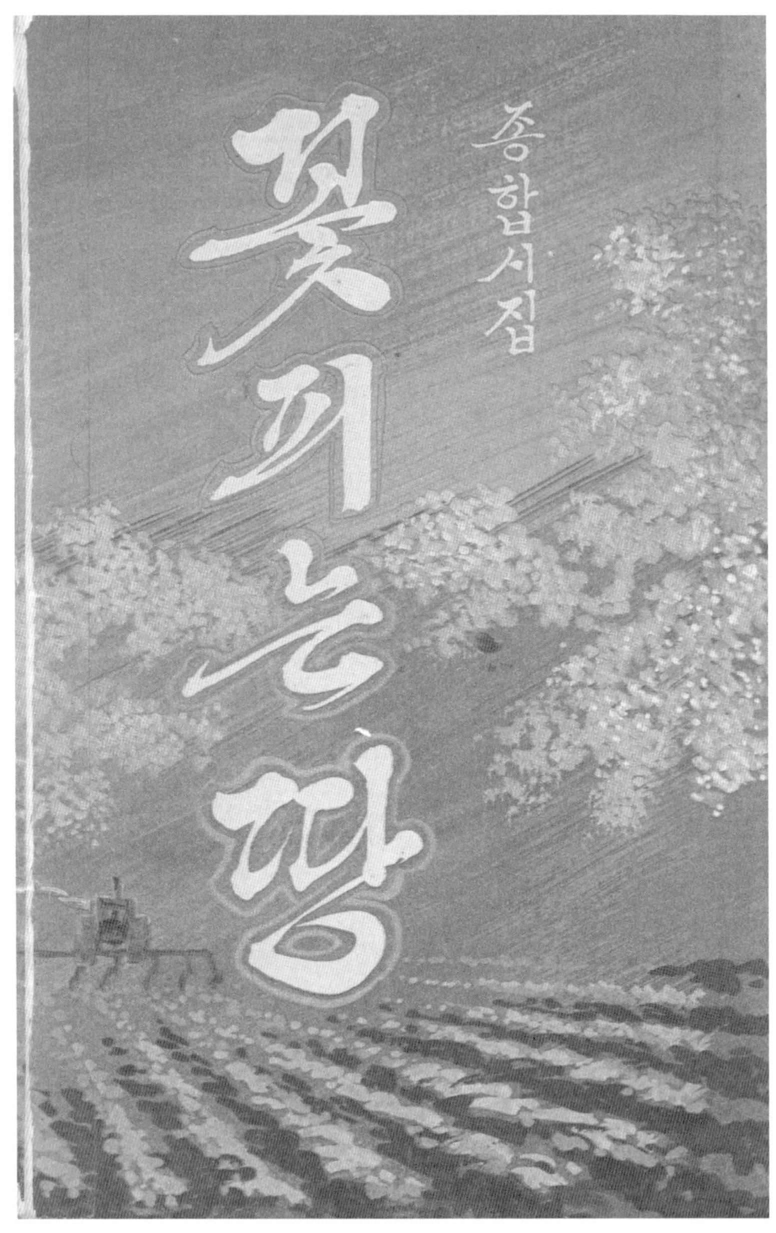

③ 한진이 편찬을 주도한 공동작품집 『행복의 고향』(1988년)

❹ 한진이 편집하고 출판한 리진 서정시집 『해돌이』(1989년)

5 한진이 편찬을 주도한 공동작품집 『오늘의 빛』(1990년)

⑥ 한진이 참여한 노어판 고려인공동작품집 『음력달력의 페이지』(1990년 모스크바)

⑦ 노어판 한진 작품집 『산부처』(2001년 알마티)

⑧ 모스크바에서 발행되는 연극평론잡지 『극장』의 표지(모스크바, 1980년 5월호)

⑨ 모스크바에서 발행되는 연극평론잡지 『극장』에 한진의 희곡 「산부처」에 대한 평론이 자세히 실려 있다.(모스크바, 1980년 5월호)

⑩ 한진 탄생 75주년을 맞아 『게임의 규칙』 잡지에 실린 한진특집(2006년 알마티)

⓫ 한진 탄생 75주년을 맞아 『게임의 규칙』 잡지에 실린 한진특집(2006년 알마티)

# Ему не больно

прецеденты

17 августа 2006 года известному корейскому писателю и драматургу Хан Дэ Ену (Хан Дину) исполнилось бы 75 лет. Его жизни и творчеству посвящается этот материал.

человек

⓬ 희곡 「고용병의 운명」 초대장(1967년 크즐오르다)

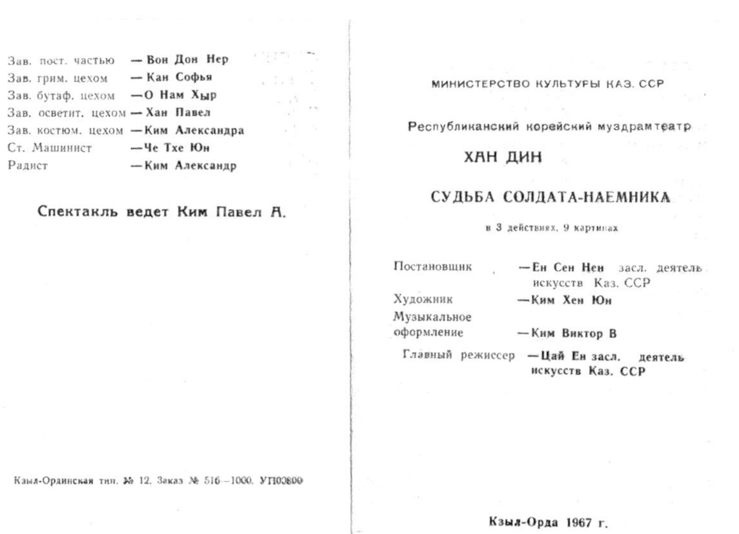

Зав. пост. частью — Вон Дон Нер
Зав. грим. цехом — Кан Софья
Зав. бутаф. цехом — О Нам Хыр
Зав. осветит. цехом — Хан Павел
Зав. костюм. цехом — Ким Александра
Ст. Машинист — Че Тхе Юн
Радист — Ким Александр

**Спектакль ведет Ким Павел А.**

Кзыл-Ординская тип. № 12. Заказ № 516—1000. УП03800

Хан Дин

МИНИСТЕРСТВО КУЛЬТУРЫ КАЗ. ССР

Республиканский корейский муздрамтеатр

**ХАН ДИН**

**СУДЬБА СОЛДАТА-НАЕМНИКА**

в 3 действиях, 9 картинах

Постановщик — Ен Сен Нен засл. деятель искусств Каз. ССР
Художник — Ким Хен Юн
Музыкальное оформление — Ким Виктор В
Главный режиссер — Цай Ен засл. деятель искусств Каз. ССР

Кзыл-Орда 1967 г.

⑬ 희곡 「산부처」 초대장(1979년 알마아타)

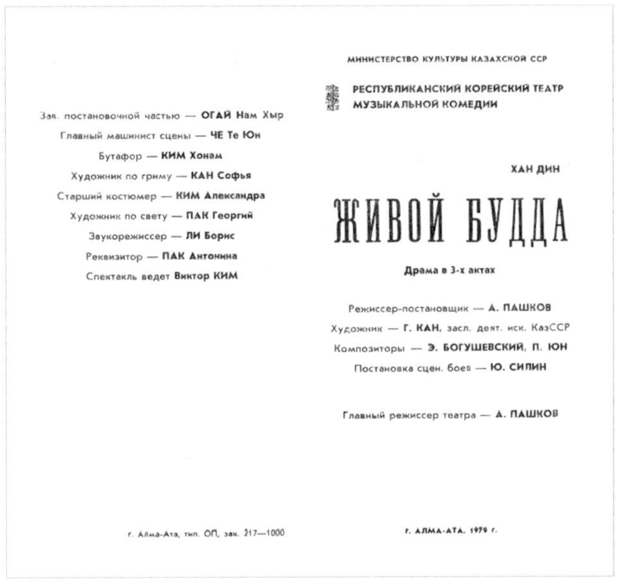

Зав. постановочной частью — **ОГАЙ Нам Хыр**

Главный машинист сцены — **ЧЕ Те Юн**

Бутафор — **КИМ Хонам**

Художник по гриму — **КАН Софья**

Старший костюмер — **КИМ Александра**

Художник по свету — **ПАК Георгий**

Звукорежиссер — **ЛИ Борис**

Реквизитор — **ПАК Антонина**

Спектакль ведет **Виктор КИМ**

г. Алма-Ата, тип. ОП, зак. 217—1000

МИНИСТЕРСТВО КУЛЬТУРЫ КАЗАХСКОЙ ССР

**РЕСПУБЛИКАНСКИЙ КОРЕЙСКИЙ ТЕАТР МУЗЫКАЛЬНОЙ КОМЕДИИ**

**ХАН ДИН**

**ЖИВОЙ БУДДА**

**Драма в 3-х актах**

Режиссер-постановщик — **А. ПАШКОВ**

Художник — **Г. КАН**, засл. деят. иск. КазССР

Композиторы — **Э. БОГУШЕВСКИЙ, П. ЮН**

Постановка сцен. боев — **Ю. СИПИН**

Главный режиссер театра — **А. ПАШКОВ**

г. АЛМА-АТА. 1979 г.

⑭ 희곡 「폭발」 초대장(1986년 알마아타)

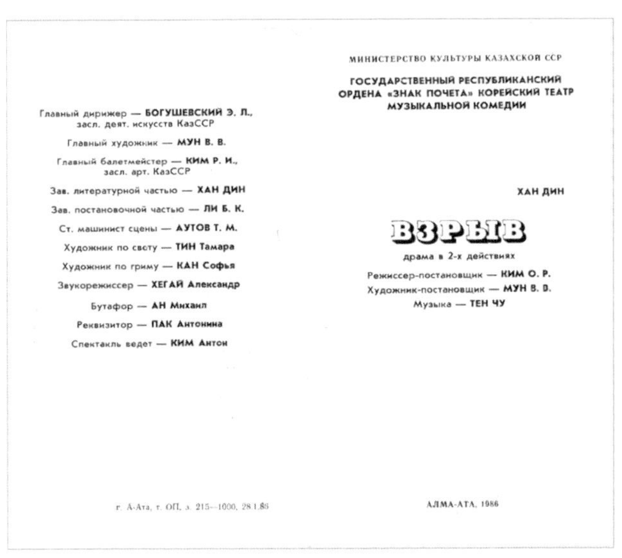

Главный дирижер — **БОГУШЕВСКИЙ Э. Л.**, засл. деят. искусств КазССР

Главный художник — **МУН В. В.**

Главный балетмейстер — **КИМ Р. И.**, засл. арт. КазССР

Зав. литературной частью — **ХАН ДИН**

Зав. постановочной частью — **ЛИ Б. К.**

Ст. машинист сцены — **АУТОВ Т. М.**

Художник по свету — **ТИН Тамара**

Художник по гриму — **КАН Софья**

Звукорежиссер — **ХЕГАЙ Александр**

Бутафор — **АН Михаил**

Реквизитор — **ПАК Антонина**

Спектакль ведет — **КИМ Антон**

г. А-Ата, т. ОП, з. 215—1000, 28.1.86

МИНИСТЕРСТВО КУЛЬТУРЫ КАЗАХСКОЙ ССР

**ГОСУДАРСТВЕННЫЙ РЕСПУБЛИКАНСКИЙ ОРДЕНА «ЗНАК ПОЧЕТА» КОРЕЙСКИЙ ТЕАТР МУЗЫКАЛЬНОЙ КОМЕДИИ**

**ХАН ДИН**

**ВЗРЫВ**

драма в 2-х действиях

Режиссер-постановщик — **КИМ О. Р.**

Художник-постановщик — **МУН В. В.**

Музыка — **ТЕН ЧУ**

АЛМА-АТА. 1986

⑮ 한진이 50회 생일을 맞아 <레닌기치> 사원 일동으로부터 받은 축하장-내지

친애하는 한진동무!

공화국간 공동신문 «레닌기치» 사원일동은 동무의 출생 50주년에 즈음하여 열렬한 동지적 인사를 드립니다.

동무는 극장 문예부장으로서, 작가로서 쏘베트 조선문화예술발전에 크게 이바지하였으며 극장예술사에 빛나는 한페지를 남겼습니다.

우리는 한진동무가 조선인근로대중이 즐기는 명작품들을 앞으로 더 많이 창작하리라는 기대를 표명하면서 행복, 안락과 건강을 축원합니다.

«레닌기치» 사원일동

알마아따시

一九八一년 八월 十七일

# 7장. 작품 목록

## 1. 희곡

| | 작품명 | 완성시기 | 첫 공연 시기 | 비고 |
|---|---|---|---|---|
| 1 | 의부 어머니 | 1964 | 1965 | 『한진 희곡집』(1988)에 실림 |
| 2 | 고용병의 운명 | 1967 | 1967 | 내용 일부 유실 |
| 3 | 량반전 | 1972 | 1973 | |
| 4 | 봉이 김선달 | 1974 | 1975 | 원고 미발견 |
| 5 | 꽃의사 | 1974 | | 미공개작 |
| 6 | 어머니의 머리는 왜 세였나 | 1976 | 1977 | |
| 7 | 산부처 | 1979 | 1979 | 『한진 희곡집』(1988)에 실림 |
| 8 | 토끼의 모험 | 1981 | 1981 | 『한진 희곡집』(1988)에 실림 |
| 9 | 나 먹고 너 먹고(또는 '너 먹고 나 먹고') | 1983 | 1983 | |
| 10 | 폭발 | 1985 | 1986 | |
| 11 | 나무를 흔들지 마라 | 1987 | 1991 | 『한진 희곡집』(1988)에 실림 |
| 12 | 서울 손님 | 1993 | | 미완성작 |

## 2. 단편소설, 소품(제목 옆에 *표시)

| | 작품명 | 발표지면 | 발표(완성)시기 | 비고 |
|---|---|---|---|---|
| 1 | 편지에 대해서 | | 1960.3.8 | 미공개작. 내용 앞부분은 저자가 1980년대 말에 보충필사함 |
| 2 | 착각 | | 1960.3.9 | 미공개작 |
| 3 | 초상화 | | 1961.4.15 | 미공개작 |
| 4 | 그의 사회성분 | | | 미공개작. 1960년대 초로 추정됨 |
| 5 | 찌르러기 | 레닌기치 | 1962.10.7 | |
| 6 | 밤길이 끝날 때 | 레닌기치 | 1962.12.16 | |
| 7 | 말조심 하세요 | | 1963.1.6 | 미공개작 |
| 8 | 김용주 | | 1963.1.25 | 미공개작 |
| 9 | 소나무 | 레닌기치 | 1963.2.24 | |
| 10 | 물맛(*) | 레닌기치 | 1963.5.19 | |
| 11 | 비상사고 | | 1963.8.15 | 미공개작 |
| 12 | 녀선생 | 레닌기치 | 1963.8.27 | 공동작품집 『해바라기』(1982)에 다시 실림 |
| 13 | 축포 | 레닌기치 | 1963.11.7 | |
| 14 | 어머니의 편지(*) | 레닌기치 | 1964.2.25 | 완성시기는 1963년 3월 29일 |
| 15 | 땅의 아들 | 레닌기치 | 1964.4.19 | |
| 16 | 서리와 별 | 레닌기치 | 1965.2.14 | |
| 17 | 뻐꾹새 | 레닌기치 | 1965.4.24 | |
| 18 | 공포 | 레닌기치 | 1989.5.23 | 공동작품집 『오늘의 빛』(1990)에 다시 실림 |
| 19 | 그 고장 이름은? | 공동작품집 『오늘의 빛』 | 1990 | 고려일보(1991.7.30)에 다시 실림 |

## 3. 직접 편찬했거나 편찬을 주도한 단행본

1) 『한진 희곡집』(알마아따, “사수싀”출판사, 1988년)
2) 종합시집 『꽃피는 땅』(알마아따, “사수싀”출판사, 1988년)
3) 공동작품집 『행복의 고향』(알마아따, “사수싀”출판사, 1988년)
4) 리진 시집 『해돌이』(알마아따, “사수싀”출판사, 1989년)
5) 공동작품집 『오늘의 빛』(알마아따, “자수싀”출판사, 1990년)

## 4. 번역 작품

▶ 조선극장에서 공연된 희곡작품들

1) 「레닌그라드 대통로」(이. 슈또크 작) : 1964년 번역 공연
2) 「포로가 된 약사」(제. 베. 몰리예르 작) : 1964년 번역 공연
3) 「까라고즈」(무흐따르 아우에조브 작) : 1970년 번역 공연
4) 「어머니의 땅」(칭기스 아이뜨마또브 작) : 1972년 번역 공연
5) 「월식날의 밤」(무싸따이 까림 작) : 1975년 번역 공연
6) 「꼬블란듸」(무흐따르 아우에조브 작) : 1979년 번역 공연
7) 「베르나르 알리브의 집」(가르씨야 로르까 작) : 1984년 번역 공연
8) 「선녀의 오솔길」(김 아나똘리 작) : 한진 사후 2007년에 공연됨

▶ 소설 및 조선극장에서 공연 안 된 희곡들

1) 「첫 교원」(칭기스 아이뜨마또브 작. 소설) : 1964년 번역 <레닌기치>에 실림
2) 「뻐꾹새의 울음소리」(김 아나똘리 작. 소설) : 1984년
3) 「아직 안개가 걷히지 않을 때」(박 미하일 작. 소설) : 1988년
4) 「잠자리 나는 것이 네 꿈에 보여라」(박 미하일 작. 소설) : 1990년
5) 「가믈레트(햄릿)」(세익스피어. 희곡) : 1970년대 번역

6) 「38선 이남에서」(태장춘 작. 희곡) — 노어로 번역

7) 「황혼」(일어에서 번역)

8) 「양심」

외 다수.

# 제2부 한진의 생애와 문학

# 1장. 한진의 생애와 작품 세계*

김병학

## 1. 출생과 성장기－평양시기(1931년 8월 17일~1952년 여름)

### 1) 출생과 가계

한진의 본명은 한대용(韓大鎔)이다. 그는 1931년 8월 17일 평양에서 극작가인 아버지 한태천과 인내심 많고 사려 깊은 어머니 박성수 사이에서 맏아들로 태어났다. 그가 태어나 자란 곳은 평양시내 모래터에 있는 기림리라는 곳이었다. 집에서 멀지 않은 곳에는 보통강이 흐르고 있었고 한진은

* 이 글은 극작가 한진이 남긴 원고, 일기, 메모수첩, 망명회의록 초고, 망명유학생 2차 회의록 초고, 그가 가족과 동료들로부터 받은 편지, 망명동료 최국인・김종훈・정추의 증언, 김종훈의 미공개(미완성) 수기, 망명동료 량원식의 일기와 실화소설, 한진의 아내 지나이다 이바노브나의 증언, 한진의 스승이었던 정상진옹의 증언, <고려일보>에 실린 관련 기사, 필자가 <고려일보>와 국내의 다른 매체에 기고한 극작가 한진에 대한 글, 기타 출판물에 실린 자료들을 바탕으로 작성하여 졸저 『한진전집』(인터북스, 2011년) 부록1에 실은 것을 다시 일부 수정, 보완하였다. 인용한 자료들의 표기법과 어법은 현대한국표준어에 맞게 고쳤다. 또 앞뒤가 맞지 않는 문장은 문맥에 맞게 편집했으며 내용을 이해하는데 필요한 단어나 문장은 괄호를 열어 부기했다. 또 국한문 혼용, 한국어－러시아어 혼용, 러시아어로 씌어있는 글은 모두 국문으로 번역하여 인용하거나 표기했다.

어렸을 적에 막내 외삼촌 연수와 함께 그 강으로 자주 놀러 다녔다. 한진은 거기서 소년시절까지 살았다. 나중에 그의 가족은 몇 차례 이사를 하였지만 평양 시내를 벗어나지는 않았다.

아버지 한태천은 1906년 11월 26일에 태어나 소학교 교원으로 일하다가 극작가가 되었다. 그는 1935년부터 희곡을 쓰기 시작하여 나중에는 북한에서 저명한 극작가의 반열에 올랐다. 1935년에 첫 순수예술희곡 「토성랑」을 내놓았고 이듬해에는 「산월이」를 발표했다. 8·15 광복 이후에는 주로 극장에서 상연하는 희곡을 창작했으며 북한의 사회주의적 사실주의 희곡정착에 크게 기여했다. 광복이후 그가 쓴 희곡으로는 새로운 사회주의 건설 투쟁을 그린 「바위」(1946년), 사회주의적 신인간상을 표현한 「횃불」(1947년), 인민경제의 부흥과 발전을 묘사한 「위대한 동맥」(1948년) 등이 있다. 또 1948년에 조기천의 장편서사시 「백두산」을 성공적으로 각색하여 평양국립극장 무대에 올리기도 했다.

1950년 6·25가 일어나자 한태천은 인민군종군기자가 되어 전선을 누볐다. 그는 이 경험을 바탕으로 전사들의 영웅주의와 애국주의를 묘사한 희곡 「명령 하나밖에 받지 않았다」와 「동향인들」을 썼는데 전자는 1952년 평양대극장에서 후자는 같은 해에 조선인민군대에서 공연되어 절찬을 받았다. 전쟁이 끝난 뒤에도 그는 꾸준히 희곡을 창작하여 「동트는 지역」(1954년경), 「젊은 혁신자」(1954년), 「잃었던 애인」(1956년경)을 선보였고, 1954년에는 자신이 창작한 희곡 「유격대의 아들」이 평양극장에서, 1960년에 쓴 「애국농민 김제원」은 8·15 15주년 기념무대에서 공연되었다. 1962년에 창작한 「아직 젊을 때」는 혜산극장에서 공연되었다. 그 후 1970년에 한태천은 희곡 「연풍호」(홍광억과 공동창작)를 써서 인민계관문학상을 받았다. 1953년 평양출판사와 1965년 조선예술에서 한태

천 희곡집 『명령 하나밖에 받지 않았다』가 출간되었다.[1)]

한진의 아버지 한태천은 가난한 집안에서 태어났다. 다행히 억척스런 어머니 덕분에 정규교육을 받고 소학교 교원이 되었고 나중에 극작가로 성장한 것 같다. 한태천의 어머니 김성일은 떡 장사를 하여 아들을 교육시켰는데 한태천이 아들 대용(한진)에게 보낸 편지에 이런 구절이 있다.

> 너도 알다시피 떡장수 아들로 (태어난) 소학교 교원인 (내가) 아무리 죽었다 깨어난들 대동강반 고루기각에서 화무월석(花無月夕)을 노래할 수 있겠느냐? 그야말로 백만장자라도 옛날에는 생각도 못할 일이다.[2)]

김성일은 맏손자 대용(한진)이 상당히 자란 뒤에 사망했다. 한진은 어렸을 적 할머니와의 추억을 소중히 간직하고 있고 나이가 여덟 살이나 어린 동생도 할머니를 잘 기억하고 있는 것으로 보아 할머니는 그가 중고등학교를 다니던 무렵에 사망한 듯하다. 그 외 한진의 직계가족으로는 작은 아버지가 있었다.

한태천은 1930년경에 박성수와 결혼하였다. 박성수는 1908년 3월 21일(음)생으로 남편보다 두 살이 아래였다. 그녀는 평생을 자식과 남편을 위해 헌신한 전형적인 조선의 여인이었다. 그렇지만 한글은 물론 한문

---

1) 한태천의 희곡작품 중 「바위」, 「횃불」, 「위대한 동맥」, 「동향인들」, 「아직 젊을 때」는 소련에서 발간된 극장백과사전에서 찾아 우리말로 번역해놓았기 때문에 원제와 다를 가능성이 크다(『ТЕАТРАЛЬНАЯ ЭНЦИКЛОПЕДИЯ том V』 (издательство советская энциклопедия, Москва, 1967) ст.575). 희곡 「잃었던 애인」의 존재와 희곡 「연풍호」의 창작연대 등을 확인하는 데에는 아주대학교 이주문화연구센터 전임연구원 이영미 박사가 도움을 주었다.

2) 한진의 아버지 한태천이 보낸 편지(1960년 7월 1일). 편지 내용 중 괄호 안의 글은 문맥을 고려하여 필자가 임의로 추가한 것이다. 이후에 인용되는 편지나 다른 인용문도 마찬가지다. 인용된 모든 편지들은 졸저 『한진전집』(인터북스, 2011년) 부록2에 실려 있다.

실력까지 어느 정도 갖춘 지식인이기도 했다. 한태천과 박성수는 다섯 명의 자식을 보았는데 맏이 대용(한진)을 위시하여 딸 경옥, 신옥, 아들 대관(大觀), 딸 수옥(秀玉)이 그들이다.

맏딸 경옥은 1935년에 태어났다. 그녀는 학업에 열중하다 6·25가 일어나자 인민군 준의 군관으로 배속되어 세균학 실험실에서 대남공작을 했다. 전쟁이 끝난 뒤에는 중단된 학업에 매진하면서 평양시 복구건설에 열성적으로 뛰어들었는데 경상골 화초공원 배관작업에 참여했다가 그만 병을 얻어 1959년 1월 2일 스물다섯의 젊은 나이로 사망하고 말았다. 그녀는 1955년에 딸 영희를 혈육으로 남겼다.

한진의 둘째 손아래 누이 신옥은 1939년에 태어났다. 그녀는 6·25가 발발하던 1950년 여름에 인민학교를 졸업했다. 전쟁이 끝난 뒤에는 일반학교를 다니다가 나중에 대학에서 화학을 전공하여 오랫동안 화학교원으로 일했다. 동생 대관은 1943년에 태어났다. 그는 평양시 사동구역 한 부락당 비서로 일하다가 2000년경에 사망했다. 막내 여동생 수옥은 1949년에 태어났다.[3] 그녀는 어려서부터 매우 총명하였으나 1952년 봄에 병을 앓아 왼쪽 다리를 잘 못 쓰는 장애인이 되었다. 수옥은 평양의학대학 약학부를 졸업하고 평양시 간염병원에서 오랫동안 제약과장으로 일했다. 한진의 아버지 한태천은 1975년 7월 2일에 폐암으로, 어머니 박성수는 1983년 9월 27일에 뇌혈전으로 사망했다.

한편 한진의 작은 아버지에게는 윤덕이라는 아들이 있었다.[4] 윤덕은

3) 한진이 1991년 한국방문을 앞두고 한국대사관에 제출한 가족사항 기재 서류사본에 평양에 있는 가족들의 생몰연대가 기록되어 있다. 거기에는 동생 대관의 생년이 1944년으로 나와 있는데 이는 대관이 1956년 4월 1일 형 한진에게 보낸 편지에 자신의 생년을 1943년으로 밝히고 있는 것과 차이가 난다. 이는 음력생일을 양력 날짜로 환산하다보니 한 해가 넘어간 까닭인 듯하다.

4) 윤덕에게 할머니가 있었던 것으로 보아 한진과 윤덕은 6촌간이었을 가능성도 있으나

한진과 나이가 같은 동생이었는데 나중에 한진처럼 전쟁 중에 유학생으로 뽑혀 1952년 11월 말에 체코슬로바키아 프라하로 유학하는 행운을 누렸다. 그는 유학 후 귀국하여 엔지니어로 일했다.

한진의 본가에 대한 자료는 이 정도가 전부다. 이로 미루어 본가의 자손들은 한진의 직계집안을 제외하면 그다지 번성하지 않았던 것 같다. 반면 외가는 손이 적지 않았고 그들은 남북으로 뿔뿔이 흩어져 살았다.

외할머니 전기순은 1891년에 태어나 1954년 7월 15일에 사망했다. 외할아버지 박기흡(1871년생으로 추정)은 아들 영수(永壽), 창수(昌壽), 남수(南壽), 연수(延壽 1930년 출생, 1986년 2월 8일 사망)와 딸 성수, 명수(1921년 11월 23일생)를 두었다. 한진의 어머니 박성수와 외할머니 전기순의 나이차이가 17살밖에 나지 않은 것으로 보아 전기순에게는 성수가 맏딸이었던 것으로 보인다.

외할아버지의 세 아들 영수, 창수, 남수는 남한지역으로 흩어졌고, 딸 성수, 명수와 막내아들 연수는 북한지역에서 살았다. 아마도 아들 셋이 일제시대 후반부터 6·25 사이에 생계, 직장, 혼인 등의 문제로 38선 이남지역으로 내려가 살다가 남북분단을 맞이했거나 전쟁 중에 헤어진 것 같다.

또 한진의 맏외삼촌 영수의 다섯 자식 중 셋은 남한에 남았으나 아들 대희와 대식은 어머니와 함께 북한에, 둘째 외삼촌 창수의 일곱 자식 중 넷은 남한에 남았으나 아들 대호와 딸 혜자는 어머니와 함께 북한에 남았다. 한진의 막내 외삼촌 연수는 북한에서 연극배우로 활약했다.

---

평양에 있는 한진의 가족이 보내온 편지들을 보면 항상 윤덕의 가족을 가장 가까운 집안사람에 포함시키고 있는 것으로 봐서 그들은 할아버지는 같지만 할머니가 다른 사촌이었던 것 같다. 한진의 아내 지나이다도 남편으로부터 그들의 관계가 사촌간이라는 말을 여러 번 들었다고 증언하고 있다.

### 2) 학창시절(1938년경~1950년 6월)

해방 이전까지 한진의 학창시절에 대해서는 거의 알려진 바 없다. 하지만 그는 어렸을 적 추억에 대한 미공개 자전적 소설을 남겨놓아 거기에 초등학교 시절의 모습이 생생히 담겨있다. 이를 바탕으로 그의 초등학교 시절을 재구성해보면 그는 또래 애들이 80명이나 되는 콩나물시루 교실에서 공부했으며 학교에 들어가자마자 "가갸거겨"와 "구구단"을 외우면서 배움을 시작하였다. 또 반 아이들 중에 싸움대장이 있었고 그로 인해 친구들 사이에 싸움과 따돌림을 비롯한 여러 가지 에피소드들이 생겨나면서 그는 조금씩 세상을 알아갔다.[5)]

또한 그는 일제시대에 태어난 만큼 당시 누구나 그랬듯이 일반학교를 다니면서 일어를 배웠다. 물론 집에서는 모국어를 구사했고 학교에서도 조선어를 배웠지만, 적어도 7년 이상 일어를 배웠으며 그런 만큼 그의 일본어 실력은 출중했다. 그의 일본어 실력은 나중에 그가 소련에서 망명생활을 할 때 몇 가지 도움이 되기도 했다. 특히 개방 이후 일본에서 적지 않은 지식인과 언론인들이 다녀가면서 그의 도움을 받기도 했다.

그는 해방을 맞이할 때까지 몇 년간 학교 기숙사에서 살면서 공부했다. 이로 미루어 그가 당시 일반 학생들보다 좀 더 나은 조건에서 교육을 받고 있었던 것만은 틀림없다. 한진이 소학교와 중학교를 다녔던 1930년대 후반부터 8·15해방이전까지 평양지역 학생들이 내는 학비(월사금)는 매달 소학교 1~3학년이 25전, 4~6학년이 50전, 중학교 1~3학년이 2원 50전, 4~5학년이 5원이었고 기숙사비는 매달 5원이었다. 이와 같은 학비는 당시 일반인들이 자녀를 중학교에 보내기가 쉽지 않은 액

5) 한진 소설 『김용주』(1963).

수였으며 기숙사비는 더욱 부담되는 돈이었다.[6] 다행스럽게도 한진은 그만큼의 학비를 충분히 댈 수 있는 가정에서 태어났다.

그런 여건에 개인적 열의가 더해져 그는 공부에 남다른 취미를 붙였고 그 결과 타 학생들보다 우수한 학업성적을 보였다. 하지만 여느 학생들처럼 장난꾸러기이기도 했다. 연말이면 평양역 근방에 사는, 서울에서 이사 온 친구네 집에 가서 요란하게 망년회를 하거나 새해를 맞이하여 친구들을 집으로 데려와 떠들썩하게 놀기도 했다. 한번은 서울에서 온 친구네 집에서 망년회를 하다가 국수함을 메쳐서 엎어뜨린 일도 있었는데 어머니는 이를 두고두고 기억했다.[7]

1945년 8월 15일 우리나라가 일제로부터 해방이 되자 한진은 평양에 있는 광성중학교(光成中學校)에 입학하였다. 평양 광성중학교는 1894년 선교사 윌리엄 제임스 홀에 의해 설립된 유서 깊은 기독교계 학교였다. 당시 평양은 전국에서 가장 널리 기독교가 전파된 곳이었고 그 과정에서 여러 뜻있는 기독교계 학교들이 설립되어 계몽의 등불을 밝혀왔는데 광성중학교도 그렇게 유서 깊은 역사와 전통을 자랑하는 학교 중 하나였다. 학업성적이 우수했던 한진은 그 학교를 2년 만에 마치고 1947년 여름에 졸업했다. 그리고 곧바로 평양제일고급중학교(平壤第一高級中學校) 3학년으로 편입했다. 고급중학교 시절 한 반에서 같이 공부했던 동창생은 30명이었다. 이 학교는 그 당시 사범학교였거나 사범학교의 기능을 겸했던 학교로 보인다. 한진은 친구에게 쓴, 부치지 않은 편지에서 자신이

6) 명노정(明魯禎)의 증언(2011년 5월 알마티). 명노정은 1927년 11월 26일(음)에 평북 정주에서 태어났고 1935년부터 1945년까지 평양에서 소학교와 중학교를 마쳤다. 해방이후 잠시 영변 인민보안소(경찰서)에서 일하다가 1948년에 비밀리에 연해주 이만으로 이주하여 나중에 소련국적을 취득했다. 현재 크라스노야르에 거주하고 있다.

7) 한진의 어머니 박성수가 보낸 편지(1955년 12월 29일).

사범학교를 다녔고 그때 그의 동창생들이 30명이었다고 밝히고 있기 때문이다. 당시 북한의 학제는 인민학교 6년, 초급중학교 3년, 고급중학교 3년, 대학교 4~5년이었다. 그러던 것이 1959년에 대대적으로 개편되어 인민학교 4년, 중학교 3년, 기술학교 2년, 고등기술학교 2년, 종합대학교 및 단과대학 4~5년제로 변경되었으며 그 외 11년제 외국어학교, 11년제 예술학교가 따로 운영되었다. 또 7년 의무교육이 실시되었다.[8)]

1년 만에 고급중학교를 졸업한 한진은 1948년 여름 북한 최고의 명문대학인 김일성종합대학교 노문학부에 입학하였다. 물론 이 학교에 들어가기 위해서 그는 엄격한 입학시험을 통과해야 했었다. 당시 입학시험담당관은 그 대학 노문학부장으로 재직하고 있던 재소고려인 정상진이었는데 여기에 흥미로운 에피소드가 있다. 정상진은 한진의 아버지 한태천과 평소 잘 아는 사이였다. 그런데 시험일이 가까워오자 한태천은 정상진에게 전화를 걸어 아들을 입학시험에 합격시켜달라고 부탁했다. 정상진은 시험 합격기준에 대한 원칙을 버릴 수도 없고 그렇다고 지인의 부탁을 거절할 수도 없어 난감했다. 입학시험이 끝난 후 정상진은 한진의 시험지를 눈여겨 살펴보았다. 헌데 시험성적이 너무나 우수하여 불필요한 부탁을 들어주느라 양심에 가책을 받을 일이 없어졌다. 그때 노문학부 1학년 입학생은 23명(또는 24명)이었다.[9)]

나중에 한진의 망명동료가 된 리진(리경진)은 이미 이 대학 영문과에 재학 중이었다. 그들은 학과는 달랐지만 같은 어문학계열을 전공하고 있어서 통합강좌인 세계문학 및 문학원론 강의를 함께 듣게 되어 자연스럽게 서로 아는 사이가 되었다.

8) 한진의 둘째 누이동생 신옥이 보낸 편지(1959년 11월 13일).
9) 한진의 스승 정상진의 증언(2011년 3월 21일).

당시 김일성종합대학교에는 적지 않은 소련 고려인 학자들이 강의를 담당하고 있었다. 소련은 해방이후 북한에 소련식 사회주의 체계와 기초를 세우기 위해 각종 분야의 고려인 전문가를 파견했는데 그 일환으로 일단의 학자들도 대학에 보냈다. 1945년부터 6・25이전까지 그렇게 북한에 파견된 고려인 전문가는 총 428명이나 되었다고 한다. 그들은 북한의 정부, 군부, 언론, 학계, 문화계 등 각종 기관과 요직에 진출하여 신생독립국가의 기반을 닦았다.

한진이 대학에 들어갔던 1948년에 그 대학 노문과에는 4명의 소련 고려인 학자가 파견 나와 강의를 하고 있었다. 노문학부장 정상진을 비롯하여 명월봉, 김용선, 심수철이 그들이었다. 정상진은 노문학부 학생들에게 문학원론과 세계문학을, 명월봉은 노문학을, 김용선은 노어문전(문법)을, 심수철은 노어회화를 강의했다.[10] 이들 중 정상진은 한진에게 커다란 영향을 미쳤으며 그 둘의 인연은 나중에 소련으로 자리를 옮겨 평생 이어졌다.[11]

---

10) 명월봉(1915~1991.12.25)은 1939년에 크즐오르다 고려사범대학을 졸업했으며 해방이후 북한에 들어가 김일성대학 노문과에서 노문학을 강의했다. 1957년 소련으로 돌아온 후 <레닌기치> 기자로 일했으며 우즈베키스탄 타쉬켄트 니자미사범대학에서 조선어 강의를 하였다. 김용선(1917~?)은 1941년에 크즐오르다 고려사범대학을 졸업했다. 해방이후 북한에 들어가 김일성대학 노문과에서 노어문전을 강의하다가 전쟁이후 소련으로 돌아왔으며 크즐오르다 사범대학에서 노어교수를 역임했다. 심수철(1921~?)은 해방이후 북한에 들어가 김일성대학에서 노어회화를 강의했으며 전쟁이후 귀환하여 우즈베키스탄 타쉬켄트에서 살았다.

11) 정상진(1918.5.5~2013.6.15)은 1918년 연해주 블라디보스토크에서 출생한 문학평론가, 사회비평가, 기자, 작가다. 그는 1940년에 크즐오르다 고려사범대학교를 최우등으로 졸업했으며 1940년대 초에 시인으로 등단했다. 크즐오르다 고려사범대학교는 1931년 블라디보스토크에 세워진 고려사범대학이 1937년 중앙아시아로 강제이주 되어 이듬해 재개교한 학교로서 당시 대부분의 고려인 인텔리들이 이 학교를 다녔었다. 정상진은 나중에 북한에 들어가서 「시인과 현실」, 「로멘찌즘에 대하여」 등과 같은 훌륭한 평론을 발표해 평론가로 이름을 날렸다.
무엇보다도 정상진은 1945년 8월 초 소련군 해병대의 일원으로 웅기, 청진, 원산 해방 전투에 참가하여 일본군과 직접 전투를 하며 북한에 첫 진주한 인물이다. 이후 정상진은 김일성대학교 노문학부장으로 있을 당시 외부 인사를 불러 특별 강연 자리를 마련하기도 했다. 재소고려인 학자면서 당대 최고의 시인으로 이름을 날렸던 조기천과, 당시 남북을 통틀어 최고의 단편소설 작가로 이름을 떨친 월북작가 이태준이 정상진의 요청으로 어문학계열 학생들에게 두 차례씩 특강을 한 바 있다. 조기천은 시문학을 주제로, 이태준은 단편소설을 주제로 특강을 했는데 두 사람 모두 대단한 인기를 끌었다. 한진과 리경진은 이미 학창시절에 스승 정상진과 매우 가깝게 지내던 사이라 정상진이 조직한 그런 특강에 한 번도 빠지지 않았으며 그들의 강의에 뜨거운 반응을 보였다.[12)]

노문과 새내기 한진은 영문과 선배인 리진(리경진)과 함께 정상진으로부터 세계문학과 문학원론을 배웠다. 당시 정상진의 교육방법은 매우 독특했다. 그는 학생들에게 동서고금의 우수한 문학작품 목록을 제시해주고 무엇보다도 먼저 그걸 통독하도록 했다. 학생들은 정상진이 지정해준 작품을 읽지 않고서는 강의를 들을 수도, 학점을 받을 수도 없었다. 문학작품을 읽지 않은 학생은 문학을 전공할 자격이 없다는 것이 정상진의 지론이었다. 문학부 학생들은 정상진을 통해서 제대로 된 문학수업을 쌓기 시작했다.

---

그는 원산시 인민위원회 교육부 차장을 거쳐 문예총 부위원장을 역임했으며 1948년부터 1950년 6·25발발 시점까지 김일성종합대학교 노문학부장을 역임했다. 1952~1955년에는 문화선전성 부상을 역임했고 1957년에 숙청되어 소련으로 돌아왔다. 정상진은 최근 모스크바에서 사망했다.

한편 정상진이 북한에서 발표한 「시인과 현실」은 시인 조기천에 대한 탁월한 평론으로 알려져 있다. 조기천(1913~1951)은 재소고려인 시인이자 학자였으며 1940년에는 <레닌기치>신문사 문학부장으로 일하기도 했다. 1945년 소련육군과 함께 북한에 들어갔으며 그 후 <조선신문> 문예부장을 거쳐 문예총 부위원장을 역임했다. 그 사이에 서정시 「두만강」, 「휘파람」, 서사시 「백두산」 등을 써서 북한 전역의 독자들을 매료시켰다. 1951년 7월 31일 미군의 폭격을 받아 사망했다.

12) 한진의 스승 정상진의 증언(2011년 3월 27일).

정상진이 가르친 과목에서 단연 두각을 나타낸 이는 한진과 리진(리경진)이었다. 독서량도 학부생들 중에서 최고였다. 특히 리진은 방대한 독서량과 풍부한 지식에 있어서 스승 정상진을 능가할 정도였다. 그들은 다른 과목에서도 최우등생이었다.[13)]

한진은 대학 재학시절 카프계열작가 박팔양에게서도 강의를 들었다. 박팔양은 그때 조선시문학을 가르쳤다. 그는 거기서도 좋은 성적을 거두었는데 여동생이 보낸 편지에 그때 한진의 성적표에 대한 회상이 실려 있다. 북한의 성적평가방법은 1점부터 5점까지 다섯 등급으로 매겨지는데 5점은 A학점 또는 '수'에, 4점은 B학점 또는 '우'에 해당한다.

> 어머니에게는 옛날 핸드백이 하나 있었는데 거기에 오빠의 종합대학 성적증을 그냥 넣어두셨어요. 푸른빛이 도는 길쭉한 낡은 종이표지를 펼쳐보니 오빠의 성적이 있고 거기에 교원들의 수표(서명)가 있었는데 저에게는 박팔양 선생의 수표만 기억됩니다. 어머님께서 저에게 오빠 이야기를 들려주시면서 시험 치러 갈 때 오빠가 <몇 점을 맞을까요?>라고 묻곤 하였는데 어머님이 5점을 맞으라면 5점을 맞고 4점을 맞으라고 하면 4점을 맞아왔다고 하시면서 그 성적증을 보시곤 하셨어요.[14)]

꿈만 같던 학창시절은 그러나 2년 만에 막을 내리고 말았다. 6·25가 터진 것이다. 이때부터 그는 고향을 떠나 영원히 조국을 등지는 신세가 되어야 했다.

13) 한진의 스승 정상진의 증언(2011년 3월 21일).
14) 한진의 막내 누이동생 수옥이 보낸 편지(1989년 8월 1일).

### 3) 전쟁 시기(1950년 7월~1952년 여름)

1950년 6월 25일 북한의 남침으로 한반도에 동족상잔의 회오리가 일기 시작했다. 학교는 신속하게 전시체제로 개편되었고 학생들은 즉각 인민군으로 징집되었다. 한진이 소속된 노문과 학생 23명(또는 24명)도 바로 전선으로 투입되었다. 나중의 이야기지만 그들 중 전쟁이 끝나고 돌아온 학생은 단 8명뿐이었다.[15] 인민군이 된 한진은 원하지 않았겠지만 피로 물든 한반도 산하를 누벼야 했다. 그는 1950년 7월 10일에 가족과 헤어졌다.[16] 잠깐이면 남한을 해방하고 돌아오리라 믿고 떠난 길이었다. 헌데 그 길로 가족과 영원히 이별하고 말았다.

다만 종군작가로 전선을 누비던 아버지와는 연이 닿아 피비린내 나는 전쟁의 와중에서도 한 차례 만남의 기회를 가질 수 있었다. 그가 전선에서 아버지를 만난 건 전쟁이 시작된 지 그리 오래지 않아서였다. 그는 전투초기에 부상을 입었다. 다행히 부상이 경미해서 야전병원에서 치료를 받고 곧 회복되어 다시 전선에 배치되었는데 그때 종군작가였던 아버지가 아들이 있는 부대를 다녀간 것이다. 한진은 당시를 이렇게 회상하고 있다.

> 나는 서울에서 조선인민군 ○○부대 종군작가로 참가한 부친을 만나게 되었다. 그 시기는 인민군이 낙동강을 향하여 진격하던 전승기였다. 김일성종합대학 학생들로 구성된 우리 보병중대가 서울 공격을 시작했을 때 나는 왼손에 부상을 당하여 두개의 손가락을 잃었지만 야전병원에서 수술을 하고 곧 회복되어 다시 제 부대로 돌아왔을 때였다. 부친은 내 손가락을 만지며 몹시 불안한 표정을 지었다. 하지만 시간여유가 없

15) 한진의 스승 정상진의 증언(2011년 3월 27일).
16) 한진의 둘째 누이동생 신옥이 보낸 편지(1989년 11월 12일).

어서 간단한 식사만 같이하고 헤어졌지만 우리들의 마음은 기뻤고 조국 통일의 날이 곧 오리라는 것을 굳게 믿으며 헤어졌다.[17]

한진보다 네 살 아래였던 누이동생 경옥도 인민군으로 참전하였다. 그녀는 인민군 준의 군관으로 세균학 실험실에서 공작활동을 하며 전쟁 중인 인민군대에 힘을 보탰다. 그녀도 오빠처럼 전선에서 아버지를 만나는 기쁨을 맛보았다. 종군작가로 전선을 누비던 한태천에게는 전쟁도 중요했지만 무엇보다도 전선에서 싸우는 자식들의 안위가 심히 걱정되었을 것이다. 그래서 그는 맡은 임무를 수행하면서도 어렵사리 기회를 만들어 자식들이 있는 부대를 찾아갔던 것이다. 그는 종종 전투에도 참가했다. 이들 부녀는 전쟁이 끝나는 날까지 인민군대에 변함없는 충성심을 보여주었다.

그러나 예상과 달리 어느 순간 전세가 역전되었다. 단숨에 서울을 점령하고 낙동강까지 남하했던 인민군은 유엔군의 인천상륙작전으로 패퇴하기 시작했다. 승리에 과신한 나머지 역공을 당했을 때의 대책이 허술했고 그때 전술적 결함이 고스란히 노출되었다. 또 무엇보다도 막강한 유엔군의 화력을 낡은 무기로 막아낼 방도가 없었다. 한진은 그때를 이렇게 회상했다.

그러나 얼마 후, 진격 당시 영용했던 우리 중대는 조직적인 방어체계가 없는 서울방어전투 시에 무기와 탄약이 부족했고 미군의 전차를 막을 수가 없었다. 패잔병 집단으로 변해버린 우리 부대의 지휘관들은 부하를 버리고, 전사들은 무기를 버리고 북으로 패주했다…….[18]

17) 망명동료 김종훈의 미공개(미완성) 수기(2008년).
18) 망명동료 김종훈의 미공개(미완성) 수기(2008년).

유엔군이 서울을 탈환하고 얼마 후 평양으로 진격하자 북한 지도부는 간속가족(간부층에 속한 가족)을 안전지대로 피신시켰다. 한진의 가족은 조선민주주의인민공화국의 핵심계층인 간속가족이었다. 그들은 중국정부의 배려로 1950년 11월 12일에 만주로 소개되었다. 한진의 어머니는 딸 신옥, 수옥과 아들 대관을 데리고 중국 동북지역 중흥촌이란 곳으로 들어갔다.[19] 간속가족을 제외한 일반 가족은 미군의 폭격을 피해 북한 영내 깊은 산골로 여러 차례 소개되었다.

한진의 어머니는 중국 만주 중흥촌에서 전쟁이 끝나기를 기다리며 다른 간속가족 부인들과 함께 문맹퇴치 사업에 종사했다. 나중에는 교육부의 지시로 성인학교를 설립하여 열성적으로 활동했다. 그 결과 만주로 소개된 간속가족 중에는 문맹자가 없어지고 모두들 남편과 자식들에게 편지를 쓸 수 있는 정도가 되었다. 6・25발발 당시 인민학교를 갓 졸업했던 한진의 여동생 신옥은 그곳에서 50리 정도 떨어진 학교 기숙사에 들어가 학업을 계속했다. 그들에게는 매달 10일에 생활비가 나왔다. 한진의 어머니는 생활비를 받으면 전쟁터에 있는 남편과 아들딸에게, 그리고 나중에는 유학간 아들에게 편지를 써서 해림(海林)이란 곳으로 나가 부치곤 했다. 그들은 정전이 된 후 한 달도 더 지난 1953년 9월 5일에 평양으로 돌아갔다.[20]

19) 한진의 어머니 박성수가 보낸 편지(1952년 11월 12일).
20) 한진의 어머니 박성수가 보낸 편지(1953년 9월 4일).

## 2. 소련 모스크바 유학시기(1952년 여름~1958년 8월)

### 1) 유학생 시절(1952년 여름~1958년 6월)

전쟁은 1950년 10월 중공군의 개입으로 전개양상이 달라졌다. 이듬해 1월 4일에는 다시 서울이 인민군의 수중으로 넘어가고 치열한 전투가 벌어지는 가운데 전황은 백중세를 보이며 점차 휴전의 기미가 보이기 시작했다. 북한 수뇌부는 장차 조선민주주의인민공화국을 이끌어갈 후세양성에 관심을 기울이기 시작했다. 그들은 전쟁이후 국토의 재건도 중요하지만 무엇보다도 사회와 문화 전반을 이끌어갈 새로운 인재가 필요하다는 것을 절실히 느끼고 있었다. 소련이나 동구권 사회주의 국가 선진국에 젊은 인재들을 내보내 발전된 과학기술과 문화예술을 배우고 돌아오게 하여 그들로 하여금 조국을 부흥, 발전시키게 할 과제가 1세대들 앞에 놓여있었다. 그래서 전쟁 중에도 야심차게 추진한 것이 유학생 해외 파견이었다.

유학생 해외파견은 1946년부터 해마다 시작되어 전쟁 중에도 그치지 않았다. 그런데 제1기생(1946년 여름)부터 제5기생(1950년 여름)까지의 유학생들은 소련의 중심도시로 유학하지 못하고 톰스크, 옴스크, 스베르들롭스크, 로스토브나도누 등과 같은 지역에 있는 공업대학으로 배치되었다. 그러던 것이 제6기생부터는 모스크바, 레닌그라드와 같은 중심도시로 첫 배정받는 행운을 차지했다. 제6기 유학생들은 1951년 7월에 발탁되었다. 예정대로라면 이들은 9~10월쯤에 모스크바에 도착하여 유학생활을 시작해야 했으나 일이 지연되어 그해 말에 모스크바에 당도하였다.[21]

---

21) 망명동료 최국인의 증언에 의하면, 소련은 미군이 생화학무기로 북한지역을 공격하

유학생으로 선발된 학생들은 두말할 것 없이 인민군에 복무했거나 사회성분과 당성에서 흠결이 없는 자라야 했다. 가족이나 친척 중에 월남한 자가 있거나 일제지주였거나 전쟁 중 국방군을 도운 자가 있으면 아무리 능력이 뛰어난 자라도 유학의 기회를 가질 수 없음은 기본 원칙이자 전제였다. 유학생에 선발되려면 일부 예외는 있었지만 무엇보다도 먼저 전쟁에서 일정한 공훈을 세워야 했다. 공훈을 세운 자들은 상급부대나 관련기관에서 추천을 받아 유학시험을 치렀다. 시험은 서너 차례에서부터 무려 일곱 차례까지 치러야 하는, 통과하기가 매우 어려운 관문이었다. 그렇지만 '조국해방전쟁'에 참가하여 공헌한 정도에 따라 시험은 약식으로 치러지거나 생략되기도 했다. 시험에 합격한 이들이 유학해서 전공할 과목은 상부에서 정해주었다.

이렇게 복잡한 절차를 거쳐서 선발된 유학생들은 평안북도 의주(義州)에 세워진 대학유학생강습소(大學留學生講習所)로 보내졌다. 강습소는 산골짜기에 있는 예전의 인민학교 건물이었다. 유학생들은 거기서 유학 갈 국가의 언어나 전공과 관련된 기초지식을 배웠다. 하지만 교육은 형식적이었고 교육기간도 한 달에서 세 달 사이로 일정하지가 않았다. 이는 전시상태라 교육과정이나 프로그램이 허술해서 그런 면도 있었지만 사실은 대학유학생강습소가 유학생의 신원을 마지막으로 확인하는 기능을 담당했던 곳이었기 때문이다. 강습소는 교육기관이라기보다는 사실상 신원을 확인하는 기관이었다.

당시 전쟁으로 인해 신원을 확인하는 행정절차는 매우 느렸다. 때문에

---

여 유학생들도 이에 감염되었을지 모른다며 유학생들을 바로 받아주지 않고 지연시켜 6기 유학생들의 소련도착이 늦어졌다고 한다. 6기 유학생들은 1951년 7월에 모집되어 강습소에서 거의 6개월을 머무르다가 늦게야 허가가 나와 그해 12월 25일에 모스크바에 당도하였다. 최국인과 리경진은 6기 유학생이다.

1차로 신원조회가 끝난 학생이 대학유학생강습소에 오더라도 강습소는 다시 최종적으로 확인하여 부적격자를 걸러냈다. 그리하여 강습기간에 신분상의 결함이나 당성에 문제가 있어 탈락되어 집으로 돌아가는 이들이 간혹 생겨났다. 같은 날에 모집된 유학생 후보자라도 주소지가 강습소와 가까운 데에 있거나 수도 평양으로 되어 있으면 신분을 확인하는 데에 소요되는 시간이 비교적 적게 걸려 외국으로 일찍 떠나고 그렇지 않은 이들은 더 늦게까지 기다리다가 다른 국가로 유학 가는 집단에 합류하여 떠나는 경우도 드물긴 하지만 있었다.

한진은 1952년 여름에 군에서 제대하고 대학으로 돌아가 외국유학시험을 치렀다. 아마도 그가 전쟁에 대한 공로 등의 이유로 유학시험 대상자로 선정이 되자 부대에서 제대를 시켜주었던 것 같다. 한진은 간속가족에다 부친은 종군작가이며 자기와 여동생은 인민군으로 복무하고 있었으니 신분과 당성과 전쟁공헌도로 보아 외국유학 대상자 1등급에 해당하는, 어느 누구와 비교해도 뒤지지 않을 프로필을 갖고 있었다. 그는 유학시험에 합격하고 곧바로 의주 대학유학생강습소로 갔다. 그는 평양에 주소를 두고 있는 데다 신원이 확실했다. 그래서 유학수속도 빨리 진행되었다. 그리하여 그해 9월 4일 자랑스러운 소련유학생이 되어 의주를 출발하였다. 어머니가 보낸 편지와 사촌 동생 윤덕이 보낸 편지에 당시 상황이 잘 기록되어 있다.

> 소식 몰라 너무 답답하여 유학생 강습소로 편지를 하였더니 윤덕이가 회답하기를 (네가) 9월 4일에 모스크바로 출발하였다고 전하여 줌으로서 그렇게 알고서는 매일매일 기다리는 편지를 오늘(12월 13일), 네가 11월 21일에 부친 글을 반갑게 받았다.[22)]

형! 그러면 이 윤덕이의 소식을 전하려고 해. 나는 바로 외국유학시험을 받고 파견장을 받아 제대수속을 완료하고 강습소에 도착한지는 바로 형이 노래를 부르며 자동차를 타고 유학을 떠나던 작년 9월 4일이었어. 나는 형은 보지 못하였지만 소련 유학생들이 자동차를 타고 지나가는 것을 보았소. 강습소에 오니까 여러 동무들이 형이 바로 시나리오과로 소련유학을 떠났다고 하지 않았나… 얼마나 형을 만나지 못한 것이 안타깝던지… 하루만 더 빨리 왔더라면 형을 만나는 것이었지… 강습소에 나는 약 3개월 있었소. 이 동안에 나는 큰어머니가 형에게 보내온 편지를 받았어. 나는 형을 대리하여 큰어머니께 회답을 써 보냈소.[23)]

1952년 9월 4일 의주 유학생 강습소를 떠난 제7기 소련유학생 일행은 약 2백 명이었다. 그들 중에는 한진의 삶을 결정적으로 바꿔버린 허진(허웅배), 그리고 나중에 망명동료가 된 정린구도 있었다. 대학유학생강습소에서 모든 절차가 끝나자 그들은 출발 직전에 여권을 받았다. 그리고 화물자동차를 타고 강습소를 떠나 압록강 철교 앞에서 내린 다음 '적기의 공습이 없는 짬을 이용하여' 걷거나 달려서 중국 안동 땅으로 들어갔다. 배치된 여관에서 며칠 쉬다가 정해진 날 열차를 타고 심양으로 간 다음 거기서 여순발 모스크바행 열차로 갈아타고 여러 날을 달렸다.[24)] 그러기를 약 한 달, 10월 7일에 드디어 모스크바 야로슬라브나 역에 당도했다. 하늘은 회색빛의 우중충한 날씨였다. 학생들은 소콜(Сокол)역 근방 물리화학대학 기숙사와 식량대학 기숙사에 배치되었다.

며칠 후 입학절차가 끝나고 한진은 드디어 모스크바 영화대학 시나리오과에 입학했다. 동료 허웅배도 역시 시나리오과로 입학했고 정린구는

22) 한진의 어머니 박성수가 보낸 편지(1952년 12월 14일).
23) 한진의 사촌동생 윤덕이 보낸 편지(1953년 3월 28일).
24) 한진 소설 『비상사고』(1963).

촬영과로 배치되었다. 영화대학에는 6기생 선배 최국인과 리경진이 1951년 12월 25일에 유학 와서 공부하고 있었다. 리경진은 시나리오과, 최국인은 연출과 소속이었다. 어머니는 외국으로 유학 떠난 아들에게 편지를 보내 신중히 행동하며 냉정해질 것을 누차 당부했다.

> 선진국가로 유학간 아들을 둔 이 어머니의 기쁨은 말로 다 표현할 수 없다. (…) 선진국가의 모든 문화를 열심히 학습하여 조국에서 너에 대한 기대를 자신 있게 발휘할 수 있는 인격자가 되어 달라는 것을 꼭 바란다. (…) 타국이고 선진국 국가이니 만큼 모든 일에 있어서 실수함 없이 항상 주의할 것을 부탁한다. 여러 나라 학생 중에 특히 영웅조선의 학생답게 모든 것에 있어서 모범이 될 만한 나의 아들이 되어다오.[25]

하지만 평소에 건강이 그리 좋은 편이 아니었던 한진은 1952년 겨울, 유학생활 두어 달 만에 어렸을 때 앓았던 결핵이 재발하여 병원에 입원하는 신세가 되고 말았다. 한진의 어머니는 아들을 유학 보낸 기쁨이 채 가시기도 전에 이 소식을 듣고 매우 놀랐지만 곧 마음을 가다듬고 위로의 편지를 보냈다.

> 천만 뜻밖에 네 몸에 고장이 있다니 이 어미의 놀라운 마음은 비할 데 없다. 대용아! 확실한 의사의 진단을 받았니? X광선도 하여 보았니? (…) 병을 미리 방지하기 위하여서 입원하는 것도 좋고 휴양하는 것도 좋다. 그것에 대하여서는 네가 잘 알아 할 것이며 절대 무리하지는 말며 조금도 낙심하지 마라. 「의질이 병」이라는 옛날 어른들의 말이 있단다. 든든히 마음먹고 조리 잘 하여 튼튼한 몸이 되었다는 소식 듣기를 나는 고대한다. 모든 것을 병 치료에 적극 돌려라.[26]

---

25) 한진의 어머니 박성수가 보낸 편지(1952년 12월 14일).
26) 한진의 어머니 박성수가 보낸 편지(1952년 12월 20일).

어머니의 간절한 염원이 이루어진 것인지 한진은 두어 달 후 건강을 회복하고 대학기숙사로 돌아가 다시 학업에 매진하였다.

일 년을 공부하고 나니 후배들이 생겨났다. 영화대학에 김종훈과 량원식이 촬영과, 김영설이 연출과, 김순자가 시나리오과 후배로 들어온 것이다. 또 한 해가 지나자 9기생 리진황이 촬영과로 들어왔다. 한진은 이들을 기쁨으로 맞아들였다. 그리고 이들이 대학에서 우수한 학업성적을 낼 수 있도록 실질적인 도움을 주기로 했다. 그는 이미 평양 김일성종합대학교에서 러시아어를 전공했기 때문에 노어에 능통했는지라 훈장을 자처하고 나섰다. 그는 후배들에게 정기적으로 러시아어를 가르쳤다. 뿐만 아니라 영화사, 소련문학사, 세계문학사 등 필수전공과목을 미리 공부시켜주어 그들이 우수한 시험성적을 내도록 도왔다. 선배로서 경험이 있는 그는 전공과목 예상시험문제에 대한 모범답안을 미리 요약 작성하여 후배들에게 주고는 그걸 외우도록 했다. 그 결과 이들은 학교에서 출중한 시험성적을 기록하였고 같은 학과의 소련 동료학생들로부터도 경이로운 시선을 받았다. 이는 전적으로 한진을 비롯한 리경진, 최국인, 허웅배 등과 같은 선배들의 공로였다. 그중에서도 한진의 공로는 절대적이었다.[27)]

영화대학 유학생들의 학업성적은 당시 400여 명이나 되는 모스크바 북한 유학생들 사이에서도 널리 알려졌다. 유학생 중 최고의 두뇌라고 자부심을 갖고 있던 모스크바대학 유학생들의 자존심은 영화대학 유학생들 앞에서 심하게 꺾이고 말았다. 북한 대사관도 이를 인정하고 해마다 열리는 조선유학생대회 주석단에 다른 대학교 유학생이 아닌 영화대

27) 망명동료 김종훈의 증언(2010년 10월 알마티).

학 유학생 정린구를 앉힐 정도였다.

한진은 재학 중에 공부만 한 것이 아니었다. 그는 선배 리진(리경진)과 함께 부업에도 손을 대 적지 않은 재미를 보았다. 그들은 러시아어에 능통하여 『쏘련녀성』이라는 월간잡지를 번역하여 적지 않은 번역료를 손에 쥐었던 것이다. 물론 이 부업은 선배 리경진이 먼저 시작하고 있었다.

월간잡지 『쏘련녀성』은 소비에트 페미니즘의 관점에서 소련여성에 대한 각종 소식과 화보를 만들어 전 세계 공산권국가 언어로 번역하여 각 나라에 배포하는 소련공산당 기관지였다. 번역 언어 중에는 당연히 조선어(한국어)가 주요언어 중 하나였다. 리진(리경진)과 한진은 유학생활 내내 이 잡지를 번역하였다. 그들은 이 부업으로 매달 두둑한 용돈을 벌어들였는데 이는 일반 노동자들의 월급보다 적지 않은 액수였다. 이들 외에 북한에서 잠깐 영화배우로 일했던 최국인은 모스크바에서 내보내는 조선말 방송 아나운서를 부정기적인 부업으로 갖고 있어 역시 가끔씩 두둑한 용돈을 손에 쥐었다. 이들은 그 돈으로 소련정부에서 지급해주는 장학금으로만 빠듯하게 생활하는 후배들을 챙겨주곤 했다.

한진은 그렇게 번 돈으로 유학생활에 요구되는 용돈을 마련하고 고국에 있는 가족에게 필요한 물품을 사보내곤 했다. 동생들에게는 학용품과 각종 선물을, 부모에게는 필요한 물건을 사서 인편이나 우편으로 부쳤다. 그가 아버지께 사드린 물품은 안경, 양복, 방한모, 노트 등이었고 어머니께는 옷감, 여동생들에게는 긴 양말과 가방, 학용품, 남동생에게는 장난감과 학용품 등이었다. 그는 유학생활 중에, 그리고 그 이후로도 어머니로부터는 재봉침(재봉틀)을, 외삼촌으로부터는 낚싯대를 보내달라는 부탁을 받기도 했다. 반면 한진은 가족에게 사전이나 아버지가 쓴 희곡, 그리고 된장이나 고추장 등을 보내달라고 부탁하곤 했다.

월간잡지 『쏘련녀성』은 개혁과 개방을 기치로 내세우면서 소련공산당 서기장에 당선된 고르바초프의 영향으로 내용에 많은 변화가 왔다. 변화된 내용은 북한의 정체성과 체제를 거스르는 방향으로 나가기 시작했다. 그러던 중 1991년 소비에트 연방이 무너지면서 이 잡지발간의 주체도 사라져버려 잡지는 절판되고 말았다. 평생을 이 잡지를 번역하는 것을 주요 생계수단으로 삼았던 리경진은 이로 인하여 극심한 생활고를 겪게 되었다.

한진은 유학생활 중 행운아 중 한 명이었다. 부친이 북한의 대표작가 중 한 명이었고 그가 북한 정권의 핵심인사나 실세와 친분이 두터웠던 까닭에 한진은 모스크바를 방문하는 부친의 지인들을 통해서 여러 가지 불편한 문제들을 상대적으로 쉽게 해결하곤 했다. 또 모스크바에서 직접 부친을 만날 기회도 있었다. 아버지 한태천은 1956년 9월 5일 경 작가회의 차 독일로 가는 길에 모스크바에 들러 아들을 만났다. 그는 그때 작가답게 아들에게 책을 선물해 주었다.[28] 이렇듯 그는 여타 동료 유학생들과 달리 모스크바에서 남부러운 행운을 많이 누렸다.

28) 한진의 어머니 박성수가 보낸 편지(1956년 7월 14일).

### 2) 망명사건(1957년 11월 27일~1958년 8월)[29]

소련 모스크바 유학생들은 소련체제에서 자유로움을 느꼈다. 그들은 일제 강점기에 한반도에서 태어나 온갖 식민지적 수탈을 경험했고 일제식 교육을 받으며 신사참배 등을 강요당하는 억압적인 교육을 받았었다. 해방이 된 뒤에는 잠깐 자유로움을 맛보았으나 곧 이은 남북분단과 이념대립은 그들에게 항상 이념적 편향을 강요하여 긴장의 끈을 놓지 못하게 만들었다. 이념적 편향은 남북에 각각 다른 국가가 세워지면서 더욱 심해졌다. 더욱이 북한에서 인민정권이 수립된 뒤 사유재산의 국유화 과정을 지켜보아야 하는 혁명적 분위기 속에서 그들은 비록 그 제도와 방식에는 찬성하였을지라도 사회가 막다른 골목으로 치닫는 것 같은 심리적 공황을 느꼈다. 또한 그들은 6・25가 일어나자 인민군으로 징집되어 전선을 누비며 동족의 가슴에 총부리를 겨누었다. 이 경험은 그들에게 두고두고 잊을 수 없는 심리적 외상을 남겼다.

그런 그들이 사회주의 종주국의 심장부로 유학와보니 일단 모든 것이 어느 정도 자유롭고 평화로웠다. 세계 여러 나라에서 유학 온 이들과도

29) 한진은 북한유학생 망명사건에 적극적으로 참여했지만 직접 주도하지는 않았다. 필자는 유학생망명사건을 이야기 식으로 비교적 길게 서술해보았는데, 왜냐하면 이 사건이 한진의 인생행로와 작가적 소명의식에 결정적 영향을 미쳤고, 또 이것이 역사적으로도 매우 중요하다고 판단되기 때문이다. 그리고 이 사건이 한국에 단편적으로는 알려져 있지만 그 전모가 밝혀져 있지는 않고 또 일부는 잘못 알려져 있기 때문이다. 필자는 한진과 같이 영화대학을 다녔던 망명동료 최국인과 김종훈의 증언을 기초로 하고 같은 망명동료지만 다른 대학을 다녔던 정추의 증언을 보충하여 당시의 사건을 재구성했다. 이에 대한 문헌자료로는 당시 망명사건에 대한 김종훈의 미공개(미완성) 수기(2008년), 망명사건이 일어난 직후부터 여러 해 동안 한진이 동료들과 가족으로부터 받은 서신들, 망명과정에서 벌어진 영화대학 학생들의 토의 내용을 한진이 직접 참여하여 기록해놓은 망명회의록 초고(1958년 2월. 추정)가 있다. 망명당시의 현장기록으로는 이 회의록 초고가 유일하다. 10명의 망명동료들 중 2013년 6월 현재 생존해 있는 이는 최국인, 김종훈 두 사람뿐이다.

어울리며 그들은 진정한 자유와 평화의 본질을 희미하게나마 깨닫기 시작했다. 또 소련은 국제주의를 표방한 나라였다. 그런 만큼 여러 민족들이 법적으로 평등하고 화해와 친선을 위해 노력하는 모습에 그들은 고무되었다. 그들은 조국으로 돌아가서도 이와 같은 이념을 철저히 실천하여 그렇게 자유로운 나라를 이루는데 일조할 수 있을 거라고 생각했다.

특히 1956년 2월에 열린 제20차 소련공산당 전당대회에서 서기장 흐루시초프가 스탈린 개인숭배를 배격했다는 소식이 들려오면서부터 사회적 분위기는 더없이 자유롭고 민주적으로 형성되어가고 있었다. 전당대회에서 그런 엄청난 일이 일어났다는 사실은 비밀에 부쳐졌지만 지식인과 교수들은 언제 어떻게 그걸 알아냈는지 대학에서, 연구소에서, 또 실험실에서 학생들에게 조심스럽게, 그러나 기쁨에 넘쳐서 그 소식을 전해주었다. 일거에 사회분위기가 자유로워졌다. 누구나 하고 싶은 정치적 발언을 할 수 있게 되었고 그동안 적대적이었던 서방국가와도 대화가 시작되는 등 소련사회는 봄날을 맞이하고 있었다. 소련은 분명 올바른 방향으로 나가고 있었다.

예전에 스탈린 개인숭배의 선봉에 섰던 영화대학의 일부 촬영가, 미술가, 평론가들은 시대가 바뀌자 사회적 비난과 스스로 느끼는 부끄러움을 감당하지 못해 교단을 떠나거나 자살하는 일이 생겼고 반대로 스탈린 체제에서 억압을 받았던 양심적 지식인들은 교단으로 돌아왔다. 그들은 학생들에게 개인숭배가 어떠한 결과를 가져오는지, 즉 그것이 문화와 예술을 어떻게 말살시키는지를 명확히 가르쳐주었다.

헌데 조국에서 들려오는 소식은 절망적이었다. 소련과는 정반대로 개인독재와 개인숭배가 점차 심화되고 있었으며 동시에 남로파, 연안파, 소련파가 차례로 숙청되고 있다는 소식이 들려왔다. 그런데도 제20차 소련공산당 전당대회에 조선노동당 대표로 참가했다 돌아간 최용건은 3월 중순 귀국보고대회에서 "우리 당에는 개인숭배가 없고 개인숭배가 조금 있다면 그건 박헌영에게나 있다."라고 보고했다.[30] 조국의 정세는 갈수록 암울하기만 했다.

그렇게 한 해가 지나갔다. 드디어 우려했던 사건이 하나 터졌다. 소련 모스크바 주재 북한대사로 나와 있던 리상조[31]가 1957년 10월 연안파로 몰려 대사직에서 강제 파직되는 일이 일어난 것이다. 리상조는 예전에 만주에서 항일투쟁을 전개하던 독립운동가였다. 그리고 그는 항일투쟁 당시 현 모스크바 영화대학 유학생인 허웅배[32] 아버지의 도움을 받

30) 제20차 소련공산당 전당대회는 1956년 2월 3일에 시작되어 3월 7일 경에 끝났다. 그 때 거의 모든 공산국가들이 참가하여 보고대회를 가졌는데 조선노동당은 최용건이 대표로 참석하여 3월 초에 보고를 했다.

31) 리상조(1915~2000년경)는 부산 동래에서 태어났다. 1932년에 만주 봉천으로 이주했고 1945년 중국관동군관학교를 졸업했다. 1946년 조선의용군 제3지대사령관, 같은 해 북한에서 중앙당 조직부 부부장 및 상업성 부상, 1950년 북한 인민군 부총참모장 겸 정찰국장, 1954~1957년에는 군사정전위원회 북한측 초대 차석대표 및 2대 수석대표를, 1957년에는 소련주재 북한 대사를 역임했다. 그 해 10월 연안파로 몰려 대사직에서 강제 파직되자 소련으로 망명했고 1962~1987년에 소련 민스크시 국책연구소 연구원으로 일했다. 1990년경에 우즈베키스탄 타쉬켄트로 이주하여 살다가 사망했다. 그는 망명유학생들과 깊이 교유했다.(이기봉 편저 『전 북한 인민군 부총참모장 이상조－증언』(서울, 원일정보, 1989) ; 한진의 스승 정상진의 증언 ; 망명동료 김종훈의 증언)

32) 영화대학 유학생 망명동료들은 허웅배(허진), 리경진(리진), 한대용(한진), 최국인, 정린구, 김종훈, 량원식, 리진황이다. 타대학 망명동료로는 의학대학 최선옥과 음악대학 정추가 있다.
허웅배(1928.3.17~1997.1.5)는 만주 주하에서 태어났다. 그의 할아버지는 구한말 항일의병장이었던 왕산 허위장군이고 그의 아버지 또한 만주에서 항일투쟁을 하는 이들을 적극 도왔다. 웅배라는 이름은 김좌진 장군이 지어주었다고 한다. 허웅배는 1945~1950년 평양시 청년단체 선전부에서 일했으며 6·25때는 인민군 소좌로 복무했다. 1952년 소련유학생으로 뽑혀 영화대학 시나리오과에서 공부하다 유학생 망명운동을 주도했다. 1958~1964년에 타쉬켄트 니자미 사범대학 등에서 조선어과 교수로 일하면서 인근 고려인 꼴호즈에서 소인예술단을 지도했다. 1964~1988년 소련 문화성 및 소련대외무역 아카데미에서 조선어 및 일본어 교수, 1988년에는 모스크바 국제관계대학을 설립하여 1996년까지 총장으로 재직했다. 남긴 책으로 『북조선왕조비화』와 시조집이 있고 희곡도 썼다. 필명은 허진.

리경진(1930.2.6~2002.3.24)은 함경남도 함흥에서 태어났다. 김일성종합대학교 영문과 3학년을 마치고 6·25가 일어나자 인민군 보병 중대장으로 참전하였다. 그는 후퇴시기에 부대장 백학림이 버리고 도주한 부대원들을 무사히 만주까지 인솔한 공로를 인정받아 유학생으로 발탁되었다. 1951년 소련에 유학하여 영화대학 시나리오과에서 공부했다. 유학생 망명사건이 일어난 후 이를 실질적으로 지도했다. 잡지 『쏘련녀성』 한글판 번역 및 편집장으로 오래도록 일했다. 시집으로 『해돌이』(알마아따, 사수싀출판사, 1989), 『리진서정시집』(서울, 생각의 바다, 1996), 『하늘은 나에게 언제나 너그러웠다』(서울, 창비, 1999)가 있고 소설로 『윤선이』(서울, 장락, 2001), 『싸리섬은 무인도』(서울, 장락, 2001)가 있다. 그 외 재소고려인 한글문학 작품집이나 <레닌기치>, <고려일보> 등에 다수의 시, 평론, 문학이론 등을 남겼다. 필명은 리진.

최국인(1926.1.20~ )은 함경북도 성진에서 태어나 4살 때 가족과 함께 만주로 이주했다. 1945년 12월 만주에서 조직된 조선의용군에 입대하였으며 1948년에 조선의용군의 일원으로 북한에 들어갔다. 북한에서 잠깐 배우로 활약하다 리경진과 같이 모스크바 영화대학에 유학하여 연출을 전공했다. 그는 6·25 당시 후퇴시기에 여러 대의 소달구지에 영화관련 기자재를 싣고 무사히 후퇴에 성공한 공로를 인정받아 유학생으로 추천받았다. 오랫동안 카자흐스탄 알마티에서 영화감독으로 일했다. 국가상을 수상했으며 소련 영화인동맹회원이자 카자흐스탄 영화인동맹회원이다.

최선옥(1933.3.23~2009.11.20)은 만주 도문에서 태어났다. 부친은 항일빨치산투쟁을 하다 일본군에 잡혀 맞아죽었다고 한다. 해방 후 북한으로 들어가 만경대 학원에서 공부하다 소련 모스크바 의학대학으로 유학했다. 유학생망명사건이 터지자 귀국을 포기하고 허웅배와 함께 타쉬켄트로 이주하였다. 타쉬켄트에서 의학대학을 졸업하였으며 허웅배와 결혼하여 평생을 서로 의지하며 살았다.

량원식(1932.5.19~2006.5.9)은 평안남도 안주군에서 태어났다. 6·25때 인민군 하전사 무전병으로 복무하다 유학생에 뽑혀 모스크바 영화대학 촬영과에서 공부했다. 알마아타에서 영화촬영감독으로 일하다가 1984년부터는 <레닌기치> 기자로 일했다. 나중에는 <고려일보> 부주필과 주필을 역임했다. 시집으로 『카자흐스탄의 산꽃』(서울, 시와 진실, 2002)이 있고 유고소설집 『칠월의 소나기』(서울, 어뮤징 아카데미, 2007)가 있다.

김종훈(1932.1.1~ )은 황해도 장연에서 태어났다. 6·25때에는 인민군 사단장 작전참모부 부관(중위)으로 각종 정보를 취합하여 사단장에게 보고하는데 탁월한 능력을 인정받아 유학생으로 추천받았다. 1953년 모스크바로 유학 와 영화대학 촬영과에서 공부했다. 망명 이후 무르만스크, 꾸이세브, 예까쩨린부르그를 거쳐 알마아타로 이주하여 오랫동안 영화촬영감독으로 일했다. 한때 <레닌기치> 기자로도 일했다.

정추(1923.12.25~2013.6.13)는 전남 광주에서 태어났다. 1946년 영화감독이었던 형 정준채를 따라 월북했으며 1952~1958년 모스크바 차이꼽스키 컨서버토리 음악대학에서 유학했다. 1959~1990년 카자흐스탄 국립여대 작곡과 교수를 역임했다. 1970년 독창가요집 『젊은이의 노래』를 간행했고 2005년에는 그가 수집해놓은 가요들이 서울 한양대학교에서 『소비에트시대 고려인의 노래 1, 2, 3』으로 나왔다.

정린구(1931년~2004년경)는 평안북도 신의주에서 태어났다. 고급중학교 물리화학 및 수학교원으로 일하다 유학생에 뽑혀 모스크바 영화대학 촬영과에서 공부했다. 망명 이후 러시아 이르쿠츠크를 거쳐 체첸자치공화국 마하츠카에서 오랫동안 촬영감독으로 일했다. 나중에 다게스탄 자치공화국 공훈예술가 칭호를 받았다. 그는 다게스탄의 저명한 시인았던 동료이기도 했다. 리상조는 파직되자 귀국하지 않고 즉시 소련에 망명해버렸다. 대사 리상조의 파직은 유학생들이 즉각 피부로 느낄 수 있는 연안파 숙청바람의 증거였고 허웅배에게는 생사의 결단을 촉구하는 충격파였다. 허웅배는 머지않아 숙청의 바람이 자기 가족에게 불어오리라는 것을 직감했다. 그의 아버지는 해방이후 북한에 들어가서 줄곧 <애국투사후원위원회 위원장>으로 일한 흠 없는 혁명가였지만 중국에서 들어왔으니 종파이론에 따라 연안파로 몰릴 것은 자명한 이치였다. 조국의 정세는 갈수록 암울하기만 했다.

허웅배는 조국에서 벌어지고 있는 숙청의 진실을 대사 리상조와 의학대학 유학생인 최선옥으로부터 소상히 듣고 알고 있었다. 최선옥은 만경대 학원 출신 유학생이었는데 만경대 학원은 애국투사나 애국열사 유가족의 자녀들만 다니는 특별학교였다. 그래서 이 학원 출신 유학생들은 여러 가지 특권을 누렸다. 그들은 유학생들 중 유일하게 방학 기간에 열차를 타고 조국에 갔다 올 수도 있었다. 최선옥은 방학 때마다 평양을 다녀왔고 그래서 북한에서 일어나는 내부정세를 누구보다도 잘 알고 있었다. 그녀는 오래 전부터 허웅배와 연인사이였다.

허웅배는 학교를 졸업하고 조국으로 돌아가면 탄압과 숙청만이 자기를 기다리고 있으리라는 사실을 깨달았다. 어느덧 11월이 찾아왔고 날씨는 추워졌다. 제8차 재소련 조선유학생대회(조선유학생동향회)도 곧 다가오고 있었다.[33] 유학생대회는 1957년 11월 27일로 예정되어 있었고 그

---

라쑬 감자또브와 친교를 유지했다.

리진황(1933~2005년경)은 평양 사동구역에서 태어났다. 평양 영화촬영소에서 일하다가 6·25때에는 기록영화촬영 조수로 전선에 투입되기도 했다. 유학생으로 뽑혀 모스크바 영화대학 촬영과에서 공부했다. 망명 이후 우크라이나 부근 도네츠크에서 촬영감독으로 일했다.

33) 최국인의 증언에 의하면 애초에 이 명칭은 '재쏘 조선로동당 유학생대회'였으나 소

날에 모스크바 광산대학에 400여명의 유학생과 대사관 간부들이 총집합할 것이었다.[34] 무언가 결단을 내려야만 했다.

조선유학생대회가 열리던 날은 꽤나 쌀쌀했다. 예정대로 대회가 시작되었고 대표자들이 단상에 나와 당과 수령을 찬양하고 체제옹호의 발언을 쏟아냈다. 회의는 예상대로 별 탈 없이 진행되었다. 그렇게 한참 회의가 진행되고 유학생대회는 서서히 마무리 단계로 접어들었다. 그때 별안간 허웅배가 토론할 것이 있다며 발언을 신청하더니 거침없이 단상으로 올라갔다. 허웅배는 그 자리서 첫째 당에 개인숭배와 개인독재가 있고, 둘째 조선전쟁의 방화자는 김일성이라고 우렁차게 외쳤다. 그리고 "영명한 백전백승의 김일성 장군이라고들 하는데 만일 그렇다면 왜 우리가 전쟁에서 패해 압록강, 두만강변까지 밀려났겠는가? 만일 그때 중국이 도와주지 않았더라면 우리는 미국의 식민지배 아래서 신음하고 있었을 것이다."라고 외쳤다.

뜻밖의 발언에 맨 앞자리에 앉아있던 대사관 직원과 간부들은 황망한 표정을 감추지 못했다. 자리를 가득 메운 학생들 사이에서는 심한 동요가 일었다. 곧바로 체제옹호 열성분자들이 일어서더니 욕지거리를 퍼부으면서 허웅배에게 달려들어 멱살을 잡고 끌어내렸다. 그는 끌려 나가면서도 계속하여 "당에 개인숭배와 개인독재가 있고 조선전쟁의 방화자는 김일성이다"라는 소리를 연신 외쳐댔다. 문득 "이게 무슨 당내 민주주의냐, 나도 토론할 게 있다"라고 뒤에서 큰 소리로 외치는 이가 있었다. 음악대학 유학생 정추였다. 곁에 있던 당 간부들이 사색이 되어 정추에게

련헌법에 소련 영내에서는 소련공산당 외에 다른 어떤 정당도 허용하지 않는다는 규정이 있어서 '재쏘 조선유학생 동향회'로 개명했다고 한다.

34) 망명동료 김종훈의 미공개(미완성) 수기(2008년).

"토론하지 마라. 네가 토론하면 우린 다 망한다."라고 만류했으나 정추는 기어이 단상에 올라갔다. 그러나 그는 발언을 하지 못하고 열성분자들에게 끌려 내려오고 말았다.35)

며칠 후 허웅배는 허심탄회하게 토의할 준비가 되어있다는 대사관 측 제안의 진정성을 믿고 제 발로 대사관 2층 집무실로 찾아갔다. 그리고 곧바로 붙잡혀 구금되고 말았다. 그 과정에서 몇 번의 격투가 벌어졌고 그는 얼굴과 몸에 부상을 입었다. 그는 졸지에 붙들려 며칠 후 강제송환될 처지에 놓이게 되었으며 절체절명의 위기를 맞이했다.

헌데 생사의 갈림길에서 그의 머릿속에 번득이는 기지가 떠올랐다. 화장실에 들어갔는데 뜻밖에 외벽에 붙은 고정창문이 눈에 들어왔던 것이다. 그는 배가 아파 화장실에 다녀오고 싶다고 소리쳤다. 그리고는 속옷바람으로 자꾸 화장실을 드나들었다. 그러면서 뒷종이로 쓸 종이가 있어야겠다며 집무실에 있는 가위로 신문지를 오리는 척 하더니 나중에는 종이를 더 잘라놓아야겠다며 태연히 가위와 신문지를 가지고 화장실로 들어갔다. 그렇게 감쪽같이 눈속임을 해놓고 그는 화장실을 드나들며 가위로 화장실 벽 쪽에 붙은 고정창문을 열 수 있게 만들어놓았다. 모든 준비가 끝나자 그는 다시 화장실에 들어가 안에서 문을 걸어 잠근 뒤 물을 틀어놓고 2층 창문 밖 3m아래로 뛰어내렸다. 그리고 평소 안면이 있는 대사관 경비에게 아무 일도 없는 것처럼 인사하고 내복차림에 신발도 없는 양말바람으로 유유히 밖으로 빠져나왔다.

---

35) 망명동료 김종훈의 증언. 그런데 <고려일보>신문사에서 4년간 필자와 함께 일했던 망명동료 량원식은 그때 정추가 "글쎄, 좀 조용히들 하고 무슨 말을 하는지 들어봅시다."라고 소리쳤다고 증언했다. 당시 필자는 량원식으로부터 이와 같은 증언을 비롯한 망명유학생들에 관한 다양한 증언을 여러 차례 들었으나 그걸 기록할 생각을 하지 못했다.

그는 곧바로 인근 지하철역으로 들어가 역무원에게 도움을 요청했다. 역무원은 경찰서를 연결시켜주었고 경찰서는 외무담당국으로 그를 인계했다. 그렇게 여러 경로를 거치면서 그는 각 담당자들에게 자신의 처지를 소상히 설명했다. 허웅배의 진술이 합당하다고 판단한 외무담당국은 여러 차례 자체회의와 검토를 거친 뒤 며칠이 지나 그에게 무국적 망명허가를 내주었다. 당시 소련 외무담당책임자는 허웅배에게 "북조선 정부에서 당신 같은 유학생들을 받아들이고 보호해달라고 요구해서 우리는 당신들을 받아들였다. 그러므로 우리는 당신들을 보호할 의무가 있다."라고 말했다. 그렇게 망명허가를 얻은 허웅배는 두어 달 후 일자리를 얻어 1958년 이른 봄에 최선옥과 함께 우즈베키스탄으로 이주했다.[36)]

한편 북한대사관 직원들은 허웅배가 대사관을 탈출해버리자 매우 당황하여 그를 찾아 영화대학 기숙사를 모두 뒤졌다. 허나 숨어버린 허웅배가 모습을 드러낼 리 없었다. 급기야 대사관 직원들은 한밤중에 허웅배의 연인 최선옥이 살고 있는 의학대학 기숙사를 덮쳤다. 또 보기 좋게 예상이 빗나갔다. 그들은 최선옥에게 허웅배의 행방을 캐물었으나 그녀는 단호히 거부했다. 대사관 측은 당과 수령을 비난한 종파분자 허웅배를 옹호하는 것은 조국을 배반하는 것이라고 추궁했다. 그러자 그녀는 이도령에 대한 춘향의 정절을 예로 들면서 "만일 당신들이 반역자로 내몰렸다고 가정했을 때 마지막까지 당신 편에 서줄 사람은 바로 당신의 아내와 어머니가 아니겠느냐? 나 또한 이와 똑같다."며 그들을 물리쳐버렸다.

36) 허웅배는 우즈베키스탄으로 이주한 후 타쉬켄트에 있는 니자미 사범대학교에 들어가 노어과를 졸업했고 최선옥은 의학대학을 졸업했다. 허웅배는 공부하면서 그 대학과 연극대학에서 조선어를 가르쳤는데 카자흐스탄 <조선극장>의 연극대학 1회 졸업생 배우들이 모두 그에게서 조선어를 배운 이들이다. 그리고 그는 부죤늬명칭 고려인꼴호즈에서 소인예술단을 지도하면서 우리노래를 작사하기도 했다.

허웅배 사건은 전 모스크바 유학생들에게 커다란 파장을 불러일으켰다. 특히 영화대학 유학생들에게는 자신들의 생사를 결정해버린 역사적 사건이 되고 말았다. 이 사건이 일어나자 영화대학 유학생들은 깊은 번민의 소용돌이에 휩싸였으며 자신들의 인생과 직결된 이 문제를 해결하기 위해 수시로 영화대학 당 세포회의를 열어 활로를 모색했다.37) 하지만 제20차 소련공산당 전당대회의 의미를 깊이 이해한 최국인, 리경진, 한대용(한진), 정린구 같은 선배들은 "드디어 올 것이 왔구나, 언젠가는 누군가가 해야 할 일을 허웅배가 터뜨려주었구나"라는 생각을 했고 아직 경험이 일천하고 순진한 량원식, 김종훈, 김영설, 김순자, 리진황 같은 후배들은 반당분자인 허웅배를 공개적으로 비난해버리면 조국에 들어가서 아무런 문제가 생기지 않을 거라고 생각했다.

이때 상급 학년 선배들인 리경진, 최국인, 한진, 정린구가 커다란 역할을 하기 시작했다. 이들은 후배들을 논리적으로 설득해나갔다. 특히 최국인은 허웅배 사건이 일어나기 한해 전에 이미 개인의 자유가 억압되고 개인숭배가 심해지는 조국에서 양심을 속이고 수령만을 위해 봉사할 수 없다며 소련에 남을 결심을 했고 그 사실을 허웅배와 리경진에게 미리 이야기한 바 있었는데 이는 허웅배가 망명사건을 주도하는데 커다란 영향을 미쳤다. 그런 만큼 그는 후배들에게 확신을 갖고 올바른 결단을 내리도록 촉구했다. 또 리경진은 해박한 지식과 탁월한 식견, 막힘없는 논리로 후배들이 정의로운 결단을 내릴 수 있는 정보와 논거를 제시해

37) 한진의 망명회의록 초고(1958년 2월. 추정) ; 량원식 「녹색 거주증」, 량원식 유고소설집 『칠월의 소나기』(서울, 어유징 아카데미, 2007년) 244쪽. 당 세포회의나 조선유학생동향회 같은 공식회의에는 공산당원만이 발언권을 갖는다. 영화대학 학생들 중 리경진과 한진은 당원이 아니었으므로 그들은 발언권이 없었다. 하지만 영화대학만큼은 그 둘에게도 발언권을 허용해주는 민주적인 전통을 형성해왔다.

주었다. 더욱이 리경진은 철학과 사상과 지식에서만 탁월했을 뿐 아니라 일상생활에서조차 흠잡을 데 없는 인간이었는지라 하급생들은 그런 리경진에게 일종의 경외심까지 갖고 있었다.

리경진과 최국인은 후배들에게 그들이 공개적으로 허웅배를 비판하면 무사할 것이라는 생각은 지극히 단순한 편견임을 지적하고, 그들이 이미 제20차 소련공산당 전당대회의 물을 먹었기 때문에 조국에 들어가더라도 종파이론에 의해 이용만 당하고 숙청당할 것이라는 점을 논리적으로 설득하고 인지시켜주었다. 리상조가 유학생망명의 단초를 제공해주었고 허웅배가 망명사건을 발화시킨 선동가였다면 리경진은 유학생 망명과정을 실질적으로 이끈 이론가였다.[38] 또 최국인은 허웅배가 그런 결심을 할 수 있는 길을 먼저 제시해준 선구자였다.

영화대학 유학생들은 이듬 해(1958년) 초여름 국가시험(졸업시험)을 치를 때까지 끊임없이 자체토론과 대사관 입회하에 공개토론을 하면서 자신들의 논리를 정리해나가기 시작했다.[39] 하지만 음악대학생 정추는 평소 영화대학 유학생들과 긴밀한 교류가 없어서 영화대학에서 이러한 일이 진행되고 있다는 사실도 모르고 출로를 찾지도 못한 채 외부활동을 최대한 자제하면서 홀로 조용히 지내고 있었다. 학교에 나가더라도 꼭 필요한 강의만 듣고는 곧바로 모습을 감추곤 했다. 북한대사관은 어떻게 하든지 이들을 잘 달래서 졸업시킨 다음 북한으로 데려갈 생각을 하고 있었다.

38) 이에 대한 직간접 증거로는 망명동료들의 증언 외에도 한진의 아버지 한태천이 보낸 편지(1959년 3월 15일)에 잘 나와 있다. 한태천은 이 편지에서 아들 한진에게 직접적인 영향을 준 망명사건 주동자들을 비난하고 있는데, 주동자 리상조와 허웅배 이름을 한 번씩만 언급하고 있는데 반해 리경진은 무려 세 번이나 언급하고 있다. 본문 '3. 러시아 바르나울 시기(1958년 8월~1963년 8월)'에 이 편지 본문을 인용해놓았다.

39) 한진의 망명회의록 초고(1958년 2월 추정).

허웅배 사건은 즉각 북한에 알려졌다. 유학생 자녀를 둔 가족들은 상상하기조차 어려운 고민에 빠졌다. 특히 한진의 가족은 북한 정권의 핵심계층이었고 아버지는 당시 김일성 수상의 측근이었던지라 그가 아들 때문에 겪는 고통은 누구보다도 더했다. 평양에 있는 가족들은 한진에게 반성하고 돌아오라는 편지를 집요하게 보냈다. 한진의 아버지는 전화까지 걸어 귀국을 종용했다. 하지만 무엇보다도 1950년 7월 10일에 헤어진 이후 한 번도 만나지 못한 어머니가 보내오는 편지는 한진의 가슴을 수없이 뒤흔들어 놓았다.

> 너는 시각 바삐 네 행동을 뉘우치고 자비하는 입장에서 네 동무들을 끌고 (조선으로) 나와라. 그게 여의치 않으면 네 자신이 (너를) 곧 비판하고 (그 사실을) 나에게 회답하여다오. 그러지 않으면 나는 삶을 몇 날 계속 (이어갈 수 있을) 것 같지 않다.
>
> 네 아버지는 수백 명의 작가를 양성하고 계시다. 옳은 방향으로, 이런 것을 생각하여서라도 입장을 분명히 (해)가지고 완전무결한 내 아들이 되어 이 어미를 만나다오. 내 오십 평생에 이 어미의 이 소원 하나만 이루어준다면 이 이상 더 기쁠 것은 없다. 죽어도 한이 없고 살아도 더 바랄 것이 없겠다. 꼭 이 하나를 부탁한다. 곧 회답하여다오.[40]

그러나 한진은 아무리 부모형제가 애원하더라도 동료를 배신하고 조국으로 들어가 그들을 거짓 비난할 수 없는, 양심을 가진 인간이었다. 설령 들어가서 당과 수령을 찬양하는 작품을 양산해낸다 하더라도 그것이 일신의 안위를 도모할 수는 있을지언정 나중에 그 작품들이 후손들로부터 저주를 받을 것이란 사실을 그는 누구보다도 잘 알고 있었다. 또한 그는 이미 제20차 소련공산당 전당대회를 통해 새로운 세계에 눈을 떴는

40) 한진의 어머니 박성수가 보낸 편지(1957년 말).

지라 이런 일이 벌어진 마당에 그냥 조국으로 돌아갈 의사가 없었다.

한진을 비롯한 영화대학 유학생들의 당시 의식 상태를 가늠해볼 수 있는 사건이 하나 있다. 1956년 여름 음악대학 유학생 정추의 형 정준채가 북한에서 찍은 첫 천연색 필름 「사도성의 이야기」를 현상하기 위해 모스크바에 다녀간 일이 있었다. 북한에 있는 영화현상소는 6·25때 폭격을 당해 무너지고 없었기 때문에 모스크바에 있는 모스필림(모스크바 필림)에서 현상해야 했던 것이다. 정준채는 모스크바에서 약 3개월을 머물렀다. 그 기간에 그는 영화와 관련된 일로 자주 영화대학 유학생들과 만났고 리경진, 최국인, 허웅배, 한대용(한진), 정린구 등과 여러 차례 깊숙한 이야기를 나눴다. 그는 11월 중순에 평양으로 돌아가면서 영화대학 유학생들에게 "당신들 덕분에 (북한 노동당이 아닌) 새로운 당학습을 하고 간다."는 헌사를 바쳤다.[41] 동생 정추에게도 "동생 덕분에"라는 똑같은 말을 남겼다.[42] 이렇듯 한진은 선배들처럼 이미 다른 사람이 되어 있었다. 그는 특히 허웅배와 리경진을 거의 절대적으로 신임하고 존경했다.

반년 동안 영화대학에서 무수한 토론이 전개되었다. 그 사이 후배들 중 량원식과 김종훈과 리진황은 허웅배 편에 섰고 김영설과 김순자는 반대편에 섰다. 하지만 그 이면에는 평소에 끈끈하게 다져온 영화대학 유학생들의 애정 어린 우정이 숨어있었다. 그들은 허웅배 사건이 터진 이후 저마다 살길을 모색하면서 서로의 사정과 처지를 이해해주자고 은밀히 약속해놓은 터였다. 그들은 자기가 누구 편에 설지를 동료들에게

41) 망명동료 김종훈의 증언(2011년 3월 13일). 그때 김종훈은 정준채가 소련영화관계자들을 만날 때 여러 차례 통역을 해주었다.

42) 망명동료 정추의 증언(2011년 3월 28일). 정추의 증언에 의하면 그는 1946년 형을 따라 월북해서 보니 북한체제가 사람이 자유롭게 살 수 있는 곳이 못 된다는 것을 깨닫고 어떻게 하든 그 체제를 벗어나야겠다고 결심하고 그걸 이루기 위한 수단으로 노어대학에 들어가 공부함으로써 유학기회를 노렸다고 한다.

미리 알려주고 공개토론에서 부득불 적대적 발언을 하더라도 서로 양해해주자는 언질을 주고받았다.

김영설과 김순자에게는 허웅배를 반대해야 할 이유가 있었다. 김영설은 유학 중에 결핵을 앓아 오랫동안 병원에 입원해 있었다. 나중에 퇴원하고 학업을 계속하긴 했지만 이미 병원으로부터 완치가 불가능하며 시한부 삶을 살아야 한다고 선고받은 상태였다. 김영설은 동료들에게 자기는 살날이 얼마 남지 않았으니 조국으로 돌아가 부모님이나 만나보고 죽겠다고 미리 양해를 구했다. 김순자는 다른 경우였다. 그녀는 당시 김일성 수상 아들 김정일의 가정교사로 일하다가 유학 온 사람이었다. 말하자면 북한에서 최고의 핵심계층에 속하는 인물이었다. 그녀는 자기 주변에서 무슨 일이 일어나더라도 종파에 몰리는 일은 절대 없을 것이니 처음부터 이런 문제에 휩쓸릴 이유도 없었다. 김순자는 토론에 한 번도 참석하지 않았다.43)

하지만 공개토론이 진행되면서 김영설과 그들의 우정은 점차 깨져나갔다. 나중에는 서로에 대한 적대감과 증오만 남게 되었다. 왜냐하면 공적인 토론을 통해서 양측의 목적과 의지가 점차 뚜렷해짐에 따라 처음에는 예상하지 못했던 대립각이 갈수록 날카로워졌기 때문이다. 또 아무리 사전 양해한 일이라 하여도 서로 공개적으로 상처를 주고받다보면 이전에는 없었던 증오가 생겨나 옛정을 짓눌러버리는 현상은 자명한 심리적 귀결이다. 그들은 나중에 서로를 극도로 증오하게 되었다.

43) 최국인의 증언에 의하면 김순자는 함경남도 홍원 출생으로 서울에서 이화여대를 2년간 다녔다. 그 후 평양에서 아동방송국 과장으로 일하면서 김정일 전 국방위원장의 가정교사를 지냈다고 한다. 그녀는 유학생 8기생으로 모스크바 영화대학 시나리오과로 들어갔는데 러시아어가 되질 않아서 1년 후 담당교수들의 권고로 영화평론과로 전과했다. 그녀는 북한에 들어간 뒤, 같은 시기에 모스크바에서 유학생활을 했던 김일성 경호원 유정억과 결혼하여 아무런 문제없이 잘 살았다고 한다.

김영설과 김순자를 제외한 유학생들은 1958년 1월 22일 겨울방학을 맞아 집단으로 기숙사를 나와 모스크바 근교에 있는 오진쪼보(Одинцово)라는 곳으로 옮겨가 생활했다. 영화대학 학생인 한 러시아인 장애인 동료가 얼마간 사용해도 된다며 자기 집을 선뜻 내주었던 것이다. 그들은 거기서 합숙하면서 허웅배처럼 북한공민권을 포기해야 한다는 결론에 도달했다. 리경진과 최국인은 "이제 우리에게 최후의 수단 하나만 남아 있다. 그것은 소련공산당 서기장 흐루시초프에게 공개서한을 만들어 발송하는 것이다."라고 말했다. 그리고 2월 4일 북조선공민권포기서, 즉 망명요청서를 작성하여 제출했다. 망명요청서의 내용은 제20차 소련공산당 전당대회를 전적으로 지지한다는 것, 이 당 대회에서 결의한 정책을 거스르는 조선정부를 비난하며 조선국적을 포기하고자 하니 이를 허용해 달라는 것이었다. 1960년 말에 리경진이 한진에게 보낸 편지에 망명요청서의 핵심 내용이 언급되어 있다.

> 단 명백한 것은 우리가 제20차 전당대회를 전폭적으로 받아들였다는 것이다. 즉 (조선의) 개인숭배혐의 (문제를 받아들인 것)만이 아니라. 이것은 제1차 공개서한의 전제를 구성하는 부분으로 증명할 수 있다.[44]

방학이 끝난 후(2월 중순) 그들은 다시 기숙사로 되돌아왔다. 또 여러 차례 회의가 진행되었다. 그리고 1958년 초여름이 다가왔다. 5월 하순부터 6월 초 사이에 상급학년들은 국가시험(졸업시험)을 치렀고 한진은 6월 23일(서류상으로는 30일)에 최우수 성적으로 졸업장을 받았다.[45] 우즈베키

44) 망명동료 리경진이 보낸 편지(1960년 11월 17일). 그들은 흐루시초프 소련공산당 서기장이 북한을 방문한다는 소식을 접하고 자신들의 의견을 공개서한으로 만들어 흐루시초프에게 전달할 계획을 세웠다. 공개서한은 망명요청서의 핵심내용에 일부 새로운 것을 추가했다고 한다. 물론 이 계획은 실행에 옮겨지지 않았다.

스탄 타쉬켄트로 내려가 있던 허웅배가 한진의 졸업을 축하하기 위해 모스크바로 올라왔다.[46] 헌데 공교롭게도 한진이 졸업장을 받은 다음날 김영설과 김순자를 제외한 영화대학 북한유학생들은 북한대사관의 요청으로 학교에서 퇴학을 당하고 말았다. 그들은 그날부로 기숙사에서 쫓겨났다.

갈 데도 오라는 데도 없었다. 결국 그들은 모스크바에서 40~50km 떨어진 모니노(Монино)라는 곳의 숲으로 들어가 천막을 치고 생활하기 시작했다. 낮에는 견딜 만 했지만 밤에는 추웠고 모기와 등에의 공격에 시달렸다. 그들은 생존을 위해 인근 집단농장에 찾아가 일을 도와주고 양배추, 토마토, 감자 같은 야채를 몇 개씩 얻어왔다. 낚시질을 좋아하는 리경진은 인근 호수에서 날마다 물고기를 낚았고 최국인은 그걸로 국을 끓였다. 또 밤이면 최국인이 낮에 근처 휴지통에서 주워온 <프라우다(П

45) 한 해 전(1957년 6월)에는 같은 시나리오과 리경진이 졸업장을 받았는데 그때 그는 내외국인을 통틀어 모스크바영화대학 사상 최초로 전과목 만점으로 붉은 졸업장을 타는 가슴 벅찬 일이 있었다. 졸업 후 리경진은 귀국해야 했으나 최국인이 리상조 북한대사에게 졸업작품 영화를 만들어 대학에 제출해야 하는데 시나리오 작가가 필요하니 리경진을 거기에 넣어달라고 요청하여 허락을 받아놓은 상태라 귀국하지 않고 있었다. 시나리오과와 달리 촬영과는 6년을 공부한 뒤 한 해 동안 졸업작품을 만들어 제출해야 졸업이 가능했다. 최국인도 원칙대로라면 북한으로 귀국하여 졸업작품을 제출해야 했으나 그는 귀국하지 않을 작정이었으므로 학교에 요청하여 소련에서 졸업 작품을 만들 수 있도록 허가받았다. 한편 한진도 선배 리경진처럼 최우수 졸업장을 받긴 했지만 전과목 만점을 받지는 못했던 것 같다. 리경진이 전과목 만점 졸업장을 받은 일은 영화대학 학생들 사이에서 오랫동안 전설로 회자되었다. 리경진의 러시아인 동료들은 리경진이 망명사건으로 소련에 남게 되자 "조선에는 도대체 얼마나 천재가 많기에 리경진 같은 인물을 데려가지 않는 것일까"라고 농담조로 말하며 위로해주었다고 한다.

46) 당시 허웅배는 타쉬켄트에서 비행기를 타고 모스크바로 날아왔는데 그때까지만 해도 그는 아직 소련공민증을 받지 못한 상태였다. 소련공민증이 없는 자는 당연히 비행기를 탈 수가 없었다. 그래서 그는 타쉬켄트에 사는 고려인 지인의 여권을 빌려서 그 지인 행세를 하며 왔다고 한다. 러시아인들이 동양인의 얼굴을 쉽게 구분하지 못해 구소련 시기에 중앙아시아 고려인들이 다른 사람의 여권으로 여행을 하는 일이 종종 있었다. 허웅배는 그 후 얼마 지나지 않아 소련공민증을 받고 공산당에 입당까지 했다.

равда)>나 <이즈베스찌야(Известия)> 같은 신문을 읽으며 국제정세를 판단하고 토론하곤 했다.[47] 그들은 망명허가가 나오기를 기다렸다. 부득불 조국으로 되돌아가는 열차를 타게 된다면 열차가 조국에 당도하기 전에 뛰어내려 목숨을 버리겠다는 비장한 각오만 속으로 다졌다. 모니노 생활은 8월 3일까지 계속되었다.

근처에는 호수가 있었다. 이들은 리경진의 제안으로 날씨가 화창한 1958년 7월 초 어느 날 호수로 낚시질을 떠났다. 리경진은 생각해둔 바가 있었다. 이미 모든 것이 결정되었지만 최종적으로 마음을 정리하고 서로를 위로하기 위한 자리를 마련하고 싶었던 것이었다. 김종훈은 수기에서 그때 한진이 자신의 심정을 이렇게 표현했다고 기록하고 있다.

> "난 허웅배 사건을 계기로 스스로 운명의 길을 찾았다는 자부심과 긍지감이 용솟음침을 참을 수 없다. 오직 이 길에서 떳떳하게 살아가면서 싸우려고 벌써 마음속으로 거듭 다짐하고 있었다."라고 말하는 이가 있었다. 그는 한대용이었다. 그의 두 눈에서는 고였던 눈물이 갑자기 주르르 흘러내렸다. 지금까지 부모에게 효도를 못했는데 지금 자기가 찾았다는 운명의 길이란 부모를 떠나야 하는 길이 틀림없다고 생각했기 때문이었다. 그러나 부모님 앞에서 체포되어 숙청당하는 것은 부모를 더 불행하게 하는 것이 아닌가?
>
> 한대용의 부친 한태천은 조선의 유명한 작가다. 그는 김일성이 출장을 떠날 때 늘 동행하며 김일성의 현지지도사업에 대한 교시들을 노동신문과 기타 여러 국내 잡지들에 발표하는, 김일성과 가까운 사람 중 하나였다. 그런데 지금 한대용이 김일성정책을 반대하고 나선다는 것은 자기 부친을 배반하는 불효자식이 아니고 무엇인가? 부친은 자기를 절대로 용

47) 최국인의 증언. 당시에 이와 같은 신문들을 거의 완벽하게 읽고 해석해낼 수 있는 사람은 리경진(리진)과 한진 뿐이었다고 한다. 리진이나 한진이 신문을 읽고 해설을 해주면 다른 동료들을 그걸 들은 다음 토론을 했다고 한다.

서하지 않을 것이다. 한대용은 머리를 푹 숙이고 땅바닥을 내려다보았다. 그의 온 몸이 그럴 사해서 그런지, 맥이 없어진 듯 수심에 꽉 젖어 있는 것은 틀림없었지만 입장은 명백했다.[48)]

고통스러운 결단이었다. 또한 생존을 위한 어쩔 수 없는 선택이기도 했다. 그들 모두 조국에 부모형제가 있을 뿐만 아니라 가족의 무한한 신뢰와 기대를 한 몸에 안고 유학을 떠나오면서 영광스럽게 돌아오겠다는 약속을 잊지 않고 살아오던 터였다. 모두들 수심에 젖었고 누구라 할 것 없이 눈물을 흘렸다. 특히 가장 나이가 어린 리진황은 옳은 길을 선택했다고 선언하면서도 두고두고 서럽게 울었다. 그의 부친은 어느 고급중학교 교장이었는데 아버지와 가족이 자기 때문에 앞으로 당할 일을 생각하니 가족에 대한 죄스러움과 슬픔을 주체할 수가 없었던 것이다.

모스크바에 와 있던 허웅배는 리경진이 기숙사에 남겨놓은 약도를 보고 며칠 후 그곳까지 찾아왔다. 그는 타쉬켄트에서 가져온 쌀, 된장, 간장 등을 배낭에서 잔뜩 꺼내놓았다. 그리고 그는 동료 최국인, 리경진, 한대용, 정린구, 김종훈, 량원식, 리진황에게 "이제부터 우리들은 참사람[眞人]이 되었으니 이름을 '진(眞)'으로 쓰자"고 제안했다. 말하자면 팔진결의(八眞結義)를 하자고 한 셈이다. 모두들 일단 동의했다. 그러나 나중의 이야기지만 이 결의는 잘 지켜지지 않았다. 영화촬영을 주로 하는 동료들에게는 '진'이란 가명보다 본명을 써야 할 일이 훨씬 많았던 까닭이다. 다만 허웅배, 리경진, 한대용은 글을 쓰는 사람들이라 '진'이라는 필명을 쉽게 쓸 수 있었다. 그러다보니 이들은 본명보다는 점차 '허진, 리진, 한진'이라는 필명으로 더 널리 알려지게 되었다. 이들은 나중에 재소고려

48) 망명동료 김종훈의 미공개(미완성) 수기(2008년).

인문학계에서 문사 3진 트로이카를 형성했다.[49]

그렇게 한 달여를 지내던 어느 날 놀라운 소식이 왔다. 8월 4일 영화대학 외무담당 서기가 찾아와 최국인과 한진을 부르더니 경찰서 외국인 담당국으로 가보라는 것이었다. 찾아가보았더니 담당자는 그들에게 소련정부는 이들 유학생의 망명을 허용하기로 했다고 이야기해주었다. 다만 소련공민권은 내주지 않고 '무국적 임시 거주증'을 내주었다. 이들은 일단 안도의 한숨을 내쉬었다. 그리고 우편으로 북한대사관에 조선 유학생여권을 반납했다. 반년이 넘도록 펼친 투쟁 끝에 얻은 소중한 결과였다. 무국적자가 되었지만 일단 강제송환의 불안은 사라졌다.

음악대학의 정추도 곧 이 사실을 전해 들었다. 이에 고무된 정추는 학생들 앞에서 공개적으로 조선국적포기를 선언하고 여권을 대사관 직원 앞에 던져버렸다. 그리고 영화대학 유학생들이 썼던 공개서한과 똑같은 방식으로 소련공산당 중앙위원회에 편지를 써서 망명을 허가 받았다. 그러자 또 한 명의 동조자가 나타났다. 극장대학의 맹동욱이었다.[50] 그는 허웅배 사건과 전혀 관련 없이 조용히 공부만 해왔는데 소련정부에서 영화대학 유학들에게 망명을 허용해주는 것을 보고 자기도 조선국적을 포기했다. 북한 정부는 이들을 돌려달라고 항의했지만 거절당했다. 영화

49) 망명동료인 음대생 정추는 팔진결의(八眞結義)에 참가하지 않았지만 나중에 이 소식을 듣고 초기 몇 년간 개인적으로 시를 습작하면서 정진(鄭眞)이란 필명을 쓰기도 했다. 하지만 공적인 영역에서는 이 필명을 사용하지 않았다. 한편 망명동료 최국인과 김종훈의 증언을 토대로 팔진결의 당시의 정황을 유추해보면 그때 허웅배가 다른 동료들에게 팔진결의를 그리 강력하게 밀어붙이지는 않았던 것 같다. 동료들 중에서도 최고의 엘리트라고 자부했던 시나리오과 출신 허웅배와 리경진과 한대용만 따로 모여 그런 결의를 했던 것도 같다.

50) 맹동욱(1931~ ) : 희곡작가, 시인. 함경북도 명천에서 출생했다. 모스크바에 유학 와 극장대학을 졸업했다. 영화대학 유학생들의 소련망명이 이루어진 것을 보고 그도 망명했다. 카자흐스탄 <조선극장>과 <독일극장>에서 극작가와 연출가로 일했으며 나중에 모스크바로 이주하여 살고 있다.

대학 망명유학생들은 소련정부가 북한과의 외교관계에서 마찰을 피하기 위해 자기들을 얼마든지 희생시킬 수도 있었지만 그리하지 않고 보호해 준데 대하여 두고두고 감사하게 생각했다.

망명유학생들은 넘기 어려운 산을 넘었다. 하지만 그들 앞에 나타난 건 아직 평탄한 길이 아니었다. 소련 문화성에서 그들을 소련 전역으로 한 명 한 명 갈라놓은 것이다. 망명 유학생들이 모스크바에서 함께 산다면 잦은 회합을 갖고 불필요한 의견을 표출함으로써 소련과 북한 양국 간의 선린관계를 삐걱거리게 할 수 있다는 염려 때문이었다. 소련문화성 담당자는 망명자들에게 "우리 소련은 조선과 우호친선을 유지하고 있으며 앞으로도 그리해 나갈 것이다. 그런데 너희들 문제로 자꾸 항의가 들어온다. 우리가 너희들의 뜻을 받아들여 망명을 허용하기는 했지만 우리에게는 조선과의 외교관계가 매우 중요하다. 그러니 앞으로 다시는 함께 뭉쳐서 정치적 의사표현을 하지 마라. 너희들은 따로 떨어져 살아야 한다."라고 말했다.

그리하여 리경진은 모스크바 근교로, 정린구는 중부 시베리아 이르쿠츠크로, 한진은 서부 시베리아 바르나울로, 김종훈은 러시아 북서부 항구도시 무르만스크로, 리진황은 우크라이나 키예프 근교 도네츠크로, 량원식은 러시아 볼가강 근방 스탈린그라드로, 최국인은 카자흐스탄 남부 알마아타로 발령받았다.[51] 이들 중 몇몇은 나중에 직장과 거주지를 다른 곳으로 옮겼는데 정린구는 1959년 6월경에 체첸자치공화국 마하츠크로, 김종훈은 예까쩨린부르그를 거쳐 1967년에 알마아타로, 량원식은 1960년 봄에 알마아타로, 한진은 크즐오르다를 거쳐 1968년에 알마아타로

51) 이들 중 가족이 있는 최국인이 가장 이른 8월 11일에 발령을 받아 알마아타로 떠났고 나머지 동료들은 8월말까지 순차적으로 임지로 떠났다.

자리를 옮겼다. 정추는 영화대학 학생들과 관련 없이 알마아타로 발령받아 직장을 잡았다. 망명사건 때문에 졸업을 못한 하급생들은 첫 발령지에서 일하면서 통신대생 등으로 복학하여 몇 년 후에 모두 졸업장을 받았다.[52)]

이들이 소련 각지로 흩어지게 되자 리경진은 앞으로 편지왕래를 통해 서로 긴밀히 연락을 취하면서 행동을 통일할 것을 제안하고 이를 문서로 만들어 배포했다. 정린구의 편지에 그 내용이 언급되어 있다.

> 우리들이 모스크바로부터 각 직장으로 떠나기 전에 수 일 간의 모임에서 토의, 검토한 내용, 즉 자기 생활에서 그리고 직장에서 중심적으로 노력하여야 하며 반드시 준수하여야 할 문제들을 경진이가 문서화한 것을 동무에게 전달하겠소.
>
> 1. 자기 직장에서 겸손하고 근면하고 성실하고 자기 자신을 아끼지 않는 모범적인 일꾼이 될 것.
> 2. 언제나 자체 교양에 노력할 것.
> 3. 항상 동무들의 사업과 생활과 의식수준(교양)에 대하여 적극적인 관심을 돌리며 일체 어느 정도라도 중요한 문제는 전원이 알게 하며 필요하면 토의에 붙일 것.
> 4. 도덕적으로도 공산주의자답게 손색없는 인간으로 될 것.
> 5. 조국 정세에 대한 자기 의견을 일체 외국인들에게 절대로 공개하지 않을 것.
> 6. <투쟁>과 관련되는 일체 의견을 제때에 토의에 붙여 동무들이 사

52) 여기에는 최국인이 결정적 영향을 미쳤다. 최국인은 1958년 가을에 업무 차 알마아타로 출장 온 모스크바 영화대학 총장과 만난 일이 있었는데 그때 후배들의 졸업문제를 제기하여 총장으로부터 복학시키겠다는 확답을 받았다고 한다. 그리하여 량원식과 김종훈은 모든 과정을 수료하고 졸업 작품만 남겨둔 상태였으므로 몇 년 후 졸업 작품을 제출하여 바로 졸업장을 받았고 그들보다 1년 후배였던 리진황은 통신대생으로 복학하여 나중에 졸업장을 받았다. 리경진의 1965년 9월 3일자 편지와 리진황의 1960년 정초 편지를 참조할 것.

태를 옳게 판단하도록 노력할 것.

7. 매 동무들이 서로 한 달에 한 번 이상 편지로 자기 생활에 대한 총화를 지어 동무들에게 알릴 것.[53)]

## 3. 러시아 바르나울 시기(1958년 8월~1963년 8월)

1958년 8월 23일 한진은 소련정부 문화성의 명령으로 서부 시베리아에 있는 바르나울시 TV방송국 책임편집위원으로 파견되었다. 첫 부임지에 도착한 한진의 쓸쓸함은 이루 말할 수 없었다. 그는 천애고아나 다름없었다. 동료학생들과 젊음을 불태우던 유학생시절은 아마도 인생에서 최고로 행복한 시기였을 것이고 심지어는 망명사건이 진행 중이었던 때에도 정신적으로는 결코 불행하지 않았을 것이다. 비록 앞날이 심히 불안하고 힘들기는 했겠지만 동료들이 곁에 있어 서로 격려해주고 의지가 되어주었기 때문이다. 한진은 바르나울로 가자마자 곧바로 평양에 있는 가족에게 편지를 보냈다. 생각지도 못한 정치적 사변으로 가족과 생이별을 하고 이역만리를 떠도는 아들의 마음을 십분 헤아리고도 남은 어머니는 아들에게서 편지를 받자마자 바로 답장을 썼다.

> 네 편지를 받으니 사는 것 같고 새 희망이 솟는 것 같다. 나는 눈물이 없고 비교적 냉정한 편이드랬는데 (오랫동안) 네 편지 못 받고 고민하여 몸은 퍽 쇠약해져 그런지 눈물이 너무 많아 내 울 곳이 없어 야단이었다. 네 편지는 내 병도 다 물리친 것 같다. 너 아무리 바빠도 자주 편지해다오. 꼭 부탁한다. 아버지도 얼마나 너를 생각하시는지 네 편지만 받으면

53) 망명동료 정린구가 보낸 편지(1958년 12월 21일).

다 가방에 넣어가지고 계셔서 동생들이 마음대로 읽지를 못한단다. 박팔양선생께 즉시로 (찾아)가 네 소식 잘 들었다. 너를 본 것 같다.

나는 다림질하기를 즐긴다. 이것이 없었던들 나는 더 외롭고 정 부칠 곳이 없을 것이야. 네가 쓰는 다리미는 지금 내가 쓴다. 너를 본 듯이. 대용아! 부모는 언제나 자식이 행복하게 사람답게 살(게 하)기 위하여 노력한단다. 자식이 행복함은 부모에 대한 효성이다. 나는 네가 참된 사람으로 살기 위하여 노력하는데 힘을 다하여 방조하려고 애쓰는 사람이다. 객지에(서) 외롭게 지내지 말고 좋은 사람이 있으면 배우자를 구하여도 좋을 듯싶다. 잘 다 알아 심중이 생각하여서 해라.[54)]

어머니의 간절한 소원이 아들에게 보내는 편지를 통해 문자로 표현되기도 전에 시간을 거슬러 이심전심으로 이루어진 것인지 한진에게는 바르나울로 발령받아 떠나던 날 뜻밖의 전환의 전기가 찾아들었다. 외롭고 쓸쓸하고 막막하기 그지없이 뜨내기처럼 부유하던 그의 마음을 붙잡아 줄 반려자를 만난 것이다. 1958년 8월 하순 한진은 첫 발령지로 떠나기 위해 모스크바 카잔 기차역 매표소로 가고 있었다. 기차표를 사려는 사람들이 긴 줄로 늘어서 있었고 맨 뒷줄에는 한 러시아 젊은 여성이 서있었다. 한진은 그녀 뒤에 섰다. 그리고 바르나울로 가려고 하는데 어디서 어떻게 기차를 타야 하는지를 물어보았다. 마침 그녀도 바르나울로 가는 기차표를 사려고 줄을 서있는 중이었다. 그렇게 그녀와 이야기가 시작되었고 인연의 끈이 만들어졌다. 한진은 그녀에게 마음이 끌렸고 그녀도 한진의 이야기를 들으면서 연정을 느꼈다. 그 여인은 바르나울에서 300km 정도 떨어진 알타이변강 크루찌힌구역 부얀(Буян)이란 곳에서 중등학교 교장으로 일하던 지나이다 이바노브나(Ветрова Зинаида Ивановна)

54) 한진의 어머니 박성수가 보낸 편지(1958년 10월 14일).

라는 교원이었다.[55] 그녀는 1935년 9월 14일생으로 한진보다 나이가 네 살 아래였다. 지나이다 이바노브나는 한진을 처음 만났을 당시를 이렇게 회상하고 있다.

> 1958년 8월 어느 날 아침 나는 까잔 기차역 앞에서 집에 가는 표를 사려고 매표소에 줄을 서 있었다. 나는 마지막 줄에 있었는데 동양인의 모습을 한 곱상하게 생긴 젊은 사람이 다가왔다. 그 사람도 바르나울로 가야 했다. 그는 영화대학을 졸업했는데 바르나울 텔레비전 스튜디오로 발령받은 사람이었다. 그 사람이 바로 대용이었다.[56]

그들은 이듬해 봄(1959년 3월 26일)에 결혼식을 올렸다. 쓸쓸하기 짝이 없는 결혼식이었다. 하지만 다행스럽게도 동료 량원식이 참석해주어 분위기가 한결 밝아졌다. 량원식은 마침 모스크바에 출장갈 일이 있어서 가는 길에 일부러 찾아주었던 것이다. 혼인등록소 서기는 한진의 아내가 된 지나이다 이바노브나에게 왜 하필이면 천애고아인 조선인 망명객과 결혼하는 것이냐고 물었다. 그러자 그녀는 사랑하기 때문이라고 자랑스럽게 대답했다. 그리고 덧붙여 "만일 내가 그의 청혼을 거절한다면 그는 삶의 무게를 더 이상 지탱하지 못할 겁니다. 내가 아니면 아무도 도와줄 사람이 없습니다. 그는 여기서 평생을 부모 없이, 조국 없이 살아야 합니다. 조국에 있는 부모는 아들을 데려오라는 당국의 추궁에 고통 받고 있습니다. 북조선 대사관 영사가 한진을 데려가려고 이곳 바르나울까지

55) 소련의 교육체제에서 일반학교 교장은 한국과 달리 근무연한이나 직급에 관계없이 학교행정에 필요한 사람이 맡는다. 단 반드시 공산당원이라야 한다. 지나이다 이바노브나는 1957년부터 1959년까지 그 학교에서 교장으로 일했다.

56) 한진의 아내 지나이다 이바노브나의 회상(「Ему не больно」『ПРАВИЛАИГРЫ』(Издатель ТОО Правила 10. 07. 2006г.) ст. 54)

찾아오기도 했습니다. 이런 남자를 내가 지켜주어야 합니다."라고 대답했다.57)

북한 당국은 이미 망명해버린 유학생들을 데려가려는 시도를 여러 차례 했다. 한진의 부모는 당국의 그런 시도에 적극 협력했고 이는 어느 망명유학생 가족이나 마찬가지였다. 하지만 북한 정권의 핵심계층에 속한 한진의 가족은 다른 어느 망명유학생 가족들과는 비교할 수 없는 열성과 끈기를 보여주었다. 자식과 만나는 일을 영영 포기했다가도 북한 수뇌부에서 조금이라도 재회의 가능성을 열어주면 한진의 부모는 필사적으로 매달렸다. 부모가 보내오는 편지를 한진은 눈물 없이 읽을 수 없었을 것이다.

> 네 모든 잘못을 깨달았다고 본다. 대용아! 너는 하루 속히 귀국할 준비하여라. (조국의 전후 복구건설작업에서 모든 것이) 다 건설된 후에는 미안해서 못나올 것이다. (…) 하루 속히 귀국 준비하길 거의 다 죽어가는 네 어미는 마지막으로 부탁한다. 어미 없는 평양을 오는 것보다, 반가이 맞아줄, 보고 싶어 눈감아 죽지 못할 어미 있는 평양으로 귀국하여라. 내 부탁은 이것뿐이다.58)

> 나나 또한 다른 누구도 평양 어느 방향을 한 십여 일 보지 않았다 보면 저도 모르게 "야−" 하는 감탄이 나간다. 어느 새 이런 건물이 섰나? 동시에 건설에 뒤지지 않아야겠다, 시대에 떨어지지 말아야겠다고 결심하게 된다. 조국에 사는 우리들도 이렇거늘 항차 6, 7년을 타국에 살며 신문에서나 사진 보도로서는 이런 웅장한 건설모습과 감정을 체험할 수 없는 것이다. 그러길래 (네가) 리상조 같은 자의 말을 곧이듣고 경진이와

57) 한진의 아내 지나이다 이바노브나의 회상(「Ему не больно」『ПРАВИЛАИГРЫ』(Издатель ТОО Правила 10. 07. 2006г.) ст. 54)
58) 한진의 어머니 박성수가 보낸 편지(1959년 3월 30일).

같은 자의 말을 곧들었단 말이다. (…)

며칠 전에 영사부장 동지가 나를 찾아와 너에 대한 걱정을 (하는 것을) 들었다. 그의 하는 말이 허웅배나 경진이 같은 사람은 나오겠대도 막겠다. 그러나 대용이는 어떻게든 내와야 하겠다고 하더라. 네가 무엇이 그리 큰 존재가 되어 당과 정부에서 내오자고 하겠니? 처벌을 주자고? 아니다. 정성을 들이고 아낀 자기들의 학생이 아니냐? (…) 이 글을 받고 한 초도 주저 없이 조국으로 돌아오너라. 그리하여 네가 나와 네 눈으로 현실을 보고 당이 너에게 얼마나 관대하고 온후한가를 다른 동무들에게도 알리어 그들까지 나오게 하여라. 경진이와 같은 자에게 같이 나가자고 권할 필요도 없다. 비겁하게 네가 그자들을 배신한다고 생각하지 마라. 당과 조국과 인민에게 배신한 것 같이 큰 죄악은 없다. 나는 네가 이 글을 받고 곧 나오리라고 믿는다. 너의 어머니도, 동생들이 손을 꼽아 기다린다. 그럼 다시 만날 때까지 몸 건강하여라.[59]

이 시기에 한진의 집안에는 커다란 슬픔이 있었다. 1959년 1월 2일에 맏누이 동생 경옥이 병을 얻어 세상을 떠난 것이다. 한진은 결혼식을 올리기 전에 이 소식을 들었다. 하지만 누이의 죽음 때문에 자기의 혼인예식을 미룰 수는 없어 슬픔을 삼키면서 예정대로 식을 올렸다. 그리고 부모의 슬픔을 조금이라도 덜어주고자 평양에 있는 가족들에게 곧바로 혼인사실을 알렸다. 곧 어머니로부터 뜨거운 축하의 답장이 왔다. 어머니는 자식이 돌아올 가능성이 전혀 없다고 판단하고 아들이 살고 있는 곳에서나마 행복하게 살 것을 간절히 기원했다. 맏딸을 잃어버린 마당에 맏아들마저 불행해진다면 한진의 부모는 지상에서 삶을 이어갈 가치를

59) 한진의 아버지 한태천이 보낸 편지(1959년 3월 15일). 이 편지에서 보듯이 한진의 부모는 아들이 소련망명을 결심하게 된 데에는 허웅배나 리상조의 영향도 컸지만 누구보다도 리경진의 영향이 절대적이었다는 것을 알고 있었다. 1958년 11월 4일 리경진이 한진에게 보낸 편지를 보면, 한진의 어머니는 리경진을 '한진 가정의 원쑤'로 선언했던 것 같다.

잃어버릴 것이다. 비록 만날 수는 없지만 남은 아들만은 무슨 일이 있어도 행복해야 했다.

> 몸 성히 잘 있다니 기쁘며 네 결혼을 축하한다. 오랫동안 객지에서 얼마나 외로웠으며 괴로운 때가 많았겠니? 행복한 가정을 일구고 다복하게 살아다오. 아버지께서는 지나(한진의 아내 지나이다 이바노브나의 애칭 －필자 주)에게 선사를 해야겠는데 무엇을 할까? 하시면서 기뻐하신다. 연수도 좋다고 하더라. 풍속이 다른 민족끼리 서로 양해하며 의견충돌 없이 살아라. 너희들이 사는 모양이 보이는 듯하다. 그저 보고 싶은 것뿐이다. 너희 결혼사진 찍은 것 있으면 한 장 보내다오.60)

해가 바뀌어 5월 18일에 맏아들 안드레이가 태어났다. 소련 전역으로 뿔뿔이 흩어진 동료들과 평양에 있는 식구들이 멀리서 축하를 해주었다. 평양에 계신 어머니는 한 번도 본적 없는 며느리에게 축하편지를 보냈다.

> 편지가 늦은 것을 용서하여라. 항상 마음은 그곳에 가 있다. 보고 싶은 사람들이 다 그곳에 있기 때문에, 더욱이 안드레이가 세상에 나온 후로는 더욱 간절하다. 어린이를 기르며 직장생활하려고 얼마나 고생할 것(인지를) 안다. 지나는 훌륭한 안드레이를 낳으려고 얼마나 (큰) 수고를 하였겠다.61)

비로소 생활이 안정되었다. 그러자 한진은 벼르고 벼르던 창작에 손을 대기 시작했다. 아버지가 걸어온 작가의 길이 아들에게 이어지는 시점이었다. 한진이 첫 근무지 바르나울에서 글쓰기를 시작하게 된 데에는 자신의 오랜 내적 욕구와 판단이 결정적으로 작용했다. 하지만 동료 리경

60) 한진의 어머니 박성수가 보낸 편지(1959년 5월 4일).
61) 한진의 어머니 박성수가 보낸 편지(1960년 중반).

진의 권고 또한 무시할 수 없는 영향을 미쳤다. 열 명의 망명 유학생 중에서 누구보다 앞서갔고 가장 먼 장래를 누구보다 먼저 헤아리는 혜안과 통찰력을 갖춘 리경진과 운명을 함께 하게 된 것을 한진은 무한한 영광으로 생각했다. 그는 언제나 리경진의 말을 경청했고 서로 토의하고 고민하며 올바른 길을 모색했다. 그들은 비록 서로 멀리 떨어져 있었지만 서신을 통해 세계정세와 창작활동 전반을 허심탄회하게 토론하곤 했다. 리경진은 한진에게 창작에 대하여

> 우선 창작에 관하여, 네가 드디어 일에 착수했다니 아주 기쁘다. 나도 솔직히 말하였지만 어려운 일이다. 특히 <큰 것>을 쓰기는 어렵다. (…) 일은 네 일이나 내 일이나 일생 두고 할 일일 것이다. 그러니 너에게도 보다 신중하게 이 일에 대해 주기를 바란다. 더 자세히 써 보낼 수는 없느냐? 내 의견이 조금은 도움이 될는지 모른다. 네 편지를 통해 보건대 문제의 설정은 아주 좋은 것 같다.[62]

라고 진정으로 기뻐해주었다. 한진은 틈틈이 시간을 내서 습작을 했다. 허나 TV방송국생활은 자신의 창작활동을 심히 위축시켰다. 좀처럼 여유시간을 내기가 어려웠다. 생각다 못해 농촌으로 가서 일을 하면서 창작에만 몰두할 계획을 세우기도 했다. 스탈린그라드로 배치된 동료 량원식이 발 빠르게 카자흐스탄 알마아타로 일자리를 옮긴 것을 보며 한진은 마음이 조급해졌다. 알마아타는, 고려인이 모여 살고 있고 고려인 문화기관 특히 민족 신문사와 우리말 극장이 모여 있는 크즐오르다라는 도시가 있는 카자흐스탄공화국의 수도다. 또 동료 최국인과 량원식과 정추가 있는 곳이다. 량원식은 스탈린그라드에서 건설되던 거대한 수력발전

62) 망명동료 리경진이 보낸 편지(1958년 10월 24일).0

소 현장을 성공적으로 촬영한 공로를 인정받아 표창을 받고 그로 인해 1960년 봄에 비교적 쉽게 카자흐스탄으로 이주할 수 있었다. 이주에 성공한 량원식은 한진에게 서둘지 말 것을 충고했다.

> 그리고 너의 직장문제는 참 곤란하게 됐구나? 그런데 나의 경험에 의하면 너도 좀 서둘렀다. 미리 수속을 다 해놓고 이동해야지 미리 퇴직서를 내고 그 다음에 해결하려면 여간한 신경을 쓰지 않는다. (…) 네가 제기한 "너의 처가 □□서 일을 하면서 창작을 하겠다는 □□□□" 경진과도 이야기가 있었는데 임시는 그렇게 할 수 있다. 그러나 너의 건강으로 보나 너의 생활체험으론 그리 쉬운 일이 아니며 또 그 농촌이 빈궁한 곳임으로 매우 힘들 것이다. 임시는 나도 반대 없다. 그런데 모든 것은 경제문제이다. 제일 쉽게 문제를 해결하는 것은 모스크바에 와서 곁에 붙어서 해결해야 한다. 그런데 너의 현재 형편으로는 곤란할 것이다.[63]

량원식의 충고와 예상대로 한진의 카자흐스탄 이주는 바로 이루어지지 않았다. 그는 습작을 계속하는 한편 이주문제를 고민하고 길을 모색했다. 1962년 1월 24일에는 적성에 맞지 않는 TV방송사를 퇴직해버렸다. 바르나울 TV방송사는 한진에게 매월 4편의 현장심층취재 기록 영상을 만들어내라는 과업을 주고 수행여부를 검사했다. 그것은 어느 전문가에게나 심히 어려운 과업이었고 더욱이 그것을 하나하나 완성된 예술작품으로 만들어내고자 하는 작가라면 더더욱 어렵고 심신을 고달프게 만드는 일이었다. 한진은 항상 계획의 절반(2편)만 완성하여 방송국에 바쳤다. 그리고 어느 날 더 이상 방송사의 요구를 실행하기가 어렵다고 판단되자 스스로 물러나버린 것이다.

---

63) 망명동료 량원식이 보낸 편지(1960년 여름). □표시는 잉크가 쏟아져 판독할 수 없는 부분임.

그렇게 거의 반년을 쉬다가 같은 해 6월 20일 알타이주 중앙기술정보센터 영화사진연구소 상급기사 주필(영화 시나리오 작가)로 입사했다. 그리고 비로소 한진은 자신이 쓴 단편소설을 세상에 선보였다. 아마 입사 직전까지의 반년동안 창작활동에만 전념했었던 것 같다. 카자흐스탄 서부도시 크즐오르다에서 발행되는 재소고려인 신문 <레닌기치>는 한진의 처녀작 단편소설 「찌르러기」(1962년 10월 7일)와 「밤'길이 끝날 때」(1962년 12월 16일)를 독자들에게 소개함으로써 신인작가의 탄생을 알렸다.[64] 「찌

64) 한진의 작품이 실린 <레닌기치>신문은 1938년 5월 15일 카자흐스탄 서부도시 크즐오르다에서 창간된, 재소고려인 유일의 한글신문이었다. 이 신문은 타블로이드판 2면, 월 15회로 창간되었으며 첫 제호는 <레닌의 긔치>였다. 하지만 점차 독자층을 넓히고 유능한 기자들을 확보하여 1940년에 크즐오르다 주립신문으로 승격되었다. 1961년에는 공화국간 공동신문의 지위를 얻었으며 고려인들이 다수 거주하는 중앙아시아국가에 널리 보급되었다. 1978년에 수도 알마아타로 이사해 오늘에 이르고 있다. 이 신문은 1991년에 <고려일보>로 개명했다. (양원식, 「고려일보의 어제와 오늘」 『Время газетной строкой』(Алматы, 1998) 5~17쪽 참조)
하지만 이 신문의 진정한 기원은 1923년 러시아 연해주 블라디보스토크에서 창간된 <선봉>신문으로 거슬러 올라간다. <선봉>신문은 1919년 3.1독립만세운동 4주년을 기념해 노령으로 넘어온 우리나라 애국지사들과 연해주 한인 인텔리들이 뜻을 모아 창간한 우리말 신문이다. 이 신문은 연해주 한인들에게 여러 가지 측면에서 지대한 공헌을 했다. 1933년에는 1928년 러시아로 망명한 우리나라 카프작가 포석 조명희의 제안으로 '문예페지'란을 개설하여 우리말 작가와 독자들의 작품을 널리 소개, 평가함으로써 한글문학의 발전에도 크게 이바지했다. 헌데 애석하게도 1937년 연해주 한인들이 중앙아시아로 강제이주 되면서 이 신문도 폐간되는 운명을 맞이하고 말았다. 강제이주를 전후로 대부분의 신문사 직원들이 체포되어 이유도 없이 처형되거나 탄압을 받았다. 하지만 그 와중에서도 용케 탄압을 피한 이들이 있었는데 이들은 강제이주 당시 신문사 기자재들을 모조리 싣고 오는 민족의식을 발휘했다. 또한 이들은 온갖 박해의 위험을 무릅쓰고 민족 신문의 복간을 위해 헌신적으로 노력했다. 그리하여 천신만고 끝에 이듬해 5월 15일에 <레닌기치>라는 제호로 우리말 신문이 복간될 수 있었다. <레닌기치>는 1957년부터 매주 또는 격주로 '문예페지'란을 개설해 모국어 작품을 널리 소개하기 시작했다.
신문이 창간된 지 20년 가까이 지나서야 문예 페이지 란이 개설된 것은 스탈린 사후 사회 전반에 해빙기가 도래해서 그랬겠지만 북한에서 숙청된 소련파와도 어느 정도 관련이 있었을 것이다. 북한에서 남로파나 연안파가 숙청될 때 80~90%의 인명이 희생되었던 것과 달리 소련파는 10% 정도만 희생되고 나머지는 거의 모두 소련으로 돌아왔는데 그들 중에는 문인들이 적지 않았다. 그들은 북한에서 언론인과 문인으로 활약하면서 북한에 사회주의 문학을 정착시키는데 커다란 역할을 했다. 북한에서 노동신

르러기」는 안드레이까라는 초등학교 삼학년 소년이 어느 날 번개에 맞아 몸이 다친 찌르레기를 살리려는 과정에서 벌어지는 몇 가지 사건을 순수한 동심의 관점으로 그려낸 것이고 「밤'길이 끝날 때」는 6·25 전쟁 중에 호식이라는 국방군(한국군) 정찰병이, 한 초가집에 쳐들어가 우리나라 처녀를 해치려는 미군을 사살하려는 찰나 반대편에 숨어있던 인민군도 동시에 방아쇠를 당겨 처녀를 구한다는 내용으로 전개되는 단편이다. 둘 다 짜임새 있는 작품이었지만 특히 「밤'길이 끝날 때」는 스토리 전개가 매우 탄탄하고 어느 문장에서도 긴장도가 떨어지지 않는 훌륭한 단편이었다. 즉각 호평이 쏟아졌다.

한진의 등단은 대단히 성공적이었다. 특히 두 번째 작품 「밤'길이 끝날 때」는 여러 작가와 평론가로부터 대단한 갈채를 받았다. 동료 리경진은 이 작품을 다음과 같이 평가했다.

> 얼마 전에 <레닌기치>에서 「밤'길이 끝날 때」를 봤다. 한 마디로 말해서 좋다. 그 신문에 난 글 중에서는 가장 문학적으로 우아하다고 할 작품이다. 만일 「찌르레기」가 장황하다면 이것은 그렇지 않다. 모스크바의 다른 동무들에게도 보였는데 다 마음에 들어 한다. 신문에도 전동혁[65]의 이름으로 칭찬의 말이 있었다. 옳은 말이다. 그러나 너 자신은 그

문 주필을 역임했던 기석복(1913~1979)을 위시하여 군인신문을 만들었던 허학철(1922~?), 외무성 참사를 지냈던 전동혁(1910~1985.8), 김일성대학에서 문학원론과 세계문학을 강의했던 정상진(1918.5.5~2013.6.15), 노문학을 강의했던 명월봉(1915~1991.12.25), 평양극장에서 희곡을 쓰고 번역했던 림하(1911~1971. 본명 림호범), 문화선전성에서 러시아어 잡지 『노바야 까레야(Новая Корея)』 주필을 했던 송진파(1914~1990) 등 다수의 문인, 언론인들이 소련에 귀환한 뒤 <레닌기치>에 들어가 일하기 시작한 때가 1955~1961년 무렵이었다. 이들은 자신들의 작품을 실어줄 지면이 필요함을 절절히 느끼고 있었다. 이렇듯 정치사회, 문화적 해빙기를 맞아 중앙아시아에 남아있던 문인들의 희망 위에 북한에서 귀환한 작가들의 바람이 더해져서 문예페이지란은 개설에 탄력을 받은 듯하다. 아무튼 1957년에 개설된 문예페이지란은 이후 모든 고려인 작가와 독자들을 매료시키며 무수한 작품과 작가를 발굴, 양성하였다.

신문을 표준으로 해서는 안 된다. 그래 간단히 다음과 같은 것을 말하고 싶다.

우선, 제일 중하다고 (효과상) 한 곳인 우물'가 장면이 무대적이다. 이와 관련하여 말하고 싶은 것은 이미 머릿속에 자리 잡아버린 자세함을 피하는 것이 좋다는 것이다. 이런 위험성은 이 소설에서도 강하게 느껴진다. 새 것을 찾아야 한다.

다음 전동혁이는 네 언어를 칭찬했는데 그것은 정확한 규정이 아니다. 그는 언어와 기교 일반을 혼돈하고 있다. 위에 말한 바와 같이 네 소설이 문학적으로 우아하다는 것을 느끼고 그것을 단순히 언어의 탓으로 돌리고 말았다. 지금 손에 없기 때문에 구체적으로는 예를 들지 않는다. 이렇든 저렇든 「밤'길이 끝날 때」가 너의 성과를 보여주는 것만은 사실이다. 그 이유를 잘 분석해 보아라.[66]

이러한 과정과 절차를 거치면서 한진을 필두로 한 망명유학생들은 자연스럽게 소비에트 고려인문학 제2세대 작가군을 형성하기 시작했다. 제1세대 작가군은 연해주 태생이거나 한반도에서 태어나 연해주로 이주해 살다가 강제이주를 당한 토박이 고려인 작가들을 말한다. 이들은 1928년 소련에 망명한 카프작가 포석 조명희가 연해주에서 한글문학을 시작하면서 발굴되었거나 그 뒤를 이은 이들이다. 제2세대 작가들은 한진(한대용)을 필두로 하여 리진(리경진)과 허진(허웅배)이 뒤이어 활동을 시작했고 얼마 지나지 않아 맹동욱이 등장하고 나중에는 량원식까지 합류하여 이들은 1세대와는 구별되는 새로운 작가들이 되었다. 또 다른 경로

65) 전동혁(1910.11.23~1985.8) : 시인, 소설가, 희곡작가, 번역가. 원동 스꼬뜨워구역 청류애에서 출생했다. 소왕령 조선사범전문학교 및 타쉬켄트 사범대학 어문학부를 졸업했다. <레닌기치> 기자를 역임하다 1940년대 중엽에 북한에 들어가 조선문화협회 부회장, 문화인부 부부장, 북한외무성 참사로 일했다. 1957년에 소련으로 돌아와 <레닌기치>에서 일하면서 많은 시와 소설을 썼다.

66) 망명동료 리경진이 보낸 편지(1962년 12월 말).

로 소련에 들어온 북한 출신 박현(본명 박영준)[67]과 남해봉(본명 남해연)[68]도 1960년대 후반부터 1970년대 사이에 문단에 얼굴을 내밀었다. 이들은 크게 보아 1970년대 초중반에 등장한 사할린 출신 중아아시아 이주 한인 작가들과 함께 재소고려인 2세대 한글문학을 일구었다.

물론 이들은 엄밀한 의미에서 보면 진정한 고려인 한글문학 세대라고 볼 수는 없다. 연해주나 중앙아시아 태생 토박이고려인이 아닌 뜨내기조선인, 이주한인이라서 분명 다른 정체성과 역사의식을 갖고 문학 활동을 해왔기 때문이다. 하지만 이들은 모두 구소련 공민이 되었고 고려인과 완전히 어우러져 한 역사를 함께 꾸려왔기 때문에 또 다른 의미에서는 고려인 한글문학의 참된 계승자라 할 수 있다.

<레닌기치>신문사에는 해방이후 북한에 들어갔다 숙청되어 나온 소련파 문인과 언론인 상당수가 기자로 일하고 있어서 망명유학생들은 그들과 조국에서 일정한 시기를 함께 보냈다는 연대의식을 갖고 있었다. 더욱이 그들 중 일부는 북한에서 서로 아는 사이였거나 친밀한 관계를 지속한 사이이기도 했다. 특히 문예부 기자이며 비평가였던 정상진은 1948년부터 1950년까지 김일성종합대학교 노문학부에서 한진과 리경진을 직접 가르친 인연이 있었다. 북한에서 귀환한 소련파 문인들은 자신들의 작품을 신문에 경쟁적으로 발표하면서도 새로운 피가 수혈되기를

67) 박현(1936~1998.1.7) : 시인. 평양에서 출생했다. 1963년 평양문학대학 문학과를 수료했으며 이듬 해 가족이 함경북도 아오지 탄광으로 강제추방 당하자 1년 뒤 두만강을 건너 소련으로 망명했다. 1974년 <레닌기치> 문예부 기자, 1984년 카자흐스탄 방송공사 조선말 라디오방송국 해설위원, 말년에는 <고려일보> 문예페이지 편집위원을 역임했다. 다수의 시를 썼으며 시집으로 『꼴호즈의 들길에서』(의성출판사, 1997)가 있다.

68) 남해봉(1933~2001.9) : 시인. 북한에서 태어나 1970년대에 벌목공 통역으로 소련에 들어와 일하다가 망명했다. 그 후 <레닌기치>신문사에서 일하면서 여러 편의 시를 썼다. 남철이라는 필명도 썼다.

고대하고 있었다. 신문사의 장래를 위해서는 젊은 작가들의 등단이 매우 필요한 시점이었다.

한진은 처녀작이 호평을 받자 크게 용기를 얻어 창작활동에 몰두하기 시작했다. 그리고 카자흐스탄에 있는 <레닌기치>신문사로 돌아갈 뜻을 굳혔다. 그는 잇따라 단편소설 「소나무」(1963년 2월 24일자), 소품 「물맛」(1963년 5월 19일자)을 <레닌기치>에 발표하면서 주목을 끌었다. 단편소설 「소나무」는 러시아인 친구 안드레이가 고향에서 가져온 소나무조각을 화자에게 선물해주면서 그 나무에 얽힌 사연을 이야기해주는 내용인데, 수백 년의 세월을 지내오면서 화마와 전쟁의 소용돌이 속에서 무수한 총탄을 받아내면서도 살아난 소나무가 스탈린 동상건립 때문에 사람들에 의해 어이없이 베어지고 말았으나 그 자리에 세워진 동상이 얼마 못 가서 지반이 꺼지는 바람에 무너져버린다는 이야기로서 소나무와 스탈린 동상을 민주와 독재(또는 개인숭배)의 대립구도로 연결시키고 있다. 독야청청한 소나무는 망명자인 한진 자신의 상징이기도 하다. 소품 「물맛」은 어느 날 창가에 놓인 유리컵에 든 물이 햇빛을 받아 기포가 반짝이는 것을 보고 문득 화자가 10여 년 전 전쟁터에서 타는 듯이 목이 말랐던 때를 회상하게 된다는 내용이다. 그때 그는 우물가에서 물을 긷던 처녀에게 물을 한 모금 부탁했는데 그녀는 그가 찬물을 단번에 들이켜 탈이 나지 않도록 바가지에 버들잎을 뿌려주어 입을 오므리고 천천히 마셨던 추억을 회상한다.

한진의 스승 정상진은 한진의 단편들을 주목하고 <레닌기치>에 이런 평가를 남겼다.

한진은 우리 문예 페지의 하늘에 새로운 별로 나타났다. 그의 단편 「찌르러기」, 「소나무」 등은 단편이라기보다 산문 뽀에마들이라고 하는 것이 가당할 것이다. 「찌르러기」에서의 안드레이까의 내면 세계는 자연과 같이 소박하고도 아름다우며, 찌르러기처럼 천진란만하다. 그의 「찌르러기」의 생명을 위한 지극하고도 꾸준한 「투쟁」, 생에 대한 높고도 극진한 사랑, 학교에 갈 시간까지도 잊을 지경 「삶」을 위하여 생각하고 있는 그의 심정－이것은 앞으로 풍부하고 광활한 세계를 담기 위한 어린이의 내'적 토대이다. 한진의 「소나무」도 역시 소나무의 「삶」을 위한 사람들의 간고한 투쟁에 대해 말해주고 있다. 이 단편에서 보는 바와 같이 소나무는 쓰딸린의 개인숭배탑에 억눌리워 비참하게 희생된 아름다운 우리 사람들의 상징으로 되고 있다. 이 아름다운 사람들이 사회주의의 승리를 위하여 끼친 업적은 말라 죽은 소나무의 「마른 송진이 전등불에 비치어 수정처럼 반짝」이 듯이 빛나고 있으며 송진 냄새는 대대손손 내려가면서 그들의 업적을 잊지 못하게 할 것이며 개인숭배에 대한 저주를 자아낼 것이다.[69)]

이 시기에 한진은 신문에 발표하지 않은 단편소설도 여러 편 썼다. 「착각」(1960), 「편지에 대해서」(1960), 「초상화」(1961), 「김용주」(1963), 「비상사고」(1963), 「말조심 하세요」(1963), 「그의 사회성분」 등이 그것이다. 소설 「착각」은 신문사 편집국 교정원이 '동무'와 '동지'라는 단어를 착각하여 잘못 교정함으로써 신문발행에 문제가 일어난다는 에피소드 같은 이야기이고 「편지에 대해서」는 6·25사변의 와중에 남북으로 갈려 생이별한 부부들에게 목숨을 걸고 휴전선을 넘나들며 편지를 전달해주는 직업을 고안해낸 사람에 대한 서술이며 「초상화」는 6·25전쟁 중에 한낱 천조각(비단천에 명주꽃실로 수놓은 초상화)에 불과한 '장군님'의 초상화를 보호한답시고 애꿎은 어린 병사의 목숨을 희생시키는 인민군부대 안전군

69) 정석, 「실감 있고 향기로운 작품을 위하여!(신춘문예 페지들에 실린 단편소설들과 시들을 중심으로)」(레닌기치 1963년 5월 19일). 정석은 정상진의 필명이다.

관 및 중대장과 그 부대원에 대한 이야기로서 북한체제를 신랄히 비판, 고발하고 있는 것이다. 또 「김용주」는 인민학교 시절 학급에서 대장노릇을 하던 아이와 그 패거리들의 힘에 눌려 오래도록 따돌림을 당하던 아이들이 그들의 손아귀에서 해방되는 계기를 그린 자전적 성장소설이고 「비상사고」는 자신이 전쟁 중에 소련으로 유학 오기 위해서 거쳐 갔던 대학유학생강습소에서 실제 일어났던 여권사진 사건에 대한 실화소설로서 리진섭이란 유학생이 모든 과정을 마치고 출국여권을 받던 날 자신의 여권사진을 보고 아무런 뜻 없이 '김장군을 닮았다.'라고 내뱉은 말 때문에 유학이 취소되고 안전군관에게 붙들려갔다는 내용이고 「말조심하세요」는 술 마시고 내뱉은 말을 기억하지 못해 고민하는 한 사람의 심리상태에 대한 묘사이며 「그의 사회성분」은 스스로는 웃고 싶지 않으나 억지웃음을 지으며 시류에 적응하며 살아오던 한 소시민의 이중적 내면을 묘사한 작품이다.

## 4. 카자흐스탄 크즐오르다 시기(1963년 8월~1968년 가을)

### 1) 〈레닌기치〉 기자 시절(1963년 8월~1965년 2월 17일)

한진은 옛 스승 정상진에게 편지를 보내 자기를 신문사로 불러달라고 부탁했다. 정상진은 1957년 북한에서 숙청되어 돌아온 뒤 4년간 고급당학교를 다니면서 휴식을 취한 뒤 1961년부터 <레닌기치>신문사에 들어가 기자로 일하고 있었다. 제자의 편지를 받은 정상진은 그가 카자흐스탄 크즐오르다로 건너오기만 하면 어떻게 하든 신문사 직원으로 채용해주겠다고 즉각 약속했다. 이에 고무된 한진은 1963년 여름휴가를 이용해 그곳으로 가겠다고 바로 편지를 보냈다.[70] 이번에는 <레닌기치> 신문사에서 일하던 소설가 김기철[71]이 한진에게 답장을 보냈다. 김기철은 같은 소설가로서, 훌륭한 단편소설로 신선한 충격을 준 한진을 몹시 만나보고 싶어 했다.

> 한대용 동무! 여름휴가에 본사를 방문하겠다니 대단히 감사합니다. 꼭 놀러 오십시요. 그런데 7월 하순에 저는 모스크바로 갈 예정입니다. 같은 값이면 제가 있을 때 왔으면 좋겠는데 8월에 오시겠다니 그것이 좀 유감스럽습니다. 그러나 정상진, 림하,[72] 전동혁 선생들이 계시니 괜찮습니다. 그러면 기다리겠습니다. 소련 국적 문제에 대해 어떻게 생각하시는지요? 만일 그 문제가 해결된다면 본사에 와서 일할 수 있습니다. 내내 건강하시며 창작사업에서 성과를 거두시기를……[73]

1963년 8월 한진은 휴가를 얻어 카자흐스탄으로 건너갔다. 그가 탄 모스크바 발 열차는 종착지인 카자흐스탄의 수도 알마아타에 당도했다.

---

70) 당시 소비에트 체제에서 직장의 이동이 대개 그러했다. 전직을 계획하면 일부러 휴가를 받아 그 기간에 다른 직장으로 옮기고 그 사이에 서류상 전출, 전입문제를 마무리하는 것이 통례였다.

71) 김기철(1907.8.8~1991.3) : 재소고려인 소설가, 희곡작가. 함경남도 단천에서 태어났고 동만주 용정에서 대성중학을 졸업했다. 소련으로 건너와 하바롭스크 변강출판사에서 포석 조명희와 함께 일했고 강제이주 이후에는 <레닌기치> 신문사 기자로 일했다. 재소고려인 작가들 대부분이 시, 소설, 희곡, 수필 등 장르를 가리지 않고 썼던 만능작가였던데 반해 김기철은 한진과 더불어 거의 유일하게 소설과 희곡이라는 한두 장르만을 썼다. 그는 소비에트 고려인 문단에서 가장 대표적인 산문작가로 인정받고 있다. 소설집으로 『붉은 별들이 보이던 때』(알마아따, 사수싀출판사, 1987)가 있다.

72) 림하(1911.4.8~1971) : 재소고려인 시, 소설, 희곡작가. 원동 세야시에서 출생했고 1933년에 소왕령 조선사범전문학교를 졸업했다. 1940년대 후반에 북한에 들어가 러시아어 희곡을 다수 번역해서 평양극장 무대에 올렸다. 1952년에 귀환하여 <레닌기치>신문사에서 일했다. 본명은 림호범.

73) 재소고려인 산문작가 김기철이 보낸 편지(1963년 5월 3일).

크즐오르다로 바로 가는 열차편이 없어서 일단 알마아타로 간 다음 거기서 다른 열차로 갈아타고 서부도시 크즐오르다로 가야 했기 때문이다. 그가 알마아타에 당도하자 동료 최국인, 량원식, 정추, 맹동욱 등이 기차역에 마중 나와 있었다. 그들은 감격의 포옹을 나누었다. 헌데 우리말이 유창한 동료들과 달리 한진은 거의 5년 동안 모국어를 쓰지 않은 탓에 우리말이 입 밖에 나오지 않았다. 동료 량원식의 집으로 가서 회포를 풀다보니 천천히 모국어가 되돌아왔다.

며칠 후 한진은 다른 열차로 갈아타고 하루를 넘게 달린 끝에 크즐오르다에 당도하여 <레닌기치>신문사에 들렀다. 그리고 13년 만에 옛 스승 정상진과 재회했다. 두 사람은 처지가 어느 정도 비슷했다. 북한에서 문화성 부상의 자리까지 올랐다가 숙청당해 소련으로 돌아온 정상진에 비하면 한진의 처지는 더욱 가혹하고 비극적이었지만 두 사람의 인생여정과 종착지는 재소고려인 한글문학이라는 한 지점으로 수렴되고 있었다.

하지만 그 두 사람은 역사적인 재회에서 서로의 마음 깊숙이 자리 잡고 있던 각기 다른 피해의식을 다 털어내지는 못했다. 숙청과 망명 사이, 소비에트 고려인과 북조선 유학생 사이에는 똑같은 정치적 시각으로 접근할 수 없는 해석의 차이가 존재했으며 그들 사이에는 한순간에 건너뛸 수 없는 단절의 강이 흐르고 있었다. 13년 세월의 간극이 벌려놓은 균열을 메우기 위해서는 아주 조금(2~3년 또는 3~4년)의 시간이 필요했다. 그렇게 심리적 두려움을 극복하는 적응의 시간을 보낸 뒤 한진과 정상진은 서로를 완전히 이해하고 돕고 의지하는 사이가 되었다. 그 이후로 그들은 평생을 스승과 제자로서, 동료로서, 문우로서 존경하고 아끼며 살았다.

정상진은 멀고 먼 길을 돌고 돌아 찾아온 옛 제자에게 선뜻 제 집의 방 한 칸을 내주었다. 한진은 그날부로 신문사 문예부 기자로 입사했다. 물론 서류상 입사 시기는 실제보다 조금 늦어, 1963년 9월 13일에 알타이 지역 쿠즈바스주 기술정보 및 경험교환국 상급기사 직에서 퇴직하고 9월 25일에 <레닌기치>신문사 문화생활부 문예담당 기자로 입사한 것으로 되어 있다. 그는 스승 정상진의 집에서 서너 달을 홀로 살면서 어느 정도 자리를 잡고 적응기간을 거친 뒤 다른 집으로 이사해 하숙을 했다. 아내 지나이다는 주거문제가 해결되면 돌아오기로 하고 바르나울에 남았다. 한진은 신문사에서 글을 쓰면서 틈틈이 아내에게 편지를 썼다.

> 지나 안녕! 오늘은 일요일이고 저녁 여섯 시요. 지금 혼자서 편집실에 있다오. 방금 전에 단편소설을 마무리 지었소. 소설은 길게 나왔고 아마도 신문 한 페이지 전체를 다 차지할 것 같소. 한 번 더 편집을 하고 나서 출판하라고 넘기겠소. 그리고 칭기스 아이뜨마또브의 「첫 교원」이라는 단편소설을 번역하고 있소. 이것도 조만간 출판될 것이요. (…) 여기서는 사람들이 벌써 텃밭에 야채를 심고 있소. 시장에서는 파를 팔기 시작했소. 친구들은 가끔씩 편지를 써서 보낸다오. 당신이 조금만 더 가까이에 있다면 나는 찾아갔을 것이요. 하지만 괜찮소. 조금만 있으면 우리도 행복하게 살 것이오. 비록 당신과 멀리 떨어져서 살고 있지만 나는 항상 '우리'에 대해서 생각하고 있다오. 당신의 사랑을 정말 귀중하게 여기고 있소. 아들이 무척 보고 싶구려. 몸조심하오. 당신에게 키스를 보내오. 당신의 대용[74]

아내 지나이다(지나)는 1964년 10월 초에 돌아와 남편과 다시 한 가정을 꾸렸다. 한진은 이번에도 스승의 신세를 졌다. 막상 아내가 아들을

74) 한진이 아내에게 보낸 편지(1964년 3월 29일. 러시아어).

데리고 멀리서 돌아왔으나 둘이 살 집이 미처 마련되지 못해 부득불 정상진의 집으로 다시 들어가 두어 달을 더 눌러 살았다.

한진은 홀로 지내면서 신문사에서 일하던 시기에 적지 않은 단편소설을 발표했다. 그때 발표한 단편으로 「녀선생」(1963년 8월 27일자, 단편소설), 「축포」(1963년 11월 7일자, 단편소설), 「어머니의 편지」(1964년 2월 25일자. 소품)[75], 「땅의 아들」(1964년 4월 19일자, 단편소설) 등이 있다. 그리고 그 시기에 중앙아시아 키르기스스탄의 저명한 작가인 칭기스 아이뜨마또브의 소설 「첫 교원」을 번역하였다. 그 이후로 한진은 번역에도 커다란 업적을 쌓는다. 초기에는 주로 단편소설을 번역했으나 나중에는 거의 희곡을 번역했다.

단편소설 「녀선생」은 개간지 룹쫍스크로 발령받아 기차를 타고 가는 새내기 여교사가 나중에 동승한 중년 여교사의 감화를 받아 자신의 소명에 눈떠가는 과정을, 「축포」는 8 · 15해방을 맞이한 지 석 달 후 소비에트 시월혁명 기념일을 맞이하여 평양하늘에 요란하게 터지는 축포를 보고 다시 전쟁이 난 줄 알고 우왕좌왕하던 평양시 토성낭 사람들의 모습을 보여줌으로써 축포가 무언지도 모른 채 굴욕만 안고 살아온 조선 사람들이 이제는 배우고 알아야 한다는 자각을, 소품 「어머니의 편지」는 6 · 25전쟁이 터지자 전장에 나간 아들이 어머니께 "얼마나 보고 싶은지 한 눈으로라도 잠깐 봤으면 한이 없겠다"라는 내용의 편지를 보냈는데 그걸 받은 어머니가 혹시 아들의 눈이 성하지 않은 것인지 심히 걱정하는 답장을 보냄으로써 화자는 어머니가 자식의 편지를 가슴으로 읽으니 어머니께 편지를 쓸 때에는 어떤 수사나 수식어도 불필요하고 오직 진

75) 소품 「어머니의 편지」는 한진이 한해 전인 1963년 3월 29일에 단편소설 분량으로 완성해놓았었는데 이듬해 신문에 실리면서 소품으로 축약되었다.

실한 내용으로만 써야 한다는 것을 깨닫게 됨을, 단편소설「땅의 아들」은 죽음의 땅을 생명의 땅으로 변모시키고자 산너머 황무지로 들어가는 박인철의 도전정신과 그를 이해하고 따라나서는 여의사 지나의 순정을 묘사하고 있다. 리경진은 한진에게 무한한 신뢰로 그의 창작활동을 지지하고 격려해주었다.

> 글을 써라! 자기 시대의 가장 중요한 일 중 하나인 ≪투쟁≫에 나서라. 긍지와 책임감을 가져라. 사상은, 세계관은 기분이 아니다. 우리는 승리한다. 왜냐하면 이 승리가 없이는 진정한 공산주의가 없기 때문이다. 우리가 처해있는 현 조건에서 그래도 제일 나은 것이 글 쓸 수 있는 사람들이다. ≪투쟁≫에 온 심혈을 바친 사람으로서 아무리 촬영을 잘 해도 완전한 만족을 느끼지 못할 것이다. 그러니 글 쓸 수 있는 조건을 최대한으로 이용하라. 일정한 시기가 오면 노어로 출판할 문제도 볼 수 있으리라고 생각한다. 현재의 출판의 제한성은 우리 힘으로 어쩔 수 없다. 그러나 우선 쓴 것부터 가지고 있어야 할 것이다.[76]

하지만 한진의 신문사 생활은 그리 오래 가지 못했다. 그는 영화대학 시나리오과를 졸업했고 따라서 그가 궁극적으로 관심을 갖고 있는 문학 장르가 바로 시나리오, 희곡이었기 때문이다. 그는 크즐오르다로 이주해 올 때부터 신문사보다는 내심 극장을 더 염두에 두었었다. 그랬던 터라 신문사에서 일하면서도 단편소설보다는 희곡창작에 더 매달렸으며 이 문제로 스승인 정상진과도 여러 번 논의했다. 스승은 이번에도 제자가 제 뜻과 재능을 마음껏 펼칠 수 있도록 도왔다. 1964년 어느 날 정상진은 한진을 데리고 조선극장[77]에 찾아가, 한진이 그해에 신문사에서 일하

76) 망명동료 리경진이 보낸 편지(1964년 11월 27일).
77) 카자흐스탄 조선극장은 한반도와 해외를 통틀어 우리말로 연극하는 가장 오래된 우

면서 쓴 첫 희곡 「의부 어머니」를 소개하고 극장에서 그를 받아들이도

---

리말 연극극장이다. 이 극장은 1932년 9월 9일 노령 연해주 블라디보스토크에서 <원동변강 조선극장>이란 명칭으로 설립되었다. 그 이전에도 블라디보스토크에는 클럽 형태의 공연예술단이 여러 개 존재했는데 그중 가장 유명한 예술단이 신한촌구락부(또는 스탈린구락부) 예술단과 신한촌 조선중학교 학생예술단이었다. 이 두 단체가 1932년에 통합하여 조선극장을 창립한 것이다. 이들은 당시에 유행하던 신파극을 배격하고 사실주의에 입각해서 연극을 했다. 초기에는 우리의 고전인 <춘향전>, <심청전>과 당시 널리 유행했던 번안작품 <장한몽> 등을 무대에 올려 대단한 인기를 끌었다.
연해주 거주 한인들은 이 연극을 보기 위해 여러 날을 걸어서 블라디보스토크 신한촌구락부로 몰려들었으며 다수가 극장 주변에 거적을 깔고 숙박을 하면서 연극을 보고 돌아가곤 했다. 그리하여 극장 측은 원래 예정에 없던 연극 재공연을 하지 않을 수 없었다. 1935년에 성공적으로 공연된 <춘향전>과 이듬해 공연된 <심청전>은 조선극장 역사에 전설로 남아있다. 그런데 강제이주의 불 바람은 조선극장을 피해가지 않았다. 하지만 정말 다행인 것은 다른 고려인 문화기관들과 달리 이 극장은 강제이주 이후에도 본연의 활동을 계속할 수 있었다는 것이다.
1937년 연해주 한인이 중앙아시아로 강제이주 되기 전에 블라디보스토크에는 3대 한인 문화기관이 있었다. 1923년에 설립된 <선봉>신문사, 1931년에 세워진 <조선사범대학교>, 1932년에 창설된 <조선극장>이 바로 그것이다. 이 기관들은 연해주 한인의 정치사회, 문화예술, 학술활동을 발전시키고 견인하는 선봉장이자 한인들의 자부심이었다. 헌데 강제이주 이후 이 기관들의 운명은 엇갈렸다. 물론 모두 카자흐스탄 서부도시 크즐오르다란 곳으로 이주된 공통점이 있긴 했다.
먼저 <선봉>신문은 폐간되었다가 1년 후(1938년 5월 15일)에 <레닌기치>라는 다른 신문으로 복간되었다. 조선사범대학교는 이듬해 9월에 재개교했으나 우리말 사용이 전면 금지되고 러시아어로만 강의가 이루어져 몇 년 후에는 아예 다른 학교가 되고 말았다. 헌데 조선극장은 이런 차별과 탄압을 받지 않아 연극을 계속할 수 있었다. 대신 이 극장은 카자흐스탄과 우즈베키스탄 두 곳으로 나누어 이주되는 불운을 겪어 10여 년 간 두 개의 극장이 존재했다. 다행히 나중에 카자흐스탄 조선극장으로 통합되어 오늘에 이르고 있다. 통합 당시 우즈베키스탄 조선극장단원의 일부는 사할린으로 건너가 사할린 조선극단을 창단하고 1950년대 후반까지 극단을 운영하기도 했다. 그러나 거기도 문을 닫게 되어 그들은 모두 카자흐스탄 조선극장으로 돌아왔다.
<조선극장>의 명칭은 1994년경에 <고려극장>으로 바뀌었다. 이는 재소고려인들이 자기 자신들을 지칭할 때 오랫동안 공식적으로는 <조선사람>, 사적으로는 <조선사람>과 <고려사람>으로 혼재해서 쓰다가 1990년대에 들어와 한국과 밀접한 관계를 갖게 되면서 공식 명칭을 <고려사람(고려인)>으로 바꿨던 것과 맥락을 같이 한다. (조선극장의 초기역사에 대해서는 연성용 회상록 『신들메를 졸라 매며』(서울, 예루살렘, 1993) 9~71쪽에 자세히 설명되어 있다. 그 외 조선극장의 역사에 대해서는 И. Ким 『Советский корей ский театр』 (Алма-Ата: ⓒиздательство <Өнер>, 1982) 전 페이지; 『흐르는 강물처럼(사진으로 보는 고려극장 66년(1932~1999))』(알마티, 카자흐스탄 국립고려극장, 1999) 14~28쪽을 볼 것.

록 설득했다. 희곡을 읽어본 1세대 극작가 채영(본명 채계도)과 연성용, 극장장 조정구 등은 한진의 재능을 단박에 알아차렸다. 이제까지 상투적이고 낡은 사상에 붙잡혀 희곡을 써온 1세대 작가들에게 「의부 어머니」는 신선한 충격이었다.

희곡 「의부 어머니」는 계모를 악의 상징으로 상정하여 복수하기를 즐겨하던 우리의 전통 계모관념과 대척점에 서서 친모가 아니라도 얼마든지 자식에게 진정한 사랑을 베풀 수 있다는 지극히 휴머니즘적인 내용으로 구성되어 있다. 줄거리 자체는 그리 새로울 것도 없지만 한진은 등장인물들의 성격을 치밀하게 묘사하고 내용을 밀도 있게 전개하여 인간은 동물과 달리 본능을 넘어선 차별 없는 사랑을 베풀 수 있음을 보여주었다. 이는 당시 고려인과 모든 소비에트 공민들의 일상에서 흔히 볼 수 있었던 재혼 가정의 애환과 이면을 이념과 관계없이 휴머니즘적 시각으로만 그려낸 것으로서 한진의 작가로서의 바탕과 철학이 드러나는 첫 작품이었다고 할 수 있다. 저자는 낳은 정보다 기른 정이 더욱 헌신적일 수 있다는 점을 강조하기 위해 우리의 전통적 계모관념의 설화인 「장화홍련전」을 일부러 대사에 언급해놓기도 했다. 그는 박노인이라는 화자의 입을 빌려 "누가 저 사람들을 보고 친에미 친자식이라고 하지 않겠니. 친애비가 의부애비가 되고 의부에미가 친에미가 됐다는 옛말 같은 일이다."라고 결론짓고 있다. 「의부 어머니」는 이듬해(1965년) 조선극장에서 상연되었다. 관객들의 반응도 아주 좋았고 평론가들도 앞 다투어 대단히 신선하고 훌륭한 희곡이라고 칭찬했다.

조정구 극장장이 그런 인재를 놓칠 리 없었다. 당시 조선극장 극장장으로 일하던 조정구(1919~1999년)는 대단히 능력 있고 수완이 좋은 사람이었고 극장의 발전을 위해서라면 물불을 가리지 않는 위인이었다. 그는

1946년에 극장장에 임명된 이래 1986년까지 40여 년을 극장의 발전을 위해서 헌신했다. 그는 1968년에 극장의 격을 주립극장에서 국립극장으로 올려놓았고 같은 해에 배우들을 전문배우집단인 '극단'과 전문예술인 집단인 '가무단'으로 분리, 전문화시켰으며 극장의 도약을 위해서 크즐오르다에서 수도 알마아타로 이주를 단행했다. 그는 취임 초기에 우즈베키스탄에 있는 조선극장이 유명무실해지자 그곳의 단원들을 수용하여 극장의 내실을 다졌으며 조선극장을 다른 어느 민족극장보다 우수한 극장으로 키워냈다.

### 2) 〈조선극장〉 극작가 시절(1965년 2월 17일~1968년 가을)

첫 희곡 「의부 어머니」의 호평에 고무된 한진은 조선극장에서 일해달라는 제안을 흔쾌히 받아들였다. 그리하여 1965년 2월 17일부로 <레닌기치> 기자직을 그만두고 당일로 <조선극장> 문예부장으로 들어갔다. 이로써 한진은 고대하던 본업을 찾아냈으며 이후 그는 평생을 이 극장의 극작가로 살아가게 된다. 여전히 단편소설을 쓰기는 했지만 곧 정리하고 창작활동의 장르를 완전히 희곡으로 전환했다.

극장으로 옮겨간 초기에 그가 <레닌기치>에 발표한 단편은 「서리와 별」(1965년 2월 14일자, 단편소설), 「뻐꾹새」(1965년 4월 24일자, 새에 대한 이야기) 두 편뿐이다. 이후 단편소설은 20년 이상 침묵하게 된다. 「서리와 별」은 춘희라는 아가씨가 친구가 차린 생일잔치에 참석했다가 거기서 유리라는 총각이 건네준 쪽지를 받고 이틀 후 약속장소에 나갔으나 그는 오지 않고 추위와 실망에 떨어 몸과 맘을 함께 앓게 된다는 이야기로 전개된다. 하지만 며칠 후 우연히 만난 한 노인의 친절한 마음씨에 어느덧 춘희도 인간성에 대한 신뢰를 다시 회복하게 된다는 내용이다.「뻐꾹새」는 참새둥지에서 태어난 뻐꾹새를 제 새끼인가 하고 키우는 참새 한 쌍의 애틋한 사랑을 관찰 형식으로 서술한 이야기다. 동물에게도 낳은 정 못지않게 기른 정이 있다는 저자의 발견은 자신의 희곡「의부 어머니」의 핵심주제인 '인간의 이타적 사랑'이 동물에게까지 확장되어 있다.

1966년 9월에는 크즐오르다에서 둘째 아들 드미뜨리가 태어났다. 그런데 그는 다운증후군을 앓는 아이로 태어나 정규학교도 다니지 못하고 정상적인 생활도 하지 못하는 지적장애인이 되었다.

한진은 1967년에 새로운 희곡「고용병의 운명」을 내놓았다. 희곡「고용병의 운명」은 그가 쓴 미공개 희곡「막다른 골목」을 바탕으로 새로운 요소를 추가, 발전시켜 만든 작품이다. 이는 미 제국주의에 예속되어 월남전에 참전한 '남조선 국방군(한국군)'의 비참한 현실을 이데올로기적으로 그린 희곡이다. 핵심내용을 살펴보면, 전쟁을 수행하면서 전쟁의 본질을 깨달아가는 '남조선 고용병' 철수, 인철, 마이, 둑보의 의식세계가 제3세계의 해방을 위한 투쟁과 반전으로 나아가고 있다. 당시 월남전을 바라보는 소비에트 체제 지식인들의 유토피아적 시각과 희망이 고스란히 반영된 작품이라 할 수 있다.

무대를 살펴보면 거대한 벽돌담으로 둘러싸인 서울의 한 병영, 한국군과 미군과 월맹군 빨치산이 모두 등장하는 전시 월남의 한 개활지 초가집에 숨은 노파와 딸 그리고 초가집 근처의 우물, 철수와 인철과 마이가 전호 안에서 적과 대치하며 극심한 목마름에 시달리다 갑작스런 폭우에 잠겨버리는 장면 등이 인상적이다.

담은 이것과 저것, 이 세계와 저 세계를 나누는 상징물이다. 이것은 우리의 38선이자 월남의 17도선이다. 그런 경계선을 허물어버리기 위한 전쟁이 월남에서 벌어지고 있다. 평화로워야할 월남의 집은 전쟁터에 전방위적으로 노출되어 있다. 월맹군은 미제와 싸워 그 집을 다시 평화롭게 되돌려야 할 당위가 있다. 그런데 '남조선 국방군'은 왜 거기에 가 있는가? 작가는 목이 마르다. 타는 듯이 목이 마르다. 한반도 분단과 전쟁의 한복판에 있었고, 또 망명자의 삶을 사는 한진은 등장인물 묘사를 통해 자신의 타는 목마름을 표현하고 있다. 그는 제국주의와 독재와 개인숭배가 없는 이상적 공산주의 사회를 꿈꾸었다. 그런데 현실에서는 돌아갈 곳이 없으니 망명자 한진은 목이 마를 수밖에 없다.

1960년대 말부터는 평양에 있는 가족과 서신왕래가 끊기고 만다. 1960년대 말에 이르자 아무리 편지를 보내도 조국에서 답장이 오지 않았던 것이다. 이때부터 그는 가족, 특히 부모의 생사를 알 수 있는 길이 아주 막혀 버렸다. 잊을 수는 없었지만 이로써 가족과의 연계는 영원히 끝난 셈이었다. 그는 체념했다. 자기 때문에 부모와 가족이 심히 고생하리라는 생각에 괴로웠지만 그것 또한 사치스런 생각이 되어버렸다. 다시 가족과 서신이 연결되고 부모의 생사를 알게 된 건 그로부터 20년이나 지난 뒤였다.[78)]

78) 망명동료 김종훈의 증언에 의하면 1960년대 후반에서 말 사이에 북한에 있는 가족과 서신왕래가 아주 끊겼다고 한다. 한진이 평양에 있는 가족으로부터 받은 편지는 1960년대 초반까지만 남아있다. 그러나 1989년에 둘째 누이동생 신옥이 보낸 편지에 20년 만에 다시 서신이 연결되었다는 언급이 있는 것으로 보아 1960년대 말까지는 서신왕래가 있었음이 확실하다. 무슨 이유에선지 한진은 카자흐스탄 크즐오르다에 거주하던 시기에는 평양에 있는 가족이 보내온 편지를 보관하지 않았거나 나중에 그것들만 따로 가지고 있다 분실했음에 틀림없다.

## 5. 카자흐스탄 알마티 시기(1968년 가을~1993년 7월 13일)

### 1) 중견작가, 마지막 무국적자 시절(1968년 가을~1976년 5월)

카자흐스탄 서부도시 크즐오르다에 있던 조선극장은 1968년 가을에 수도 알마아타로 이주했다. 극장의 격도 주립극장에서 공화국국립극장으로 승격되었다. 한진은 극장과 함께 알마아타로 이사했다. 그런데 이번에도 주택문제가 해결되지 않아 그는 가족을 크즐오르다에 남겨두고 잠시 홀로 살아야 했다. 아내 지나이다는 두 아들과 함께 한 해를 더 기다린 뒤에 알마아타로 돌아와 남편과 한 가정을 꾸렸다.

한진은 어느새 중견작가의 반열에 올라서 있었다. 극장에서는 그만이 유일한 프로극작가였다. 선배작가들은 전문교육을 받지 못했는지라 비록 경험은 풍부했을지 몰라도 연극의 이론적 기초가 허약했다. 연극의 새로운 조류에 대해서도 발 빠르게 적응하지 못했다. 조선극장이 발전하기 위해서는 한진 같이 유능하고 전문교육을 받은 극작가가 필요했다. 그는 알마아타로 옮겨온 뒤 극작가로서 전성기를 맞이하였다.

그는 오로지 희곡창작과 연출에만 매달렸으며 그 시기에 외국의 훌륭한 여러 고전작품들도 다수 번역하여 극장무대에 올렸다. 그가 알마아타로 건너온 뒤에 창작하거나 각색한 작품은 「량반전」(1972), 「봉이 김선달」(1974), 「꽃의사」(1974), 「어머니의 머리는 왜 세였나」(1976) 등으로 1~2년 단위로 쉼 없이 이어졌다.

희곡 「량반전」은 18세기 우리나라 실학사상가인 연암 박지원이 쓴 소설 『양반전』을 각색한 것이다. 작가는 원작에 담긴 사상을 바탕으로 나라의 사회의식과 경제발전을 저해하는 비생산적인 유교적 양반제도를 신랄히 풍자, 비판하였으며 서로의 필요에 의해 신분과 관직을 사고팔던 양반과 부자계급의 위선을 가차 없이 폭로하였다. 또 양반의 하인인 돌쇠와 부자의 하녀인 보배를 전면에 내세워 그들로 하여금 자신들이 모시던 상전에게, 나아가 유교계급사회와 국가권력에 통쾌하게 복수하게 만듦으로써 부당한 현실 제도에 억눌린 민중(관객)들이 대리만족을 느낄 수 있도록 배려하는 것을 한진은 잊지 않았다. 이 희곡에는 해학과 풍자와 기지, 뜻밖의 반전이 곳곳에서 넘쳐나고 있다. 희곡 「량반전」은 1973년에 무대에 올려져 절찬을 받았다. 그 후로도 이 연극은 여러 차례 무대에 올려졌으며 한진 사후에도 여러 번 개작되어 공연되었다.[79)]

희곡 「봉이 김선달」은 대동강물을 팔아먹은 봉이 김선달에 대한 우리나라 옛 이야기를 각색해 무대에 올린 풍자극이다.[80)] <레닌기치> 1975년 5월 15일자에 이 연극에 대한 전향문이란 사람의 극평이 실려 있다. 그는 봉이 김선달을 보고 "카사흐국립조선연극극장 창작집단이 창조한 연극 "봉의 김선달"은 시대의 선진적 사상의 체현자로서의 봉의 김선달의 형상을 통하여 당해시대 썩어빠진 량반관료배들의 부패성과 추악성을 낱낱이 폭로하며 국토와 자연에 대한 인민들의 공동소유의 념원을 주도적으로 천명하고 있다. (…) "봉의 김선달"은 대동강을 포악무도하고 허위와 기만으로 가득찬 배골 부자에게 팔아넘기는 사건을 통하여 량반통치계급의 착취제도를 신랄히 폭로규탄하고 있으며 불합리한 사회제도에 대한 인민들의 비판과 반항의 정신을 예리한 풍자의 수법으로 표현하고 있다."라고 평가하고 있다.

희곡 「꽃의사」는 꽃의 병을 고치는 꽃의사 알라와 사람의 병을 치료

79) 이 연극은 가장 최근이라 할 수 있는 2013년 3월 30일에도 고려극장에서 공연되었다.
80) 희곡 『봉이 김선달』 원고는 찾지 못해 『한진전집』에 수록하지 못했다.

하는 의사 윅또르의 애틋한 사랑을 그린 것이다. 이들은 둘 다 고아로 자라난 아픔이 있기에 마음이나 육신의 병을 앓는 사람들에게 예리한 연민을 갖고 고귀한 양심을 보여주며 여러 가지 사회적 편견과 오해를 이기고 그 둘만의 지고지순한 사랑을 완성한다는 내용이다. 이 희곡은 꽃의사 알라가 소경들을 위한 꽃밭을 만드는데서 절정을 이룬다. 이때 사람의 병을 고치는 의사 윅또르는 "알라, 너는 심청이다. 이 공원에서는 소경들이 눈을 뜰 것이다. 심청이가 뿌린 눈물이, 사랑이, 희생이 이 꽃동산을 낳다. 분주한 도시의 한복판에 임금의 도움으로가 아니라 백성의 힘으로 너는 다시 소경잔치를 베풀었다. 이것은 비단 소경들을 위한 꽃동산만이 아니야. 이것은 인간성의 공원이야. 나는 불행한 그 사람들의 얼굴에 기쁨이 피여 나는 것을 봤다. 창백한 그들의 얼굴이 꽃빛으로 물드는 것을 봤다."라고 고백하고 있다.

희곡 「꽃의사」 무대에 올리지 못했다. 대신 그는 이 희곡 내용의 상당 부분을 「어머니의 머리는 왜 세였나」로 옮겨와 훨씬 더 가정적인 인간상을 그려내는데 성공했다. 일찍 아버지를 여의고 못된 친구들과 어울려 탈선해버린 아들 롬까는 결국 절도와 상해죄로 감옥에 들어가게 되고 그 아들 때문에 어머니는 한 시도 눈물 마를 날 없이 살아가느라 흰 머리만 늘어 백발이 되는데 3년 후 감옥에서 나온 롬까가 예전에 사랑했던 미라라는 아가씨와 만나 과거의 악행을 끊고 새 사람이 된다는 내용이다. 저자는 어머니의 입을 빌려 "사랑… 정말 사랑을 이길 악은 세상에는 없는구나. (…) 이런 행복을 보자고 어머니들은 고생을 참고 슬픔을 이겨가며 사는 것이다."라고 소리치고 있다. 이 작품도 소비에트 문학예술에 거의 필수적으로 등장하는 이념이나 정치적 색체가 전혀 없는 순수예술 희곡이며, 순수한 사랑의 힘을 보여준 한진의 대표작 중 하나

다. 또한 이 희곡은 시류에 물들어가는 고려인 젊은이들에게 가정을 위해 헌신하던 우리의 전통적 어머니상을 일깨워줌으로써 조금씩 균열되어가던 당시 고려인 사회의 구성원들이 자신을 되돌아보게 하는 메시지를 던져주기도 했다.

하지만 한진은 이 시기에 더 큰 작품을 쓰기 위한 슬럼프에 빠지기도 했다. 무엇보다도 그는 건강이 그리 좋은 편이 아니었다. 그는 이미 중학생 시절에 결핵으로 병원에 입원했고 모스크바 유학생 시절에도 결핵이 재발하여 병원신세를 진 적이 있었다. 다시 건강이 나빠지자 이번에는 공기 좋고 물 좋은 흑해연안 크림반도로 요양을 떠났다. 1974년 2월 초 그의 나이 마흔 넷이었을 때였다.

크림휴양소는 새로운 전환의 계기를 마련해주었다. 한진은 그곳에서 자신을 되돌아보고 더 훌륭한 작품을 남기겠다는 의욕을 다졌다. 그는 그곳에서 간단한 일기를 썼다.

> 작가들도 큰 기술을 소유하려면 매일같이 연습을 해야 할 것이다. 피겨선수, 체조선수 또는 단거리경주자들처럼. 무슨 일에 있어서나 이것 없이는 안 될 것이다. 그러해도 새로운 큰 문학까지는 아직 멀다는 감이 자꾸만 든다. 다른 사람들은 다 큰 작품을 쓰고 (있는데) 나만이 그런 일을 못하는 것 같다. 나는 작품을 남에게 보이기가 무섭다. 못난 자기 애를 봐 주시오 하고 부탁하는 것 같으니. 정말 친한 사이에는 그런 일이 없지만… (…)
>
> 작품을 좋게 만들기 위해 선생님 벌 되는 사람에게 작품을 보이는 것은 많은 경우 자기의 자식에게 어떤 옷을 입히는 것이 좋습니까 하는데 지나지 않을 것이다. 물론 그 애 자체를 더 곱게 고칠 수도 있겠지. 그러나 과연 그 애의 정신을 고칠 수 있을까? 이것은 작품이고 애가 아닌데. 발자크의 알려지지 않은 명작의 섭리를 어느 때나 생각한다. 문학은 해야 한다.[81]

크림휴양소에 머무는 동안 그는 지난 1945년 루스벨트, 처칠, 스탈린 세 거두가 모여 우리나라 분할통치를 결정했던 얄타회담장을 찾았다. 만감이 교차했다. 만일 그때 그 회담이 열리지 않았더라면 그가 이렇게 부모형제와 생이별을 하고 타국에서 외롭게 방황하지는 않았을 것이다. 얄타회담으로 인해 한반도는 분단되고 그 결과 동족상잔의 전쟁이 일어났으며 수천만의 이산가족이 생겨난 것이다. 한진은 그곳을 찾은 감회를 이렇게 기록하고 있다. 덧붙여 소련의 반체제작가 솔제니친이 1974년 2월 12일에 체포되어 다음 날 서부독일로 추방된 사실도 기록해놓았다.

> 발자국마다 허가를 맡아 다니는 신세에 이 몸이 오늘 어떻게 여기에서 있는 가 생각해볼수록 꿈만 같다. 오늘은 1974년 2월 7일, 내가 선 이곳을 라바지야라 부른다. 바로 여기서 얄타회담이 있었다. 내 앞에 서 있는 백색궁전(白石宮殿)… 지금부터 29년 전 이날 (1945년 2월 4일~11일) 조선분열의 문제가 결정된 곳이 여기라는 것을 생각했을 때 감개무량하였다.
>
> 황제의 별장은 아름다웠다. 지금은 그곳이 직업동맹 휴양소이며 황후가 살던 방에서는 노동하는 여자들이 휴양을 한다. 역사적인 세 거두의 회의가 있었다는 회의장은 지금 요양소 식당이 되어 들어갈 수가 없다. 그러나 아름다운 이 궁전은 (내게) 저주로웠다.
>
> 황제가 다니던 길은 그 절반 700м의 노정에서 포장도로에 의해 양단되어 있었다. 1500м의 길이를 가진 이 길이 그때도 두 갈래로 잘려 있었던가? 아니면 그 후 어느 땐가? 양단된 조선의 운명… 조선의 운명이 내 앞에 서 있다. 조선 사람은 누구도 없는 그 회의에서 조선의 운명이 결정되었다. 그 세 사람은 지금은 혼이 되었다.
>
> ―왜 분단했습니까? ―그게 필요했으니까.
>
> ―그리하지 않을 수는 없었습니까? ―한때 그걸 생각한 적은 있었지.

81) 한진의 일기(1974년 2월 6일. 한국어―러시아어 혼용).

(누군가가) 너를 대신하여 문제를 해결할 때 그 누구도 네(가) 생각(한 바)대로 해결하지 않는다. 너 대신 다른 사람이 너를 위해 생각할 때는 어느 때나 (그것이) 네 생각이 아니다. 너는 너 자신이 사색의 힘을 얻으라! 권리를 얻으라![82]

한진에게 오랫동안 불편하고 힘들고 모욕적이었던 일 중 하나가 거주 이동의 자유를 심히 제한받은 것이었다. 그는 무국적자라 자기가 거주하고 있는 도시 밖으로 그냥 나갈 수가 없었다. 나갈 일이 있으면 반드시 내무서에 찾아가 공식적인 사유서를 쓰고 허가를 받아야만 했다. 또 허가받은 지역과 기일을 반드시 엄수해야 했다. 내무서에서 허가를 내주는데 늑장을 부리는 일도 잦았다. 급한 일로 제 시간에 허가를 받아내기란 결코 쉬운 일이 아니었다. 또 불쾌하기 짝이 없는 노릇이기도 했다. 무국적자는 어디까지나 감시의 대상, 관리의 대상이지 국법이 허용하는 권리를 누릴 수 있는 국민이 아니었다. 무국적자는 공민도 아니고 어떤 권리도 누릴 수 없는 인간이었다. 이를 어기면 첫 번은 경고로 끝나지만 두 번째 어기면 벌금을 물고 세 번째 어기면 추방된다. 망명동료 량원식은 소설 「녹색 거주증」에서 무국적자의 설움을 자신의 체험을 바탕으로 적나라하게 묘사한 바 있다.

"소련 공민이 아닌 무국적자나 외국인이 내무부의 허락 없이 외출했다가 발각되면 첫 번은 24시간 내에 그저 되돌려 보내며 두 번째는 벌금을 물고 세 번 이상 법을 위반하면 출국시킵니다. 그런 것을 알고 당신은 벌써 여기에 일주야 이상 와 있으니 오늘 저녁으로 되돌아가야 합니다."

그 순간 나는 내무서장의 지독성보다 이런 사람을 낳게 한 사회제도, 거의 20년이나 정치망명자로 공손히 살고 있어도 녹색 거주증(무국적자

82) 한진의 일기(1974년 2월 7~13일. 한국어-러시아어 혼용). 필자가 일부 편집함.

의 증명서는 녹색 표지임) 때문에 이런 초보적인 권리도 주지 않는 국가가 저주로웠고 또 나의 주위에는 맨 스파이들만 있어 나의 일거일동을 안전부나 내무부에 일러바치는 숨은 주구가 있을 것이라는 것을 생각했을 때 지금 당하고 있는 이 모욕적 타격은 전체의 극소수일 뿐이고 내가 모르고 있고 직접 당하지 않고 있는 비인간적인 현상은 얼마나 클 것이라는 생각이 뇌수를 스쳤을 때 나를 둘러싼 모든 것이 다 역겨워지는 것 같애 졌다. 저주로웠고 내부적 반항심, 분개심이 가슴을 저미었다. 그러나 참아야 했다.[83)]

무국적자에게는 붉은 색의 공민증 대신 녹색으로 된 거주증이 나왔다. 한진은 오랫동안 녹색 거주증을 갖고 살았다. 한진과 같이 망명한 동료들 대부분이 그랬다. 그렇게 어렵고 불편한 생활을 하기를 거의 20년, 한진은 드디어 1976년에 소련공민증(국적)을 받을 수 있었다. 아들 안드레이가 성년이 되어 공민증을 받는 날 정부는 그에게도 소련국적취득을 허가해준 것이다. 다른 동료들도 이때를 전후로 앞서거니 뒷서거니 하면서 소련공민증을 받았다. 정추는 한진보다 2년 일찍 공민증을 받았고 최국인은 이보다 2년 늦은 1978년에 받았다. 망명동료들이 공민증을 한꺼번에 받지 않고 한두 해 간격으로 한 명씩 받은 이유는 만일 그들이 한꺼번에 공민증 교부를 신청하게 되면 내무당국에서 그들을 불순한 정치적 의도를 가진 자로 의심할 수 있고 따라서 자칫 사회적 불이익을 주거나 공민증 발급자체를 거절해버릴 개연성도 있어 혹시라도 생겨날 불상사를 사전에 예방하기 위해서였다.

그들 사이에서는 오래 전부터 소련공민증을 받자는 이야기가 나왔었다. 어차피 소련에서 살아갈 거라면 움직이는 것만이라도 자유로워야 한

83) 량원식 「녹색 거주증」, 양원식 유고소설집 『칠월의 소나기』(서울, 어뮤징 아카데미, 2007년), 254~255쪽.

다는 주장은 너무나 당연한 논리였다. 특히 영화를 촬영하거나 제작하러 전국 곳곳을 돌아다녀야 하는 최국인, 김종훈, 량원식에게는 무엇보다도 절실한 문제였다. 하지만 그들은 서로에게 차마 '공민증'을 받자고 이야기할 수가 없었다. 공민증을 받는다는 것은 애초의 망명의 목적을 잊어버리고 현실과 타협한다는 의미가 될 수도 있기 때문이었다. 하지만 정상적인 생활을 하기 위해서는 반드시 공민증이 있어야 했다. 이동하는 것도, 서로 만나는 것도 너무 불편하니 '통행증'이나 받자고 누군가가 먼저 제안했다. 그들은 공민증을 받은 뒤에도 오래도록 그걸 '통행증'이라고 불렀다. 망명생활 20년이 다 되어 그들은 비로소 완전한 자유와 권리를 찾았다.

다만 동료들 중 허웅배, 최선옥 부부와 리경진은 예외였다. 허웅배는 누구보다도 일찍 소련공민증을 취득한 반면 리경진은 평생을 무국적자로 살았다. 거기에는 각각 그럴만한 이유가 있었다. 허웅배는 망명사건 이후 아내 최선옥과 함께 생존을 위해 무국적 공민권을 받은 다음 어차피 소련에 남아 살아야 했으므로 망설임 없이 공민권도 받고 공산당에 입당까지 했다.

그러나 리경진은 마지막까지 무국적자로 남았다. 그는 모든 동료들이 소련공민증을 받은 뒤에도 전혀 그럴 의사를 보이지 않았다. 그는 한 곳에서 번역 일에만 종사해온 터라 다른 동료들처럼 자주 장소를 이동해야 할 일이 별로 없어서 공민증 취득에 소극적이기도 했지만 무엇보다도 그에게는 동강난 한반도가 영원한 조국이지 소련은 결코 조국이 될 수 없었던 것이다. 무국적자인 까닭에 일상에 닥쳐오는 불편함은 그에게 전혀 어렵지 않았다. 오히려 일상의 편의를 도모한다는 이유로 초심을 해치는 일이 그에게는 훨씬 견디기가 어려웠다. 헌데 소련이 한국과 수교를 하면서부터 상황이 변했다. 그에게 전쟁 중에 헤어진 가족이 남쪽으로 내려갔다는 소식이 들려왔다. 가족을 만나러 외국으로 출국하려면 무국적자에게는 절차상 까다롭고 복잡한 문제들이 있었다. 하지만 그는 끝까지 국적을 받지 않았고 어려가지 어려움을 감수하면서 무국적자의 신분으로 1990년대 이후 몇 번 한국에 다녀갔고, 1997년에는 전쟁으로 헤어진 동생을 서울에서 50년 만에 다시 만나는 기쁨을 누렸다.[84)]

어느덧 망명생활이 10년을 넘어감에 따라 한진의 동료들 중에는 생활이 느슨해지고 해이해지는 경우가 생겨나기도 했다. 하지만 망명유학생 10명 중 사회적 비난을 받을 정도로 도덕성을 상실한 이는 없었다. 생활인으로서 희로애락과 거기에 수반되는 일반적 느슨해짐은 얼마든지 존재했다. 또한 다른 사회에 적응해 살아가면서 다른 세계관을 접하다보면 마음의 변화가 일어나는 것도 당연한 일이었다. 그래도 그들은 자기의 본분과 위치를 망각하지 않아야 할 의무가 있었다. 그들보다 조금 먼저 소련에 망명한 당시 모스크바 주재 북한 대사 리상조는 선배로서 그들에게 본분을 잊지 말아야 함을 일깨우곤 했다.

> 훌륭한 사람이란 맑은 물속 같이 깨끗해야 합니다. 이것은 이기주의를 청산하는 정도에서 그 인간성의 아름다움이 연마되는 것이 아닌지요. (…) 자기 개인 이익을 위해서 어떤 불순한 짓이나, 음모나, 맑지 못한 사람들과 손잡는 것을 나는 좋아하지 않습니다.
>
> 혁명자란 참된 의미에서 위대한 정신의 소유자이면서 진실한 용기를 가진 불굴의 투사라야 하는 것입니다. 동무들 중에 내가 보기에는 말로선 혁명을 말하나 생활상으로는 혁명과 대단히 먼 거리로 물러가는 사실들을 발견할 수 있는 것이 유감스러우나 이것은 사실입니다. 시간이 갈

84) 망명동료 최국인과 김종훈의 증언(2011.4.10). 하지만 한진의 아내 지나이다는 리경진이 1990년대 중반에 국적을 받았다고 말하고 있어 그 진위를 아직 확인할 수 없다.

수록 더 혁명적인 노숙한 사람으로 되는 사람과 시간이 갈수록 안일과 타협하면서 소자산계급 지식분자로 타락하는 두 길이 동무들 앞에 놓여 있는 것이 아닐까요.[85)]

이들은 다시 한 번 결속을 다지고 새로운 출발을 시도했다. 1970년 2월 6일 리경진의 40회 생일을 맞아 오랜만에 동료들이 모스크바 근교 리경진의 집으로 모여들었다. 그들은 다시 한 번 망명당시의 초심을 확인하고 의미 있는 일을 모색하고자 했다. 허나 이제 모두들 가족이 있었고 가장으로서 생계문제를 책임져야 했으며 각 전문분야에서 계획하고 있는 일들이 있어서 그런 일을 시도하기가 결코 쉽지 않았다. 또 무국적자들의 모임은 항상 경계와 감시의 대상이었다. 그들은 이런 회동을 하지 말라는 당국의 경고를 수시로 들어왔다. 이제 그들은 각자 자기 일을 하면서 친목모임 정도로 관계를 유지하는 수밖에 없었다. 허나 작가의 길을 가게 된 한진은 같은 길을 가는 리진, 허진과 더욱 깊은 동료애로 결속하는 계기가 되었다.

### 2) 〈조선극장〉 희곡문학의 절정기를 이끌며(1976년 5월~1987년)

이제 한진은 나이로도 40대 후반에 접어들었고 바야흐로 작품도 원숙기에 접어들고 있었다. 흑해연안 크림반도 요양소를 다녀오고 소련공민증을 받은 뒤 그의 창작활동도 한층 탄력을 받기 시작했다. 그는 희곡창작과 번역, 그리고 극장에서 희곡연출에 매진했다. 그리고 희곡 「산부처」(1979년), 「토끼의 모험」(1981년), 「나 먹고 너 먹고」(1983년),[86)] 「폭발」(1985

85) 망명동료 리상조가 보낸 편지(1972년 3월 22일)
86) 이 희곡 원고의 겉표지는 「나 먹고 너 먹고」로, 속표지는 「너 먹고 나 먹고」로 표기

년 작, 1986년 공연), 「나무를 흔들지 마라」(1987년 작, 1991년 공연) 등의 대작을 연이어 세상에 내놓았다.

희곡 「산부처」는 10세기 태봉국을 세운 궁예의 일대기를 형상화한 작품으로서 혼란기에 국가의 권력을 손에 쥔 한 인간이 어떻게 과대망상에 빠져 타락하고 몰락해 가는지, 그럴 때 백성들은 어떤 학정과 수탈을 당해야 하는지, 간신들 사이에서 난무하는 온갖 음모와 권모술수, 충신들이 보여주는 헌신과 의로운 희생 등이 사회의 거시적 흐름과 등장인물들의 미시적 인간관계에서 유감없이 표현되고 있다. 두말할 것 없이 이 희곡은 개인숭배가 강화되어가는 북한 정권을 신랄히 비판할 의도로 쓴 것이었다.

이 연극은 1979년 봄 고려극장에서 초연된 뒤 그해 가을 모스크바 소인극장에 초대받아 세 번이나 상연되며 절찬을 받았다. 당시 러시아의 연극평론가 블라지미르 스똘랴로브(Владимир Столяров)는 “자주와 독립을 위한 10세기 태봉국 백성들의 투쟁을 그린 한진의 「산부처」는 관객들을 현 (세계에서 벌어지고 있는) 정치적 측면과 연결시켜 그들에게 뚜렷한 (정치철학적) 확신을 심어주었으며 (누군가의 평가로 이해되는 것이 아닌) 연극 자체가 자신을 드러내주는 가장 훌륭한 작품”이었다고 평가했다. 그리고 이 연극은 “조선극장이 정치적 · 철학적 문제를 무대에서 제기하는 능력을 마음껏 시위하게 만든 걸작”이라고 극찬을 아끼지 않았다.[87] 이로써 한진은 <조선극장>이라는 소수민족극장 극작가의 한계를 뛰어넘

되어 있다. 따라서 이 둘 중 어떤 제목을 취해도 무방할 것이다.

87) Ежемесячный журнал драматургии и театра 「Театр 5(Май )」(Орган Сюза писателей СССР и Министерства культуры СССР, Москва, 1980г.) ст. 88. 한편 정상진의 증언에 의하면 이 희곡이 북한체제를 신랄히 비판한 걸작이라는 평가가 나돌자 북한대사관에서 직접 찾아와 이 연극을 관람했다고 한다.

어 소비에트문단 최고수준의 작가들과 어깨를 나란히 겨루는 최초의 조선극장 극작가가 되었다. 희곡 「산부처」는 이로부터 3년 후 다시 모스크바의 무대에 서는 영광을 누렸다. 1982년 9월 <조선극장>은 극장창설 50주년을 맞아 모스크바 소인극장의 초대를 받았는데 이때 <조선극장>은 한진의 「산부처」와 함께 연성용의 「춘향전」, 태장춘의 「38선 이남에서」를 무대에 올려 대단한 호평을 받았다.

「토끼의 모험」은 우리의 고전설화 『토끼전』을 각색한 것으로서 이전에 북한에서 발표된 「토끼전」에 관한 희곡들을 저자가 중앙아시아 고려인들의 정서와 상황에 맞게 새로 편집하고 개작한 작품이다. 또 여기에는 카자흐스탄 조선극장의 열악한 현실도 반영되어 있다. 즉 수토끼 역을 맡을 남자배우가 없어 수토끼를 부득불 암토끼로 바꾸고 대사도 거기에 맞게 뜯어고쳐야 했던 것이다. 이 희곡은 1980년대에 접어들면서 조선극장이 유능한 배우의 부족으로 쇠락의 기미를 보이기 시작했다는 결정적 증거를 노출시킨 작품이 되었다. 그렇지만 한진은 이 희곡의 대사 중간 중간에 '구지가'나 '아리랑' 같은 옛 구전가요는 물론 '고향의 봄'이나 '아롱다롱 나비야' 같은 동요, 그리고 하늘, 바다, 거북, 토끼 등에 관한 개작된 노래들을 대사 중간 중간에 집어넣어 이 희곡이 시종일관 관객들에게 노래와 웃음을 선사하는 진정한 희극이 되도록 만들었다.

「나 먹고 너 먹고」(또는 「너 먹고 나 먹고」)는 경희극이다. 이는 당시 소련사회에 만연된 일상적 부패와 그런 세상에서 매끄럽게 굴러가는 속된 인간들의 타락상을 예리하게 붙잡아 코믹하게 풍자해낸 걸작이다. 한진은 이 작품 속에 여러 가지 장치를 설정해놓았다. 또 함경북도 방언의 일종인 고려말과 고려말화된 러시아말의 독특한 뉘앙스를 곳곳에 살려놓아 고려말과 러시아말을 잘 아는 중아아시아 고려인이라면 단박에 이해하고 박장대소할 수는 내용으로 가득 채웠다. 작품 속 주인공들의 성씨도 독특하고 함축적이다. 즉 공 니꼴라이, 한 니꼴라이, 백 니꼴라이, 천 니꼴라이, 안 니꼴라이가 주요등장인물인데 속된 인간상으로 풍자해 놓은 이들의 성씨가 공씨, 한씨, 백씨, 천씨로서 각각 숫자 0, 1, 100, 1,000 이라는 뇌물의 액수를 연상시키고 올바르게 사는 주인공 안 니꼴라이는 성씨가 '안'으로서 그런 뇌물거래를 하지 '않는다'라는 단어를 연상시킨다. 이 연극은 1983년 조선극장에서 공연된 이래 고려인들의 다함없는 사랑을 받으며 최근까지도 쉼 없이 재상연 되고 있다.

희곡 「폭발」은 1980년대 중반 한국의 기지촌이 무대다. 그리고 남한 내 이산가족 찾기 생방송이 흘러나오면서 막이 열린다. 미군의 포사격장에 떨어진 불발탄을 분해해서 고철을 팔아 먹고사는 노인들과 미군에게 몸을 파는 양공주, 5 · 18광주민주화운동에 참가했다가 붙잡혀 혹독한 고문을 받고 몸이 만신창이가 된 청년 등이 등장한다. 이들은 모두 월남전과 5 · 18광주민주화운동 때 자식이나 부모와 생이별한 이들이다. 전형적인 반미와 반전을 주제로 하고 있으며 당시 한국사회를 바라보는 소련 지식인들의 관점이 가감 없이 잘 드러나 있다. 이 희곡에서는 미제의 충실한 정책집행자인 군사정권에 억눌린 민초들의 절망이 새로운 자각으로 깨어나고 있다. 제목 '폭발'은 두말할 것 없이 미제와 군사정부의 야만적 폭거에 대한 한국 민중들의 분노가 폭발함을 상징적으로 나타낸 것이다. 이 희곡은 재소고려인들이 생산한 모든 장르의 문학작품을 통틀어 5 · 18광주민주화운동을 다룬 유일한 작품일 것이다. 한진은 애초에 이 희곡의 제목을 「양공주」로 지어놓았었다. 이 작품으로 한진은 카자흐스탄에서 뛰어난 문학적 성취를 이룬 작가에게 주는 상인 베. 마일린(Б. Май лин)상을 수상했다.

또 한 편의 걸작 「나무를 흔들지 마라」는 분단과 망명의 아픔 속에서 살아온 한진의 개인적 체험이 조국통일에 대한 염원으로 승화된 역작이다. 이 작품은 그가 직접 체험한 바 있는 한국전쟁을 배경으로 하고 있다. 이 희곡은 6·25전쟁이 한창 진행 중이던 어느 날 38선 지대에 큰물이 일어 홍수가 나자 목숨을 부지하기 위해 국방군(한국군) 병사 한 명과 인민군 병사 한 명이 한 나무로 올라간다는 내용으로 시작된다. 처음에는 서로를 죽이려고 하지만 그렇게 되면 둘 다 죽게 되므로 나중에는 서로 돕고 이해하며, 종국에는 물이 줄어들자 각기 다른 길을 가면서 다시 돌아올 것을 기약한다는 줄거리로 되어 있다. 희곡내용으로만 보면 「나무를 흔들지 마라」라는 제목은 남과 북의 병사가 서로에게 외치는 소리지만 그 심연을 확장해보면 이는 우리민중이 내부의 반통일분자와 외세에게 "한반도를 흔들지 마라"라고 외치는 함성이자 절규이기도 하다.

<고려일보> 주필을 역임한 바 있는 망명동료 량원식은 "조국통일에 대한 문제를 취급한 예술작품은 많지만 한진 작가처럼 이렇게 독특하게 창작한 작품을 내놓은 사람은 아마 없을 것"이라고 단언했다. 량원식에 의하면 한진은 이미 모스크바 영화대학 유학생 시절에 이와 같은 내용을 구상하여 영화용 시나리오로 만들어 졸업 작품으로 제출하려고 했으나 망명사건으로 이와 같은 주제로 한 작품을 만들어 제출하는 것이 현실적으로 불가능해지자 나중에 연극 시나리오로 형식을 바꾸었다고 한다.[88] 한진의 독창성과 조국통일에의 신념이 유감없이 드러난 작품이다.

이 작품은 그가 1960년에 쓴 단편소설 「편지에 대해서」, 1961년에 쓴 단편소설 「초상화」, 1962년에 <레닌기치>에 발표한 단편소설 「밤'길이

88) 양원식 「그는 언제나 우리와 함께(한진 작가에 대한 추억)」(고려일보 2001년 8월 17일)

끝날 때」, 1963년에 발표한 소품 「물맛」, 1964년에 발표한 소품 「어머니의 편지」, 1967년에 쓴 희곡 「고용병의 운명」의 연장선상에 있다. 이 작품들은 그가 젊은 시절 가장 처절한 인간성의 밑바닥에서 겪은 사실들을 문학적으로 형상화해놓은 이른바 '전쟁문학' 작품들이다. 핵심내용도 조금씩 중복되고 있다. 이는 그가 모스크바 영화대학 시절에 구상한 조국통일에 대한 콘텐츠를 매 작품마다 새로운 옷으로 갈아입히면서 진화시켜나가는 과정을 보여주고 있는 것이어서 흥미롭다. 그가 유학생 시절에 실제로 조국통일에 대한 구상으로 고민하고 있었음은 1950년대 중반에 부친이 보내온 편지를 통해서도 알 수 있다.

> 특히 네가 구상한 조국통일에 대한 이야기를 나는 퍽 재미있게 생각한다. 우리 현실과 덜 부합되거나 또는 맞지 않는 것이 있으나 우선 이야기 자체가 영화적인 것만은 사실이다. 나는 이 조그마한 구상 하나에서도 너의 발전의 척도를 알 수 있기에 상당한 기대와 희열을 느낀다. 나는 힘 있는 한 여기에 대한 자료를 너에게 제공하마. 일즉 내가 하지 못한 만큼 네 손으로라도 성공된다면 이 얼마나 기쁜 일이냐.[89]

1981년 8월에 한진은 지천명을 맞이하였다. 모스크바에서 허웅배와 리경진이 단숨에 날아왔고 알마티에 사는 최국인, 량원식, 김종훈, 정추가 모여들었다. 그들은 회포를 풀며 새로운 감회에 젖었다. 허나 한진과 리경진은 이 기회를 그냥 버리지 않았다. 그들은 <레닌기치>신문사에 고려인 문인, 예술인들을 모아놓고 창작 콘퍼런스를 열어 대단한 갈채를 받았다.[90]

---

89) 한진의 아버지 한태천이 보낸 편지(1956년 6월 7일).

90) 이 콘퍼런스는 한진 50회 생일을 맞아 리경진이 모스크바에서 내려오는 기회를 활용해 <레닌기치>와 <조선극장>의 여러 문인들이 뜻을 모아 개최하였다고 한다. 창작

조선극장은 한진으로 인해 관객에게 새로운 이념과 카타르시스를 선사할 소재와 콘텐츠가 풍부했고 다른 민족극장의 부러움을 받는 입장에 서게 되었다. 1980년대에 조선극장에서 한진은 가장 중요한 존재가 되었다. 한진 없는 조선극장은 상상하기 어려웠다. 그는 50회 생일을 맞아 <레닌기치>신문사 직원들로부터도 뜨거운 축하를 받았다.

> 친애하는 한진 동무! 공화국간 공동신문 <레닌기치> 사원 일동은 동무의 출생 50주년에 즈음하여 열렬한 동지적 인사를 드립니다. 동무는 극장문예부장으로서, 작가로서 쏘베트 조선문학예술발전에 크게 이바지하였으며 극장예술사에 빛나는 한 페지를 남겼습니다. 우리는 한진 동무가 조선인근로대중이 즐기는 명작품들을 앞으로 더 많이 창작하리라는 기대를 표명하면서 행복, 안락과 건강을 축원합니다.
>
> <레닌기치> 사원 일동. 알마아따시. 1981년 8월 17일[91)]

---

콘퍼런스에 대한 신문기사는 「현실반영과 쏘련조선인작가들의 과업」(레닌기치 1981년 8월 28일)이라는 제목으로 자세히 소개되어 있다.

한편 한 해 전에는 한진이 존경해 마지않던 동료 리경진의 50회 생일이었다. 그는 누구보다 먼저 모스크바로 날아갔다. 언제나 편지를 통해 무수한 이야기와 토론과 격려, 문학작품에 대한 평가를 했지만 편지로서는 항상 한계가 있었다. 한진은 리경진과 오랜만에 만나 열띤 토론도 하며 만남의 기쁨을 누렸다. 그는 쉰 살을 맞는 리경진에게 선물을 사려고 하루 전날 종일 모스크바 시내 상점을 돌아다녔으나 마땅한 것이 없어 그냥 돌아오기도 했다. 량원식은 그날 모임을 일기에 기록해놓았다.

"경진 동무의 탄생 50주년을 축하하기 위하여 모스크바로 떠나갔다. 모스크바에 도착하였을 때는 짧은 겨울날인지라 벌써 어두웠다. 경진의 집에는 벌써 술상을 차려놓고 사람들이 앉아있었다. 정상진, 최국인, 허웅배, 리진황, 한대용이 모였다. 이 순간의 기쁨이란 입으로 형용할 수 없다. 언제나 동무들과의 상봉은 기쁘고 마음속의 명절이다. 첫날에는 이러저러한 말로 밤을 새웠다. 첫날에는 모두 허동무의 집으로 와 밤을 잤다.

그 이튿날 즉 2월 6일이 바로 경진의 생일날인데 저녁 5시쯤 해서 모두 모였다. 음식은 주로 리진황이 만들었다. 음식상에는 위에 언급한 동무들과 논나, 그리고 경진 동무의 아들과 두 딸이 참가하고 최선옥과 허동무의 딸 미라가 참가하였다. (…) 이날 낮에 우리는 (밖으로) 나왔고 대용(한진)은 하루 종일 선물을 사려고 많은 상점을 돌아다녀 보았으나 사지 못하고 돈을 50루블 모아서 주었고 주소를 써서 매 사람이 한 마디씩 축하의 말을 하고 수표를 두었다. 우리가 축하의 말을 할 때 경진 동무는 너무도 감개무량하여 눈물까지 흘렸다."(량원식의 일기 1980년 2월 6일)

### 3) 중앙아시아 고려인 한글문학에 혼을 바치고(1988년~1993년 7월 13일)

1988년에 한진은 카자흐공화국 작가동맹 관리위원회 위원과 조선어 분과위원장을 맡았다. 그는 이 시기에 소비에트 고려인문학사에 지대한 공헌을 하였다. 그가 이 자리에 있는 동안 무려 5권에 이르는 한글문학 작품집을 발행한 것이다. 이는 고려인이 중앙아시아로 강제 이주된 이후 발행된 전체 고려인 한글문학작품집의 절반에 해당하는 분량이었다.

1987년까지 고려인 한글문학작품집은 1958년에 고려인 철학자 박일이 크즐오르다에서 『조선시집』(크슬-오르다, 알마-아따, 카사흐국영문학예술출판사, 1958년)을 편찬한 이래 김준의 장편소설 『십오만 원 사건』(알마-아따, 카사흐국영문학예술출판사, 1964년), 공동작품집 『시월의 해빛』(알마아따, "작가"출판사, 1971년), 공동시집 『씨르다리야의 곡조』(Алма-Ата, ИЗДАТЕЛЬС ТВО ЖАЗУШЫ, 1975), 김준시집 『그대와 말하노라』(알마-아따, "사수싀"출판사, 1977년), 공동작품집 『해바라기』(알마아따, "사수싀"출판사, 1982년), 연성용 종합작품집 『행복의 노래』(알마아따, "사수싀"출판사, 1983년), 김준 유고시집 『숨』(알마아따, "사수싀"출판사, 1985년), 김광현 종합작품집 『싹』(알마아따, "사수싀"출판사, 1986년), 김기철 소설집 『붉은 별들이 보이던 때』(알마아따, "사수싀"출판사, 1987년) 등 10권이 전부였다.

그런데 한진은 조선어분과 위원장 자리에 있는 동안 자신의 희곡집인 『한진 희곡집』(알마아따, "사수싀"출판사, 1988년)을 비롯하여 종합시집 『꽃 피는 땅』(알마아따, "사수싀"출판사, 1988년), 공동작품집 『행복의 고향』(알마아따, "사수싀"출판사, 1988년), 리진 시집 『해돋이』(알마아따, "사수싀"출판사, 1989년), 공동작품집 『오늘의 빛』(알마아따, "자수싀"출판사, 1990년) 등 5권의

91) 신문사 <레닌기치> 사원 일동이 보낸 축하문(1981년 8월 17일).

단행본을 펴내거나 편찬을 주도했다. 50년이라는 세월동안 수많은 고려인 문인들이 겨우 해낸 일의 절반을 한진은 단 3년 만에 해낸 것이다. 이는 출판문제에 대한 시대적 요구에도 변화가 있었지만 무엇보다도 한진에게 우리문학서적을 출판하려는 의지가 있었고 또 그가 카자흐공화국 작가동맹에서 그만큼 영향력을 행사할 수 있었기에 가능한 일이었다. 그는 카자흐공화국 작가동맹에서 항상 존경을 받았다. 그는 그동안의 업적과 노고를 인정받아 카자흐공화국 최고 소비에트 영예표창을 받았으며 말년에는 카자흐공화국 공훈예술가 칭호도 받았다. 구소련이 독립국가연합으로 바뀐 뒤에는 독립국공동체 고려인문인협회 회장을 역임했다.

한진은 1988년 카자흐공화국 작가동맹 관리위원과 조선어분과위원장을 맡은 이래 20년이 넘도록 중단해온 소설을 다시 쓰기 시작했다. 그리하여 1989년에 소설 「공포」를 선보였고 이듬해에는 소설 「그 고장 이름은?」을 세상에 내놓았다. 소설 「공포」는 중편에 가까운 단편소설로서 고려인 중앙아시아 강제이주 이후 얼마 안 가서 자행되었다고 전해지는 고려사범대학 고서적 분서사건을 다루고 있는 역작이다. 저자는 강제이주 직후 언제 무슨 죄목(구실)으로 소리 소문 없이 붙잡혀갈지 모르는 불안에 처했던 고려인 인텔리들의 숨 막히는 상황을 긴장감 있게 전개하면서 그 와중에서도 페치카의 불쏘시개로 사라질 뻔 했던 우리 고서적들을 건져내는 리선생의 용기 있는 행위를 휴머니즘의 절정으로 끌어올리고 있다. 또한 여기에는 '도수장의 염소 앞잡이' 삽화가 끼워져 있는데 이는 당시 일신의 안일을 위해 스탈린 전체주의의 만행에 봉사하던 자들을 절묘하게 비유하고 있다. 이보다 더 통렬하고 극적인 삽화는 아마 세상 어느 작품에도 없을 것이다. 하지만 무엇보다도 소설 「공포」는 고려인 강제이주 사건을 본격적으로 다룬, 또 가장 적나라하고도 밀도

있게 다룬 최초의 작품이다.[92)]

「그 고장 이름은?」은 고려인 강제이주 이후 두 세대가 흐른 뒤 임종에 직면해 모국어로만 이야기하는 어머니와 모국어를 전혀 알아듣지 못하는 딸 사이에서 전개되는 절박한 의사소통 부재의 문제를 거론하고 있는 문제작이다. 어머니는 아직 딸과 러시아어로 이야기할 때 딸에게 "사람이 태어난 곳은 고향이라는데 사람이 묻히는 땅은 뭐라고 하느냐?

92) 소설 「공포」에 나오는 우리 고서적 분서사건은 이 소설이 발표된 직후부터 1990년대 내내 실화로 널리 알려졌으나 나중에 역사학자들에 의해 근거가 없는 것으로 밝혀졌다. 재소고려인 문학평론가 정상진은 이 소설이 나온 직후 크즐오르다 조선사범대학 고서적 분서사건에 의문을 품고 한진에게 이 이야기의 출처를 캐물었다고 한다. 그랬더니 한진은 이 이야기를 재소고려인 철학자 박일에게서 들었다고 대답해주었다. 그래서 정상진은 박일에게 물었다. 박일은 오래 전에 작고한 <레닌기치> 부주필 염사일에게서 들은 것이라는 대답을 해주었다. 그런데 박일과 염사일은 이 소설의 주무대인 크즐오르다 조선사범대학과 하등 관계가 없는 인물이었고, 또 염사일은 신문사에서 오래도록 정상진과 같이 일해 온 동료였기 때문에 만일 그런 일이 있었다면 그가 정상진에게 먼저 그런 말을 하지 않았을 리가 없는데 전혀 그러지 않았던 것으로 보아 이 사건은 박일이 지어낸 것이 분명하다고 한다. 정상진은, 박일에 의해 이 소설의 실제 주인공으로 알려진 리 빠벨 화학박사후보도 조선사범대학에서 일하다 오래 전에 작고한 실존인물이기는 하지만 분서사건 자체가 없었는지라 박일이 허구를 실제처럼 위장하기 위해 동원한 인물일 뿐이라고 단언하였다. 정상진에 의하면 그 당시 크즐오르다 조선사범대학교에서 그런 일이 일어났다면 그때 그 대학 학생이었던 정상진 본인은 물론이고 당시 고려인 지식인 사회에 알려지지 않을 수 없는 일인데 1989년에야 불쑥 소설로 나온 것을 보고 그 사실이 허구임이 분명하다고 간파했었다고 한다. 또 그 당시 스탈린식 통치체제나 사회적 분위기로 봐서도 일개 대학 학장이 중앙정부의 지령 없이 직권으로 공공대학 서적을 불사르는 것과 같은 그런 엄청난 사건을 저지르는 것은 상상조차 할 수 없는 일이라고 한다. 당시 소련 지식인 사회도 나치독일이 반유대주의를 표방하며 유대인 서적을 불태우는 것 등을 아주 야만적이고 반문명적인 폭거로 비난하는 분위기였기 때문에 소련 내 어느 권력집단이든 공고한 사회적 규범을 깨고 분서사건을 일으킬 정도의 무모한 행동은 절대로 취할 수가 없었던 일이었다고 한다. 현재 카자흐스탄 국립중앙도서관에는 한진의 소설에 등장하는 우리 고서적들이 불에 탄 흔적이라곤 전혀 없이 깨끗이 보관되어 있다. 이는 1937년 카자흐스탄 크즐오르다로 이주한 조선사범대학교가 당시 보유하고 있던 장서들 중에서 학생들의 교재나 참고서로 쓰기가 어려운 한문 위주의 고서적들을 간추려 1938~1939년경에 조선사범대학교 명의로 공식적으로 그 도서관으로 기증했기 때문이다. 어쨌든 한진은 소설 「공포」를 쓰기 위해 카자흐스탄 국립도서관에 찾아가 거기에 보관되어 있는 우리 고문서 목록을 모두 필사하는 노력을 기울였다. 그리고 이 소설을 자신의 대표작으로 남겼다.

그곳의 이름은? 그것도 이름이 있어야 할 거야. 고향이란 말에 못지않게 정다운 말이 있어야 할 거야…….”라고 말하고 있다. 이는 저자가 고향과 모국어를 잃어버리고 디아스포라의 삶을 숙명으로 받아들이고 살아야 할 고려인 후손들에게 던지는 따뜻한 위로와 격려의 메시지이기도 하다. 또 딸 까쮸샤가 임종의 순간에 모국어로만 이야기하는 어머니를 보고 “마지막 순간에 때늦게나마 조상들의 말을 나에게 전하려고 서두르는 것은 아닐까?”라고 자각하게 함으로써 저자는 이 질문을 정체성 문제에 직면한 고려인 후손들에게 새로운 화두로 던지고 있다.

이렇듯 새로운 의욕으로 새로운 작품을 쓰고 다른 고려인 작가들의 작품을 모아 단행본을 펴내느라 매일 글을 쓰고 편집하는 일에 정신없이 파묻혀 살던 어느 날 한진은 신기한 일을 경험했다. 나이가 들어갈수록 자기의 필체가 어느새 아버지를 닮아가고 있었던 것이다. 이것은 한진 자신에게도 매우 경이로웠고 1989년, 20년 만에 다시 서신이 연결된 평양의 가족들에게도 놀라운 일이었다. 한진은 그 경이로움을 검정수첩에 “필체가 아버지를 닮아감에 놀란다.”라고 짤막하게 기록해놓았다. 평양에 있는 여동생 신옥은 이런 편지를 보냈다.

> 오빠! 보내준 편지는 7월 20일에 반갑게 받았습니다. 꿈인지 생시인지 그 기쁨 그지없습니다. 오빠의 필체는 아버지의 필체와 어쩌면 그리도 비슷합니까. (…) 오빠! 지나간 일은 잊어버리고 앞을 보고 살아갑시다. 오빠가 조국을 위해 좋은 글을 많이 쓰면 무덤 속에 계신 부모님들도 너그럽게 용서하실 것입니다.[93]

평양에 있는 가족들과는 1960년대 말에 소식이 끊겼었다. 그러던 것

93) 한진의 둘째 누이동생 신옥이 보낸 편지(1989년 7월 24일).

이 1989년 봄 카자흐스탄 조선극장 아리랑가무단이 평양을 방문공연하면서 극적으로 다시 연결되었고 그해 늦은 봄 소련작가대표단이 평양을 가면서 서신왕래가 시작되었다. 한진은 1989년 4월 아리랑가무단이 평양으로 떠날 때 그 가무단 지휘자인 한 야꼬브 작곡가를 통해 평양에 있는 가족에게 여러 가지 물품을 전달하면서 가족의 생사를 확인하였고, 그해 5월말 소련작가대표단에 포함되어 평양을 방문하게 된 모스크바 영화대학 후배 송 라브렌치 극작가에게 물품과 편지를 전달했다. 설마 했는데 여동생을 비롯한 가족들로부터 즉각 답장이 왔다. 그는 그렇게 늦은 답장을 받고서야 부모님이 오래 전에 세상을 떠났다는 사실을 알았다. 북한은 그해 평양세계청년학생축전을 개최했다. 그리고 평양에 있는 여동생은 비교적 자유롭게 타국에 있는 오빠에게 여러 통의 편지를 보냈고 한진도 간간이 편지를 썼다. 서신왕래는 그러나 1990년 이후 다시 끊기고 말았다.[94]

한진의 작품은 러시아어로도 번역, 출판되었다. 고려인 작가 송 라브렌치가 리진, 김 아나똘리, 강 알렉산드르, 한 안드레이, 송 라브렌치, 강 겐리에따, 한진, 박 미하일의 작품을 모아 공동작품집 『Страницы лунного календаря』(Москва, Советский писатель, 1990)[『음력달력의 페이지』(모스크바, 소비에트 작가, 1990년)]을 모스크바에서 출판했다. 거기에는 한진의 소설 「공포」가 러시아어로 번역되어 실렸다. 또 공동저자인 한

94) 한 야꼬브 작곡가의 증언에 의하면 한진은 자신 때문에 평양에 있는 가족들이 불이익이나 박해를 받지 않을까 두려워 1989년 봄 한 야꼬브 작곡가가 평양을 방문할 때 편지를 쓸 엄두를 못 내고 물품만 전달하면서 가족의 생사를 확인했다고 한다. 평양에 있는 가족들은 안내원을 통해 물품을 전해 받은 뒤 한 야꼬브에게 서신왕래에 아무런 문제가 없다고 확인해 주었고 그 이야기를 들은 한진은 비로소 편지를 보내기 시작했다. 하지만 그는 여전히 가족들의 안위가 걱정되어 일부러 짤막하고 밋밋한 편지만 써서 보냈다. (한진이 1990년 4월 둘째 누이동생 신옥에게 쓴 편지를 볼 것)

안드레이는 한진의 아들이다. 한진의 아버지 한태천의 문학적 재능이 아들을 거처 손자에게까지 이어진 것이다. 한진 사후 2001년에는 한진의 희곡 「산부처」, 「나무를 흔들지 마라」, 「고용병의 운명」, 「의부 어머니」, 「나 먹고 너 먹고」, 「토끼의 모험」 등 6편의 희곡과 소설 「공포」, 「그 고장 이름은?」, 「어머니의 편지」 등 3편의 소설, 기타 다른 글들이 러시아어로 번역되어 『ЖИВОЙ БУДДА』(Алматы, 『Жазушы』, 2001) [『산부처』(알마티, 『작가』, 2001)]라는 단행본으로 출판되었다. 이 책은 한진의 아내가 편찬했다.

한진은 잠깐 동안 재소고려인 신문 <고려일보>의 주필을 맡기도 했다. 당시 이 신문은 예전의 <레닌기치>라는 제호가 1991년 1월 1일부로 <고려일보>로 바뀐 상태였고 그런 만큼 여러 가지 논란이 일던 시점이었다. 여러 가지 이유로 맡고 싶지 않은 자리였는데 그는 1991년 6월 10일부터 9월 23일까지 억지로 주필을 떠맡았다. 원치 않은 일을 하게 된 이유는 이렇다.

재소고려인 신문 <레닌기치>는 1980년대 말에 이르러 제호와 정체성 문제로 많은 논란이 일었다. 사회주의 국가가 무너져버린 마당에 굳이 '레닌'이라는 명칭을 고집할 필요가 있겠느냐는 것이 주요 쟁점이었다. 이는 비단 <레닌기치>신문에만 국한된 것이 아니었고 소련영내의 거의 모든 출판물이나, '레닌'이라는 명칭을 붙이고 있는 모든 기관들이 이 문제로 고민하고 있었었다. 또 낡은 명칭은 알게 모르게 하나 둘 버려지고 있었다. <레닌기치>도 고려인 언론인과 인텔리들이 난상토론을 거친 후에 1991년부터 제호를 <고려일보>로 변경하였다. 동시에 국영신문에서 자유 신문의 지위를 얻었다. 이를 주도한 사람이 바로 한진의 동료 허웅배였다. 허웅배는 <고려일보> 초대 이사장을 맡았다. 그런데 그는 모스크바에 거주하고 있었으므로 카자흐스탄 알마아타에 소재한 이 신문사를 믿고 맡길 사람은 동료 한진 밖에 없었다.

한진은 내키지 않았지만 1991년 6월 10일에 부득불 이 신문사의 주필이 되었다. 그리고 <고려일보>라는 제호로 논쟁하는 사람들의 한가운데에 서게 되었다. 당시 이 논쟁은 재소고려인들의 정체성과 관련하여 매우 심각한 주제였다. 그 당시 '고려'나 '고려사람'이라는 용어는 재소고려인을 지칭하는 공식명칭이 아니었기 때문이다. 물론 이 명칭은 강제이주 이전 연해주에서부터 '조선'이라는 이름과 함께 널리 사용되어왔다. 하지만 1940년대 후반 들어 공식명칭은 '조선'으로 굳어졌고 이 이름이 40년 이상 사용되었다.

헌데 이 '조선'이라는 명칭이 바뀌려는 전조가 보이기 시작했다. 개방 이전에는 괴뢰정부로만 인식해왔던 한반도 남쪽 국가 대한민국과 길이 열리고 교류가 시작됨에 따라 재소고려인들은 자신들의 정체성을 새로 규정해야할 필요와 압박을 느꼈기 때문이다. 다시 말하면 한국과 교류가 이루어진지 불과 1~2년 사이에 재소고려인들에게는 어느덧 조선민주주의인민공화국보다는 대한민국이 훨씬 더 중요한 관심의 대상으로 떠오르게 되었던 것이다. 여기까지는 아무런 문제가 없었다. 헌데 문제는 대부분의 한국인이 '조선'이라는 명칭에 거부감을 보인데 있었다. 소련한인들은 고민을 하기 시작했고 결국 이 점이 결정적 요인이 되어 자신들을 지칭하는 이름을 '고려사람'으로 삼게 되었다.

원하든 원치 않든 한진은 <고려일보> 주필로서 항상 이러한 논란의 중심에 서있어야 하는 것이 힘들었다. 또 희곡작가로서 극장에서 비교적 자유롭게 글을 쓰다가 신문사에 정시에 출근하여 원고마감시간을 지켜가며 일하는 것이 그에게는 맞지 않는 일이었다. 더욱이 <레닌기치>에서 <고려일보>로 바뀐 신문을 이전의 소련공산당 기관지가 아닌 고려인의 뜻과 진실을 대변하는 새로운 정론지로 탈바꿈시켜야 할 사명에 밤낮없이 일하다 건강을 많이 상하고 말았다. 결국 넉 달을 채우지 못하고 그는 신문사 주필직을 그만두고 극장으로 돌아갔다. 하지만 한진은 신문사 주필직을 맡기 전이나, 그만둔 뒤로도 <고려일보>에 대한 정체성 문제로 여러 동료들로부터 편지를 받고 토론하거나 회답을 하곤 했다. 그가 <고려일보>에 기고하려고 쓴 글과 한 선배작가가 보낸 편지를 비교해보면 당시 이 문제가 얼마나 큰 쟁점이었는지를 알 수 있다.

이름은 중요하다. 사람이 죽어서 남길 수 있는 것은 아마 이름일 것이다. 사람에게 이름이 귀중하듯 신문이나 잡지도 자기 이름을 소중히 해야 할 것이다. 오늘 <고려일보>는 새 이름을 가지고 새출발을 한다. 새 신문이 태여나는 이 날, 이 첫 지면에 나는 <고려일보>가 독자들의 신망을 사고 그들의 참된 생활의 반려가 되고 빛나는 업적을 쌓아주기를 간절히 바라는 바이다.

우리 신문이 이름을 바꾸고 운영체계를 고치게 된 것은 쏘련의 현정세와 밀접한 관계가 있다. 오늘부터 이 신문은 쏘련공산당의 기관지가 아니다. 그렇다고 해서 또 그 어떤 다른 당이나 공공기관의 기관지도 아니다. <고려일보>는 우선 자기의 독립적인 립장에서 재쏘고려인들의 생활을 진실하게 반영하고 그들에게 정확한 정보를 제공할 사명을 띠였다.95)

존경하는 한진 동지! 오래간만에 붓을 들었습니다. 나의 심정의 고민으로 인하여 동지와 필담으로서 회포를 풀어보게 합니다. 금년 이래 <레닌기치－고려일보>호의 논조를 본다면 이 신문이 쏘베트나라 신몽(新夢)의 체제를 이탈하는 방향으로, 지나치게 한국을 미화하는 방향으로 가지

95) 한진이 <고려일보> 첫 호(1991년 1월 2일. 추정)에 내려고 쓴 글이다. 이 글이 신문에 실렸을 것은 거의 확실한데 지금 <고려일보> 첫 호가 유실되고 없어 확인이 불가능하다.

아니하는가 하는 감을 느끼지 않을 수 없습니다. 그리하여 이에 대하여 동지와 솔직히 필담을 펴놓으려 합니다. (…) 작년 오월에 모스크바에서 진행된 전소련조선인 대표자대회에서 "조선사람"을 "고려人"으로 개명하자는 "결정"을 내렸다 하는데 대체 이러한 결정을 할 권한이 있는가요? 어떤 민족 명칭을 개칭하자면 권위 있는 과학기관에서 세밀한 연구와 그의 건의에 의하여 입법기관에서만이 결정할 권한이 있다는 것은 일반상식으로도 판단할 수 있지 않아요? 세계 여러 나라에서 우리민족이 살고 있지만 「고려人」이라 하는 데는 소련 이외에는 없습니다.[96]

1992년 11월에 들어서자 한진은 몸에 이상을 느꼈다. 10월 말 일본에서 온 한 방송국 기자들을 데리고 통역 겸 안내자로 며칠간 고려인 집성촌 우스또베를 다녀왔을 때[97]에만 해도 별 이상을 느끼지 못했는데 11월 초 어느 날 음식이 목에 걸린 듯 넘어가지 않았다. 병원을 찾아가 검사해보니 말기 위암이었다. 모스크바에서 사는 허웅배는 한진의 발병소식을 듣고 바로 그를 모스크바로 불렀다. 1992년 당시는 소비에트연방 체제가 무너지고 소련의 경제기반이 와해되어 누구나 물질적으로 극심

96) 재소고려인작가 박성훈이 보낸 편지(1991년 4월 17일). 박성훈(1905∼ ?)은 원동에서 출생하였고 제2차 세계대전 때 남부사할린해방전쟁에 참가했다. 소련기자동맹맹원이었으며 1974년까지 사할린에서 신문사, 텔레비전, 라디오 방송국기자로 근무했다. 노년에 키르기스스탄으로 이주하여 1977∼1978년 <레닌기치> 특파기자로 근무했으면 이 신문에 오랫동안 많은 평론을 썼다. 남긴 소설로 단편 「정의의 앙갚음」(1973), 「살인귀의 말로」(1985)가 있다. 그런데 「살인귀의 말로」는 「정의의 앙갚음」을 개작하고 제목만 바꾼 동일한 작품이다. 공동작품집 『행복의 고향』(알마아따, "시수식"출판사, 1988년)에는 「살인귀들의 말로」라는 제목으로 실렸다. 그는 1995년 이후에 사망했다.

97) 필자는 그때 한진 극작가를 처음이자 마지막으로 만났다. 필자는 그 당시 고려인 최초 강제이주지이자 집성촌인 카자흐스탄 우스또베에서 민간한글학교 교사로 일하면서 윤 세르게이 한글학교장 댁에서 거주하고 있었다. 그런데 한진 작가가 손님들을 데리고 바로 그 집으로 찾아와서 유숙했던 것이다. 그날 필자는 한진 작가와 둘이 한 방에서 유숙하면서 여러 가지 이야기를 나누었다. 한진 작가는 그때 검정수첩을 내밀면서 이름과 소속기관을 적어달라고 했었다. 그리고 19년의 세월이 흐른 2011년 봄에 필자는 한진 작가의 유작을 정리하면서 본인의 이름이 적혀있는 그 검정수첩을 발견했다.

한 어려움에 처해있었음에도 불구하고 허웅배는 동료 한진이 알마아타보다 의료기술과 시설이 앞선 모스크바에서 수술을 받을 수 있도록 모든 조치를 취했다.

한진은 어쩌면 마지막이 될 지도 모를 1993년 새해맞이를 가족들과 함께 했다. 그리고 1월 4일에 비행기를 타고 아들 안드레이와 함께 모스크바로 날아갔다. 도착당일 바로 병원에 입원했다. 처음에는 허망하고 황당하고 섭섭했으나 곧 안정을 되찾았다. 나흘 후에는 유서작성 문제와 재산을 넘기는 문제를 곰곰이 생각했다. 그리고 스무아흐레 날 암병원 11층 1호실로 옮겼다. 아들 안드레이와, 며칠 전 알마아타에서 날아온 아내가 자기를 병실로 옮겨주었다. 자기를 안심시키고 돌아가는 아들 안드레이의 뒷모습을 보면서 한진은 터져 나오려는 울음을 가까스로 참았다. 다음날 몸무게를 재보았다. 그리고 검정수첩에 러시아어로 "46.5kg으로 줄어있었다. 모든 것이 중요하게 여겨지고 지금 눈앞에 드러나는 현상들을 마지막으로 보고 있는 것처럼 느껴진다."라고 기록해놓았다.[98) 수술은 2월 9일에 이루어졌다.

한진은 평소에도 몸이 그리 건강한 편이 못되었다. 더욱이 비극과 고뇌로 점철된 그의 삶 자체가 끊임없이 건강을 잠식해 들어간 점도 무시 못 할 영향을 미쳤다. 그는 같은 망명유학생들 중에서도 유독 더 고통스럽게 살았다. 허웅배, 최선옥, 최국인과 정추는 고향이 각각 만주와 남한 지역이었던지라 38선 이북 땅에 대한 생래적 애착이 그리 강하지 않았고 그들의 가족은 이미 숙청 되어버려 적어도 더 큰 비극을 기대할 이유가 없어 한진보다는 비교적 홀가분한 삶을 살았다고 볼 수 있다. 또 한

98) 한진의 일기(1993년 1월 30일).

진처럼 휴전선 이북지역이 고향인 리경진, 량원식, 김종훈, 리진황, 정린구의 가족은 이미 숙청되어버렸거나 비록 숙청되지 않았다 하더라도 북한 정권의 핵심부와는 상당히 떨어진 곳에 있었기 때문에 정치적 사변에 크게 휩쓸릴 일이 별로 없어서 가족에 대한 장래가 슬프기는 했지만 한진처럼 극심하게 불안하지는 않았을 것이다. 이에 반해 한진은 고향이 본 평양인데다 부친은 북한체제옹호의 선봉에 선 문인이었고 가족구성원 또한 핵심계층에 있었기 때문에 한진이 감당해야 할 번민은 누구보다도 컸던 것이다.

아마 그래서 그랬는지는 모르지만 한진은 동료들 중에서 거의 유일하게 술을 가까이 하고 살았다. 유학생 망명사건 당시 모스크바 주재 북한 대사로 있다가 소련에 망명한 리상조는 이를 눈여겨보고 오래전부터 한진에게 술을 끊으라는 충고를 하기도 했다.

> (…) 이런 의미에서 건강이 매우 중요합니다. 나는 이런 견지에서 동무가 술을 끊기를 바랍니다. 여기에는 비상한 결심과 결단성이 필요합니다. (…) 내가 알기에는 의학적 방법으로 술을 끊을 수 있다는 것을 알고 있습니다. 조금 더 나이가 많아지면 술이 얼마나 해롭나를 (동무에게) 증명해줄 것입니다. 나의 이 권고를 신중히 고려하여 보십시오. 술은 건강을 삼켜버리며, 술은 창작사업을 말살하며, 술은 우리의 이상도, 자기의 생명도 매몰시킬 수 있을 것입니다. (…) 동무에게 있어서 이것은 매우 중대한 문제입니다.[99]

한편 영원한 벗 리경진은 한진이 회복하기 어려운 병환 중에 있다는 소식을 듣고 충격을 받아 쓰러지고 말았다. 쓰러져 혼수상태에 빠졌고

99) 망명동료 리상조가 보낸 편지(1972년 3월 22일).

오랫동안 깨어나지 못했다. 리경진도 허웅배의 도움으로 병원에 입원하여 여러 날 동안 사경을 헤맸다. 최선옥은 한진이 수술 받은 암병원과 리경진이 입원해 있는 다른 병원을 오가면서 갖은 병수발을 다 했다. 다행히 여러 날 후 리경진은 깨어났고 그는 그 후로 9년을 더 살았다.

한진은 갑작스레 병원에 입원하고 수술까지 받으면서 여러 가지 생각을 하였지만 비교적 담담이 자신의 상황을 받아들였다. 그는 수술을 받고 글을 쓸 수 있는 정도가 되자 알마아타에 있는 동료들에게 짤막한 편지를 썼다.

> 귀중한 친구들, 잘 계시우? 국인, 정추, 원식, 종훈, 두환 씨 다 무고하시고 가정도 평안하리라 믿습니다. 저의 병으로 인하여 친구들에게 근심을 끼치고 걱정을 시키는 것이 미안하오. 하기야 사경을 헤매며 무슨 생각을 안 했겠소. 무모하게 살아온 훗날을 아무리 뉘우쳐도 쓸 데 없는 일이었고 앞으로 잘 살아보자니 그것 또한 희망이 엷습니다. 이 시각에 우선 목숨만은 건졌으니 다시 한 번 만나게는 될 것입니다. 지금 같아서는 2월말, 3월초에 알마아타에 돌아갈 예산이오. 경진이도 중태라니 이것 또한 불행입니다. 선옥이는 나에게서 경진에게로 경진에게서 나에게로 병원출입에 골탕이오. 자세한 건 만나서 말합시다. 안녕히들. 대용으로부터.[100)]

수술을 마친 한진은 3월 5일경에 알마아타로 돌아왔다. 지상에서의

100) 한진이 망명동료들에게 쓴 편지(1993년 2월 중순). 한진이 망명동료들과 같이 언급하고 있는 이름 '두환 씨'는 리두환을 말한다. 그는 1923년경에 태어났고 6·25이전에 북한소련유학생으로 뽑혀 소련의 어느 공업대학에서 유학했는데 공공연히 소련의 제도와 사회전반을 비판하다가 체포되어 5년 정도 옥살이를 했다. 출소한 뒤 북한에 돌아가도 중벌을 면치 못할 것으로 판단되자 귀국을 포기하고 소련에 남아 공민권을 취득했다. 카자흐스탄 알마아타에서 살면서 한진을 비롯한 망명유학생들과 가까이 지냈는데 1994년 어느 날 행방불명되었다.

삶의 여정이 얼마 남지 않았다는 것은 누구보다도 자기 자신이 더 잘 알고 있었다. 이제 모든 일에서 손을 놓아야 했다. 이제는 전혀 다른 인생을 살아야 했다. 그리고 실제로 그렇게 살기 시작했다. 몸은 점차 쇠약해져 갔다. 구토와 설사를 반복하였고 음식을 먹지 못해 링거를 꽂고 살았다. 어려움은 또 있었다. 그 당시는 소비에트연방공화국이 무너지고 경제체제가 와해된 지 얼마 되지 않은 탓에 모든 물품이 부족했다. 필요한 약을 구하기도 어려웠다. 통증이 심해 배를 움켜쥐고 고통스러워하는 날이 많아졌다. 한진의 아내 지나이다와 며느리 마리나가 번갈아가며 간호를 했다.

하지만 극심한 고통 속에서도 그는 못 다한 일을 조금씩 진행해나갔다. 그에게는 영원히 잠들기 전에 해놓아야 할 일이 있었다. 1987년에 희곡 작품을 내놓은 이래 다른 일들에 밀려 구상만 하고 아직 쓰지 못한 전혀 다른 희곡을 하나 꼭 써놓고 가리라 마음먹었다. 1988년 88서울올림픽이 열리고 한국과 수교가 된 이래 그는 한국과 관련된 희곡을 꼭 하나 남기고 싶었다. 비극이 아닌 희극으로 쓰고 싶었다. 병마와 싸우면서 틈틈이 초안을 작성했다. 허나 생명의 불꽃은 마지막으로 타들어가고 있었다. 결국 그는 「서울손님」이라는 희곡[101]을 미완성으로 남긴 채 1993년 7월 13일에 육신을 버렸다.

그동안 동료들과 스승인 정상진이 찾아와 위로를 해주곤 했다. 동료들은 처음부터 한 배를 탄 운명이라 원래 그래야 했고 또 항상 그리 했다.

101) 미완성 희곡 「서울손님」은 전 2막으로 된 희극으로서 소련사회에서 부정직하게 살면서 시류에 매끄럽게 잘 적응해오던 일단의 고려인들이 개방이후 한국에서 들어온 가짜 사업가의 수작에 놀아나 돈도 잃고 망신한다는 내용으로 되어 있다. 그는 이 희곡의 전체적 구조는 짜놓았고 내용은 절반을 좀 넘게 써둔 상태로 사망했다. 물론 써놓은 내용 중 일부는 초고상태라 중간 중간에 끊긴 부분이 더러 있다. 이 희곡은 한진이 처음이자 마지막으로 한글타자기를 사용해 쓴 작품이기도 하다.

그런데 정상진 또한 이 동료들과 다름없는 인연으로 묶여있었다. 정상진은 한진과 리경진을 비롯한 제자들과 항상 함께 했고 동고동락했다. 정상진은 한진을 먼저 보내고 또 4년 후에 허웅배를 저 세상으로 보낸 뒤 그들을 회고하며 그들과 자신의 인연을 이렇게 언급했다.

> 허진이라는 이름을 부를 때마다 언제나 3진이라는 필명이 떠오른다. 영원한 형제로 살다간 허진(허웅배), 리진(리경진), 한진(한대용)이 그들이다. 이들 셋 모두 작가로 널리 이름을 날렸다. 잘 알려졌다시피 리진의 작품은 한국에서조차 널리 읽히며, 소설가이자 희곡작가인 한진 역시 한국문학에 깊은 족적을 남겼다. 3진 모두 문사, 사회평론가, 사회활동가로서 소비에트 고려인들의 기억 속에 언제까지나 남을 것이다. 3진과 나, 이렇게 우리 넷은 만날 때마다 오직 더 나은 세계와 더 나은 삶에 대해서만 이야기하고 희망했다.[102]

한진은 누구보다 우리글과 우리문학을 아끼고 사랑했다. 그는 중앙아시아 소수민족 고려인이 쓰는 모국어가 소멸의 위기에 처한 것을 누구보다도 가슴아파했다. <레닌기치>에서 <고려일보>로 이름이 바뀐 신문 첫 호에 쓴 글과 고려인 작가 단행본 『오늘의 빛』을 펴내면서 그가 쓴 서문에 이런 심정이 절절이 표현되어 있다.

> 문학작품을 쓸 수 있는 말은 적어도 어머니의 젖과 함께 몸과 넋에 배인 말이어야 한다고 나는 믿고 있다. 그러나 지금 어린애에게 젖을 물리는 그 어머니들도 우리말을 모른다. 이렇게 자꾸 캐어보면 암담하기만 하다. 모름지기 우리 재소동포사회에는 우리말 문학의 진공시기가 올 것

---

102) Тен Сан Дин, 「ЧЕТЫРЕ ДЕСЯТИЛЕТИЯ ВМЕСТЕ С ХО ДИНОМ」, 『ХО УН ПЕ (ХО ДИН) В ВОСПОМИНАНИЯХ СОВРЕМЕННИКОВ』( к 70-летию со дня рождения) (НАУЧНАЯ КНИГА, Москва, 1998) ст.151[정상진, 「40년을 허진과 함께」, 『허웅배에 대한 동시대인들의 회상』(학술서적, 모스크바, 1998), 151쪽]

이다.[103)]

> 아직은 우리에게 자기 신문, 자기 극장, 자기 문학이 있다. 지금 어떤 사람들은 그것들을 대수롭지 않은 것으로 생각할 수 있지만 만일의 경우를 생각해 보자. 그것들이 다 없어졌다고 생각해보자. 그것은 비참한 일이 아닐 수 없다. 우리 선배들은 신문을 조직하고 극장을 창립하고 작가들을 양성하기 위하여 정말 목숨을 내걸고 일을 하였다. 무엇으로 그들의 노력에 대답을 하겠는가? (…) 우리말이 없어지면 문학도, 극장도, 신문도 다 없어지게 될 것이다. (…) 그냥 가만있다가는 오래지 않아 글을 쓸 사람은커녕 글을 읽을 사람도 없어질 것이다. 연극을 놀 사람은 물론 연극을 구경할 사람도 없어질 것이다. 어떻게 하면 되겠는가?[104)]

"모국어를 잃어버린 민족에게는 무엇이 남을까?" 우리말로 희곡을 써서 조선극장 무대에 올릴 때마다 그에게 이런 질문이 떠올랐을 것이다. "앞으로 고려인들의 운명은 어찌 될 것인가?" 그는 이 질문에 대한 답을 끝내 듣지 못하고 한 줌 흙으로 돌아갔다. 모국어가 존재의 의미 자체였던 그에게 이것은 너무나도 듣고 싶은 안타까운 대답이었는데 아직까지 대답은 없고 고려인사회에 이 질문만 메아리치고 있다.

---

103) 한진이 <고려일보> 첫 호(1991년 1월 2일. 추정)에 내려고 쓴 글. 이 글이 신문에 실렸을 것은 거의 확실한데 지금 <고려일보> 첫 호가 유실되어 확인할 수가 없다.
104) 공동작품집 『오늘의 빛』(알마아타, 자주식, 1990) 머리말.

# 2장. 한진 희곡의 미학과 문학 세계

조규익

## 1. '새 고려인'으로서의 한진

한진[본명은 한대용(韓大鎔)]은 몇 가지 점에서 중앙아시아 고려인 사회의 여타 지식인들과 구분되는 특징을 지니고 있다. 일제 강점기인 1931년 북한에서 태어나 특출한 두뇌로 김일성종합대학까지 마치고 모스크바에 유학했다는 점, 대학 시절 6·25에 참전하여 동족상잔의 아픈 경험을 갖게 되었다는 점, 모스크바에 유학하는 동안 북한 체제를 비판하다가 결국 망명을 선택했으며, 오랜 디아스포라의 역정(歷程)을 거쳐 카자흐스탄 고려인 사회의 핵심 지식인으로 정착했다는 점, 북한의 극작가 한태천의 아들로서 모스크바 영화대학의 시나리오 과에서 수학했으며 끝까지 희곡의 창작을 통해 자신의 문학세계를 가꾸어 나갔다는 점, 고려인 사회의 유일한 전문예술기관인 고려극장에서 다수의 고려인 예술가들과 함께 활동했으며, 그들 가운데 최고의 문학적 성취를 보여 주었다는 점 등이 그 주된 이유들이다.[1] 이런 특징들은 망명 이후 사망에 이르기까지 그가 이룩한 문학적 성취의 방향을 결정지은 요인으로 작용했다. 우선 그의 부친이 극작가였다는 사실은 극작가로서 두각을 나타낸 그의 천부적 재질을 뒷받침하는 하나의 선천적 요인일 것이고, 김일성종합대학의 노문학부를 거쳐 모스크바에서 시나리오를 전공한 점은 그의 작품들에서 찾을 수 있는 세련된 형상화의 바탕으로 꼽힐 수 있을 것이다. 무엇보다 그는 우리의 고전들을 현지[구소련 혹은 중앙아시아]의 문화적·정신적 바탕에 접목시켜 새로운 미학으로 발현시켰다고 보는데, 이 점 역시 고국에서 받은 교육과 구소련에서 익힌 새로운 지식이나 삶의 경험이 상호작용을 일으킨 결과로 해석해야 할 것이다.

그는 모스크바 유학을 통해 북한체제의 문제점을 인식하고 북한을 비판함으로써 결국 고국으로 복귀하지 못했는데, 이 점은 그로 하여금 분열된 민족의 화해나 통합이라는 보다 발전적인 테제를 자발적으로 체득하게 한 요인이었다. 이와 함께 간과할 수 없는 사실은 대부분의 작품들에서 특출한 서정성을 구현했다는 점이다. 당시 그곳 고려인 작가들 대부분이 사실주의 미학의 범주를 벗어나지 못한 점을 고려한다면, 그가 보여준 미학적 다양성은 여타 작가들과 다른 그의 역정이나 바탕에서 기인한 것이었으리라 본다. 즉 태어나면서부터 청년시절까지 감수성의 면에서 가장 중요한 시기를 조국인 북한에서 보낼 수 있었고, 그 과정에서 우리만의 고유한 서정성이나 미학을 체득할 수 있었다. 그 다음 단계에 자아의 구속과 한계를 벗어나 외계와 접촉하면서 그런 미학은 적절하게 변이되었으며, 삶에 수반되는 현실적 고통들 또한 '내 것'과 '남의 것' 아닌 새로운 미학의 체득에 큰 역할을 하게 만들었으리라 본다. 말

1) 한진의 생애는 김병학의 글[「한진의 생애와 작품세계」, 『한진 전집』, 인터북스, 2011, 687~775쪽] 참조.

하자면 디아스포라의 경험이 이러한 미학의 근본원인으로 작용했을지도 모른다는 것이다. 이런 특수하면서도 독자적인 체험을 바탕으로 그의 문학은 형성되었는데, 이 점은 그가 '현재 소련 조선인 희곡문학에서 가장 대표적 작가이며, 그의 희곡들[「산부처」·「토끼의 모험」·「량반전」 등]은 고려극장의 연출 목록에서 우수한 연극들로 정평이 나 있어 현대 소련 조선인 희곡문학에서 경쟁자가 없을 정도'라는 당시의 평가[2])로도 확인된다.

한진 희곡집

한진은 대학 졸업 후 영화에도 손을 대고 신문기자로도 활동했으나, 희곡창작을 그만 둘 수 없어 고려극장에 정착하게 된다. 그가 본격적으로 희곡을 발표하고 무대에 올린 것은 1965년 고려극장의 문예부장으로 활동하면서부터인데, 이 시기부터 몰리에르의 「의지가 없는 약사」, 엠. 아우에조브의 「까라고즈와 꼬블란디」, 셰익스피어의 「햄릿」, 칭기스 아이뜨마토브의 「어머니 땅」 등 외국의 고전작품들을 틈틈이 번역하여 무대에 올리기도 했다.[3]) 이처럼 한진이 중앙아시아 고려인 문단의 주목을 받아 오면서 많은 수작들을 발표했지만, 한국의 학계에 소개된 것은 최근에 이르러서였다. 리정희,[4]) 김필영,[5]) 박명진[6]) 등의 주목할 만한 분석

2) 정상진, 『아무르 만에서 부르는 백조의 노래－북한과 소련의 문학 예술인들 회상기』, 지식산업사, 2005, 196쪽.

3) 고려극장, 『고려극장의 역사』, 라리쩨뜨, 2007, 257쪽. 그는 희곡을 창작했을 뿐 아니라 「까라고즈」 등 10여 편의 서양 희곡들을 번역했고, 19편에 달하는 단편소설 및 소품, 다수의 번역소설들을 남기기도 했다. 사실 그의 문학 전모를 알기 위해서는 논의의 대상을 확대해야 하나, 여기서는 창작희곡만을 대상으로 한다.

들과 함께 작가의 문학이나 생애가 소개됨으로써[7] 한진과 그의 문학은 한국의 학계와 문단에 비로소 알려지기 시작했다. 한진이 남긴 희곡 작품들의 문학세계는 콘텍스트로서의 그의 현실상황과 결부시킬 때 비로소 파악될 수 있다.[8]

---

4) 「재소한인 희곡연구－소련국립조선극장 레파토리를 중심으로」, 단국대학교 대학원 석사논문, 1992. 이정희는 「산부처」에서 북한체제에 대한 한진의 비판적 관점을, 「나무를 흔들지 마라」에서 통일을 갈망하는 민족의식을 각각 읽어냈다.

5) 「소비에트 카작스탄 한인문학과 희곡작가 한진(1931～1993)의 역할」, 『한국문학논총』 27, 한국문학회, 2000. 이 논문에서 김필영은 문학창작을 통해 우리 민족의 말과 글을 제대로 배우지 못한 고려인 2세들을 지도하여 문학적 공백을 메워 준 점, 타 민족 작가들의 희곡작품을 고려 말로 번역하여 고려 사람들의 민족의식을 고취시킴과 동시에 민족문화 보존에 크게 기여한 점 등을 중점적으로 논했다.

6) 「중앙아시아 고려인 文學에 나타난 民族敍事의 特徵－劇作家 한진의 텍스트를 중심으로」, 『語文硏究』 122, 한국어문교육연구회, 2004. 이 논문에서 박명진은 한진의 텍스트에서 구현된 '민족·인종·국가·고향·모국어' 등의 개념이 보수적 민족주의의 세계관과 일맥상통하지만, 그의 노력과 상관없이 그가 복원시키고자 한 원초적 민족성이 우리가 추구하는 그것과 다를 수밖에 없다는, 탁월한 결론을 도출하고 있다.

7) 이명재[『소련지역의 한글문학』, 국학자료원, 2002, 56쪽], 김종회[『한민족 문화권의 문학 2』, 국학자료원, 2006, 494쪽, 512～515쪽] 등이 간략하게 한진을 소개했으며, 최근 김병학[앞의 책, 687～784쪽]이 그의 생애와 작품세계를 상세하게 분석·소개한 바 있다.

8) 김병학이 엮은 『한진전집』을 텍스트로 한다. 이 책에는 희곡[「의부 어머니」·「고용병의 운명」·「량반전」·「꽃의사」·「어머니의 머리는 왜 세였나」·「산부처」·「토끼의 모험」·「나 먹고 너 먹고」·「폭발(양공주)」·「나무를 흔들지 마라」] 10편, 단편소설 19편, 기타 글 3편 등이 수록되어 있는데, 일부의 명확한 오자(誤字)를 바로잡았다거나 원전의 러시아어와 외래어에 각주를 달아 우리말로 풀어 준 외에는 모두 원전에 충실했다는 편자의 말을 감안하면, 『한진전집』이 현재로서는 가장 풍부하고 정확한 텍스트라 할 것이다. 한진의 작품들 가운데 「꽃의사」의 경우 작가 자신이 '서정극'임을 명시했고, 무엇보다 이 작품의 제2장과 「어머니의 머리는 왜 세였나」의 7장 내용이 거의 일치한다. 따라서 이 작품은 성향 상 다른 작품들에 비해 확연히 구분될 뿐 아니라, 텍스트 비평의 필요 또한 있다고 보기 때문에 이 부분의 논의에서는 일단 제외하기로 한다.

## 2. 언어와 민족문학, 고려인 문단에 대한 관점

문학관을 비롯 고려인 문단이나 고려극장의 현실, 문학적 지향점 등 그의 비전을 살펴 볼만한 평론적 성격의 글은 세 편[9]에 지나지 않는다. 비록 간결한 문장의 짤막한 글들이고 그나마 몇 편 되지도 않지만, 당시 그곳 문단의 현실이나 그의 관점을 짐작하기에 충분하다고 본다. 그는 고려인들의 언어나 문학, 혹은 그것이 처한 현실에 대하여 다음과 같은 견해를 표명했다.

> 쏘베트 조선문학이 훌륭한 쏘베트 문학의 일원이라면 그 사명을 당당하게 리행하는 문학이 되어야 할 것이다. 그러기 위해서는 우선 작가들이 좋은 작품을 써야 할 것은 물론이지만 그 작품 출판 문제를 해결하는 일도 선차적인 문제의 하나이다. 벙어리의 마음은 제 어머니도 모른다고 발표되지 않은 작품을 독자들이 알 리가 없다. 지금 카사흐쓰딴 작가동맹 조선분과위원회와 "자주싀(작가)"출판사 사이에는 해마다 두세 권의 조선문학 서적을 출판하자는 언약이 있다. 그러나 이제는 글 쓰는 사람들은 누구나 자기 작품을 출판할 수 있는 가능성이 생겼다. 그러나 지금 모래시계의 모래가 흘러내리듯 조선말을 아는 조선사람들의 수가 시시각각 줄어가고 더우기 조선글을 아는 사람은 손가락으로 셀 수 있을 정도로 적어졌다. 그 책들을 누가 읽어주겠는가? ……우리말이 없어지면 문학도 극장도 신문도 다 없어지게 될 것이다. 얼마 전만 하여도 이런 말을 하면 그것을 민족주의의 표현이나 협소한 견해라고 감투를 뒤집어 씌우며 떠들던 조선 사람들이 있었다.[10]

> 지금 우리 문단은 풍전등화의 처지이다. 우리말로 쓴 작품을 읽을 수

9) '『오늘의 빛』(알마아따, 사수싀, 1990) 「머리말」', '고려일보 첫 호 기고(1991년 1월 2일경)', '「극장 이상의 극장」(국립조선극장 60돌 회고, 1992)' 등이다.

10) 『한진전집』, 675~676쪽.

있는 독자들도 거진 없다싶이 하지만 우리말로 글을 쓰는 작가들도 손가락으로 셀 수 있는 정도이다. 그러니 재쏘고려인문학의 존재에 대해서 말하기조차 거북한 일이다. 우리말을 부흥시키기 전에는 우리 문학을 부흥시킬 수 없다는 것은 뻔한 상식일 것이다. 다행히 최근에 와서 재쏘동포들 사이에서는 우리말을 배우려는 열성이 높아가고 있다. 그러나 지금부터 말을 배우기 시작하는 젊은이들 속에서 우리말로 문학작품을 쓸 수 있는 사람이 나오리라고는 기대하기 힘들다. 문학작품을 쓸 수 있는 말은 적어도 어머니의 젖과 함께 몸과 넋에 배인 말이야 한다고 나는 믿고 있다. 그러나 지금 어린애에게 젖을 물리는 그 어머니들도 우리말을 모른다. 이렇게 자꾸 캐여보면 암담하기만 하다.…한글문학의 진공시기를 메울 문학은 제 생각에는 아마 로씨야어로 쓴 우리 고려인 작가들의 문학일 것이다. 다행히 지금 우리 문단에는 로씨야말로 글을 쓰는 재간 있고 전망이 있는 신예작가들이 있다. 그들의 작품은 오라지 않아 널리 알려지게 될 것이다. 쏘련에서도 중국에서도 일본에서도 또 조국 본토에서도 우리말로 쓰지 않은 작품이 조선-한국문학이냐 아니냐 하는 론쟁이 많이 벌어졌고 또 벌어지고 있다. 그러나 지금 우리가 처한 립장에서 볼 때 아직은 우리 고려인 작가들이 고려인들의 생활을 묘사한 작품은 범민족문학권에 포괄하는 것이 선책이라고 생각한다. 될 수 있는 대로 이 진공시기가 짧고 하루 빨리 우리말 문학이 부흥되기를 바랄 뿐이다.[11]

두 글 모두 그가 지니고 있던 언어관과 고려인 문단의 현실을 극명하게 보여준다. 전자 즉 『오늘의 빛』(자수식, 1990) 머리말의 논리적 출발은 '조선문학이 훌륭한 쏘비에트 문학의 일원'이라는 점이다. 러시아만 해도 70여 소수민족으로 구성되어 있고, 고려인은 그들 가운데서도 소수민족이다. 그러니 작게 보면 조선[혹은 고려]문학이지만, 크게 보면 모두 러시아 문학이었다. 1985년 글라스노스트 이전에는 철저히 동화정책을 밀어붙이고 있던 소련이었으므로 소수민족들의 독립적 문학행위는 용인

11) 같은 책, 678~679쪽.

될 수 없었다. 이 글을 쓴 시기[1990년]는 1991년 말 소련의 해체 직전이었으므로, 이런 글이 나올 만한 분위기는 형성되고 있었다고 보아야 한다. 이 글 말미에서 필자 스스로 '얼마 전만 하여도 이런 말을 하면 그것을 민족주의의 표현이나 협소한 견해라고 감투를 뒤집어씌우며 떠들던 조선 사람들이 있었다.'고 할 만큼 동화정책이 강하게 시행되는 상황에서 민족주의의 노출은 쉽지 않았을 것이다. 조선문학이 '훌륭한 소비에트 문학의 일원'임을 전제한 것도 그런 상황 아래서의 관습적 반응이었을 것이다. 이 글의 요점은 다음과 같은 몇 가지로 요약될 수 있다.

① 글 쓰는 사람 누구나 자신의 작품을 출판할 수 있는 가능성이 열렸다.
② 그러나 조선말과 조선 글을 아는 조선 사람들이 격감하고 있는 상황에서 조선의 글을 출판한들 읽을 사람이 없다.
③ 조선인들이 제 말을 잊어버린 원인들 가운데 하나는 작가들이 훌륭한 작품으로 독자들의 독서욕을 북돋아주지 못한 데 있다.
④ 조선글로 훌륭한 작품을 쓰는 것이 작가의 큰 사명이다.
⑤ 아직 우리에게는 우리의 신문, 우리의 극장, 우리의 문학이 있다.
⑥ 한 민족의 언어는 문화의 기념비로서, 사람들은 언어가 있으므로 불멸한다.

①~⑤는 고려인 문단의 현실을, ⑥은 언어에 대한 필자의 신념을 각각 표현한 내용들이지만, 민족문학의 창작이나 유통 및 소비에 언어나 글자가 필수불가결의 조건임을 표명했다는 점에서 전체는 하나로 통한다. 한진이 자신의 작품들에서 뛰어난 우리말을 구사한 것도 모두 언어나 글자에 대한 믿음과 노력의 결과였다.

두 번째 글을 통해 필자는 조선말과 글을 상실한 조선인들이 나아가야 할 바를 제시했다는 점에서 좀 더 심화된 의식을 보여준다. 그 요점은 다음과 같다.

① 우리말을 부흥시켜야 우리 문학이 부흥된다.
② 최근 우리말을 배우려는 재소동포들이 늘고 있으나, 문학작품을 쓸 수 있으려면 어머니의 젖과 함께 몸과 넋에 배인 말이어야 한다.
③ 재소동포 사회에 우리말 진공시기가 올 것이다. 고려인 민족사회가 존재하는 한 그들의 생활을 반영하는 문학예술은 존속될 텐데, 한글문학 진공시기를 메울 문학은 러시아어로 쓴 고려인 작가들의 문학일 것이다.
④ 소련, 중국, 일본, 조국 본토 등에서 우리말로 쓰지 않은 작품이 '조선-한국문학이냐 아니냐' 하는 논쟁이 벌어지고 있으나, 우리 고려인 작가들이 고려인들의 생활을 묘사한 작품은 범민족문학권에 포괄하는 것이 선책이다.

앞의 글에 비해 뒤의 글[고려일보 첫 호 기고문 / 1991.1.2]은 좀 더 현실적인 대안을 제시한 것으로 보인다. ①은 앞의 글에서 말한 자신의 신념이나 일반론을 반복한 내용이나 ②~④는 ①의 문제를 심도 있게 발전시킨 견해라 할 수 있다. 우리 문학을 창작하기 위한 기본 전제가 우리말을 구사하는 일이지만, 그때의 우리말은 그야말로 '어머니의 젖과 함께 배운 말' 즉 '모어[母語, mother tongue]'여야 한다는 것이다. 이 말을 뒤집으면 우리말을 잃어버린[혹은 잊어버린] 고려인들이 다 늦게 아무리 열심히 우리말을 배워도 '제대로 된 우리 문학'을 창작할 수 없다는, 현실적 한계에 대한 지적으로 귀결된다. 그것은 청년시기까지 체득한 모어를 자신 있게 구사하여 작품을 쓰고 있는 작자 자신의 체험과 주변 고려인들에 대한 관찰에서 얻은 결론이었을 것이다.

고려인들이 우리말을 상실한 것은 소련의 엄혹한 민족동화정책 때문이었다. 중심종족이었던 러시아 민족의 지도적 역할을 정당화하는 정책과 함께 문화적 동화정책이 시행됨에 따라 민족의식을 각성시키고 민족들 간에 분열을 조장한다는 이유로 민족 고유의 문화라는 관념은 부정되고 민족문화유산인 서사시나 민중시 등은 공격・말살되었다. 사회주의 리얼리즘이란 명분 아래 언어도 러시아어 교육이 우선되고 여타 소수민족들의 언어교육은 무시되었다.[12] 자연스럽게 '필요 없는' 조선말을 버리고 현실적으로 필요한 러시아어를 익히게 됨으로써 민족어문으로 만들어지고 전승되던 민족 문학과 역사가 사라졌으며, 민족의 정체성마저 혼란스러워진 것이다. 그 저간의 사정이 바로 ③에 들어 있다. 이 부분의 '우리말 진공시기'란 절묘한 표현은 '우리말'을 대체할만한 말이 있는 경우 채워 넣을 수 있음을 암시한다. 즉 고려인들의 고유 정서만 살아 있으면 반드시 '우리말'이 아니어도 우리의 삶을 반영할만한 문학예술은 존속될 수 있다는 점을 강조하려는 의도가 잠재되어 있는 것이다. 한진은 그 '한글문학 진공시기'를 '러시아어로 쓴 고려인 작가들의 문학'이 메울 수 있다고 보았다. '한글로 쓴 고려인 문학'이 '러시아어로 쓴 고려인 문학'으로 대체될 수 있다고 본 것은 '한글문학 진공' 상태를 절망으로 인식하는 대신, 보다 실현가능한 상태로 바꾸어 보려는 긍정적 사고의 일단이었음을 발견하게 된다. 말하자면 소련 혹은 중앙아시아라는 중심부의 주변부로 존재할 수밖에 없는 고려인의 운명을 인정하고 거기서 활로를 모색하려는 발전적 사고를 엿볼 수 있다는 것이다. 그 문제를 좀 더 합리적으로 설명하기 위해 덧붙인 것이 바로 ④의 '범민족문학권'이란 개념이다. 우리말로 쓰인 문학만이 우리문학이라는, 속문주의

12) 한홍식, 「고르바쵸프의 페레스트로이카와 민족문제」, 『교사교육연구』 25, 부산대학교 과학교육연구소, 1992, 129쪽.

(屬文主義)에 입각한 한국문학의 정의가 우리 학계에는 아직도 살아 있지만, 그런 협소한 관점을 뛰어넘어 '범민족문학'의 개념을 설정해야 한다는 것이 한진의 견해다. 즉 '고려인 작가들이 고려인들의 생활을 묘사한 작품'이면 러시아어로 썼어도 민족문학으로 넣자는 것이다. 필자 역시 그런 관점에서 해외 한인들이 남겼거나 남기고 있는 문학을 우리의 문학으로 포괄해야 한다는 주장을 이미 내놓은 바 있다. 즉 우리가 세계문학을 논의하는 시점에 도달한 만큼 그 중간단계로 삼을 수 있는 최상위 범주로서 '한민족문학'을 설정하는 것이 타당하다고 본 것이다.13) 필자가 내세운 '한민족문학' 범주와 한진이 주창한 '범민족문학'이란 범주가 동일할 뿐 아니라, '고려인들의 생활을 묘사'했으면 한글로 썼든 러시아어로 썼든 모두 포괄할 수 있다는 조건 또한 합치된다. 따라서 언어와 문학 혹은 고려인 문단에 대한 한진의 언급은 동시대의 보편적 인식보다 훨씬 앞선다고 할 만하다.

그는 희곡작가였고, 국립조선극장[즉 고려극장]의 문예부장으로 활약하면서 많은 창작극과 번역극들을 무대에 올렸다. 그는 극장 60돌을 회고하는 글에서 극장의 역사를 개관한 뒤 다음과 같이 마무리하고 있다.

> 60년을 내려오면서 극장은 근 200편의 희곡을 무대에 올렸다. 레파토리는 다양하다.「춘향전」,「심청전」을 비롯하여「흥부전」,「양반전」,「배

13) 조규익,「해외 한인문학의 존재와 당위」,『국어국문학』152, 국어국문학회, 2009, 144쪽. 같은 부분에서 논자는 "기존의 중심부 문학이었던 한국문학과 주변문학이었던 해외 한인문학이 똑같은 자격으로 '한민족문학'의 범주 안에 소속되어야 한다는 것이다. 해외 한인문학 중 한글문학은 예외 없이 수용할 것이며, 현지어 문학들 가운데 민족적 정체성을 다룬 문학들은 빠짐없이 선별하여 한민족문학의 범주 안으로 수용해야 할 것이다. 이들을 재료로 한민족문학개론이나 한민족문학사가 서술될 때 비로소 해외 한인문학의 디아스포라는 종식될 것이며, 우리 문학의 폭과 깊이 또한 대폭 확장, 심화될 수 있으리라 본다."고 주장했는데, 한진의 견해와 통한다고 할 수 있다.

비장전」 등 민족 고전들과 재소동포들의 생활을 반영한 현대극들이 중요한 자리를 차지하고 있다. 그 외에도 로씨야 고전들과 세계의 이름난 작품들도 많이 상연하였다. 셰익스피어의 「오텔로」, 쉴러의 「간계와 사랑」, 고골리의 「검찰관」, 오쓰뜨롭스끼의 「뇌우」 등이 그것이다. ……소련은 완전히 붕괴되었다. 옛 소련 가맹공화국들은 과도기의 혼란을 겪고 있으며 주민들은 불안한 나날을 보내고 있다. 폭등하는 물가 때문에 배우들이 국가월급으로 살아가기가 힘들다. 극장 건물이 없어 연습을 하고 공연을 할 장소가 없다. 항공료, 숙박비, 식비 등이 엄청나게 올랐기 때문에 전처럼 동포들을 찾아 순회공연을 할 수가 없다. 극장의 앞날은 캄캄하기만 하다. 우리 극장은 오래동안 조국의 혜택을 모르고 살아왔다. 그러나 페레스트로이카의 덕택으로 우리 배우들은 처음으로 서울과 평양에서 공연을 할 수 있었다. 다행히 우리 극장은 서울 국립중앙극장과 자매결연이 되어 물질적으로 예술적으로 실질적인 도움을 많이 받고 있다. 그러나 어데까지나 믿을 것은 자기 자신의 힘일 것이다.

우리 극장은 조국을 되찾았다. 우리들은 다시는 이국땅에 저바린 고아의 신세가 되지 않을 것이다. 우리에게도 어머니－조국이 있다.[14]

1932년~2009년까지 77년 동안 고려극장에서 공연된 작품들은 창작극, 우리의 고전극, 외국 극의 번안 및 번역작 등으로 나뉜다. 그 가운데 고려인 작가들로 두드러진 인물들은 채영, 태장춘, 연성용, 한진, 맹동욱, 리종림, 송 라브렌치, 이 스타니슬라브, 김기철 등이다. 인용문 중 한진이 언급한 고전극들은 민족적 색채를 강조한 각색 작품들로서 1회 이상 반복 공연된 경우가 대부분이었다. 즉 「춘향전」(8회)·「심청전」(6회)·「흥부와 놀부」(4회)·「량반전」(3회)·「홍길동」(2회)·「아리랑」(3회)·「토끼의 모험」(2회) 등이 대표적이며, 고전은 아니지만 「장한몽」(2회)·「논개」(1회)·「온달전」(1회) 등도 공연되었는데, 이것들은 우리의 고전이나 역사 혹은

14) 『한진전집』, 683~684쪽.

문학에서 소재를 따온 것들이다. 북한에서 출생하고 교육을 받았으며 한국전쟁에 참전까지 한 그가 북한을 비판하면서 망명하게 된 것은 체제의 모순에 대한 절망감 때문이었을 것이다. 비록 같은 통제사회이긴 했으나 모스크바에는 북한 체제를 객관적으로 바라보기에 충분할 만큼의 비교지표나 정보들이 풍부했고, 소련 체제의 붕괴와 함께 남한사회를 접하면서 자연스럽게 북한 대신 남한이 그의 내면에 자리 잡게 된 것으로 보인다. 특히 고려극장이 한국의 문화계와 활발하게 교류하면서 그의 내면에서 일어난 남북의 자리바꿈은 보다 자연스러웠을 것이다. 앞으로 작품들의 분석을 통해 밝혀지겠지만, 일방적으로 북한에 편향을 보이던 그의 민족의식이 남-북 균형과 화합을 모색하는 방향으로 선회한 것은 분열된 조국 앞에서 갈등하던 그의 내면이 현실적인 방향을 잡은 것으로 해석될 수 있다. 언어와 민족문학 간의 필연적 상관성에 대한 객관적 인식을 바탕으로 현지 고려인 문단의 미래를 제시한 점이나 고려극장 같은 제도적 공간을 통해 분열된 조국의 문제적 현실에 대한 처방을 내려 보고자 한 그의 의도 역시 본질적으로는 삶과 죽음을 뛰어넘을 만큼 치열했던 그의 체험에서 유래된 결과일 것이다.

## 3. 주제적 관심과 미학적 성취

한진이 궁극적으로 관심을 갖고 있던 문학 장르는 시나리오와 희곡이었고, 일터 또한 신문사보다 극장을 염두에 두고 있었다. 그런 이유로 신문사에서 일하면서도 단편소설보다는 희곡창작에 더 매달렸다.[15) 그렇다고 형상화나 미학적 세련성의 수준에서 두 장르가 차이를 보이는 것은 아니다. 『한진전집』에 실린 10편의 희곡들과 19편의 단편소설들을 보면, 작자가 드러내고자 하는 주제의식이나 의도에 따라 각각에 걸맞은 장르를 적절히 선택한 것처럼 보이는데, 그것은 그가 어느 한 분야에 집착함으로써 다른 장르를 희생시키지는 않았음을 의미한다. 그가 희곡이나 연극에 더 큰 관심을 갖고 있었던 것처럼 보이는 것은 고려인 사회의 한 복판에 고려극장이라는 전문예술기관이 존재함으로써 고려인들의 과거·현재·미래 혹은 그들의 꿈을 표출하는데 소설보다는 연극이 훨씬 효율적임을 깨달았기 때문일 것이다.

그는 미공개 및 미완성작을 포함 12편의 희곡을 발표했다.[16] 1932년부터 2009년까지 77년 간 고려극장에서 공연된 연극작품들의 리스트에 의하면, 극장에서 상연된 작품은 「의부 어머니」[연성용 연출/1965·1976], 「고용병의 운명」[연성용 연출/1965], 「봉이 김선달」[김 이오시프 연출/1975], 「어머니의 머리는 왜 세였나」[연성용 연출/1977], 「산부처」[아. 빠쉬꼬브 연출/1979], 「토끼의 모험」[아. 빠쉬꼬브 연출/1981], 「나 먹고 너 먹고」[아. 빠쉬꼬브 연출/1983·2000], 「량반전」[이 올레그 연출/1985·2002], 「폭발」[송 라브렌치 연출/1986], 「나무를 흔들지 마라」[아. 빠쉬꼬브 연출/1991] 등이다. 이 가운데 「봉이 김선달」[17]은 『한진전집』에 들어 있지 않고, 『한진전집』 중의 「꽃의사」는 공연목록에 들어 있지 않다.[18]

1960년대~1990년대까지 창작하여 무대에 올린 그의 작품들을 연대

15) 김병학, 앞의 글, 742쪽.
16) 김병학, 앞의 글, 776쪽.
17) 김병학은 이 작품의 원고를 찾지 못해 『한진전집』에 싣지 못했다고 밝혔다.[『한진전집』, 748쪽].
18) 그가 창작한 희곡이 모두 무대에 올려졌다고 볼 수는 없으나, 『한진전집』과 공연목록 사이의 어긋남은 다시 확인할 필요가 있다. 이 문제에 대한 논의는 다른 자리로 미룬다.

순으로 나열하고 특정한 흐름을 찾는 일이 쉽지 않을 뿐더러 타당하지도 않겠지만, 지배이념의 통제가 엄혹하던 1960년대부터 소련의 체제가 해체된 1990년대까지 창작되고 상연되었다는 사실을 염두에 둔다면 각 단계 작품들 사이의 일정한 편차나 경향을 무시할 수는 없을 것이다. 그의 작품경향을 다음과 같은 네 단계로 나눌 수 있다고 본다.

### 1. 1단계-새로운 조국과 이념의 발견 : 「의부 어머니」, 「고용병의 운명」

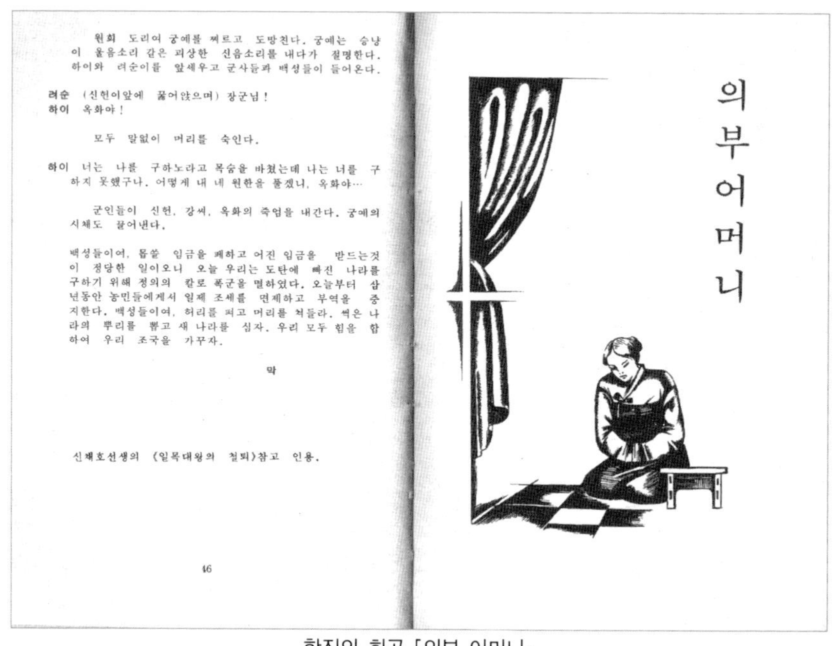

원회 도리어 궁예를 찌르고 도망친다. 궁예는 승냥이 울음소리 같은 괴상한 신음소리를 내다가 절명한다. 하이와 려순이를 앞세우고 군사들과 백성들이 들어온다.

**려순** (신현이앞에 꿇어앉으며) 장군님!
**하이** 옥화야!

모두 말없이 머리를 숙인다.

**하이** 너는 나를 구하노라고 목숨을 바쳤는데 나는 너를 구하지 못했구나. 어떻게 내 네 원한을 풀겠니. 옥화야…

군인들이 신현, 강씨, 옥화의 죽엄을 내간다. 궁예의 시체도 끌어낸다.

백성들이여, 몹쓸 임금을 폐하고 어진 임금을 받드는것이 정당한 일이오니 오늘 우리는 도탄에 빠진 나라를 구하기 위해 정의의 칼로 폭군을 멸하였다. 오늘부터 삼년동안 농민들에게서 일제 조세를 면제하고 부역을 중지한다. 백성들이여, 허리를 펴고 머리를 쳐들라. 썩은 나라의 뿌리를 뽑고 새 나라를 심자. 우리 모두 힘을 합하여 우리 조국을 가꾸자.

막

신채호선생의 《일목대왕의 철퇴》참고 인용.

46



한진의 희곡 「의부 어머니」

1952년 모스크바 영화대학 시나리오 학과에 입학하여 학업을 마친 한진은 1957년 동료 허웅배의 망명 이후 많은 번민에 시달리다가, 1958년 결국 그 자신도 망명하게 된다. 망명 직후 러시아 서부 시베리아 바르나울로 배치되었다가, 크즐오르다를 거쳐 1968년에는 알마티로 옮기게 되었다.[19] 알마티에서 대학시절 은사 정상진을 만나 레닌기치신문의 기자로 일하게 되었고, 그의 소개로 1964년 「의부 어머니」를 고려극장에서 상연했으며, 드디어 1965년 고려극장의 문예부장으로 발탁되었다. 즉 '「의부 어머니」를 읽어본 1세대 극작가 채영[본명 채계도]과 연성용·극장장 조정구 등은 한진의 재능을 단박에 알아차렸는데, 이제까지 상투적이고 낡은 사상에 붙잡혀 희곡을 써온 1세대 작가들에게 이 작품은 신선한 충격'[20]으로 다가왔기 때문이었다. 말하자면 북한과 러시아를 거쳐 새롭게 만난 공간 카자흐스탄은 그에게 '새로운 조국'인 셈이었다. 그와 함께 자신이 꿈꾸던 극작가로서의 첫 발을 내디디게 되었으며, 그로부터 머지않은 시기에 그 극장의 문예부장으로까지 발탁되었던 것이다. 물론 그가 새롭게 정착한 카자흐스탄 역시 소련이라는 동일 정체(政體)에 속해 있긴 했으나, 우리말로 공연하던 전문예술기관 고려극장은 그에게 아주 큰 의미로 다가 온 공간이었다. 그는 그 시기에 실질적인 처녀작 「의부 어머니」를 무대에 올릴 수 있었다. 김병학은 이 작품의 줄거리와 해석을 다음과 같이 제시했다.

> 「의부 어머니」는 계모를 악의 상징으로 상정하여 복수하기를 즐겨하던 우리의 전통 계모관념과 대척점에 서서 친모가 아니라도 얼마든지 자식에게 진정한 사랑을 베풀 수 있다는 지극히 휴머니즘적인 내용으로 구성되어 있다. 줄거리 자체는 그리 새로울 것도 없지만 한진은 등장인물들의 성격을 치밀하게 묘사하고 내용을 밀도 있게 전개하여 인간은 동물과 달리 본능을 넘어선 차별 없는 사랑을 베풀 수 있음을 보여주었다.

19) 한진의 현실적인 삶에 대한 내용은 김병학의 글[「한진의 생애와 작품세계」]을 참조했음.
20) 김병학, 같은 글, 743~744쪽.

이는 당시 고려인과 소비에트 공민들의 일상에서 흔히 볼 수 있었던 재혼 가정의 애환과 이면을 이념과 관계없이 휴머니즘적 시각으로만 그려낸 것으로서 한진의 작가로서의 바탕과 철학이 드러나는 첫 작품이었다.[21)]

김병학의 설명은 「의부 어머니」의 외연을 정확히 짚어냈다고 할 수 있다. 그러나 과연 한진이 이 작품을 통해서 진정으로 하고 싶었던 말이 이 설명에 오롯이 담겨 있다고 할 수 있을까. 당시 한진의 상황을 고려하면 이 작품에 대한 해석의 방향은 약간 달라질 수 있다. 소련 망명 직후 시베리아 바르나울시 TV방송국 책임편집위원으로 파견된 한진은 외로움과 힘겨운 싸움을 벌이다가 반려자 지나이다 이바노브나를 만났으며, 이듬해 봄에 결혼했다. 그 사이 북한 당국은 부모까지 동원하여 여러 차례 그를 데려가려 시도했으나, 한진은 그 마수(魔手)에서 가까스로 벗어나 생활에 안정을 찾으면서 다시 창작에 매달렸다. 그러면서 그는 량원식, 최국인, 정추 등 동료들이 정착해 있던 카자흐스탄의 알마틔나 크즐오르다를 동경했다. 무엇보다 그곳에는 고려인 민족신문사와 극장이 있기 때문이었다. 북한의 체제에 절망하여 소련으로 망명했고, 또 다시 카자흐스탄으로 이주해온 한진으로서는 어떤 식으로든 자신의 입장에 대한 표명이 필요했으리라 본다. '망명객의 처지'에서 도망쳐 나온 구세계와 새로 정착한 신세계에 대한 입장 정리가 무엇보다 중요하고 다급한 일이었을 것이다. 바로 그런 자신의 입장을 그려내기 위해 발표한 두 작품이 바로 「의부 어머니」와 고용병의 운명이었다. 그 시기에도 동서양을 막론하고 누구나 익히 공감하고 있었을 '의붓어미 모티프'를

21) 김병학, 같은 글, 744쪽.

새삼 반복하고자 한 것을 그의 의도로 단순화 시킬 수는 없다. 이 작품에서의 심리 묘사는 매우 미세하고 사실적이다. 웍또르와 순희는 자신들의 어머니가 의붓어머니인 줄을 모르고 있었다. 그런데 웍또르와 해선은 결혼 약속을 한 사이이고, 해선 어머니는 그들의 결혼을 적극 밀어붙이는 입장임에 반해 웍또르 어머니는 고본질을 하는 집의 딸을 받아들일 수 없다는 입장이었다. 여기서 둘 사이의 갈등이 고조되고, 웍또르와 순희에게 그들의 어머니가 계모라는 사실이 파국의 중요한 계기로 작용한다. 즉 순희와 웍또르가 아주 어렸을 때 그들의 친모가 세상을 떴고, 친부마저 제 자식들을 버리고 달아나는 바람에 어머니가 그 아이들을 길러왔다는 것이다. 웍또르와 순희의 계모 즉 어머니의 입장에서는 자식들이 그 사실을 알게 되면 자신을 떠날까 두려워 말을 못해 온 것이다. 해선 어머니는 그 약점을 미끼로 웍또르 어머니를 압박해왔다. 결국 어머니는 어렵사리 아이들을 키워 온 사실과 고본질에 나섰던 그들의 아비에 대한 사실을 털어놓자 웍또르는 '다시는 어머니를 떠난다는 말을 하지 않겠노라' 맹세하면서, 앓아 누워있던 어머니는 다시 일어나게 되고 그들은 다시 옛날의 '어머니와 자식들'의 관계로 돌아간다. 작품에서 해선어머니는 박로인에 의해 「심청전」의 뺑덕어미로 비유되며, 웍또르 어머니는 해선어머니에 의해 「장화홍련전」의 의붓어미로 비유된다. 이 작품을 통해 한진은 두 가지의 주제를 암시하고자 한 것으로 보인다. '낳은 정보다 키운 정'이란 우리 전래의 속담을 바탕에 깔고 우리의 고전[「심청전」·「장화홍련전」]에서 일부 모티프를 빌어 와 등장인물들 간의 갈등을 증폭시켜 나가다가 결말을 지은 점으로 보면 우리의 전통 정서와 현지[소련] 문화의 적절한 결합이나 문화접변[acculturation]의 한 현상을 이룬 것으로 설명될 수도 있다. 그러나 자신을 낳아 준 조국[북한]과 길러 준

타국[소련] 사이에서 갈등해온 한진 개인의 심리를 감안한다면, 이 작품이 암시하는 바는 분명해진다. '낳은 정보다 키운 정'의 중요함을 극적으로 보여주는 이런 작품을 써서 무대에 올리는 일이야말로 김일성이라는 개인의 수중으로 떨어진 조국을 버리고 그나마 이성과 합리가 살아있는 소련을 택할 수밖에 없었던 한진으로서 자신의 선택을 정당화시킬 수 있는 유일한 길이었을 것이다.

「고용병의 운명」은 약간 다른 방향에서 자신의 선택을 합리화 하는 내용이다. 무대는 월남전이고, 그곳에 파견된 남한의 군인들이 미군에 대항하는 사건으로 극의 내용은 전개된다. 민족적 공산주의자들인 베트남민주공화국[북베트남]·남베트남 민족해방전선[베트콩]이 베트남공화국[남베트남]과 싸운 내전의 성격이 있는 반면, 미국과 한국을 비롯한 미국의 동맹국들이 남베트남을 지원하기 위해 개입하고, 이에 맞서 중국과 북한도 비공식적으로 각각 전투원을 파견하여 북베트남을 지원함으로써 국제전의 양상을 띠게 된 것이 바로 베트남 전쟁이다. 말하자면 베트남 전쟁은 미국을 중심으로 하는 자유민주주의 국가들과 소련과 중공을 중심으로 하는 공산주의 국가들이 대립하는 이념대결의 장으로 확대됨으로써 '미소(美蘇)의 간접 전쟁적(間接 戰爭的) 성격(性格)'[22]이 두드러진 전쟁이었다.

한진은 이 작품에서 소련의 입장에 서서 미국을 악의 축으로 보고 미군에 고용된 한국군의 모습을 과장되게 보여줌으로써 한국[남조선]의 식민 상황을 강조했다. 2장에서 작자는 구두닦이의 입을 빌어 "미국놈들만 없어도 살기가 한결 낫겠는데. 글쎄 저것이 조선의 은인이고 조선의 충

22) 민병천, 「越南의 戰爭體系에 관한 考察」, 『한국정치학회보』 6, 한국정치학회, 1972, 167쪽.

실한 벗이라니 소가 웃다 꾸러미 터질 노릇이 아니오."라고 미국에 대한 적개심을 표출했다. 철조망과 미군의 포사격장이 점령한 남조선 땅을 강조한 3장, 애인을 겁탈하려는 미군장교를 죽이고 함께 도망치는 4장, 월남 전장에서의 대화를 늘어놓은 5장 등을 거쳐 6장과 7장에서는 보다 진전된 대화가 등장한다. 즉 월남 빨치산과 한국 고용병이 만나 동질감과 동료의식을 확인하게 되는 장면이다. 다음의 대화가 그렇다.[23)]

**인철** 월남은 조선하고 신통히 같은 나라야. 조선은 38선으로 가로막히고 월남은 17도선으로 가로막혔어.

**빨찌산** 1 17도선(…) 17도선이 무언인지 아느냐? 이 선은 필리핀, 타일랜드, (…) 멕시코를 횡단하고 있다. 38선은 아테네, (…) 중국을 지나갔다. 그러나 그 나라들에서는 이 선이 국경선이 아니지. 17도선을 볼 때마다 나는 내 몸이 바'줄로 꽉 묶인 것 같은 감을 느낀다. 다리엔 피가 돌지 않아 검어지며 썩어드는 것 같은 육체적인 고통을 직접 느낀다. 우리는 제 나라를 통일할 것이야. 우리는 너희들을 몰아내겠다. 우리나라 방방곡곡에 신선하고 생기 있는 붉은 피가 돌도록.

⋮

**빨찌산 1** 때가 없어 이런 때에 앓느냐. 내 몸에 지대여라. 사람의 몸보다 따뜻한 것이 없어. (둘이 등을 맞대고 앉는다) 하긴 너희들은 불상한 사람들이야. 너희들이 몸에 붙이고 있는 물건을 봐라. 철갑모, 군복, 총, 단도, 구두, 물통, 머리꼭대기에서 발끝까지 모두 미국의 것이다. 너희들은 미국의 대포밥이야.

⋮

**철수** (…) 마이야, 이젠 우리 둘만 남았구나. 누가 우리의 원쑤냐? 이제 그 사람들이 우리의 원쑤냐? 그렇지 않으면 미국놈들이냐? 대위냐? 그렇지도 않으면 우리 자신이 우리의 원쑤냐?!

---

23)『한진 전집』, 109~111쪽.

한진이 월남전을 소재로 반미의식을 고창한 것은 당시의 지식인들에 대한 소련당국의 정치적 요구 때문이었겠지만, 그와 함께 자신들이 맞서 싸웠던 남한에 대한 이념적 적개심을 더불어 드러내고자 한 의도가 더 컸을 것이다. 이 점은 희곡 뿐 아니라 시작품을 통해서도 분명해진다. 한진과 비슷한 시기에 질곡의 삶을 살다 간 시인 강태수의 「그때는 오구말구요」[24]나, 「내 거문고야, 울려라!」[25] 에서도 같은 모습을 보게 된다. 사실 베트남전을 소재로 삼아 저주에 가까운 반미나 반 남조선의 감정을 표출한 것은 강태수나 한진의 미학으로 볼 때 생경한 일인데, 그만큼 그 체제 안에서 살아남아야 한다는 현실적 생존의 절박성이 그들을 그렇게 만들었을 것이고, 그 결과 문학세계가 일정 부분 이념 지향적으로 조정되었다고 할 수 있다.[26]

한진이 자신의 작품에 등장시킨 월남의 빨치산과 한국군의 공감을 통해 제시하고자 한 것은 자신들의 이념적 우월감을 강변해야 했던 현실적 필요성 때문이었고, 그것은 앞의 「의부 어머니」와 함께 월남전의 와중에서 소련을 새로운 조국으로 삼아 정착해야 했던 망명객으로서 불가피한 선택의 결과였다고 할 수 있다.

---

24) 『씨르다리야의 곡조』, 알마아따 사수싀출판사, 1975, 102쪽의 "(…)오늘의 월남땅에는/ 쥼글리의 짐승도/ 화약냄새에 잠들지 못하고/ 봄바람조차 피비리며/ 출렁거리는 메꽁의 물은/ 피와 눈물에 짜겁대요// 만일 미국 어머니들이/ 아들의 관을 받거던/ 거북하게 울지 말고/ 백악관에 저주를 던지라// (…)백만의 승냥이떼도 부족해/ 천으로 만으로 보태면서/ 그래도 비위좋게/ 놈들은 월남을 위한대요// 하도 쓰라린 력사는/ 그들을 배워줬나니/ 승냥이게 무슨 눈물이,/ 무슨 말이 들겠는가./ 오직 힘으로/ 때려서 물리칠뿐/ 월남은 이미 울지 않는다,/ 언제나 무릎을 꿇지 않는다.//(…)" 참조.

25) 『시월의 해빛』, 알마아따 작가출판사, 1971, 165쪽의 "(…)가시 쇠줄 안에서는/ 남부 월남 아이들이/ 기한에 부들부들 떨며/ 빠드득빠드득 이를 간다네./ 네 아저씨 계신/ 조선의 남녘땅은/ 찬 밥 한 숟가락 달라는/ 어린이의 울음에/ 서울뿐인가,/ 동래 부산도 터진다네(…)//" 참조.

26) 조규익, 「舊蘇聯 高麗詩人 강태수의 作品世界」, 『대동문화연구』 76, 성균관대학교 동아시아학술원 대동문화연구원, 2011, 508쪽.

따라서 이 시기에 한진은 망명객의 신세를 벗고 소련의 카자흐스탄에 정착함으로써 '새로운 조국과 이념'을 발견한 셈이고, 그러한 생각을 이 두 작품에 표출한 것으로 보아야 할 것이다.

## 2. 2단계 – 모정에 대한 그리움과 북한 체제에 대한 비판 : 「어머니의 머리는 왜 세였나」, 「량반전」, 「산부처」

얼핏 모정에 대한 그리움과 북한 체제에 대한 비판이 인과관계로 이어지거나 양립할 수 있는 개념들인지에 대해서 의문의 여지는 있다. 그러나 한진 개인에게 이 둘은 결코 뗄 수 없는 상관관계를 갖고 있다. 망명 이후 러시아 여인과 결혼을 했고, 1960년대 카자흐스탄에 정착하여 자신이 원하던 극작활동을 펼침으로써 심리적 안정을 얻고 있던 한진에게도 근본적으로 해결할 수 없는 문제가 있었다. 바로 어머니와 조국에 대한 그리움이었다. 특히 그에게 어머니 박성수는 특별한 존재였다. 『한진전집』의 「부록2」에는 그가 주고받은 편지들이 실려 있는데, 가족과 친지에게서 부쳐온 편지 54통 중 24통이 모친으로부터 받은 편지들이다. 편저자 김병학도 지적했듯이 '1950년 7월 10일 헤어진 이후 한 번도 만나지 못한 어머니가 보내오는 편지가 한진의 가슴을 수없이 흔들어 놓았'[27]을 만큼 그에게 어머니는 활력소이자 가족 트라우마의 근원이었다. 편지 글 가운데 몇 부분만 적시하면 다음과 같다.[28]

① 내 사랑하는 아들아! 모든 일에 락심 말고 두 번 세 번 열의를 다

27) 김병학, 앞의 글, 715쪽.
28) 『한진전집』, 788~834쪽 참조.

하여라. 우표 살 돈이 없어 편지를 못 하였니? 폭격 속에 자식을 둔 어미는 항상 소식을 기다리며 마음 놓을 시간이 업단다. 그것만을 잘 알아주고 어머니에게 위안을 다고. 이곳은 별 일 없이 잘 있으니 安心하고 열심 工夫하여라.<1952. 11. 12.>

② 선진국가로 류학 간 아들은 둔 이 어머니의 깃븜은 말노 다 表現할 수 없다. 나의 平生 바라든 바를 네의 특수한 人才로서 많은 사람들 中에서 추천받은 것을 生覺할 때 첫째 나의 바람은 이루워젓다. 둘재로는 선진국가의 모든 文化를 열심히 학습하여 祖國에서 네의 대한 기대를 自身있게 발휘할 수 있는 人格者가 되어 달나는 겄을 꼭 바란다.<1952. 12. 14.>

③ 勝利한 조선의 평양거리는 참 씩씩하다. 네가 본다면 좋은 글을 내놓을 것이다. 아부지도 건설에 對한 단편을 쓰실여고 每日 건설장에 나가신다. 할 일이 많은 조선 청년 됨을 닛지 말고 열심히 배우고 연구하여 國家의 有益한 내 아들이 되어다고.<1954. 6. 17.>

④ 이즘 들니는 소문이 나의 맘을 대단이 괴롭게 한다. 이 어미는 누구보다도 당과 정부에서 要求하는 중요한 人物이 될 것을 苦待하여 왔다. 내 苦待에 어그러짐이 없으리라 믿는다.<1957년 말>

⑤ 너는 하루 속히 歸國할 준비하여라. 다 건설된 후에는 미안해서 못 나올 것이다. 빨리 나와 건설에 협력하여라. 공화국의 혜택은 참으로 감사하다. 저번 날 령사부장 동지가 찾아오섯더라. 너와 누구누구 세 사람만 먼저 歸國을 要求한다더라. 당의 요구이면 꼭 나와야지. 이 얼마나 고마운 말슴인냐? 령사부장 동지 말슴하시기 전에 먼저 의향을 제의하고 하루 속히 歸國 준비하길 거진 다 죽어가는 네 어미는 마즈막으로 부탁한다. 어미 없는 평양을 오는 것보다, 반가이 맞어 줄, 보고 싶어 눈감아 죽지 못할 어미 있는 평양으로 歸國하여라. 내 부탁은 이것뿐이다.<1959. 3. 30.>

⑥ 펜을 들고 앉으니 진이가 눈앞에 보이는 것 같다. 많이 자랐겠지? 말도 좀 하겠지? 사진 보내다고. 진이 엄마도 잘 있으며 사업의 충실할 줄 안다. 네 몸 항상 튼튼이 하여 사업의 많은 성과 있기를 바란다. 네 편지 받은지 넘어 오래되여 갑갑하다. 떠러저 있는 데

가 넘어 오래 되니 편지쪼차도 자조하게 안 되는 모양이다. 항상 마음으로는 너이들 잊을 때가 없고 그리워 그리워하다는 그냥 그 감정을 죽여버리군 한다. 요전날 아버지는 술을 한 잔 잡수고 드러와서…나는 아모 자식도 믿지 안는다고! 맞아들을 실패했고 맛딸을 그리했고 이제 무얼 믿겠니? 하시면서 섭섭해 하시드라.<1961 년 후반>

전쟁이 끝나지 않은 상태에서 유학생으로 선발된 한진에게 보낸 편지가 ①이고, 유학을 떠나 모스크바에 있는 그에게 자랑스러운 모정을 그려 보낸 편지가 ②이며, 전후 복구사업에 여념이 없던 시기 북한의 소식과 함께 아들에 대한 당부를 적어 보낸 편지가 ③이다. 여기까지는 아들에 대한 진한 모정과 함께 국가와 아들의 미래에 대한 통찰을 갖춘 인텔리 여성의 면모까지 드러낸 내용으로 볼 수 있으나, ④·⑤·⑥은 갈등이 개입되어 있다는 점에서 앞의 것들과 다르다. ④와 ⑤는 소련에 망명한 한진에게 귀국할 것을 종용하는 여러 편의 편지들 중의 한 부분으로 어머니의 어조가 간절하다. 그리고 그 바탕에는 어머니를 설득하고 어머니에게 용서를 구하는 젊은 한진의 애달픈 마음이 잠재되어 있기도 하다. ⑥에는 망명한 한진이 아내 지나이다 이바노브나와 결혼 후 맏아들 안드레이를 얻은 사실과, 누이동생 경옥이 병으로 세상을 떠난 사실이 암시된다. 이상에서 어머니의 편지들 가운데 일부, 그것들 가운데 극히 적은 부분들을 인용했지만, 모

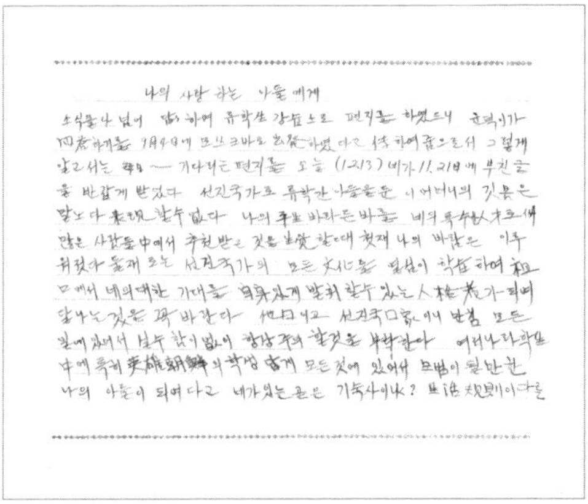

어머니 박성수가 한진에게 보낸 친필 편지

자간에 오고 간 정의 흐름을 약여(躍如)히 느낄 수 있다.

무엇보다 '6 · 25 참전－소련 유학－망명'이란 큰 소용돌이 속에서 가족과 생이별하고 조국으로부터의 끈까지 잃어버린 채 '새로운 조국'에서 정을 붙이고 살아야 했던 그에게는 말 못할 심적 고통이었을 것이다. 모정과의 괴리가 그로서는 참을 수 없는 고문이었다. 가족의 해체가 우리나라보다 비교적 자유로웠고 그에 따라 계부 · 계모 보기가 어렵지 않은 그곳의 사정을 목격하면서, 우리나라에서 전통적으로 내려오던 '낳은 정보다 기른 정'이란 속담을 떠올렸을 것이다. 그와 함께 자신의 처지에 대한 깨달음 또한 갖게 되었으리라 본다. 말하자면 모국인 북조선으로부터 도망하여 새로운 모국인 소련의 카자흐스탄에 정착한 자신을 발견한 것이었다. 즉 '낳아주신 어머니'는 북조선이나 그 어머니를 떠나 '길러주신 어머니'는 소련의 카자흐스탄이었던 것이다.

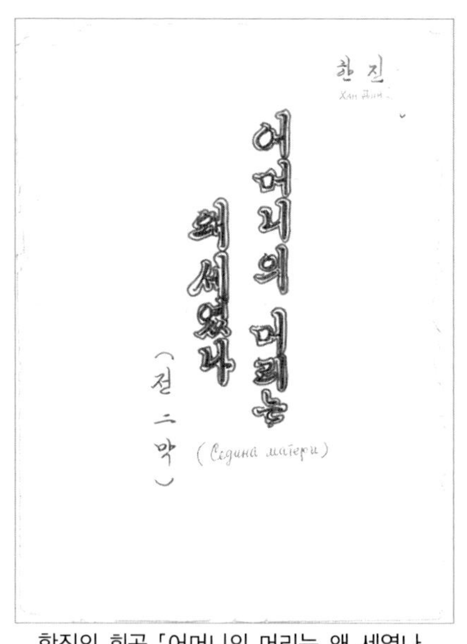
한진
어머니의 머리는 왜 세였나
(전 二막)
(Седина матери)
한진의 희곡 「어머니의 머리는 왜 세였나」

여기서 우리는 조선풍속이나 조선의 고전들에서 모티프를 차용하여 새로운 공간에서 벌어지는 사건을 그려내고 있는 한진의 내면적 의도를 비로소 이해할 수 있게 되는 것이다. 그런 감정이 1960년대의 「의부 어머니」로 구체화 되었고, 어머니의 사랑과 어머니에 대한 그리움이 70년대에 들어와 어머니의 머리는 왜 세였나로 보다 더 구체화 된 것이다.

아버지를 일찍 여의고 나쁜 친

구들과 어울려 못된 길로 들어선 아들 롬까 때문에 어머니는 눈물 마를 틈 없이 고생하며 흰 머리만 늘어 가는데, 결국 감옥에서 나온 롬까가 예전의 애인 미라를 만나고 과거의 구렁텅이로부터 벗어나 새 사람이 된다는 내용이다. 이 작품을 "소비에트 문학예술에 거의 필수적으로 등장하는 이념이나 정치적 색채가 전혀 없는 순수예술 희곡이며, 순수한 사랑의 힘을 보여준 한진의 대표작 중의 하나"[29]라고 할 수도 있겠지만, 한진이 이 시기에 이런 작품을 쓰지 않으면 안 되었던 현실적 필연성이나 당위성을 살펴보는 것은 더 중요하다고 본다. 그가 늘 상처처럼 안고 살아야 했던 '어머니에 대한 그리움'이나 '어머니의 명을 거역할 수밖에 없었던 상황'을 이와 같은 '모정 찬가'류의 작품으로 구체화시키는 것이 유일한 출구였을 것이다. 마지막에 미라와 롬까가 결혼식을 올리는 자리에서 롬까의 어머니는 미라에게 다음과 같은 말을 해준다.

> 귀여운 내 자식들아, 귀중한 미라야. 내 비록 제 젖을 먹여 기르지는 못했다만은 너는 나에게 친딸보다 더 귀중한 자식이다. 너는 나에게 아들을 찾아 주었다. 너는 나에게 이 세상에서 가장 감사한 사람이다. 너는 자기의 사랑으로 하여 내가 하지 못한 일을 하였다. 귀여운 내 딸아 부디 행복하여라. 롬까, 너는 미라를 존경하고 사랑하여라. (손을 쥐여 준다) 이 새해, 첫 시각을 너희들은 잊지 말아라. 이런 행복을 보자고 어머니들은 고생을 참고 슬픔을 이겨가며 사는 것이다.[30]

어머니의 이 말은 소련에서 결혼식을 올렸다는 소식을 듣고 한진의 어머니가 보낸 편지글의 분위기와 유사하다.[31] 작품에서 어머니는 악의

---

29) 김병학, 앞의 글, 749쪽.
30) 『한진전집』, 274쪽.
31) 『한진전집』 831쪽["대용에게/ 편지 받은 날부터 回答을 쓴다는 것이 只今이야 붓을

구렁텅이에서 다시 돌아온 롬까와, 그를 구출하여 결혼해준 미라를 소중하게 끌어안으며 인용문과 같은 말을 했다. 비록 아들 한진이 소련에 망명하여 자신들의 곁으로 돌아오지는 않고 있지만 처음부터 소중한 아들이었고, 허허벌판 망명지에서 이국 남성인 그를 남편으로 받들겠다는 지나이다 이바노브나를 비록 편지글로나마 소중하게 대해주는 모습을 발견할 수 있다. 말하자면 작자는 현실에서의 '어머니 : 한진 · 지나이다 이바노브나'의 관계를 작품에서 '어머니 : 롬까 · 미라'로 정확히 대응시켜 지극한 모정을 표현하고 싶었을 것이다.

그런데 한진이 어머니의 곁으로 돌아갈 수 없었던 것은 북한정권에 대한 비판적 인식과 그 결과적 행동인 망명 때문이었다. 어머니는 그가 귀국하길 바라는 간절한 소망과 함께 북한 체제는 그에게 아무런 위해를 가하지 않을 것이라고 편지를 통해 계속 설득했으나, 북한 정권의 속성을 누구보다 꿰뚫고 있던 한진으로서는 그 길을 갈 수 없었다. 그러니 나이를 먹을수록 어머니에 대한 그리움은 커져갔고, 북한 정권에 대한 미움 또한 커져간 것이 망명 이후 한진의 입장이었다. 한진은 어머니의 무한한 모정을 그려낸 「어머니의 머리는 왜 세였나」보다 4년 전에 「량

들엇다. 5·1절에 보내준 엽서도 5, 2日에 반가이 받었다. 몸 성히 잘 잇다니 기쁘며 네 결혼을 축하한다. 오래'동안 客地에서 얼마나 외로웟으며 괴로운 때가 많었겠니? 幸福한 家庭 일우우고 多福하게 살어다고. 아버지께서는 지나에게 선사를 해야겟는데 무엇을 할까? 하시면서 기뻐하신다. 연수도 좋다고 하더라. 風俗이 다른 민족끼리 서로 량해하며 의견충돌 없이 살어라. 너이들이 사는 모양이 보이는 듯 하다. 거저 보고  싶은 것뿐이다. 너이 결혼사진 찍은 것 있으면 한 장 보내다고."<1959년 5월 4일 편지>], 832쪽["지나에게/ 편지가 늦은 겄을 용서하여라. 항상 마음은 그곳에 가 있다. 보고 싶은 사람들이 다 그곳에 있기 때문에 더욱이 안드레아가 세상에 나온 후로는 더욱 간절하다. 어린이를 기르며 직장 生活할여기 얼마나 고생할 것을 안다. 지나는 훌륭한 안드레이를 나을여기 얼마나 수고를 하였겠다.…지나는 우리 가정의 주부이며 가정을 운영해나갈 큰 임무를 가지고 있는 것을 잊었서는 안된다. 우리는 영예스럽게 그런 책임 각오하고 있을 것을 믿고 기뻐하고 있다.…] 참조.

반전」을, 2년 후에 「산부처」를 각각 발표했다. 「량반전」은 1972년에 창작하여 김 이오시프의 연출로 1973년에 상연된 연극이다.

고전의 각색이라는 점에서 80년대 창작한 「토끼의 모험」과 같은 계열에 들지만, 단순한 해학보다는 풍자와 비판이 주조(主潮)를 이루고 있다는 점에서 다르다.

근대 이전은 남·북한 모두 양반과 '상놈'으로 계층화 되어 있었고, 그 점에서 이 작품은 자신들이 버리고 떠나 온 조국 전체를 향한 비소(誹笑)일 수 있다. 스스로 선택했든 불가피한 망명이었든 조국에 대한 미련을 버리고 편안한 마음으로 정착하기 위해서라도 '그때의 그곳'이 문제적 시공(時空)이라는 인식과 그에 비해 '지금의 이곳'은 이상적 시공이라는 인식이 절실했을 것이다. 「량반전」의 원작을 상당 부분 변개시켜 지배계층의 허위와 가식을 고발하고 피지배계층의 행복한 결말을 보여 줌으로써 작자 자신과 고려인들이 속한 공산주의 이데올로기나 체제의 우월함을 강조하고자 한 의도는 그들의 성공적인 정착을 위해 매우 중요했다. 그 지역 고려인들 대부분은 극동으로부터 강제 이주된 지 겨우 한 세대를 지난 입장이었기 때문에 그들 스스로의 처지에 대한 공감이나 자위(自慰)가 절실하게 필요했을 것이다. 그 점을 간파한 한진이 고려인들 대부분이 알고 있었을 고전의 풍자와 해학을 통해 그들의 현재 처지가 부조리한 구(舊) 세계보다 낫다는 것

최근 알마티의 고려극장에서 상연된 「량반전」의 한 장면

한진의 희곡 「산부처」

을 보여 준 점은 지혜로운 일이었다고 할 수 있다.

「산부처」는 태봉국 궁예왕의 이야기다. 작자 스스로 '력사와 전설과 허구의 산물'[32]이라 한 것처럼 등장인물들이나 사건이 실제와 정확히 들어맞지는 않는다. 그러면서도 궁예가 과대망상으로 교만해지면서 몰락해가는 과정을 보여주는 점은 사실과 부합한다.[33] 그의 전우이자 충신인 신헌과 간신인 원회의 대립 속에 미쳐가던 궁예는 신헌의 죽음과 함께 백성들과 왕건의 공격으로 죽고 만다는 것이 전체의 스토리다. 그렇다면 작가 한진은 궁예를 통해 무엇을 말하려고 했는가. 바로 이 작품이 "북한의 김일성 체제에 대한 풍자와 비난의 의도로 쓴 것"[34]임은 이론의 여지가 없다.[35] 사실 한진이 망명을 마음먹게 된 즈음 "조국에서 들려오는 소식은 절망적이었다. 소련과는 정반대로 개인독재와 개인숭배가 점차 심화되고 있었으며 동시에 남로파, 연안파, 소련파가 차례로 숙청되고 있다는 소식이 들려오는 등 조국의 정세는 갈수록 암울하기만 했다."[36]

32) 『한진전집』 276쪽.

33) 한진은 작품 말미에 "신채호 선생의 『일목대왕의 철퇴』를 참고 인용했다."고 밝혔다.[『한진전집』, 323쪽]

34) 리정희, 앞의 글, 55쪽.

35) "이 희곡이 북한체제를 신랄히 비판한 걸작이라는 평가가 나돌자 북한대사관에서 직접 찾아와 이 연극을 관람했다"는 정상진의 증언[김병학, 같은 글, 757쪽.]도 이 사실을 뒷받침한다.

36) 김병학, 같은 글, 708쪽.

한진은 이 작품에서 개인숭배를 강요하며 독재로 치닫고 있던 김일성을 궁예로 바꾸어 놓았을 뿐이다. 따라서 궁예의 종말은 김일성 혹은 김일성 체제의 종말을 의미했다. 당시 그곳 사람들은 이 작품을 읽거나 연극을 보면서 단순히 우리나라 역사상 궁예라는 인물의 흥망사를 깨닫는데 그쳤을지도 모른다. 즉 그들은 「의부 어머니」를 보면서 '낳은 정보다 기른 정이 낫다'는 속담을 떠올릴 뿐, 조국을 버리고 망명한 작가 한진의 심정이나 현실적인 처지를 헤아리지 못했고, 어머니의 머리는 왜 세였나를 보면서 어머니의 지극한 사랑만을 깨달을 뿐, 어머니의 지극한 모정을 저버리고 망명의 길을 택한 한진 개인사의 알레고리임을 헤아리지 못하듯 「산부처」를 보면서 '김일성 체제'의 종말에 대한 알레고리임을 알지 못했던 것이다. 그런 점에서 한진의 드라마 작법은 범상치 않았고, 그에 따라 이루어지는 미학의 수준 역시 매우 뛰어났다. 70년대를 대표하는 두 작품을 통해 당시 한진의 내면에 어떤 변화가 일어났는지를 가늠할 수 있는 것도 바로 이 때문이다.

### 3. 3단계－주제의 다각화와 다양한 미학의 추구 : 「토끼의 모험」, 「나 먹고 너 먹고」, 「폭발」

이 지역에서 80년대의 시대정신을 나타내는 두 표어는 페레스트로이카(perestroika)와 글라스노스트(glasnost)다. 고르바초프가 등장하여 제시한 이 두 운동은 소련의 정치·경제·사회·외교·문화 분야에 폭풍과 같은 개혁의 바람을 몰고 왔다. 자연스럽게 사회 전반에 깔려 있던 스탈린주의가 거부되고, 탈이데올로기와 탈군사주의를 추동함과 동시에 정보공개가 시행됨으로써 사회 전반은 변화의 소용돌이에 휩싸이게 되었다.

동유럽의 통치체제가 무너지고 소련이 해체되는 등 사회주의의 붕괴가 초래됨에 따라 억눌렸던 주민들의 욕구가 분출되었고, 모든 분야에서 이전 시대와는 다른 자유의 분위기가 살아나게 되었다. 한진이 정착한 카자흐스탄 역시 그런 물결에서 비켜나지 않아 작가들 역시 모처럼의 자유를 누릴 수 있었다. 특히 소련의 소수민족 동화주의 정책의 그늘 아래 숨죽이며 살아야 했던 고려인들로서는 문화의 르네상스가 도래한 듯한 분위기를 느끼게 되었다. 그동안의 억눌림으로 우리말과 문학이 쇠락했고, 새로운 세대는 우리말이나 글을 알지 못했다. 그럼에도 불구하고 고려극장이란 전문예술기관이 있었고, 적지 않은 예술인들이 그곳을 무대로 창작활동을 하고 있었기 때문에 외부로부터 불어 닥친 개방과 자유화의 바람은 그들의 움직임을 보다 활발하게 만든 것이 사실이었다. 그뿐 아니라 한국과의 활발한 교류가 시작됨으로써 고려극장이 새로운 발전의 계기를 맞게 되었다는 점도 중요한 변화였다.

80년대에 창작된 이 작품들 가운데 「토끼의 모험」, 「량반전」 등은 고전을 당대의 의식에 맞게 개작한 것들로서 새로운 해학과 풍자를 미학의 바탕으로 깔고 있는 작품들이라는 점에서 당대의 부패상을 풍자하고 있는 「나 먹고 너 먹고」와 함께 묶일 수 있다. 또한 미군 기지촌과 5·18 광주민주항쟁을 통해 반미·반독재의 민중 정서를 통한 민족의 자아 찾기를 시도했다는 점에서 「폭발」은 작가가 90년대에 보여 줄 새로운 문학세계의 단서를 보여준 경우다. 고전소설 「토끼전」을 각색하여 현지 주민들[주로 고려인]에게 소개한 「토끼의 모험」은 해학과 풍자의 원래 미학을 좀 더 풍부하게 확장하면서 고려인들의 처지를 절묘하게 보여주었다. '거부기'의 꼬임에 빠져 용궁으로 잡혀 온 옥토끼가 부른 노래,[37] 거짓말에 속아 용궁에서 땅으로 옥토끼를 데리고 나온 '거부기'가 산중의 동물들로부터 죽임을 당하게 되었을 때 옥토끼의 구원으로 살아난 '거부기'가 부른 노래,[38] 자신의 기지로 살아나온 옥토끼가 마지막 부분에서 부른 노래[39] 등은 이 작품이 드러내고자 하는 이면적 주제가 부각된 부분들이다. 말하자면 지배계층의 허위와 가식 혹은 지배체제의 위기를 비판한 점에서 풍자와 해학이 핵심적인 미학이었으며, 그에 따라 교훈이 표면적인 주제로 되어 있지만, 한진은 거기서 멈추지 않았다.

옥토끼의 노래[각주 38)/40)]는 디아스포라로서의 고려인들이 갖고 있던 망향의 정서를 잘 드러내고 있다. '거부기'의 노래[각주 39)]는 한진 자신의 처지를 절묘하게 드러낸 내용이다. 이 노래에는 조국을 등지고 망명객이 될 수밖에 없었던 자신의 처지가 손에 잡힐 듯 그려져 있다. 즉 '바다 속에 돌아가면/ 룡왕에게 죽어나'는 '거부기'의 처지는 '조국으로 귀환하면 김일성에게 죽음을 당할 수밖에 없는' 한진 자신의 처지와 정확하게 부합한다. 그리고 '땅우에서 살자하니/ 동무 없어 못살겠다'는 '거부기'의 한탄 역시 디아스포라로서 타국을 전전하는 한진 자신[혹은 고려인들]의 심정을 정확히 대변하는 내용이다. 따라서 이 작품은 고전의 단순한 각색이 아니라, 조국과 소련의 틈새 카자흐스탄에 정착한 작자

37) 『한진전집』, 350쪽의 "나의 살던 고향은/ 꽃 피는 산골/ 무엇을 바라고서/ 여기 왔던가// 정든 친구 버리고/ 찾아온 곳은/ 낯서른 물의 나라/ 죽음의 나라// 가고 싶은 고향은/ 멀고 멀어라/ 천만길 물속에서/ 나는 죽는다// 나는 이미 죽으나/ 어깨동무야,/ 너는야 나 오기를/ 기다리겠지…" 참조.

38) 『한진전집』, 363쪽의 "어델 가나 어델 가나/ 어델 가면 내가 사나/ 넓고 넓은 이 세상에/ 나 갈 곳은 어더메냐/ 바다속에 돌아가면/ 룡왕에게 죽어나고/ 땅우에서 살자하니/ 동무 없어 못살겠네/ 물에서도 살 수 없고/ 땅에서도 살 수 없고/ 이 세상에 나 살 곳은/땅과 물의 그 사이다." 참조.

39) 『한진전집』, 364쪽의 "바다나라 물속 깊이/ 가보고서야/ 내 고향이 좋은 것을/ 나는 알았다/ (합창)/ 멀리멀리 천리길을/ 가보고서야/ 동무들이 그리움을/ 나는 알았다.// 목숨보다 귀중한건/ 이 세상에서/ 나서 자란 고향임을/ 나는 알았다.// 내 고향의 잔디풀과/ 진달래꽃이/ 세상에서 제일임을/ 나는 알았다." 참조.

자신의 처지를 정확하게 드러냄으로써 원작에 비해 미학과 주제를 확장하는데 성공한 작품이라 할 수 있다.

「나 먹고 너 먹고」는 「토끼의 모험」, 「량반전」 등에서 시험해본 풍자의 미학을 과감하게 현실문제로 확대시킨 경우다. 김병학의 설명처럼 이는 당시 소련 사회에 만연된 일상적 부패와 그런 세상에서 매끄럽게 굴러가는 속된 인간들의 타락상을 예리하게 붙잡아 코믹하게 풍자해낸 걸작이다.[40] 그렇다면 「량반전」, 「토끼의 모험」, 「산부처」 등에서 조심스럽게 구사하던 풍자의 화살을 과감하게 그 당시 체제로 돌려 「나 먹고 너 먹고」를 창작하게 된 배경은 무엇일까. 바로 이 시기에 불어 닥친 페레스트로이카와 글라스노스트 덕분일 것이다. 물론 이런 개혁 이데올로기들은 1985년에서야 선언되었고 작품 「나 먹고 너 먹고」는 1983년에 발표되었기 때문에 시기적으로 어긋난다고 할 수 있겠지만, 개혁 이데올로기가 선포될 즈음 전 사회적으로 흘러넘치기 시작하던 개방화의 물결을 한진 스스로도 감지했었으리라 본다. 그러기 때문에 과감하게 자신들이 몸담고 있던 시간과 공간의 부조리를 과감히 드러내어 풍자하고 비판할 수 있었던 것이다. 이 시기 한진에 의해 「량반전」, 「토끼의 모험」, 산부처, 「나 먹고 너 먹고」 등이 발표됨으로써 고려인 문단에서 진정한 풍자의 미학은 그 모범적 선례를 보일 수 있게 되었다고 할 수 있다.

이런 점에서 폭발은 또 다른 의미를 지니는 작품이다. 남한 내 이산가족 찾기 생방송으로 막이 열리는 이 작품에는 미군 포 사격장에서 불발탄을 분해한 고철을 팔아 생계를 이어가는 노인들과 양공주, 5·18광주민주항쟁에 참가했다가 붙들려 고문으로 만신창이가 된 청년 대식과 똘

40) 김병학, 앞의 글, 757쪽.

만이, 국군장교 등이 등장한다. 김병학의 설명처럼 이들은 모두 월남전과 5・18 광주민주항쟁 때 자신이나 부모와 생이별한 사람들로서 전형적인 반미와 반전을 주제로 하고 있으며 당시 한국사회를 바라보는 소련 지식인들의 관점이 가감 없이 잘 드러나 있을 뿐 아니라, 미제의 충실한 정책집행자인 군사정권에 억눌린 민초들의 절망이 새로운 자각으로 깨어나고 있음을 보여준다. 또한 제목을 통해 미제와 군사정부의 야만적 폭거에 대한 한국 민중의 분노가 폭발함을 상징적으로 보여 준 이 작품은 재소 고려인들이 생산한 모든 문학작품들을 통틀어 5・18을 다룬 유일한 사례였다.[41] 그러나 필자가 보기에 단순히 민중의 분노를 폭발시키는 데 그치지 않고, 그 폭발을 통해 '민족 찾기'에 성공했음을 암시한 데 이 작품의 진정한 의미가 있다. 다음과 같은 용주의 마지막 말에서 그 단서를 찾을 수 있다.

> 용주 (돌아가며 죽은 사람들을 흔들어본다) ……여보, 학수, 우리 신세는 왜 이렇게도 쌍둥이처럼 신통히 같은가구…… 우리 둘만의 신세가 아니오. 이 나라 백성들의 신세가 다 그렇소. 대식아, 배를 사가지고 동해바다의 물고기를 퍼내겠다던 너의 공상은 포연과 함께 영원히 살아지고 말았구나. 똘만아, 너도 끝끝내 제 리발소를 보지 못하고 죽고 말았구나. 당신들의 도움으로 딸을 찾아 데리고 왔소! 아, 나는 너머나 무거운 빗을 당신들게 졌습니다.…미국놈들이 다 돌아가고 다시 그 터밭에서 곡식이 자랄 때가 반듯이 올 것이오.[42]

41) 김병학, 같은 글, 758쪽.
42) 『한진전집』, 467쪽.

이 작품에 등장하는 개인들은 마지막에 집단적 자아를 형성한다. 용주가 딸을 찾은 것은 민족의 자아를 찾은 것과 동일한 의미를 갖는다. '미국 놈들이 돌아가고 다시 그 텃밭에서 곡식이 자랄 때가 반드시 올 것'이라는 말에 미국의 지배를 벗어나 독립적인 민족의 자아가 소생할 것이라는 희망이 담겨 있다. 이 작품은 80년대를 소용돌이 친 광주민주항쟁의 역사적 사건이 그의 민족의식을 여기까지 진전시켰음을 알 수 있다. 즉 단순히 '북한에 대한 대립 항으로서의 남한'이란 도식에서 벗어나 '남한 내의 지배계층과 민중, 미국세력과 민중'이라는 대립항의 다변화에 대한 인식을 갖게 되었다는 점이다. 그것은 국제정세의 변화나 한반도 정치지형의 변화가 그의 창작활동에 모종의 영향을 미치고 있었음을 암시하는 증좌라고 할 수도 있다. 이상에서 본 것처럼 80년대에는 다른 시기와 달리 주제와 미학에서 비교적 다양한 모습을 보여 주었다고 할 수 있다.

### 4. 4단계-민족통합의 당위성 추구 : 「나무를 흔들지 마라」

1985년에 발표된 고르바초프의 페레스트로이카는 1990년 구소련 체제의 붕괴로 연결되었고, 그간 이 지역에서 점증해오던 민족주의적 열기는 고려인 지식인들로 하여금 자연스럽게 새로운 민족의식으로 무장하도록 한 계기가 되었다. 민족의 현실에 대한 인식과 미래에 대한 통찰은 세계사의 조류에 부응하기 위한 필수적인 무기였다. 유학과 망명, 정착 등 그간의 행적으로 미루어 한진은 조국과 민족에 대한 복잡한 사념(思念)들을 갖고 있었고, 그런 복합심리는 종종 작품들을 통해 표출된 바 있다. 시기에 따라 모습을 달리 하던 단편적 민족관념이 통합적인 모습

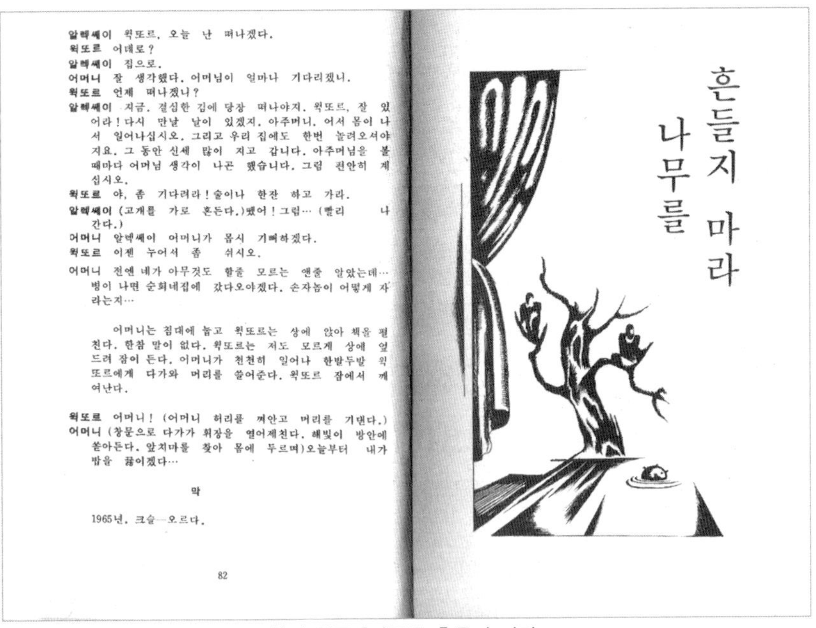

**알렉쎄이** 웍또르, 오늘 난 떠나겠다.
**웍또르** 어데로?
**알렉쎄이** 집으로.
**어머니** 잘 생각했다. 어머님이 얼마나 기다리겠니.
**웍또르** 언제 떠나겠니?
**알렉쎄이** 지금. 결심한 김에 당장 떠나야지. 웍또르, 잘 있어라! 다시 만날 날이 있겠지. 아주머니, 어서 몸이 나서 일어나십시오. 그리고 우리 집에도 한번 놀려오서야지요. 그 동안 신세 많이 지고 갑니다. 아주머님을 볼때마다 어머님 생각이 나곤 했습니다. 그럼 편안히 계십시오.
**웍또르** 야, 좀 기다려라! 술이나 한잔 하고 가라.
**알렉쎄이** (고개를 가로 흔든다.)됐어! 그럼… (빨리 나간다.)
**어머니** 알렉쎄이 어머니가 몹시 기뻐하겠다.
**웍또르** 이젠 누어서 좀 쉬시오.
**어머니** 전엔 네가 아무것도 할줄 모르는 앤줄 알았는데… 병이 나면 순희네집에 갔다오아겠다. 손자놈이 어떻게 자라는지…

어머니는 침대에 눕고 웍또르는 상에 앉아 책을 펼친다. 한참 말이 없다. 웍또르는 저도 모르게 상에 엎드려 잠이 든다. 어머니가 천천히 일어나 한발두발 웍또르에게 다가와 머리를 쓸어준다. 웍또르 잠에서 께여난다.

**웍또르** 어머니! (어머니 허리를 껴안고 머리를 기댄다.)
**어머니** (창문으로 다가가 휘장을 열어제친다. 해빛이 방안에 쏟아든다. 앞치마를 찾아 몸에 두르며)오늘부터 내가 밥을 끓이겠다…

막

1965년, 크슬—오르다.

82



한진 희곡 「나무를 흔들지 마라」

을 보여준 계기도 소련의 붕괴 및 해체라는 역사적 사건이었으며, 공교롭게도 이 시기에 그는 이러한 시대정신을 반영한 것으로 보이는 「나무를 흔들지 마라」를 발표했다.[43] 이 작품 이후 그는 「공포」, 「그 고장 이름은?」 등 두 편의 소설을 더 발표했지만, 희곡은 더 이상 발표하지 않았다.

1991년 고려일보의 주필이 되어 신문사에 헌신했고, 특히 1992년 위암

43) 이 작품은 1988년 사수싀출판사에서 펴낸 『한진 희곡집』에 실려 있다고 하는데[『한진전집』, 510쪽] 정작 무대에 올려진 것은 1991년[아 빠쉬꼬브 연출]이다. 창작 즉시 무대에 올릴 수도 있지만, 반드시 창작과 상연이 시차 없이 연결되어야 하는 것은 아니라고 본다. 작품의 영향력 면에서 책으로 내는 경우와 무대에 올리는 경우 중 어느 것이 큰지 확언할 수는 없지만, 희곡인 만큼 상연 시점에 무게중심을 두는 것이 타당하리라 본다.

진단을 받은 후 투병하다가 1993년 별세한 점을 고려하면,[44] 「나무를 흔들지 마라」가 한진의 마지막 작품임은 분명해진다. 희곡작품으로서 마지막일 뿐만 아니라 내용적 측면에서도 그간 한진이 견지해온 민족의식이 완성되는 모습을 보여주었다는 점에서 이 작품은 민족에 대한 염원이나 충고, 혹은 유언의 의미까지 지닌다고 할 수 있다. 이 작품의 시간적 배경은 6·25사변[1950년~1953년]이고, 등장인물은 북조선 군인[김기복]·남조선 군인[김남수]·처녀 리춘희 등이다. 홍수로 떠내려 오던 북조선 병사와 남조선 병사가 한 그루의 나무에 들러붙어 옥신각신하다가 새로 떠내려 오던 처녀를 함께 구출한 뒤 벌어지는 등장인물들 간의 심리적 갈등이나 교류가 절묘하게 그려지는 것이 이 작품의 내용이다. 북조선 병사와 남조선 병사는 서로 죽여야 하는 적이지만, 하나의 나무에 붙어 있는 이상 죽지 않으려면 서로 협조해야 하는 상황에 놓이게 된다. 그런 상황은 춘희의 다음과 같은 대사에서 극명하게 설명된다.

> **춘희** 나무가 새를 고루나요? 새가 나무를 고루지. 나무가 우리를 앉힌 것이 아니지요. 우리가 나무 우에 오른 거지요. 우리가 서로 죽일려고 달려들면 이 나무 우엔 한 사람도 남지 않을 거예요. 좋던 궂던 참아가며 물찔 때까지 기다려야지…… 우리는 사람들이 아니예요? 같은 피가 흐르는 동족이 아니예요……

춘희의 입을 빌어 제시하고자 한 작자의 메시지는 단순 명쾌하다. 떠내려가는 물 가운데 위태롭게 서 있는 나무. 그 나무에 매달려 목숨을 부지하고 있는 세 사람은 서로 적일 수 없는 공동운명체 즉 동족이란 것

44) 『한진전집』, 784쪽.

이다. '나무를 흔드는' 외부의 적에 대하여 함께 싸워야 함에도 불구하고 공동운명체인 두 사람이 죽이지 못해 안달하는 것만큼 어리석은 일이 없다는 점을 깨우침으로써 향후 민족이 나아갈 길을 제시한 점은 이 작품의 주제이자 한진이 그동안 개별 작품들을 통해 말해 온 주제들의 총 결론인 셈이다. 작품의 말미에 물에 떠내려 오던 지구의를 안은 춘희가 내뱉은 혼잣말은 남한과 북한에 동시에 던지는 과제라고 할 수 있다.

> **춘희** 그때로부터 삼십여 년이란 세월이 흘렀습니다. 그러나 남수도 기복이도 다시 이 나무를 찾아오지 않았습니다. 찾아 올 수가 없었습니다. 이 나무는 지금 군사분계선 안에 들어 있습니다. 그 동안 이 나무는 사람의 그림자를 한 번도 보지 못했습니다. 거저 해마다 늦은 가을이면 흰 두루미가 두 마리 날아와 잠간 나무 우에 앉았다가 어디론지 날아가곤 합니다. 기복이와 남수의 혼이 아닌지요……[45)]

'민족화합'의 상징인 나무를 군사분계선 안에 가두어 놓고 삼십 여 년의 세월이 흘렀다는 것은 전쟁 이후 삼심 여 년이 흘렀지만 남북이 전혀 깨달음을 얻지 못했음을 아프게 지적한 말이다. 군사분계선에 들어 있는 '나무'를 해방시킴으로써, 즉 남과 북이 화합함으로써 민족이 새로운 길로 접어들어야 하는 것이 민족의 과제임을 강조한 것이다. 이념적 우위에 입각한 정복이나 통일이 아니라 '민족은 하나'라는 원칙 위에서 남과 북이 하나로 통합되어야 한다는 것. 이것이 한진이 말년에 이르러 얻게 된 깨달음이었던 것이다.

45) 『한진전집』, 510쪽.

## 4. 새로운 연극미학의 수립

북한에서 태어나고 자란 한진은 모스크바 유학을 통해 내면세계를 넓혔고, 조국의 현실에 대한 비판을 바탕으로 망명객이 되었으며, 카자흐스탄에 정착하여 '고려인'으로 환생할 수 있었다. 말하자면 험난한 과정들을 통해 조국의 현실과 상황을 이성적으로 사유하고 분석할 수 있는 객관적인 거리를 확보할 수 있게 되었다는 것이다. 간절한 사모(思母)의 정을 억누르면서까지 조국의 체제를 비판하고 망명의 길을 택함으로써 사적인 감정을 넘어 민족공동체의 미래에 대한 통찰을 마련할 수 있었다고 본다. 그의 의식이나 사유가 성숙해가는 과정을 그가 남긴 문학작품들, 특히 극작품들을 통해 살펴 볼 수 있었다. 필자는 그의 의식이 성숙해가는 과정을 네 단계로 나누어 보았다. 망명과 정착 과정에서 갖게 된 콤플렉스를 '원 모성으로부터의 절리(切離)와 새로운 모성의 발견 및 정착'으로 형상화 시켰다고 보는데, 이것을 1단계의 이면적 주제의식[새로운 조국과 이념의 발견]이라 할 수 있고, 「의부 어머니」·「고용병의 운명」 등이 이에 속한다고 보았다. 정착지에서 그를 끊임없이 괴롭힌 것은 지극한 사모(思母)의 정이었고, 어머니를 만날 수 없게 만든 조국 북조선의 현실이었다. 이것을 문학적으로 구현한 것이 2단계의 이면적 주제의식[모정에 대한 그리움과 북한 체제에 대한 비판]이었고, 「어머니의 머리는 왜 세였나」·「량반전」·「산부처」 등이 이에 속한다. 80년대에 들어서면서 고르바초프에 의해 천명된 페레스트로이카나 글라스노스트 등은 소련의 분위기를 바꾸어 놓았고, 그에 따라 그로 하여금 다양한 주제의식과 미학을 추구할 수 있게 했다. 비록 풍자와 같은 간접적인 방법이긴 하지만 체제의 모순을 비판할 수도 있게 되었고, 보다 직접적인 어법으로 조국의 현실에 대한 비판적 인식을 드러낼 수도 있게 되었다. 3단계의 이면적 주제의식[주제의 다각화와 다양한 미학의 추구]이 가능했던 것도 그런 상황의 변화 덕분이었고, 「토끼의 모험」·「나 먹고 너 먹고」·「폭발」 등이 이에 속한다. 4단계에 이르러 소련의 체제가 붕괴되고 새로운 민족주의가 대두됨으로써 조국의 미래에 대한 통찰 또한 새롭게 가질 수 있게 되었다. 한진으로서는 이념이나 힘의 우위가 아니라 동질성에 입각한 '분열된 민족의 통합'만이 가장 바람직한 조국의 미래라는 깨달음을 얻게 되었고, 나무를 흔들지 마라를 통해 이 시기의 이면적 주제의식[민족통합의 당위성 추구]을 구체화 할 수 있었다. 그가 망명지에서 표면상 극작가 혹은 소설가로 살아갔지만, 이면적으로는 일관되게 민족정신이나 정서를 추구한 민족주의자로 살아갔다고 본다. 그 결과 그는 민족의 미래에 대한 통찰을 제시할 수 있었고, 그에 따라 그의 극작품들은 독특한 미학을 구현할 수 있었다고 본다.

북한에서 출생하고 교육을 받았으며 한국전쟁에 참전까지 한 그가 북한을 비판하면서 망명하게 된 것은 체제의 모순에 대한 절망감 때문이었다. 통제사회인 점은 마찬가지였으나 모스크바는 북한 체제를 객관적으로 바라볼 수 있는 지점이었고, 소련 체제의 붕괴와 함께 남한사회를 접하면서 그의 내면에서는 자연스럽게 남한이 북한을 대신하게 되었다. 특히 고려극장이 한국의 문화계와 활발하게 교류하면서 그의 내면에서 일어난 남북의 자리바꿈은 보다 자연스러웠다. 일방적으로 북한에 편향을 보이던 그의 민족의식이 남-북 균형과 화합을 모색하는 방향으로 선회한 것은 분열된 조국 앞에서 갈등하던 그의 내면이 현실적인 방향을 잡은 것이었다. 언어와 민족문학 간의 필연적 상관성에 대한 객관적 인식을 바탕으로 현지 고려인 문단의 미래를 제시한 점이나 고려극장 같은 제도적 공간을 통해 분열된 조국의 문제적 현실에 대한 처방을 내려 보고자 한 그의 의도 역시 본질적으로는 삶과 죽음을 뛰어넘을 만큼 치열했던 그의 체험에서 유래된 결과로 보아야 할 것이다.

# 3장. 한진 희곡의 고전수용 양상

조규익

## 1. 고전을 통한 현실의 해석

그동안 한진의 문학이나 활동을 중심으로 여러 선학들의 다양한 분석들이 있어왔다. 사회·정치적 주제의 구현을 전제로 문학세계를 살펴 본 리정희는 부조리한 사회나 이념의 허구를 풍자와 상징을 통해 해석하고자 한 점에서 한진 희곡의 탁월함을 발견했고,[1] 김필영은 굴곡 많은 한진의 삶과 문학작품들을 연결시켜 민족주의적 작가정신을 분석해냈으며,[2] 박명진은 텍스트에서 도출한 '민족서사'를 바탕으로 '민족·인종·국가·고향·모국어' 등의 화두가 보수적 민족주의의 세계관과 일맥상통함을 밝힘으로써 한민족 정체성의 단일함을 지키고자 하는 문학세계를 찾아냈다.[3] 김병학은 한진이 제국주의의 독재와 개인숭배가 없는 이

1) 리정희, 「재소한인 희곡연구－소련 국립조선극장 레파토리를 중심으로」, 52~61쪽.
2) 김필영, 「소비에트 카작스탄 한인문학과 희곡작가 한진(1931~1993)의 역할」 참조.
3) 박명진, 「중앙아시아 고려인 文學에 나타난 民族敍事의 特徵－劇作家 한진의 텍스트를 중심으로」, 『語文研究』 122 참조.

상적 공산주의 사회를 지향하면서 이데올로기적 성향과 순수 예술적 성향을 적절히 배합하여 궁극적으로 민족통일의 염원을 그려냈다고 보았으며,[4] 필자 또한 앞에서 그가 작가의식의 변모['새로운 조국과 이념의 발견 / 모정에 대한 그리움과 북한 체제에 대한 비판 / 주제의 다각화와 다양한 미학의 추구 / 민족통합의 당위성 추구']를 바탕으로, 일관된 민족주의자의 입장에서 민족의 미래에 대한 통찰을 제시했고, 그 결과 그의 희곡작품들이 독특한 미학을 구현할 수 있었다는 결론을 내린 바 있다.

한진에 대한 선학들의 견해들에서 공통되는 부분은 민족주의에 바탕을 둔 정신과 문예미학이다. 언어와 민족문학의 불가분리성을 투철하게 인식하고 있던 그의 입장에서 풍자나 해학을 비롯한 현실 속의 미학적 범주들이 말을 바탕으로 할 때에만 가능하다고 인식한 것은 당연했다. 부조리한 현실은 그가 도망쳐 나온 고국[북한]이나 정착해 살고 있는 구소련이 마찬가지였고, 그런 현실을 그려내기 위한 기교와 미학을 모어[母語, mother tongue]와 함께 체득한 고국의 고전에서 따오는 일은 자연스러운 일이었다. 그가 남긴 희곡 작품들 가운데 고전과 직·간접적으로 결부시킬 수 있는 작품은 「량반전」·「봉이 김선달」·「토끼의 모험」 등 세 작품이다.[5] 1973년 김 이오시프의 연출로 상연된 「량반전」은 1972년에 창작되었고, 「봉이 김선달」은 1975년에 상연된 점으로 미루어 대체로 1974~1975년에 창작되었을 것이며, 「토끼의 모험」은 1981년에 상연된 점으로 미루어 1980년~1981년쯤 창작되었을 것이다. 각각 판소리계 소

4) 김병학, 앞의 책, 687~775쪽 참조.

5) 「산부처」도 있으나, 이 작품은 궁예라는 실존 인물을 등장시켜 그 시대의 상황을 연극미학적으로 재현시킨 것이기 때문에 고전을 소재로 한 작품이라 할 수 없으며, 「봉이 김선달」은 구전설화를 연극으로 만든 것이나 원 텍스트를 확인할 수 없다. 따라서 두 작품을 본서에서는 논외로 한다.

설 「토끼전」, 박지원의 「양반전」 등 고전을 각색한 점에서 두 작품은 같은 범주에 속하지만, 지향하는 주제나 미학에서는 같고 다른 점이 분명하다. 그렇다면 한진의 이런 작품들에서 우리의 고전은 어떻게 수용되었을까.

## 2. 새로운 인물형의 창조를 통한 봉건체제 비판 : 「량반전」

서막과 함께 전 2막 6장[6]의 「량반전」은 박지원이 지은 「양반전」 서사의 확장·부연을 통해 풍자와 해학을 바탕으로 하는 미학을 확대·심화하고 인물들의 성격을 재창조함으로서 창작에 가까운 변이를 이룩한 작품이다. 박지원의 「양반전」은 『방경각외전(放璚閣外傳)』에 실린 단편소설로서 매우 간단하면서도 사회비판적·미학적 의미가 단순치 않은 작품이다. 참고로 연암 「양반전」의 개요를 요약·제시하면 다음과 같다.

① 강원도 정선 고을에 학식이 높고 현명·정직하며 독서를 좋아할 뿐 아니라 손님들과 어울려 놀기를 좋아하는 한 양반이 살고 있었다.
② 부임하는 군수들마다 몸소 찾아가 인사를 할 만큼 명망이 높았다.
③ 그 양반은 너무 가난하여 환자를 타다 먹고 살았으므로, 몇 년 만에 천석의 빚을 지게 되었다.
④ 순찰차 찾아온 관찰사가 환곡을 조사하던 중 이를 발견하고 그 양반을 감옥에 가두라고 했으나 군수는 차마 그렇게 할 수가 없었다.
⑤ 그 사실을 안 양반은 어쩔 줄 모르고 양반의 아내는 그의 무능을 질타할 뿐이었다.
⑥ 이를 안 동네 부자가 환곡 천 석을 갚아주는 대신 양반의 신분을

6) 『한진전집』에는 '2막6장'이라 기록되어 있으나, 실제로는 2막 5장이다. 그런데 다른 연극에서 보기 드문 '서막'을 하나의 장으로 간주하여 6장이라 했을 가능성도 없지는 않다.

사기로 했다.

⑦ 환곡의 상환을 알게 된 군수가 양반을 찾아 자초지종을 들은 다음 군민들을 모아놓고 양반권 매매 계약서를 작성한다.

⑧ 양반이 취할 행동거지를 열거하자 부자는 양반에게 가해지는 행동의 구속 보다는 좋은 일이 있게 해달라고 한다.

⑨ 이에 군수는 두 번 째 문서를 작성하여 관직에 나가 상인들을 착취하는 등 양반의 횡포를 나열하자 상민 부자는 '그런 양반은 도둑이나 다를 바 없다'고 말하며 도망치면서 다시는 양반을 입에 올리지 않았다.[7)]

이상과 같이 「양반전」은 매우 단순하면서도 분명한 주제를 함축하고 있는 서사로서, 서사에 등장하는 인물은 정선 군수 · 양반 · 양반의 처 · 천부(賤富) · 관찰사 등이다. 이들을 통해 보여 주고자 한 원작의 메시지는 분명하다. '천작(天爵)인 양반을 팔고 산 정선의 양반과 부자를 통해 신분의 허위와 지배계층의 부패를 폭로하자는 것' 즉 '조선이라는 사회 집단으로 하여금 양반의 허위성을 간접적으로 경험하게 함으로써, 현실에 대한 비판적 시각을 확장하려는 것'[8)]이었다. 그런 원작을 부연하여 만든 한진의 「량반전」도 큰 틀에서는 원작과 부합한다. 그러나 해학과 풍자를 바탕으로 한 비판성을 대폭 확장시켰고, 인물들의 성격을 상당 부분 전도시킨 점은 「량반전」의 두드러진 특징이다. 사실 앞에 제시한 개요에서 보듯이 원작의 경우 풍자를 통한 비판이 사건의 전환이나 결말의 핵심을 차지하긴 하나, 「량반전」에 비해 매우 진지하다. 메시지의 정확한 전달에 치중한 나머지 흥미적 요인이 작품 전편에 나타나지 않

7) 박지원 저, 이민수 역, 『호질 · 양반전 · 허생전(외)』, 범우사, 2002, 21~26쪽.
8) 조경은, 「寓言의 담화 원리와 <兩班傳>의 해석」, 『古小說硏究』 26, 고소설학회, 2008, 232~233쪽.

은 점은 흠이라 할 수 있다. 그러나 「량반전」은 다르다. 한진은 등장인물의 숫자부터 대폭 확충했다. '량반[심심해]·량반의 처·부자[변돈내]·군수'는 '심심해·변돈내' 등 인물의 특징을 부각시킨 명명법(命名法)만 제외하고는 원작에도 등장하는 존재들이다. 그러나 나머지 '돌쇠[량반의 종]·보배[부자의 하녀]·좌수·별감·통인·급창·사령·농민·관속들'은 한진이 창조해 끼워 넣은 새로운 인물들이다. 사실은 이들이 보여준 해학이나 풍자 등은 원작에 부대된 미학이거나 원작의 미학을 보다 심화시킨 요인들이었다. 서막이라는 특이한 부분을 통해 억쇠·마당쇠·돌쇠·보배 등 부대인물들의 성격을 암시하고, 동시에 이들이 해학과 풍자의 새로운 미학을 전개하게 될 것임을 보여주기도 한다. 우선 각 막과 장별로 내용의 개요를 살펴보기로 한다.

제1막 제1장

① 가난한 양반과 양반처가 수시로 심부름을 시키자 돌쇠는 반발심을 느낀다.
② 자신의 삽살개가 상놈의 개와 어울린다는 소리에 참다못한 양반 내외가 개를 찾아오라는 불호령을 내리자, 돌쇠는 투덜거린다.
③ 군수가 양반을 찾아 여러 가지 현안을 의논하고 수작하다가 양반은 군수에게 환자 쌀을 요구하고 군수는 쾌락한다.

제1막 제2장

① 부자가 등장, 자신의 개와 양반의 개가 정분이 났다는 이유로 양반이 관아에 고발했고, 그로 인해 출두하게 되었다고 한다.
② 농부들이 관아에 등장하여 싸우다 죽은 소 문제로 시비를 벌이며 군수의 재판을 기다린다.
③ 군수는 양반이 가르쳐 준 계략대로 죽은 황소와 산 황소를 모두 차지하고자 한다.

④ 군수와 부자가 돈냥을 가지고 다투는 도중 양반이 자신의 개와 정분 난 것이 부자의 개임을 고발하자 군수는 부자를 족친다.
⑤ '주인이 양반이면 개도 양반이요, 주인이 상놈이면 개도 상놈'이란 논리로 군수는 부자에게 돈 백냥을 우려내고 볼기 열 대를 치게 한다.
⑥ 부자는 돈으로 매질을 감면받고, 군수는 검열 나온 감사로부터 조사를 받는다.
⑦ 감사가 환자 쌀 천 석이 축난 것을 발견하고 양반을 구속하라 명한다.
⑧ 환자 쌀을 상환하려 하나 쌀이 없는 양반은 부자와 흥정하려 한다.

제1막 제3장

① 부자네 종 돌쇠와 보배가 주인들의 흉을 본다.
② 관아에서 매를 맞고 들어온 부자가 보배에게 음심을 품고, 이에 대하여 돌쇠는 불만을 갖는다.
③ 양반의 호출을 받은 부자는 신세한탄을 하며 '양반을 샀으면 좋겠다'는 말을 내뱉자, 돌쇠는 환자 빚에 몰린 양반이 양반을 팔고자 한다는 정보를 부자에게 들려준다.
④ 부자가 양반을 사면 보배가 자신의 차지가 되리라고 생각하는 돌쇠와 부자는 갈등을 겪고, 양반을 안 사는 한이 있어도 보배만은 놓칠 수 없다는 부자와 부자 처 사이에 갈등이 생긴다.
⑤ 매 맞은 상처에 고추장을 바르자 고통스러운 부자는 펄펄 뛰고, 광대들은 고추장 타령을 부르며 나타난다.
⑥ 돌쇠는 양반 거간이 되어 부자에게 양반자리를 사주고 자신은 보배를 차지하려는 결심을 한다.

제2막 제4장

① 돌쇠는 양반을 찾아가 환자 쌀 빚을 갚기 위해 양반을 부자에게 팔아넘길 것을 종용한다.
② 돌쇠는 꾀를 내어 양반에게 양반자리를 팔아넘기도록 유도하고 자신의 종 문서를 돌려받고자 한다.
③ 양반을 설득한 돌쇠는 변부자를 데리고 와 양반자리를 흥정하며

온갖 꾀를 부린다.

④ 양반 매매의 흥정에 성공한 두 사람은 각자의 지위를 맞바꾼다.

⑤ 돌쇠는 돌려받은 종 문서를 찢고 종의 신세에서 벗어난다.

제2막 제5장

① 양반 자리를 산 부자는 원래 양반의 이름과 족보, 내력까지 다 사버리고, 원래 양반은 부자의 원래 이름을 받는다.

② 원래 양반이 환자 빚 갚은 내력을 알아보고자 군수가 찾아온다.

③ 군수가 양반매매를 입증하기 위해 문서를 만들고 스스로가 직접 서명하고자 한다.

④ 군수는 양반의 자세나 태도를 문서에 명시하고, 양반의 행동거지에 대하여 가르친다.

⑤ 부자는 군수가 가르쳐 준 양반의 의무나 행동거지가 너무 힘들다고 불평하며 이로운 조건을 요구한다.

⑥ 그러자 군수는 평·서민들을 착취하는 양반의 권리를 열거하자 부자는 만족한다.

⑦ 부자는 옛날 양반집 삽살개가 들어오자 자신이 옛날에 당했던 대로 양반에게 볼기를 친다.

⑧ 양반이 된 부자는 보배를 차지하고자 계략을 써서 처를 친정에 보내려하자 돌쇠가 알아차리고 부자의 처에게 넌지시 알려준다.

⑨ 돌쇠는 꾀를 부려 양반을 산 부자를 완벽하게 속여 넘기고 보배와 함께 사랑을 이룬다.

이상 사건들의 개요에서 핵심적인 것들만 추려 놓았다. 그런데, 사건들보다 더 중요한 것은 해학과 풍자가 이것들을 감싸면서 새로운 미학을 이룩한 부분들이다. 제1막 제1장의 경우 양반 내외와 돌쇠의 갈등 및 대립이 사건의 핵심이고 군수와 양반은 같은 지배계층으로서 피지배계층에 대한 동맹의 행태를 보여준다. 외면으로는 돌쇠가 양반내외의 지시를 따르지만, 이면적으로는 이들에 대한 반감이 고조되는 양상이 두드러진다. 제1막 제2장에서는 개의 정분을 빌미로 생겨난 상인(常人) 부자와 양반의 대립 및 갈등, 싸우다 죽은 소 사건을 빌미로 그 소들을 모두 차지하려는 군수의 음모 등이 핵심 사건으로 등장하고, 검열 나온 감사에 의해 양반이 환자 쌀을 갚지 못한 사실을 발견하게 되는 또 다른 사건의 단서가 돌출한다. 제1막 제3장에서는 종의 신분인 돌쇠 및 보배와 부자의 갈등이 표출되고, 부자에게 양반자리를 사 주고 자신이 보배를 차지하려는 돌쇠의 음모가 드러난다. 제2막 제4장에서는 돌쇠가 환자 쌀을 갚지 못하고 있는 양반을 찾아가 부자에게 양반을 팔아넘길 것을 유도하고 종 문서를 받아내고자 꾀를 부린 돌쇠는 결국 양반 자리의 매매에 성공함으로써 종의 신세에서 벗어난다. 부자는 양반으로부터 이름·족보·내력 등을 송두리째 사들여 신분을 역전시키는 데 성공하고, 이 소식을 듣고 찾아 온 군수는 자신의 입으로 평·서민들에 대한 양반의 착취행각을 털어놓게 되며, 양반이 된 부자는 옛날 양반집 삽살개를 핑계로 신분이 바뀐 양반의 볼기를 침으로써 복수한다. 결국 돌쇠는 자신의 꾀로 보배와 사랑을 이룬다.

한진이 「량반전」에 보충해 넣은 것은 인물과 사건 등 두 항목이다. 우선 인물은 '억쇠·돌쇠[량반의 종]·보배[부자의 하녀]·좌수·별감·통인·급창·사령·농민·관속들'인데, 물론 이들이 모두 같은 등급의 신분은 아니나, 상인인 부자와 함께 피지배계층의 구성원들인 동시에 풍자와 해학 등 비판미학의 생산자이기도 하다. 따라서 새롭게 첨가된 사건들의 주된 실행자들은 바로 이들이며, 이들이 갖고 있던 비판정신은 해학과 풍자를 통해 형상화 되었다고 볼 수 있다. 황패강에 따르면 박지원은 「양반전」에서 네 가지 인물의 성격화에 성공했다고 보았다. 황패강의 설명에 따라 각각을 요약·제시하면 다음과 같다.[9]

**양반** 불우한 지방 토착의 사족. 봉건관료체제 속에 끼이지 못하고 적응하지 못하는 능력 없는 양반의 전형. 조선 왕조의 봉건체제가 포화상태에 이른 후기의 양상을 상징하는 인물.

**양반의 처** 환곡을 갚지 못해 속수무책 울기만 하는 남편에게 욕설을 퍼부으며, 士族으로서의 긍지나 정신적 가치에 매력을 느끼지 못하는 속물적 여인상의 전형.

**賤富** 自我昇華欲求의 속물적 본능을 보여주었으나, 양반생활의 형식주의와 자아와의 사이에 근본적인 이질성과 不相容性이 있음을 깨닫고 주저 없이 양반 되는 길을 버리고 常民의 자리를 天爵으로 감수하는 인물.

**군수** 양반자리 거래의 중간에 끼어들어 거래의 협조자인 듯하면서 방해자라는 이중성을 보여 준 위선적·부정적 양반형의 인물. 그러면서 무의식중에 양반 계층의 추악한 내면을 드러내 놓게 된 트릭스터(trickster)적 존재.

따라서 박지원이 「양반전」에 등장시킨 인물들과 한진이 「량반전」에 등장시킨 인물들은 성격상 상반된다. 전자에 등장하는 양반은 무능하지만 사악하지 않은 존재이고, 양반 처는 속물이긴 하나 무능한 남편이 속한 양반계층을 준엄하게 꾸짖었다는 점에서 긍정적인 일면을 지닌 인물이다. 천부 또한 양반계층의 비행이나 부조리를 자신의 행동양식으로 받아들이지 못하는 선의를 지닌 인물이고, 본의 아니게 양반계층의 문제를 폭로한 군수 또한 단순한 트릭스터로 그치지 않고 사태 개선의 단서를 제공한 긍정적 인간상으로 해석될 여지를 갖고 있는 존재다. 이에 비해 한진은 「량반전」에서 원래 인물들의 성향을 전도(顚倒)시켰다. 양반 내외와 군수는 피지배계층을 억압하고 착취하며 행패를 부리는 부정적 인간

9) 황패강, 「兩班傳 硏究」, 『韓國學報』 Vol.4, No.4, 일지사, 1978, 187~195쪽 참조.

최근 알마티의 고려극장에서 상연된 「량반전」의 한 장면

들로 그려졌으며, 천부 또한 양반의 특권을 욕망할 뿐 아니라 자신이 부리던 여종 보배를 취하려 하는 사악한 인간의 전형으로 그려졌다. 반면 권력으로나 재물의 면에서 피지배계층의 인물들은 해학과 풍자를 도구로 지배계층의 악행을 고발하는 동시에 그들과 대결하여 승리를 추구해 나가는 도전적 인물들로 형상화 되었다. 이런 내용으로 미루어, 봉건사회의 지배계층과 피지배 계층의 갈등과 투쟁에서 피지배 계층의 승리로 결말짓고자 한 한진의 의도가 명백해짐을 알 수 있다. 한진이 추가한 인물들과 사건의 양상을 바탕으로 등장하는 사건이나 화소는 다음과 같다.

① 양반집 개와 상인 부자네 개의 정분 사건으로 부자가 볼기를 맞음.
② 두 농민들 간의 소싸움 끝에 죽은 황소와 산 황소를 모두 차지하려는 군수의 잔꾀.
③ 환자 쌀을 상환하지 못해 궁지에 몰린 양반.

④ 환자 쌀 상환의 문제를 해결하기 위해 양반과 부자로 하여금 양반 자리를 매매하도록 중매하는 돌쇠.

④-1 부자는 양반으로부터 이름·족보·내력 등을 모두 사들이고, 양반은 상인으로 전락함.

④-2 돌쇠는 종 문서를 회수하고 파기함으로써 종의 신분을 면함.

④-3 돌쇠는 보배와 사랑을 이룸

박지원은 「양반전」을 통해 '봉건제도의 붕괴와 그로부터 발생되는 문제들'[몰락 양반들의 비참한 생활고와 고민 / 신흥 천부민(賤富民)들의 사회적 성장과 갈등] 및 '양반제도의 모순과 병폐'를 고발하려는 의도를 갖고 있었다.[10] 그런데 한진은 계층 간의 대립을 통해 지배계층의 모순을 폭로하고, 피지배 계층의 인간적인 승리를 드러냄으로써 봉건체제의 모순을 강조하고자 했다. 해학과 풍자가 주된 미학이지만, 해학보다는 풍자와 비판이 주조(主潮)를 이루고 있다는 점에서 사회적 의미가 짙다. 근대 이전은 남·북한 모두 '양반과 상놈'으로 계층화 되어 있었고, 그 점에서 이 작품은 한진 자신이 버리고 떠나 온 조국 전체를 향한 비소(誹笑)를 내포한다고 할 수 있다. 스스로 선택했든 불가피한 망명이었든 조국에 대한 미련을 버리고 편안한 마음으로 정착하기 위해서라도 진실로 느꼈거나 그렇지 않았거나 '그때의 그곳'이 문제적 시공(時空)이었음에 반해 '지금의 이곳'은 이상적 시공이라는 인식을 강변하는 일이 절실했을 것이다. 원작 「양반전」을 상당 부분 변개시켜 지배계층의 허위와 가식을 고발하고 피지배계층의 행복한 결말을 보여 줌으로써 작자 자신과 고려인들이 속한 공산주의 이데올로기나 체제의 우월성을 강조하고자 한 의도는 그들의

10) 林用植, 「兩班傳의 社會史的 考察」, 『人文社會科學硏究』 13, 장안대학 인문사회과학연구소, 2004 참조.

성공적인 정착을 위해 매우 중요했다. 그 지역의 고려인들 대부분은 극동으로부터 강제 이주된 지 겨우 한 세대를 지난 입장이었기 때문에 그들 스스로의 처지에 대한 공감이나 자위(自慰)가 절실하게 필요했을 것이다. 그 점을 간파한 한진이 고려인들 대부분이 알고 있었을 고전의 풍자와 해학을 통해 자신들의 현재 처지가 부조리한 구(舊) 세계보다 낫다는 것을 보여 준 점은 나름대로 지혜로운 일이었다고 할 수 있다.

작품에서 개를 소품으로 등장시켰는데, 개라 할지라도 양반집 개는 상놈집의 개에 비해 특권을 가져야 한다는 억지나 부조리는 단순히 그 사건 자체를 드러내기 위한 장치로만 그치는 게 아니다. 그를 통해 계층 간에 온존하던 모순과 불합리성을 강조하기 위한 상징적 의미를 지닌다고 할 수 있다. 꼼수를 부려 농민들의 소를 빼앗는 사건 역시 지배계층의 횡포를 구체화 하는 대표적 사례다. 특히 보배라는 계집종을 손아귀에 넣고자 하는 양반의 횡포는 '인간성 말살'이라는 점에서 무엇보다 의미심장하다. 종의 신분인 돌쇠가 그런 횡포를 지혜로 물리치고 사랑을 이룬 것은 일종의 인간승리라고 할 수 있기 때문이다.

당시 그곳의 평론가 우 블라지미르는 「량반전」을 보고 다음과 같은 평을 남겼다.

> 한진의 희극 「량반전」에는 저자 박지원의 구상적 알맹이와 정신이 보존되여 있으며 량반의 신분 매매사건이 희극의 중심이 되었고 연극 전체가 예리한 풍자성에 충만되여 있다. 그러나 소설과는 달리 극작가는 인민의 총명성과 지혜를 나타내는 량반의 하인 억쇠의 형상에서 인민의 대표를 뵈여준다. 연극에는 착취자인 량반과 멸시와 모욕을 당하는 인민이 뚜렷하게 대치되여 있다. (…) 인민의 등살을 긁어 먹으며 살아가는 량반의 라태성과 쓸모없는 생활을 이보다 더 적절하게 묘사할 수는 없을 것이다. 량반 심심해와 군수 및 상사람 부자들이 어찌 하여 우습게 보이는

가? 량반과 군수는 량반적인 견해, 신념, 관습 등 봉건적 제도와 관계가 약화되였고 없어져 감에도 불구하고 자기의 존재를 억지로 보존하려고 하기에 우수운 것이다. 돈만 있으면 무엇이나 다 살 수 있다고 생각하면서 량반 신분을 사는 상사람 부자도 또한 우수운 존재이다. (…) 연극의 내용이 풍자적 희극인 만침 과장도 있고 예리하며 환상적인 성격도 가지고 있다. 우리는 연극이 성공하였다고 본다. 관람자들은 재주 없는 량반과 탐욕쟁이며 협잡군인 군수를 보고 웃으며 백미 천석을 주고 량반 신분을 사려고 드는 상사람 부자를 보고 웃는다. 이것은 풍자적 웃음이며 폭로하며 조소하는 웃음이다. 관람자들은 량반의 욕심과 암매, 교만성을 비웃는 것이다.[11)]

블라지미르는 박지원의 「양반전」과 다른 한진의 「량반전」에 대하여 설득력 있게 설명했다. 우선 한진은 박지원 원작의 '구상적 알맹이와 정신'을 보존했다고 보았는데, 그 핵심을 '희극의 중심인 양반 신분 매매 사건과, 전체가 예리한 풍자성으로 충만되어 있는' 데서 찾았다. 그리고 돌쇠나 억쇠로부터 '인민의 대표적인 형상'을 찾아내는데, 그와 대척점에 있는 존재들이 바로 착취자인 양반이었다. 말하자면 '인민 : 착취자인 양반'이라는 대립구조가 분명하게 드러난다는 것이다. 특히 이 작품의 우스운 요소를 두 가지에서 찾고 있는데, '양반적인 견해 · 신념 · 관습 등 봉건적 제도와 관계가 멀어져 감에도 불구하고 그들이 자신의 존재를 억지로 보존하려고 하는 점', '돈만 있으면 무엇이나 다 살 수 있다고 생각하면서 양반 신분을 사는 상사람 부자의 존재' 등이 그것들이라고 했다. 그런데 여기서 나오는 것들은 모두 풍자에서 나온 것들로서, 폭로하며 조소하는 웃음이라 했다. 해학과 대조적인 성격을 지닌 풍자는 우월한 주체가 부조리하고 폐쇄적인 사회에 처할 경우 생겨나는 미적 범

11) 「「량반전」을 보고서」, 「레닌기치」, 1974.4.20, 4면.

주다.[12] 우리의 고유한 고전미학인 풍자를 끌어와 작자 자신이 도망쳐 나온 구세계 봉건체제의 부조리와 불합리를 비판하려는 의도를 여기서 읽어낼 수 있는 것이다.

**량반** 아니 개새끼 오셨는데 군수작이 뭐냐? 아차 이거 말이 헛나갔군. 군수나리 오셨는데 개수작이 뭐냐? 개 사오고 술찾아라. 아차 말이 헛나갔군. 어서 술 사오고 개 찾아라!

**돌쇠** 예, 개 사오고 술 찾겠습니다. 아차 말이 헛나갔습니다. 술사오고 개 찾겠습니다. (나간다)[13]

**부자** 사실인즉 우리 집 개는 족보가 완연하고 피가 깨끗한 진도섬의 훌륭한 개고 이 량반댁 삽살개는 그 조상이 누군지도 모르는 잡종입니다. 그러니 개로서는 우리 집 개가 량반이고 저 집 개가 도리여 쌍놈입니다.

**군수** 뭣이 네가 량반이라구?!

**부자** 아니, 내 개가 개의 량반이란 말입니다.

**량반** 개는 주인이 량반이면 개도 량반이요, 주인이 쌍놈이면 개도 쌍놈이지 우리 집 개가 쌍놈이라구?![14]

사실 「량반전」은 전체가 해학과 풍자로 점철되어 있는 작품이나, 위 두 가지 예만 보아도 한진이 구사한 해학과 풍자의 미학적 수준은 분명히 드러난다. 양반집 개와 천부 집 개가 정분이 났을 때 마침 돈 한 푼 없는 양반 집에 군수가 방문한 상황에서 외상으로 술을 사오라는 양반의 명령과 돌쇠의 응답이 앞 인용문의 골자이고, '주인이 양반이면 개도 양반, 주인이 쌍놈이면 개도 쌍놈'이란 것이 군수·양반·부자 3자간 대

12) 조규익, 『만횡청류의 미학』, 박이정, 2009, 112쪽.
13) 김병학, 앞의 책, 119쪽.
14) 김병학, 같은 책, 128쪽.

화의 골자다. 이상과 현실 사이의 거리를 보는 안목에서 구체화 되는 것이 풍자가의 세계관인데,[15] 양반과 돌쇠의 '의도된 말실수'를 통해 군수의 문제점을 지적하고 개와 동일시함으로써 '모순을 공격하려는' 의도를 발견할 수 있다. 부자네 개와 양반집 개의 정분 사건에서 불거진 문제에 논쟁을 벌이는 것이 후자 내용의 핵심이다. 작자는 '개에 관한 양반·상놈 논쟁'을 통해 부자도 군수도 양반도 모두 개와 동일하게 취급되는 풍자적 수법을 사용함으로써 당시 봉건사회가 원천적으로 지니고 있던 문제점을 노출시키고 있다. 반상의 구분이 없는 사회, 작자 자신이 몸을 담고 있던 구소련의 시간과 공간이 자신의 모국에 비해 우월함을 넌지시 드러내고자 했음을 알 수 있다.

## 3. 봉건 착취에 대한 비판과 디아스포라의 정서 :「토끼의 모험」

전체 4막으로 이루어진「토끼의 모험」은 고전소설「토끼전」을 각색·부연한 희곡으로 평양에서 출판된 희곡「토끼전」을 한진이 나름대로 개작한 것이다.[16] 고려극장이 아동들을 위해 처음으로 무대에 올린 연극이라 하는데,[17] 풍자와 해학, 알레고리 등을 통해 인간사의 진실을 말하고 있다는 점에서 사실 어른들을 위한 연극이라고 보아도 무방할 정도다.

용왕의 병, 토끼의 생간 처방, 거북이의 출륙과 토끼의 생포, 용왕을 기만한 토끼의 감언이설과 위기의 모면 등 기존「토끼전」[18]의 정확한 모

15) 신동욱,「諷刺小說考」,『문학과지성』제2권 제2호[1971년 여름호], 336쪽.

16) 김필영, 앞의 책, 746쪽.

17) 리정희,「무대에 새로운 형식을 올려－연극「토끼의 모험」을 보고」, 레닌기치, 1982.1.22, 4면.

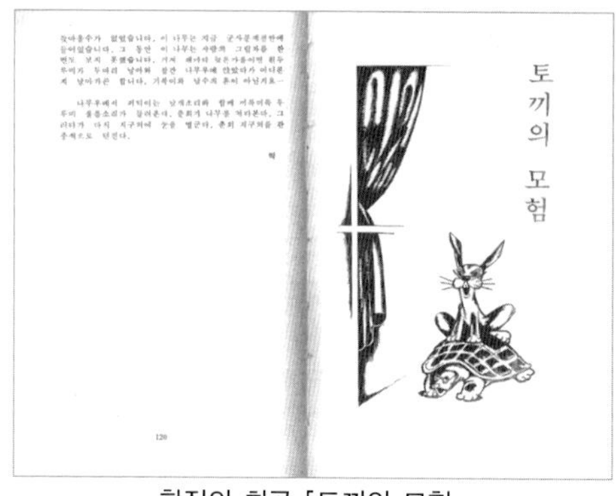


한진의 희곡 「토끼의 모험」

티프들에 작자 한진이 경험하던 현실세계의 알레고리가 해학과 풍자의 미학적 장치를 바탕으로 펼쳐진 것이 바로 「토끼의 모험」이다. 기존 「토끼전」의 줄거리 및 각종 미학적 장치 등을 통해 한진이 드러내려고 한 의도는 무엇이었을까. 리정희가 지적한 바와 같이 '아동들을 조선 전설의 세상으로 끌고 나감으로써 그들에게 조선의 고전작품들에 대한 상식을 주는 동시에 민족적 자부심을 느끼게 하고 선조들의 문화를 연구하고 언어를 배워야 한다는 생각을 키워줄'[19] 목적이었을까. 만약 그런 목적 만이었다면, 이렇게 복잡하고 난해한 장치들을 덧붙이지는 않았을 것이다.

말하자면 용왕의 병, 토끼의 생간 처방, 토끼의 납치, 꾀에 의한 위기 탈출 등의 화소만으로도 어린아이들을 충분히 즐겁게 만들었을 것이기

18) 이본에 따라 약간씩의 차이를 보여주긴 하나, 개요를 제시하면 다음과 같다.[김진영 · 김형주 · 김동건 · 이성희 편저, 『토끼전 전집 1-5』, 박이정, 2001, 참조] "① 동해 용왕이 병들어 몸져눕자 서해바다의 의원이 토끼의 간을 먹어야 낫는다는 처방을 내린다./ ② 토끼의 간을 구해 오겠다고 나선 자라에게 용왕은 토끼의 화상을 내려준다./ ③ 자라가 육지에 도착해 고생 끝에 토끼를 발견하고 온갖 감언이설로 꾀어 수궁으로 데려간다./ ④ 수궁으로 들어온 토끼는 포박 당하고 죽음에 직면한다./⑤용왕이 토끼에게 잡은 목적을 말하고 토끼를 잡으려고 하는 찰나 토끼는 간을 빼놓고 왔다는 꾀를 부린다./⑥ 토끼의 말을 의심하여 배를 가르도록 명령하는 용왕을 僞計로 간신히 속여 넘긴다./⑦ 토끼에게 속아 넘어 간 용왕은 토끼를 위해 잔치를 베푸는 등 후히 대접하고 자라와 함께 육지로 돌려보낸다./ ⑧ 육지에 이른 토끼는 어떻게 간을 내놓고 다니느냐고 자라에게 욕을 하면서 숲 속으로 도망가 버린다./ ⑨ 어이없는 자라는 육지에서 죽거나 빈손으로 수궁으로 돌아간다."

19) 리정희, 「무대에 새로운 형식을 올려-연극 「토끼의 모험」을 보고」, 레닌기치, 1982.1.22, 4면.

때문이다. 한진이 그런 장치를 덧붙여 「토끼전」을 각색한 이유는 다른 곳에 있었다. 말하자면 자신을 포함한 고려인들이 처한 현실을 나약한 '토끼'에 빗대어 표현함으로써 현실의 비참함과 함께 조국에 대한 그리움을 표출하고자 한 점이 대사들 가운데 몇 부분을 통해서 드러난다.

> 토끼 걱정 말라는데. 내 이제 태권도만 배우는 날이면 세상에 무서운 것이 없어.
>
> 옥토끼 에이구, 더러워라. 개를 보고도 달아나지 승냥이 보고도 달아나지, 길바닥의 막대기를 보고도 와들와들 떨지…… 대체 너 같은 게 무슨 사내새끼냐?
>
> 토끼 그래 어떻게 하겠니? 토끼로 태여난 것이 잘못이지.
>
> 옥토끼 야, 이 겁쟁이야. 저리 물러 나거라! 내 이런 걸 믿고 지금까지 살아왔단 말이야.
>
> 토끼 글쎄 세상이 그런 걸 어떻게 하겠니? 범도 우릴 잡아먹겠다지 승냥이도 잡아먹겠다지. 이발 있는 놈들은 다 우릴 잡아먹겠다니 정말 어떻게 살겠니……[20]

> 해마 예— 거부기들이 당신을 죽이고 간을 내여 왕에게 바치겠다고 음모를 꾸미고 있습니다.[21]
>
> 옥토끼 얘들아, 말 말아라. 다 죽었다 살아났다. 아, 이 씨원한 공기, 달콤한 풀, 맑은 물과 고운 꽃들…… 내 정말 미쳐서 이 좋은 곳을 두고 물나란지 불나란지 한데를 갔다 왔구나.
>
> 곰 (거부기를 가리키며) 저건 뭐냐?
>
> 옥토끼 이게 거부기란 거야. 물나라에선 큰 대신이란 말이다. 바다나라에 가면 살기 좋다고 날 꾀여가지고 데리고 갔는데 가서보니 글쎄 이런 기막힌 일이 또 어데 있겠니? 그물왕인지 룡왕인지 한 게 앓아 죽어 가는데 그 병에는 내 생간이 약이라는

---

20) 김병학, 앞의 책, 339~340쪽.
21) 김병학, 같은 책, 356쪽.

거야. 그래 내 간을 꺼내 먹겠다고 배를 가르려고 덤벼들지를 않아…….[22]

토끼나 옥토끼는 약자로 그려진 존재들이다. 개나 길바닥의 막대기에도 겁을 먹고, 범과 승냥이 등에 둘러싸여 늘 생명의 위협을 받는 약자다. 심지어 느리고 지혜롭지 못한 거북의 꾐에 빠져 수궁으로 잡혀 갔다가 죽음 일보 직전에 목숨을 건지기도 했다. 그런데 그 토끼가 '태권도만 배우는 날이면 세상에 무서운 것이 없다'고 했다. 태권도는 우리 민족의 상징적 무도이자 세계적으로 명성을 얻은 호신술이다. 따라서 토끼나 옥토끼의 존재는 당시 그곳에서 힘겹게 살아가던 고려인들임이 분명해진다. 작자 한진은 수많은 이민족들의 틈에서 목숨을 부지하며 살아가야 했던 고려인들을 토끼나 옥토끼로 형상하고자 했음이 분명하다. 옥토끼가 거북의 꾐에 빠져 잡혀갔던 곳은 수궁이다. 수궁은 죽음의 공간이고, 바깥세상은 삶의 공간이다. 꽃 피고 새 우는 바깥 공간을 떠나 수궁을 떠도는 신세가 바로 이들 처지의 표징인 '디아스포라'다. 현실세계의 부조리에 대한 풍자보다 디아스포라의 서정이 이 작품의 바탕을 이루고 있다고 보는 것도 그 때문이다. 이 작품에 등장하는 옥토끼의 노래, 거부기[23]의 노래 등은 디아스포라적 서정의 절묘한 표현이다.

1) 나의 살던 고향은
꽃 피는 산골
무엇을 바라고서
여기 왔던가

22) 김병학, 같은 책, 362~363쪽.
23) '거북이'가 올바른 표기이나 한진의 표기대로 '거부기'를 사용하고자 한다.

정든 친구 버리고
찾아온 곳은
낯 서른 물의 나라
죽음의 나라.

가고 싶은 고향은
멀고 멀어라.
천만 길 물 속에서
나는 죽는다.

나는 이미 죽으나
어깨동무야,
너는야 나 오기를
기다리겠지…[24]

2) 어델 가나 어델 가나
어델 가면 내가 사나
넓고 넓은 이 세상에
나 갈 곳은 어더메냐
바다 속에 돌아가면
룡왕에게 죽어나고
땅우에서 살자하니
동무 없어 못 살겠네
물에서도 살 수 없고
땅에서도 살 수 없고
이 세상에 나 살 곳은
땅과 물의 그 사이다.[25]

24) 김병학, 같은 책, 350~351쪽.
25) 김병학, 같은 책, 363~364쪽.

3) 바다나라 물속 깊이
가보고서야
내 고향이 좋은 것을
나는 알았다.
(합창)
멀리멀리 천리 길을
가보고서야
동무들이 그리움을
나는 알았다.

목숨보다 귀중한 건
이 세상에서
나서 자란 고향임을
나는 알았다.

내 고향의 잔디 풀과
진달래꽃이
세상에서 제일임을
나는 알았다.[26)]

1)은 수궁에서 죽음을 앞에 두고 정신을 잃었다가 깨어나서 부른 옥토끼의 노래이고, 2)는 옥토끼를 데리고 간을 가지러 세상에 나왔다가 임무를 완수하지 못한 거부기가 부른 노래이며, 3)은 다시 살아난 옥토끼가 세상에 나와 부른 노래다. 세 작품 모두 고향이나 몸 붙이고 살아갈 공간의 소중함을 노래했는데, 특히 1)과 3)에서 '꽃 피는 산골'로 표상된 고향이나 진달래처럼 고향을 표상하는 객관적 상관물 등은 고국을 그리워하는 작자의 마음을 잘 보여주는 객체들이다. 그렇다면 한진은 왜

26) 김병학, 같은 책, 364~365쪽.

고전소설 「토끼전」을 각색하여 희곡으로 만들었을까. 「토끼의 모험」을 통해 해학과 풍자의 미학을 좀 더 풍부하게 확장하면서 자신을 포함한 고려인들의 처지를 절묘하게 보여 주고자 한 점에 그의 진정한 의도가 있었다고 본다. 거부기의 꼬임에 빠져 용궁으로 잡혀 온 옥토끼의 노래, 거짓말에 속아 용궁에서 땅으로 옥토끼를 데리고 나온 거부기가 산중의 동물들로부터 죽임을 당하게 되었을 때 옥토끼의 구원으로 살아난 거부기의 노래, 자신의 기지로 살아나온 옥토끼가 마지막으로 부르는 노래 등은 이 작품의 이면적 주제가 부각된 부분들이고, 작자의 주안점 역시 이 노래들에 집중되어 있다고 할 수 있다. 말하자면 지배계층의 허위와 가식 혹은 지배체제의 위기를 비판한 점에서 풍자와 해학이 핵심적인 미학이었는데, 그에 따라 교훈이 표면적인 주제로 되어있긴 하지만, 그것으로 만족할 수 없었던 것은 작자 한진이 겪고 있던 디아스포라의 엄혹함 때문이었다. 옥토끼의 두 노래[1)/3)]는 디아스포라로서의 고려인들이 갖고 있던 망향의 정서를 잘 드러냈고, 거부기의 노래[2)]는 한진 자신의 처지를 절묘하게 드러냈다. 특히 거부기의 노래에는 조국을 등지고 망명객이 될 수밖에 없었던 한진 자신의 처지가 손에 잡힐 듯 그려져 있다. 즉 '바다 속에 돌아가면/ 룡왕에게 죽어나는' 거부기의 처지는 '조국으로 귀환하면 김일성에게 죽음을 당할 수밖에 없는' 한진 자신의 처지와 정확하게 부합한다. 그리고 '땅 우에서 살자 하니/동무 없어 못 살겠다'는 거부기의 한탄 역시 디아스포라로서 타국을 전전해온 한진 자신[혹은 고려인들]의 심정을 정확히 대변하는 내용이다. 따라서 「토끼의 모험」은 고전소설 「토끼전」의 단순한 각색이 아니라, 조국과 소련의 틈새 카자흐스탄에 정착한 작자 자신의 처지를 정확하게 드러냄으로써 원작에 비해 미학과 주제를 크게 확장하는 데 성공한 작품이라 할 수 있다.

이런 관점에서 볼 때 연극 「토끼의 모험」에 대한 당시 평론가 리정희의 글은 고전소설 「토끼전」의 관습적 주제를 반복했거나, 희곡의 표면적인 것만을 강조한 데 불과하다.

> 얼마 전에 카사흐공화국 국립조선극장은 조선 고전작품 『토끼전』을 각색한 한진의 희곡 『토끼의 모험』을 무대에 올렸다. 작품은 감성적인 예술적 형상을 통하여 작품에 반영된 봉건시대 사람들의 생활을 비롯한 당시의 현실을 보여주는 작품의 하나이다.…토끼는 봉건적 압박과 착취에서 허덕이는 당대 인민들의 처지를 반영하였으며, 그 어떤 난관 앞에서도 굴하지 않는 총명한 인민의 행복에 대한 갈망을 체현하였다.…연극은 기본소설 『토끼전』의 사상적 제한성을 벗어났으나 끝까지 계급적 대립 관계를 명백하게 처리하지 못한 감을 주며 토끼의 성격을 어느 정도 모호하게 그린 것이 있다고 생각되지만 의인화의 수법으로 당대의 불합리한 현실을 풍유하여 보여준 것으로 하여 의의가 있다.[27]

리정희는 '봉건적 압박과 착취에서 허덕이는 당대 인민들의 처지 / 어떤 난관에도 굴하지 않는 총명한 인민의 행복에 대한 갈망' 등을 이 작품의 주제로 보면서도 '원작의 사상적 제한을 벗어났으나 끝까지 계급적 대립 관계를 명백히 처리하지 못했음'을 한계로 들었다. 고전소설 「토끼전」에 대한 기존의 견해를 반복한 점에서 잘못되었다고 할 수는 없으나, 작자 한진이 작품의 내면에 담으려 한 진정한 의도를 파악하지 못한 점은 분명한 한계다. 작자가 봉건적 압박이나 착취를 보여주고자 한 것은 표면적 의도였을 뿐이고, 정작 그가 강조하고자 한 것은 '디아스프라로서의 자기인식'이었으며, 그런 인식을 통해 고려인들의 집단적 자아를 그려내는 데 그의 진정한 의도가 있었던 것이다.

---

27) 리정희, 앞의 글.

## 4. 두 작품의 공시적·통시적 위상

한진은 일제 강점기인 1931년 북한에서 태어나 김일성대학 노문학부를 다니던 중 북한정권에 의해 국비유학생으로 선발되어 모스크바 영화대학 시나리오 학과에서 수학한 수재였다. 특히 대학시절 6·25에 참전하여 동족상잔의 아픔까지 체험한 그는 모스크바 유학을 마친 뒤 귀국을 거부하고 소련에 망명했는데, 김일성 1인 독재체제로 굳어져 가는 고국에 대한 환멸 때문이었다. 그 후 카자흐스탄에 정착하여 고려극장을 발판으로 극작 중심의 문필생활을 계속하면서 이념과 민족에 대한 인식을 새로이 하게 되었고, 궁극적으로 '민족통합'의 당위성을 이상으로 삼게 되었다.[28] 그 과정에서 많은 작품들을 생산하게 되었고, 그 작품들은 창작 당시의 상황이나 인식의 변화를 담아내는 일종의 그릇이었다. 따라서 그의 인식변화의 과정이나 그에 따라 산출된 작품들을 살펴보면 각각의 작품들이 갖고 있는 통시적·공시적 의미를 파악할 수 있게 되고, 그것이 작게는 한진 개인사[혹은 개인 창작사]에서의 위상이고 크게는 고려인 문학사에서 차지하는 위상이라 할 수 있을 것이다.

필자는 앞 장에서 한진이 본격적으로 희곡을 창작하기 시작한 1960년대부터 말년인 1990년대까지 작품 세계 변모의 단계를 넷으로 나누고, 「량반전」을 2단계[1970년대]에, 「토끼의 모험」을 3단계[1980년대]에 각각 갈

28) 6·25사변 시기에 홍수로 떠내려 오던 북조선 병사와 남조선 병사가 한 그루의 나무에 들러붙어 옥신각신하다가 새로 떠내려 오던 처녀 춘희를 구출한 뒤 벌어지는 등장인물들 간의 심리적 갈등이나 교류를 절묘하게 그려낸 「나무를 흔들지 마라」는 그의 마지막 작품인데, '나무를 흔드는' 외부의 적에 대하여 함께 싸워야 함에도 불구하고 공동 운명체인 두 사람이 서로 죽이지 못해 안달하는 것만큼 어리석은 일이 없다는 것을 깨우침으로서 향후 민족이 나아갈 길을 제시한 점은 이 작품의 주제이자 한진이 그동안 개별 작품들을 통해 말해 온 주제들의 총 결론이라 할 수 있다. 이처럼 그는 마지막 작품에서 비로소 민족통합의 당위성을 그려낸 셈이다.

라 넣었다. 그는 1960년대 카자흐스탄에 정착하여 그가 원하던 극작활동에 몰두함으로써 심리적 안정을 찾긴 했으나, 근본적으로 해결할 수 없었던 문제가 바로 어머니와 조국에 대한 그리움이었다. 그는 그 그리움이 극에 달한 70년대에 「어머니의 머리는 왜 세였나」·「산부처」 등과 함께 「량반전」을 씀으로써 어머니와 조국에 대한 감정을 동시에 노출시킨 것으로 보인다. 아버지를 일찍 여의고 나쁜 친구들과 어울려 못된 길로 들어선 아들 롬까 때문에 어머니는 눈물 마를 틈 없이 고생하며 흰머리만 늘어 가는데, 결국 감옥에서 나온 롬까가 예전의 애인 미라를 만나고 과거의 구렁텅이로부터 벗어나 새 사람이 된다는 것이 「어머니의 머리는 왜 세였나」의 내용이다. 그런데, 그가 이 시기에 이런 작품을 쓸 수밖에 없었던 현실적 필연성이나 당위성은 무엇이었을까. 분명한 것은 그가 늘 상처처럼 안고 살아야 했던 '어머니에 대한 그리움'이나 '어머니의 명을 거역할 수밖에 없었던 상황'을 이와 같은 '모정 찬가'류의 작품으로 구체화시키는 것이 유일한 출구였다는 점이다. 또한 표면상 태봉국 궁예왕 이야기인 「산부처」는 당시 개인숭배를 강요하며 독재로 치닫고 있던 김일성과 북한체제를 비판하는 이면적 의미를 지니고 있기 때문에, '조국에 남아 있는 어머니를 그리워하면서도 조국에 갈 수 없는 자신의 처지와 상황을 그려냈다'는 점에서 외견상 큰 관련이 없는 것처럼 보이는 「어머니의 머리는 왜 세였나」와 「산부처」가 단일한 의미체계 안에서 해석될 수 있다고 보는 것이다.

「량반전」과, 10년 뒤에 창작된 「토끼의 모험」은 고전의 각색이라는 점에서 공통된다. 그러나 전자가 조국에 대한 풍자와 비판을 강하게 담고 있는 작품이라면, 후자는 디아스포라의 향수를 강조하고 있다는 점에서 다르다. 봉건체제의 부조리와 불합리를 비판하는 바탕 위에서 '사랑의 성취'라는 인간적 승리를 구가하는 것이 전자임에 반해, 마찬가지로 봉건체제를 비판하면서도 디아스포라인 고려인들의 입장에서 고향이나 조국의 소중함을 일깨워 주는 데 주안점을 두고 있는 것이 후자이기 때문이다.

고전을 수용하여 현대 연극으로 각색한다는 것은 기존의 고전과 당시 그 지역 사람들의 보편적 상식이나 미학을 적절하게 융합시키는 작업이다. 고전 「양반전」과 「토끼전」은 어느 순간부터[29] 옛날 고국에서 한진의 내면에 주입된 상태대로 정지된 채 지속되던 전통 미학의 구현체들일 것이다. 그러나 그가 망명 후 카자흐스탄에 정착했고, 거기서 디아스포라로 만난 고려인들은 현지의 삶에 적응함으로써 그 지역의 미학을 기반으로 갖고 있던 '변이된 존재들'이었다. 따라서 의도했건 그렇지 않았건 구세계[고국]와 신세계[정착지]에 걸친 의식의 통합자 한진이 자신의 내면에 보관되어 있던 '구세계의 고전'을 '신세계 디아스포라들의 기대지평'에 맞추어 각색[혹은 개작]할 수밖에 없었을 것이고, 그 과정에서 일어난 '문화접변'은 자연스런 일이었다. '이주한 나라에서 동족끼리 과거의 문화에 상응하는 행동양식 및 관습을 지속하려는 노력을 보이는데, 이는 같은 민족이 함께 거주영역을 형성하는 양상 뿐 아니라 공간성을 벗어난 사회적 영역에서도 가능한'[30] 것이 해당 지역 문화와의 갈등에 대한 대처방법이라고 할 때, 한진이 고국의 고전에 대한 기억을 큰 어려움 없이 현지의 소수자인 고려인들에게 연극으로 바꾸어 제공한 것은 매우 현명한 문화접변의 실천이었다고 할 수 있다.

말하자면 「량반전」을 통해 봉건사회의 부조리를 하나의 축으로 삼고,

---

29) 아마 한진이 모스크바로 유학을 떠남으로써 조국과 절리(切離)되던 순간부터였을 것이다.

30) Ina-Maria Greverus, *Kultur und Alltagswelt: eine einfϋhrung in Fragen der kulturanthropologie,* Münchenxg: C. H. Beck, 1978, s.12.

만인 공통의 해학과 풍자를 통한 인간승리[노비 상태로부터 돌쇠의 해방 / 보배와의 사랑의 성취]를 그려낸 것은 바로 그런 점을 염두에 둔 것이다. 「토끼의 모험」에서도 처참한 복수나 징치(懲治)보다는 '고향 복귀의 행복'을 보여줌으로써 이국 속의 소수자인 고려인들에게 하나의 꿈을 부여한 일은 조선 사람들의 심리적 범주를 벗어나 보편성을 획득한 일이라는 점에서 일종의 '현지문화와의 접변'으로 설명될 수 있는 경우다. 따라서 한진의 이 두 작품은 단순히 고국에서 얻은 고전의 기억을 재생시키는데 국한하지 않고 그것들을 토대로 그 지역과 상황에 맞는 작품으로 재생산해냈다는 점에서 매우 발전적인 문학생산의 선례로 기록될 수 있었다고 본다.

## 5. 고전의 해석과 연극미학의 수립

한진이 대학시절까지 성장하면서 문화적 전통이나 민족정신을 완벽하게 체득한 고국은 유학이 끝나면 복귀하게 되어 있는 곳이었지만, 김일성 개인숭배가 강화되고 있는 북한의 체제를 강하게 비판하던 그 자신은 결국 돌아가지 못하고 말았다. 그러나 전쟁 중 작별인사도 나누지 못한 채 모스크바로 떠나왔고, 수시로 편지를 보내 격려해주며 고국으로의 복귀를 염원하던 어머니는 바로 그 '돌아갈 수 없는 고국'에 있었다. '어머니에 대한 그리움과 고국에 대한 배신'은 한진의 내면에 갈등과 번민을 만들어냈고, 이것이 '죄책감과 증오'로 바뀌었으며, 결국 치유될 수 없는 트라우마로 남게 된 것이다. 제한적이나마 모스크바에서 자유를 맛본 한진으로서는 김일성의 우상화에 주력하는 북한체제를 용인할 수 없었고, 북한체제를 용인하지 못하는 한 그리운 어머니를 만날 수 없기 때문에, 그가 지니게 된 '죄책감과 증오'가 작품으로 승화되지 못할 경우 스스로를 지탱할 수 없는 상황에 직면하게 된 것이다. 그리고 그런 감정은 디아스포라 의식으로 변환되어 작품에 구현되거나, 그가 떠나온 구세계의 모순과 불합리를 비판하고 풍자함으로써 자신이 정착한 신세계의 장점을 부각하는 방향으로 승화된 모습을 확인할 수 있는 것도 사실이다.

그가 남긴 희곡작품들 가운데 여기서의 분석대상인 「량반전」과 「토끼의 모험」도 그런 바탕 위에서 우리의 고전들을 수용하여 만든 작품들이다. 한진은 박지원의 「양반전」을 각색했으나 인물들의 성격은 각각 상반되고, 사건의 전개나 결말 또한 다르다. 「양반전」에 등장하는 양반은 무능하지만 사악하지 않고, 양반의 처는 속물이지만 양반계층을 준엄하게 꾸짖는 등 긍정적인 면을 지닌 인물이다. 천부도 양반들의 비행이나 부조리를 자신의 행동양식으로 받아들이지 못하는 선의를 지니고 있는 인물이며, 군수 또한 양반계층의 문제를 폭로함으로써 사태 개선의 단서를 제공한 긍정적 인간상이다. 그러나 「량반전」의 양반 내외와 군수는 피지배계층을 억압하고 착취하며 행패를 부리는 부정적 인간들이다. 「량반전」의 천부 또한 양반의 특권을 욕망할 뿐 아니라 자신이 부리던 여종 보배를 취하려 함으로써 사악한 인간의 전형으로 그려지고 있다. 한진은 피지배계층 인물들의 해학과 풍자를 도구로 삼아 지배계층의 악행을 고발하고자 했으며, 동시에 그들와 대결하여 승리를 추구해 나가는 도전적 인물들로 형상화함으로써 계층 간의 갈등과 투쟁에서 피지배계층의 승리로 결말짓고자 했다. 그는 계층 간의 대립을 통해 지배계층의 모순을 폭로하고, 피지배 계층의 인간적인 승리를 드러냄으로써 봉건체제의 모순을 강조했는데, 그것은 근대 이전 '양반과 상놈'으로 계층화되어 있던 그의 고국[남·북한]에 대한 비소(誹笑)일 수도 있었다. 「양반전」을 상당 부분 변개시켜 지배계층의 허위와 가식을 고발하고 피지배계층의 행복한 결말을 보여줌으로써 작자 자신과 고려인들이 속한 공산주의 이데올로기나 체제의 우월함을 강조하고자 한 의도는 그들의 성공적인 정착을 위해 매우 중요했다. 그 지역의 고려인들 대부분은 극동으로부터 강제 이주된 지 겨우 한 세대를 지난 입장이었기 때문에 그들 스스로의 처지에 대한 공감이나 자위(自慰)가 절실하게 필요했을 것이다. 작가 한진이 고려인들 대부분이 알고 있었을 고전의 풍자와 해학을 통해 그들의 현재 처지가 부조리한 구 세계보다 낫다는 것을 보여 준 점은 나름대로 지혜로운 판단의 결과였다고 할 수 있다.

「토끼의 모험」은 좀 더 확장된 해학과 풍자의 미학을 통해 자신을 포함한 고려인들의 처지를 절묘하게 보여 주고자 한 작품이다. 거부기의 꼬임에 빠져 용궁으로 잡혀 온 옥토끼의 노래, 거짓말에 속아 용궁에서 땅으로 옥토끼를 데리고 나온 거부기가 산중의 동물들로부터 죽임을 당하게 되었을 때 옥토끼의 구원으로 살아난 거부기의 노래, 자신의 기지로 살아나온 옥토끼가 마지막으로 부른 노래 등은 이 작품의 이면적 주제가 부각된 부분들이고, 작자의 주안점 역시 이 노래들에 집중되어 있다. 말하자면 지배계층의 허위와 가식 혹은 지배체제의 위기를 비판한 점에서 풍자와 해학이 작품의 핵심적인 미학이었으며, 그에 따라 교훈이 표면적인 주제로 되어있긴 하지만, 그것으로 만족할 수 없었던 것은 작자 한진이 겪고 있던 디아스포라의 험난함 때문이었다. 옥토끼의 두 노래는 디아스포라로서의 고려인들이 갖고 있던 망향의 정서를 잘 드러내고 있으며, 거부기의 노래는 한진 자신의 처지를 절묘하게 드러낸 사례다. '바다 속에 돌아가면/ 룡왕에게 죽어나는' 거부기의 처지는 '조국으로 귀환하면 김일성에게 죽음을 당할 수밖에 없는' 한진 자신의 처지와 정확하게 부합한다. 그리고 '땅 우에서 살자 하니/ 동무 없어 못 살겠다'는 거부기의 한탄 역시 디아스포라로서 타국을 전전해온 한진 자신[혹은 고려인들]의 심정을 정확히 대변하는 내용이다. 따라서 「토끼의 모험」은 고전소설 「토끼전」의 단순한 각색이 아니라, 조국과 소련의 틈새 카자흐스탄에 정착한 작자 자신의 처지를 정확하게 드러냄으로써 원작에 비해 미학과 주제를 크게 확장하는 데 성공한 작품이라 할 수 있다.

# 4장. 한진의 연보

1931년 8월 17일 평양에서 극작가인 아버지 한태천과 인내심 많고 사려 깊은 어머니 박성수 사이에서 맏아들로 태어났다. 본명은 한대용(韓大鎔)이다.

아버지 한태천은 1906년 11월 26일에 태어났으며 1935년부터 희곡을 쓰기 시작하여 나중에 북한에서 저명한 극작가의 반열에 올랐다. 어머니 박성수는 1908년 3월 21일(음)에 태어났으며 평생을 자식과 남편을 위해 헌신했지만 한글은 물론 한문 실력까지 어느 정도 갖춘 지식인이기도 했다. 한태천과 박성수는 다섯 명의 자식을 두었다. 맏이 대용(한진)을 위시하여 딸 경옥, 신옥, 아들 대관(大觀), 딸 수옥(秀玉)이 그들이다. 한태천은 1975년 7월 2일에 폐암으로, 박성수는 1983년 9월 27일에 뇌혈전으로 사망했다.

1938년경~1945년 8월 초중등학교를 다녔다. 그는 공부에 남다른 취미를 붙였고 그 결과 타 학생들보다 우수한 학업성적을 보였다. 하지만 여느 학생들처럼 장난꾸러기이기도 했다. 연말이면 평양역 근방에 사는, 서울서 이사 온 친구네 집에 가서 요란하게 망년회를 하거나 새해를 맞이하여 친구들을 집으로 데려와 떠들썩하게 놀기도 했다.

1945년 9월 평양 광성중학교(光成中學校)에 입학하였다. 평양 광성중학교는 1894년 선교사 윌리엄 제임스 홀에 의해 설립된 유서 깊은 기독교계 학교였다. 학업성적이 우수했던 한진은 그 학교를 2년 만에 마치고 1947년 여름에 졸업했다. 그리고 곧바로 평양제일고급중학교(平壤第一高級中學校) 3학년으로 편입해 1년 만에 졸업했다.

1948년 여름 김일성종합대학교 노문학부에 입학하였다. 당시 입학시험담당관은 그 대학 노문학부장으로 재직하고 있던 재소고려인 정상진이었다. 노문학부 1학년 입학생은 23명(또는 24명)이었다. 나중에 한진의 망명동료가 된 리진(리경진)은 이미 이 대학 영문과에 재학 중이었다. 그들은 학과는 달랐지만 같은 어문학계열을 전공하고 있어서 통합강좌인 세계문학 및 문학원론 강의를 함께 듣게 되어 자연스럽게 서로 아는 사이가 되었다. 그 대학 노문과에는 4명의 소련 고려인 학자가 파견 나와 강의를 하고 있었는데 정상진은 문학원론과 세계문학을 강의했다. 정상진은 한진에게 커다란 영향을 미쳤으며 그 둘의 인연은 나중에 소련으로 자리를 옮겨 평생 이어졌다.

1950년 7월 10일 인민군으로 전선에 나갔다. 6·25가 일어나자 학교는 신속하게 전시체제로 개편되었고 학생들은 즉각 인민군으로 징집되었다. 한진은 노문과 학생 23명(또는 24명)과 함께 바로 전선으로 투입되었다. 그는 이 날부로 가족과 영원히 헤어지고 만다. 다만 종군작가로 전선을 누비던 아버지와는 전쟁의 와중에서도 한 차례 만남의 기회를 가질 수 있었다.

1952년 여름 유학생 7기생으로 소련 모스크바 영화대학 시나리오과로 유학을 떠났다. 한진은 1952년 여름에 군에서 제대하고 대학으로 돌아와 외국유학시험을 치렀다. 그리고 의주에 있는 대학유학생강습소에서 예비교육을 받고 9월 4일 의주를 출발하였다. 중국 하얼빈 역에서 기차를 타고 10월 7일에 모스크바에 당도하였다. 영화대학 7기생 동기로는 허웅배와 정린구가 있었다. 나중에 허웅배는 유학생망명을 주도했다. 영화대학에는 이미 6기생 유학생 최국인과 리경진이 먼저 와서 공부하고 있었다. 또 이듬해에는 8기생 김종훈, 량원식, 김영설, 김순자가 후배로 들어왔고 그 다음해에는 리진황이 들어왔다. 유학생활은 1958년 여름까지 이어진다.

1957년 11월 27일 제8차 재소련 조선유학생대회(재소련 조선유학생동향회)가 모스크바 광산대학에서 400여명의 유학생과 대사관 간부들이 모인 가운데 열렸다. 영화대학 시나리오과 동기생 허웅배는 이 날 단상에 올라가 김일성 개인숭배를 공개비판 해버렸다. 이로 인해 한진을 비롯한 영화대학 유학생 7명이 9개월에 걸친 토론과 회의를 거치면서 허웅배를 지지하고 소련에 망명했다. 이 사건이 터진 후 그는 평양에 있는 가족으로부터 반성하고 돌아오라는 편지를 집요하게 받았지만 동요하지 않았다. 이 과정에서 동료 리경진의 영향을 크게 받았다.

1958년 6월 23일 최우수 성적으로 졸업장을 받았다. 졸업장을 받은 다음날 그는 영화대학유학생 동료 6명과 함께 기숙사에서 쫓겨났다. 그들은 모스크바에서 40~50km 떨어진 모니노(Монино)라는 곳의 숲으로 들어가 천막을 치고 생활했다. 그리고 생존을 위해 인근 집단농장에 찾아가 일을 도와주고 양배추, 토마토, 감자 같은 야채를 몇 개씩 얻어왔다. 같은 해 8월 4일 소련정부는 영화대학 유학생 7명의 정치적 망명을 허용해주었다. 다만 소련공민권은 내주지 않고 '무국적 임시 거주증'을 내주었다. 이후 허웅배와 리경진과 한대용은 허진, 리진, 한진이라는 필명을 사용하게 된다.

1958년 8월 23일 소련정부 문화성의 명령으로 서부 시베리아에 있는 바르나울시 TV방송국 책임편집위원으로 파견 받았다.

1959년 1월 2일 평양에 있는 맏누이동생 경옥이 병을 얻어 세상을 떠났다.

1959년 3월 26일 러시아인 교원 지나이다 이바노브나와 결혼식을 올렸다. 혼인등록소 서기는 한진의 아내가 된 지나이다 이바노브나에게 왜 하필이면 천애고아인 조선인 망명객과 결혼하는 것이냐고 묻자 그녀는 사랑하기 때문이라고 대답했다. 덧붙여 "만일 내가 그의 청혼을 거절한다면 그는 삶의 무게를 더 이상 지탱하지 못할 겁니다. 내가 아니면 아무도 도와줄 사람이 없습니다. 그는 여기서 평생을 부모 없이, 조국 없이 살아야 합니다. 조국에 있는 부모는 아들을 데려오라는 당국의 추궁에 고통 받고 있습니다. 북조선 대사관 영사가 한진을 데려가려고 이곳 바르나울까지 찾아오기도 했습니다. 이런 남자를 내가 지켜주어야 합니다."라고 대답했다.

1960년 5월 18일 아들 안드레이가 태어났다. 소련 전역으로 뿔뿔이 흩어진 동료들과 평양에 있는 식구들이 멀리서 축하를 해주었다. 평양에 계신 어머니는 한 번도 본적 없는 며느리에게 축하편지를 보냈다.

1962년 1월 24일 적성에 맞지 않아 방송사를 퇴직해버렸다. 매월 4편의 심층취재 TV프로그램을 만들어 제출해야 하는 방송국의 과제에 심신이 고달프고 매력을 잃어버렸기 때문이다. 그는 카자흐스탄에 있는 고려인 신문사나 극장으로 돌아갈 뜻을 세웠다. 거의 반년을 쉬다가 같은 해 6월 20일 알타이주 중앙기술정보센터 영화사진연구소 상급기사 주필(영화 시나리오 작가)로 입사했다.

1962년 10월 7일 단편소설 「찌르러기」, 같은 해 12월 16일에 단편소설 「밤'길이 끝날 때」를 <레닌기치>에 발표했다. 둘 다 짜임새 있는 작품이었다. 특히 「밤'길이 끝날 때」는 스토리 전개가 아주 탄탄하고 어느 문장에서도 긴장도가 떨어지지 않는 훌륭한 단편이었다. 즉각 호평이 쏟아졌다. 그는 처녀작이 호평을 받자 크게 용기를 얻어 창작활동에 몰두하기 시작했다. 잇따라 단편소설 「소나무」(1963년 2월 24일자), 「물맛」(1963년 5월 19일자)을 발표했다.

1963년 9월 25일 카자흐스탄으로 이주하여 <레닌기치>신문사 문화생활부 문예담당 기자로 입사했다. 이는 서류상 입사 시기고 실제로는 여름부터 일을 시작했다. 이 과정에서 옛 스승 정상진에게서 큰 도움을 받았다. 단편소설 「녀선생」(1963년 8월 27일자), 「축포」(1963년 11월 7일자)를 발표했다. 주택문제 때문에 아내는 바르나울에 남아 있다가 1964년 10월에 돌아와 합류했다. 이듬해(1964년) 그가 쓴 희곡 「의부 어머니」가 1965년에 <조선극장>에서 성공리에 공연되었다. 한진은 애초에 연극에 뜻을 두어 그의 신문사 생활은 그리 오래 가지 못했다.

1965년 2월 17일 <조선극장> 문예부장으로 들어갔다. 이후 그는 평생을 이 극장의 극작가로 살게 된다. 여전히 단편소설을 쓰기는 했지만 곧 정리하고 창작활동의 장르를 완전히 희곡으로 전환했다. 극장으로 옮겨간 초기에 그가 <레닌기치>에 발표한 단편소설은 「서리와 별」(1965년 2월 14일자), 「뻐꾹새」(1965년 4월 24일자) 두 편뿐이다. 이후 단편소설은 20년 이상 침묵하게 된다. 1967년에는 새로운 희곡 「고용병의 운명」을 내놓았다.

1966년 9월 1일 둘째 아들 드미뜨리가 태어났다. 그는 다운증후군을 앓아 정규교육을 받지 못한 채 평생 지적장애인으로 살아가게 되었다.

1968년 가을 조선극장과 함께 수도 알마아타로 이사했다. 그는 알마아타로 옮겨 온 뒤 극작가로서 전성기를 맞이하게 된다. 아내는 주택문제가 해결되지 않아 1년 후 가족을 데리고 왔다. 수도로 이사 온 뒤로 희곡 「량반전」(1972), 「봉이 김선달」(1974), 「꽃의사」(1974), 「어머니의 머리는 왜 세였나」(1976) 등을 창작, 각색했다.

1974년 2월 초 건강이 나빠져 흑해연안 크림반도로 요양을 떠났다. 그는 그곳에서 자신을 되돌아보고 더 훌륭한 작품을 남기겠다는 의욕을 다졌다. 그곳에 머무는 동안 지난 1945년 루스벨트, 처칠, 스탈린 세 거두가 모여 우리나라 분할통치를 결정했던 얄타회담장을 찾기도 했다. 크림휴양소는 그에게 새로운 전환의 계기를 마련해주었다.

1976년 5월 18일 아들 안드레이가 성년이 되어 공민증을 받는 날 그도 소련공민증을 받았다. 다른 동료들도 대부분 그 시기를 전후로 1~2년 간격으로 공민증을 받았다. 망명생활 거의 20년 만이었다. 이전까지 그는 녹색으로 된 무국적 임시거주증을 가지고 살았다. 무국적자는 허가 없이 이동의 자유가 없었다.

1979년 소련공민증을 받은 뒤 그의 창작활동도 한층 탄력을 받기 시작했다. 그는 희곡창작과 번역, 그리고 극장에서 희곡연출에 매진했다. 희곡 「산부처」(1979년), 「토끼의 모험」(1981년), 「나 먹고 너 먹고」(또는 「너 먹고 나 먹고」)(1983년), 「폭발」(1985년), 「나무를 흔들지 마라」(1987년) 등의 대작을 연이어 세상에 내놓았다. 희곡 「산부처」는 1979년 봄 고려극장에서 초연된 뒤 그해 가을 모스크바 소인극장에 초대받아 세 번이나 상연되며 절찬을 받았다. 희곡 「산부처」를 통해 한진은 <조선극장>이라는 소수민족극장 극작가의 한계를 뛰어넘어 소비에트 문단 최고수준의 작가들과 어깨를 나란히 겨루는 최초의 <조선극장> 극작가가 되었다.

1981년 8월 17일 지천명을 맞이하였다. 모스크바에서 허웅배와 리경진이 단숨에 날아왔고 알마티에 사는 최국인, 양원식, 김종훈, 정추가 모여들었다. 한진과 리경진은 이 기회를 그냥 버리지 않았다. 그들은 <레닌기치>신문사에 고려인 문인, 예술인들을 모아놓고 창작 콘퍼런스를 열어 대단한 갈채를 받았다.

1982년 9월 <조선극장>은 극장창설 50주년을 맞아 모스크바 소인극장에 초대받았다. <조선극장>은 거기서 연성용의 희곡 「춘향전」, 태장춘의 희곡 「38선 이남에서」, 한진의 희곡 「산부처」를 무대에 올리고 아리랑 가무단은 화려한 전통춤을 선보였다. 한진의 작품은 다시 한 번 큰 호평을 받았다.

1988년 카자흐공화국 작가동맹 관리위원회 위원과 조선어분과위원장을 맡았다. 그는 이 자리에 있는 동안 무려 5권에 이르는 한글문학 작품집을 발행했는데 이는 고려인이 중앙아시아로 강제 이주된 이후 발행된 전체 고려인 한글문학작품집의 절반에 해당하는 분량이었다. 『한진 희곡집』, 종합시집 『꽃피는 땅』, 공동작품집 『행복의 고향』, 리진 시집 『해돋이』, 공동작품집 『오늘의 빛』이 그 책이다.

1989년 20년이 넘도록 중단해온 소설을 다시 쓰기 시작했다. 그리하여 1989년에 소설 「공포」를 선보였고 이듬해에는 소설 「그 고장 이름은?」을 세상에 내놓았다. 또 평양에 있는 가족과 거의 20년 만에 편지연락이 되었다. 하지만 편지연락은 이듬해 다시 중단되고 만다.

1991년 6월 10일~9월 23일 재소고려인 신문 <고려일보>의 주필을 맡았다. 그러나 신문을 정상 궤도에 올려놓기 위해 과로한 탓에 건강을 상하고 적성에 맞지 않아 곧 그만두고 극장으로 돌아갔다.

1992년 독립국공동체 고려인문인협회 회장을 역임하였다. 그해 7월 말 한국문인협회 제3회 해외문학 심포지엄이 카자흐스탄 알마티에서 진행되었고, 한진은 「민족문학의 진로」란 제목으로 그동안 고민해왔던 재소고려인 한글문학의 모든 문제를 담아 주제발표를 하였다.

1992년 11월 10월 말에 일본 TV방송국 기자들을 인솔하고 고려인 최초 강제이주지 우스또베를 다녀온 뒤 몸에 이상을 느꼈다. 11월 초에 병원을 찾아가 검사해보니 위암이었다.

1993년 1월 초 동료 허웅배의 배려로 모스크바로 가서 진단, 치료, 수술을 받았다. 수술은 2월 9일에 이루어졌다. 동료 리경진은 이 소식을 듣고 충격을 받고 쓰러져 혼수상태에 빠져 사경을 헤맸다. 다행히 그는 여러 날 후에 깨어나 그 후로 9년을 더 살았다. 한진은 수술을 마치고 3월 5일경에 알마아타로 돌아왔다. 몸은 점차 쇠약해져 갔다.

1993년 7월 13일 육신을 버렸다. 그는 병마와 싸우면서도 틈틈이 희곡을 썼는데 결국 「서울손님」이라는 희곡을 미완성으로 남겼다.

# 5장. 참고문헌


▶ 한국에서 출판된 단행본

김게르만, 『한인이주의 역사』, 박영사, 2005.
김병학 엮음, 『한진전집』, 인터북스, 2011.
김종회, 『한민족 문화권의 문학 2』, 국학자료원, 2006.
김종회, 『중앙아시아 고려인 디아스포라 문학』, 국학자료원, 2010.
김필영, 『소비에트 중앙아시아 고려인 문학사(1937~1991)』, 강남대학교 출판부, 2004.
박현 시집, 『꼴호즈의 들길에서』, 의성출판사, 1997.
양원식, 「녹색 거주증」 양원식 유고소설집 『칠월의 소나기』, 어뮤징 아카데미, 2007.
연성용 회상록, 『신들메를 졸라 매며』, 예루살렘, 1993.
이기봉 편저, 『전 북한 인민군 부총참모장 이상조—증언』, 원일정보, 1989.
이명재 편저, 『소련지역의 한글문학』, 국학자료원, 2002.
이명재 외, 『억압과 망각, 그리고 디아스포라』, 한국문화사, 2004.
이명재, 『소련지역의 한글문학』, 국학자료원, 2002.
장사선 · 우정권, 『고려인 디아스포라 문학연구』, 월인, 2005.
정상진, 『아무르만에서 부르는 백조의 노래』, 지식산업사, 2005.

▶ 소련지역에서 출판된 단행본

고려극장, 『고려극장의 역사』, 알마라따 라리쩨뜨, 2007.
공동작품집, 『해바라기』, 알마아따, "사수싀"출판사, 1982.
공동작품집, 『행복의 고향』, 알마아따, "사수싀"출판사, 1988.
공동작품집, 『오늘의 빛』, 알마아타, 자주싀, 1990.
국립조선극장 창립 60주년 기념화보집(1932~1992).

김겐나지, 『흐르는 강물처럼－사진으로 보는 고려극장 66년』, 카자흐스탄 국립고려극장, 1999.

김기철, 『붉은 별들이 보이던 때』, 알마아따, "사수식"출판사, 1987.

양원식, 「고려일보의 어제와 오늘」, 『Время газетной строкой』, Алматы, 1998.

한 진, 『한진 희곡집』, 알마아따, "사수식"출판사, 1988년.

『흐르는 강물처럼(사진으로 보는 고려극장 66년(1932～1999))』, 알마티, 카자흐스탄 국립고려극장, 1999.

Ежемесячный журнал драматургии и театра 「Театр 5(Май)」, Орган Сюза писателей СССР и Министерства культуры СССР, Москва, 1980г.

「Ему не больно」『ПРАВИЛАИГРЫ』, Издатель ТОО Правила 10. 07. 2006г.

『ЖИВОЙ БУДДА』, Алматы, ≪Жазушы≫, 2001.

И. Ким『Советский корейский театр』, Алма-Ата: ⓒиздательство 〈Өнер〉, 1982.

『Страницы лунного календаря』, Москва, Советский писатель, 1990.

『ТЕАТРАЛЬНАЯ ЭНЦИКЛОПЕДИЯ том V』, издательство советская энциклопедия, Москва, 1967.

Тен Сан Дин「ЧЕТЫРЕ ДЕСЯТИЛЕТИЯ ВМЕСТЕ С ХО ДИНОМ」『ХО УН ПЕ (ХО ДИН) В ВОСПОМИНАНИЯХ СОВРЕМЕННИКОВ』(к 70-летию со дня рождения), НАУЧНАЯ КНИГА, Москва, 1998.

### ▶ 논문 및 평론

김병학, 「망명지에서 솟아난 희곡문학의 거대한 산(극작가 한진 선생을 추억하며)」, 고려일보 2009년 8월 14일.

김병학, 「망명지에서 피어난 희곡문학의 에델바이스(재소고려인 극작가 한진)」, 계간 『시작(詩作)』 35호, 2010년 겨울.

김필영, 「소비에트 카작스탄 한인문학과 희곡작가 한진(1931-1993)의 역할」, 『한국문학논총』 27, 한국문학회, 2000.

리정희, 「재소한인 희곡연구－소련국립조선극장 레파토리를 중심으로」, 단국대학교 석사논문, 1992.

민병천, 「越南의 戰爭體系에 관한 考察」, 『한국정치학회보』 6집, 한국정치학회, 1972.

박명진, 「중앙아시아 고려인 文學에 나타난 民族敍事의 特徵－劇作家 한진의 텍스트를 중심으로」, 『語文研究』 122, 한국어문교육연구회, 2004.

양원식, 「그는 언제나 우리와 함께(한진 작가에 대한 추억)」, 고려일보 2001년 8월 17일.

이정선, 박사학위논문 『중앙아시아 고려인 소설연구-역사복원 양상을 중심으로』, 경희대학교, 2011.
정 석, 「실감 있고 향기로운 작품을 위하여!-신춘문예 페지들에 실린 단편소설들과 시들을 중심으로」, 레닌기치 1963년 5월 19일.
조규익, 「해외 한인문학의 존재와 당위」, 『국어국문학』 152, 국어국문학회, 2009.
조규익, 「카자흐스탄 국립 고려극장의 존재의미와 가치」, 『한국문학과 예술』 4, 숭실대학교 한국문예연구소, 2009.
한홍식, 「고르바쵸프의 페레스트로이카와 민족문제」, 『교사교육연구』 25, 부산대학교 과학교육연구소, 1992.
「현실반영과 쏘련조선인작가들의 과업」, 레닌기치 1981년 8월 28일.

## 발표작품 및 한진 관련 기록들

### 재소고려인 신문 〈레닌기치〉 및 〈고려일보〉

한진 단편소설 「찌르러기」(레닌기치 1962년 10월 7일)
한진 단편소설 「밤길이 끝날 때」(레닌기치 1962년 12월 16일)
한진 단편소설 「소나무」(레닌기치 1963년 2월 24일)
한진 소품 「물맛」(레닌기치 1963년 5월 19일)
한진 단편소설 「녀선생」(레닌기치 1963년 8월 27일)
한진 단편소설 「축포」(레닌기치 1963년 11월 7일)
한진 소품 「어머니의 편지」(레닌기치 1964년 2월 25일)
한진 단편소설 「땅의 아들」(레닌기치 1964년 4월 19일)
한진 단편소설 「서리와 별」(레닌기치 1965년 2월 14일)
한진, 새에 대한 이야기 「뻐꾹새」(레닌기치 1965년 4월 24일)
한진 단편 「공포」(레닌기치 1989년 5월 23일)
한진, 「그 고장 이름은」(고려일보 1991년 7월 30일)
한진, 「민족문학의 진로」(고려일보 1992년 7월 24일)

### 육필원고 및 육필자료

한진 소설 「김용주」(1963년)
한진 소설 「비상사고」(1963년)
한진 소설 「편지에 대해서」(1960년 3월 8일)
한진 소설 「착각」(1960년 3월 9일)

한진 소설 「초상화」(1961년 4월 15일)
한진 소설 「그의 사회성분」(1960년대 초. 추정)
한진 소설 「말조심 하세요」(1963년 1월 6일)
한진 희곡 「고용병의 운명」(1967년)
한진 희곡 「량반전」(1972년). 문서보관소 소장 원고 복사본
한진 희곡 「꽃의사」(1974년)
한진 희곡 「어머니의 머리는 왜 세였나」(1976년)
한진 희곡 「산부처」(1979년)
한진 희곡 「토끼의 모험」(1981년). 문서보관소 소장 원고 복사본
한진 희곡 「나 먹고 너 먹고」(1983년). 문서보관소 소장 원고 복사본
한진 희곡 「폭발」(1985년)
한진 희곡 「서울 손님」(1993년. 미완성작). *타자기로 작성한 미완성 원고
한진의 망명회의록 초고(1958년 2월. 추정)
한진의 일기(1974년 2월 6일, 7~13일. 한국어-러시아어 혼용)
한진의 메모수첩(1960년대. 갈색 수첩)
한진의 망명유학생 2차 회의록초고(1970년)
한진의 메모수첩(1980~1990년대. 검정 수첩)
한진의 가족사항 기재서류(1990년)
한진이 쓴 고려일보 첫 호 글(고려일보 1991년 1월 2일 추정)
한진의 일기(1993년 1월 30일. 러시아어)
량원식의 일기(1980년 2월 6일)
신문사 레닌기치 사원 일동이 보낸 축하문(1981년 8월 17일)
김종훈의 미공개(미완성)수기(2008년)

● 편지

한진의 아버지 한태천이 보낸 편지(1956년 6월 7일, 1959년 3월 15일, 1960년 7월 1일)
한진의 어머니 박성수가 보낸 편지(1952년 11월 12일, 1952년 12월 14일, 1952년 12월 20일, 1953년 9월 4일, 1955년 12월 29일, 1956년 7월 14일, 1957년 말, 1958년 10월 14일, 1959년 3월 30일, 1959년 5월 4일, 1960년 중반)
한진의 둘째 누이동생 신옥이 보낸 편지(1959년 11월 13일, 1989년 7월 24일, 1989년 11월 12일)
한진의 막내 누이동생 수옥이 보낸 편지(1989년 8월 1일)
한진의 사촌동생 윤덕이 보낸 편지(1953년 3월 28일)

망명동료 리경진이 보낸 편지(1958년 10월 24일, 1958년 11월 4일, 1960년 11월 17일, 1962년 12월말, 1964년 11월 27일, 1965년 9월 3일)
망명동료 정린구가 보낸 편지(1958년 12월 21일)
망명동료 리진황이 보낸 편지(1960년 정초)
망명동료 량원식이 보낸 편지(1960년 여름)
망명동료 리상조가 보낸 편지(1972년 3월 22일)
재소고려인 산문작가 김기철이 보낸 편지(1963년 5월 3일)
재소고려인작가 박성훈이 보낸 편지(1991년 4월 17일)
한진이 아내에게 보낸 편지(1964년 3월 29일. 러시아어)
한진이 둘째 누이동생 신옥에게 쓴 편지(1990년 4월)
한진이 망명동료들에게 쓴 편지(1993년 2월 중순)

• 증언

한진의 스승 정상진의 증언(2009~2011년 모스크바)
한진의 아내 지나이다 이바노브나의 증언(2009~2011년 알마티)
망명동료 최국인의 증언(2010~2011년 알마티)
망명동료 김종훈의 증언(2010~2011년 알마티)
망명동료 정추의 증언(2011년 3월 28일 알마티)
명노정의 증언(2011년 5월 알마티)
조선극장 아리랑가무단 지휘자 한 야꼬브의 증언(2011년 봄 알마티)
한진의 영화대학 시나리오과 후배 극작가 송 라브렌치의 증언(2011년 봄 알마티)

# 찾아보기


●●● ㄱ

강 겐리에따 37, 220
강 알렉산드르 220
객관적 상관물 290
게임의 규칙 123, 124
경희극 211
고려극장 195, 201
고려인문인협회 217
고려일보 105, 108, 109, 133, 161, 213, 221, 223, 229, 230
고르바초프 154, 259, 264
고본질 247
「고용병의 운명」 70, 124, 127, 198, 214, 221, 234, 243, 244, 248, 268
「공포」 104, 111, 128, 217, 220, 221, 265
광성중학교 139
구지가 211
국립조선극장 115
궁예 210, 258
「그 고장 이름은?」 105, 111, 128, 217, 218, 221, 265
「그대와 말하노라」 216
「그때는 오구말구요」 250
「그의 사회성분」 64, 128, 188, 189
『극장』 123
글라스노스트 236, 259, 262
김 블라지미르 27
김 아나똘리 220
김 이오시프 243, 272
김광현 216
김기철 56, 190, 216, 241
김병학 109
김성일 14, 135
김순자 18, 152, 163, 166, 167, 168
김영설 152, 163, 166, 167, 168
김용선 141
김용주 66, 128, 188, 189
김일성 16, 160, 165, 170, 259, 261, 291, 293, 296, 299
김일성종합대학교 31, 140, 141, 152, 231, 293

김정일 167
김종훈 18, 31, 51, 133, 145, 152, 155, 160, 161, 163, 166, 170, 171, 173, 199, 207, 208, 214, 226
김준 216
김진 28
김필영 233, 271
「까라고즈와 꼬블란디」 233
「꽃의사」 73, 74, 127, 200, 201, 202, 234, 243
「꽃피는 땅」 118

●●● ㄴ

「나 먹고 너 먹고」 80, 81, 127, 209, 211, 221, 234, 243, 259, 262, 269
「나무를 흔들지 마라」 38, 113, 127, 210, 213, 221, 234, 243, 264, 265
남로파 156, 258
남해봉 186
「내 거문고야, 울려라!」 250
「녀선생」 98, 110, 128, 193
『노바야 까레야』 184
녹색 거주증 205
「논개」 241
니자미 사범대학교 162

●●● ㄷ

대학유학생강습소 148, 149, 150
「동트는 지역」 134
「동향인들」 134, 135
드미뜨리 31, 198
디아스포라 219, 261, 288, 291, 294, 298
「땅의 아들」 100, 101, 102, 128, 193, 194

●●● ㄹ

「량반전」 71, 72, 127, 200, 233, 234, 241, 243, 251, 256, 257, 260, 262, 268, 272, 273, 274, 278, 279, 283, 294, 297
량원식 27, 28, 30, 32, 53, 109, 133, 152, 161, 163, 166, 171, 173, 177, 181, 182, 185, 191, 205, 206, 207, 213, 214, 226, 246
레닌그라드 147
레닌기치 28, 32, 95, 96, 97, 98, 99, 100, 101, 102, 103, 104, 105, 106, 107, 126, 183, 184, 186, 187, 189, 190, 191, 192, 197, 201, 213, 214, 215, 216, 221, 222, 229
루스벨트 204
리경진 18, 19, 31, 32, 33, 48,

107, 140, 142, 143, 148, 151, 152, 153, 163, 164, 166, 168, 169, 170, 171, 173, 174, 179, 181, 184, 185, 186, 194, 207, 208, 209, 214, 226, 227, 229
리길수 28
리두환 227
리상조 55, 157, 159, 164, 179, 208, 209, 226
리정희 33, 233, 258, 271, 286, 292
리종림 241
리진 120, 220
리진섭 189
리진황 18, 52, 152, 159, 163, 166, 171, 173, 226
림하 28, 184, 190
림호범 190

●●● ㅁ

마리나 37
「막다른 골목」 198
「말조심 하세요」 65, 128, 188, 189
맹동욱 28, 172, 185, 241
명노정 139
『명령 하나밖에 받지 않았다』 134, 135
명월봉 141, 184
모스크바 107, 147, 150, 154, 157, 163, 168, 169, 171, 173, 177, 203, 208, 211, 222, 224, 242, 253, 268, 269
모스크바 영화대학 18, 37, 231, 293
몰리에르 233
무르만스크 173
문화접변 247, 295
「물맛」 67, 97, 128, 214
민병천 248

●●● ㅂ

바르나울 27, 28, 173, 175, 176, 192, 244
「바위」 134, 135
박 미하일 220
박기흡 137
박명수 17
박명진 233, 271
박성수 13, 14, 17, 133, 135, 136, 137, 146, 150, 154, 165, 176, 180
박성훈 58, 224
박인철 194
박일 36, 216, 218
박지원 200, 273, 274, 278, 279, 283
박팔양 143, 176
박헌영 157
박현 186

「밤'길이 끝날 때」 96, 128, 184
「배비장전」 240
「백두산」 134
범민족문학 240
베. 마일린 212
「베르나르 알리브의 집」 88
「봉이 김선달」 106, 127, 200, 201, 243, 272
북조선공민권포기서 168
북한공민권 168
『붉은 별들이 보이던 때』 216
블라지미르 스똘랴로브 210
「비상사고」 69, 128, 188, 189
「뻐꾹새」 104, 128, 197, 198
「뻐꾹새의 울음소리」 87

●●● ㅅ

「사도성의 이야기」 166
사회주의 리얼리즘 239
「산부처」 77, 78, 112, 122, 123, 125, 127, 209, 210, 211, 221, 233, 234, 243, 251, 257, 258, 259, 262, 268, 272
「산월이」 134
「살인귀의 말로」 224
「서리와 별」 103, 128, 197
「서울 손님」 84, 85, 127, 228
「선녀의 오솔길」 89
선봉 183
셰익스피어 241
「소나무」 97, 105, 128, 187
소련공민증 206, 207
소련파 156, 258
소비에트페미니즘 153
속문주의 239
솔제니친 204
송 라브렌치 37, 220, 241
송진파 184
스탈린 156, 204
스탈린그라드 173, 181
『시월의 해빛』 216
신채호 258
심수철 141
심청 202
「심청전」 240, 241, 247
『십오만 원 사건』 216
『쏘련녀성』 153, 154
『씨르다리야의 곡조』 216
「38선 이남에서」 211

●●● ㅇ

아. 빠쉬꼬브 243
아리랑 211, 241
아리랑가무단 220
「아직 젊을 때」 134, 135
안드레이[한 안드레이] 25, 26, 31, 180, 220, 225, 253
알마티[알마아타] 181, 191, 200, 222, 245, 246
「애국농민 김제원」 134
「양공주」 212
「양반전」 200, 240, 273, 274, 278, 279, 283, 298

「어머니의 머리는 왜 세였나」 75, 76, 127, 200, 234, 251, 254, 256, 268
「어머니의 편지」 68, 99, 128, 193, 214, 221
엠. 아우에조브 233
연성용 28, 36, 196, 211, 241, 245
연안파 156, 159, 258
「연풍호」 134, 135
염사일 28
예브게니 37
『오늘의 빛』 111, 114, 121, 216
「온달전」 241
우 블라지미르 282
우스또베 224
우즈베키스탄 162
우크라이나 173
월남전 212
「월식의 밤」 86
「위대한 동맥」 134, 135
「유격대의 아들」 134
북한유학생 망명사건 155
율리야 37, 39
「음력달력의 페이지」 122
「의부 어머니」 28, 113, 127, 195, 196, 197, 198, 221, 234, 243, 244, 245, 250, 259, 268
의붓어미 모티프 246
「의지가 없는 약사」 233
이 스타니슬라브 241
이 올레그 243
이두환 31
이영미 135
이즈베스찌야 170
이태준 142
이화여대 167
인나 31
『일목대왕의 철퇴』 258
「잃었던 애인」 134, 135
5·18광주민주항쟁(5·18광주민주화운동) 212, 260, 262

●●● ㅈ

잔나 31
「장한몽」 241
「장화홍련전」 247
전기순 137
전동혁 185
「젊은 혁신자」 134
정린구 18, 30, 50, 150, 153, 163, 166, 171, 173, 174, 226
정상진 28, 31, 39, 105, 140, 141, 142, 143, 144, 184, 186, 187, 188, 189, 192, 193, 194, 210, 218, 228, 229, 233, 258
정석 188
「정의의 앙갚음」 224
정준채 166
정추 27, 28, 30, 54, 133, 160,

161, 164, 172, 174, 181, 206, 214, 225, 246
조경은 274
조국해방전쟁 148
조기천 134, 142
조명희 57, 185, 190
조선극장 28, 29, 38, 116, 194, 196, 197, 209, 210, 211, 214, 215, 220
『조선시집』 216
조정구 28, 196
종파이론 164
지나이다 이바노브나 21, 23, 25, 26, 31, 37, 133, 177, 192, 200, 208, 246, 253
「찌르러기」 95, 105, 128, 183

### ●●● ㅊ

「착각」 62, 128, 188
채영 28, 196, 241, 245
처칠 204
「첫 교원」 193
체코슬로바키아 137
「초상화」 63, 128, 188, 213
최 예까쩨리나 57
최국인 27, 28, 30, 31, 36, 49, 133, 147, 148, 151, 152, 153, 159, 163, 164, 166, 167, 168, 169, 170, 171, 173, 174, 181, 207, 208, 214, 225, 246
최선옥 29, 159, 162, 207, 225, 227
최용건 157
「축포」 98, 128, 193
「춘향전」 211, 240, 241
칭기스 아이뜨마또브 193, 233

### ●●● ㅋ

카자흐스탄 27, 28, 173, 181, 182, 183, 187, 189, 190, 200, 212, 220, 222, 231, 245, 246, 251, 254, 268
크즐오르다 29, 124, 183, 189, 191, 194, 198, 245, 246
키르기스스탄 193, 224

### ●●● ㅌ

타쉬켄트 171
태봉국 210, 258
태장춘 211, 241
「토끼의 모험」 79, 114, 127, 209, 211, 221, 233, 234, 241, 243, 259, 260, 262, 269, 272, 285, 286, 291, 294, 297, 299
「토끼전」 211, 260, 273, 285, 287, 291, 299
「토성랑」 134

●●● ㅍ

페레스트로이카 259, 262, 264
「편지에 대해서」 60, 128, 188, 213
평양국립극장 134
평양제일고급중학교 139
「폭발(양공주)」 82, 83, 125, 127, 209, 212, 234, 243, 259, 260, 269
풍자 275, 277, 283, 298
프라우다 169
프라하 137

●●● ㅎ

한 야꼬브 220rm
한대용 133, 171
한민족문학 240
한진 30, 241
『한진 희곡집』 117
한태천 14, 15, 16, 17, 40, 134, 135, 136, 140, 164, 170, 179, 214, 221, 231
한홍식 239
『해돌이』 120
『해바라기』 110, 216
해학 275, 277, 283, 298
「햄릿」 233
행복의 고향 119
행복의 노래 216
허웅배 18, 31, 32, 36, 150, 152, 157, 159, 160, 161, 162, 163, 164, 165, 166, 167, 168, 169, 170, 172, 179, 185, 207, 214, 221, 224, 225, 227, 229, 244
허진 209
혜산극장 134
「홍길동」 241
황패강 278, 279
「횃불」 134, 135
흐루시초프 156, 168
「홍부와 놀부」 241
「홍부전」 240

저자소개

## 조규익

충남 태안 출생, 문학박사.
해군사관학교 · 경남대학교 교수 등 역임.
LG 연암재단 해외연구교수[미 UCLA], 숭실대학교 한국문예연구소 소장 및 인문대학장 역임. 현재 숭실대학교 국어국문학과 교수.
제2회 한국시조학술상, 제15회 도남국문학상, 제1회 성산학술상 등 수상.
숭실대 연구업적 Honor SFP(Soongsil Fellowship Professor) 및 Best SFP.

〈주요저서〉

『조선조 시문집 서 · 발의 연구』, 『고려속악가사 · 경기체가 · 선초악장』, 『가곡창사의 국문학적 본질』, 『우리의 옛 노래문학 만횡청류』, 『봉건시대 민중의 고발문학 거창가』, 『해방 전 만주지역의 우리 시인들과 시문학』, 『17세기 국문 사행록 죽천행록』, 『해방 전 재미한인 이민문학(1~6)』, 『연행노정, 그 고난과 깨달음의 길』(공), 『주해 을병연행록』(공), 『무오연행록』(공), 『홍길동 이야기와 <로터스 버드>』, 『국문 사행록의 미학』, 『조선조 악장의 문예미학』, 『제주도 해녀 <노 젓는 소리>의 본토 전승양상에 관한 조사 연구』(공), 『한국고전비평론자료집』(공역), 『연행록 연구총서(1~10)』(공편), 『고전시가의 변이와 지속』, 『아, 유럽!－그 빛과 그림자를 찾아』, 『꽁보리밥 만세』(수필집), 『풀어 읽는 우리 노래문학』, 『조선통신사 사행록 연구총서(1~13)』(공편), 『어느 인문학도의 세상읽기』(수필집), 『베트남의 민간노래』(공편역), 『고창오씨 문중의 인물들과 정신세계』(공저) 『고전시가와 불교』, 『아리랑 연구총서 1』(공편), 『한국 생태문학 연구총서 1』 (공편), 『카자흐스탄 고려시인 강태수의 삶과 문학』(공저), 『사진으로 보는 CIS 고려인의 이주 및 정착사』(공편), 『전통사회에서 근대사회로의 이행기 한국 춤의 전개양상』(공저), 『CIS 지역 고려인 사회 소인예술단과 전문예술단의 한글문학』 등의 저서와 다수의 논문 발표.

홈페이지 : http://kicho.pe.kr
블로그 : http://kicho.tistory.com
이메일 : kicho@ssu.ac.kr/kicho57@hanmail.net

## 김병학

전남 신안 출생(1965).
전남대학교 졸업(1992) 후 카자흐스탄으로 건너 감.
카자흐스탄 우스또베 광주한글학교 교사, 알마아타고려천산한글학교장, 알마티대학교 한국어 강사, 고려일보 기자, 카자흐스탄 한국문화센터 소장 등 역임.
현재 재소고려인의 문화예술과 관련된 자료를 발굴·번역·소개하는 일에 종사하고 있음.

〈주요저서〉

『천산에 올라』(시집), 『재소 고려인의 노래를 찾아서 Ⅰ·Ⅱ』, 『카자흐스탄의 고려인들 사이에서』(에세이집), 『모쁘르 마을에 대한 추억』(고려인 시인 이 스따니슬라브 시집 번역), 『황금천막에서』(카자흐스탄 국민시인 아바이 시선집 번역), 『초원의 페이지를 넘기며』(카자흐스탄 현대 9인 시선집 편집 및 번역), 『한진전집』(고려인 극작가 한진의 전 작품 정리 및 편집), 『경천아일록』(김경천 장군의 참전일기 편집 및 번역), 『광야에서 부르는 노래』(시집), 『사진으로 보는 CIS 고려인의 이주 및 정착사』(공편 사진자료집) 등의 저작이 있음.

숭실대학교 한국문예연구소 학술총서 42

# 카자흐스탄 고려인 극작가 한진의 삶과 문학

**초판 발행** 2013년 7월 26일
**지은이** 조규익, 김병학
**펴낸이** 최종숙 | **책임편집** 임애정 | **편집** 이태곤 권분옥 이소희 박선주
**디자인** 안혜진 이홍주 | **마케팅** 박태훈 안현진 | **관리** 이덕성
**펴낸곳** 글누림출판사 | **등록** 2005년 10월 5일 제303-2005-000038호
**주소** 서울시 서초구 반포4동 577-25 문창빌딩 2층

**전화** 02-3409-2055(편집부), 2058(영업부) | **팩시밀리** 02-3409-2059
**홈페이지** http://www.geulnurim.co.kr | **이메일** nurim3888@hanmail.net

ISBN 978-89-6327-231-3 93810
**정가** 24,000원

* 잘못된 책은 교환해 드립니다.

* 이 도서의 국립중앙도서관 출판시도서목록(CIP)은 서지정보유통지원시스템 홈페이지(http://seoji.nl.go.kr)와 국가자료공동목록시스템(http://www.nl.go.kr/kolisnet)에서 이용하실 수 있습니다.(CIP제어번호: CIP2013011816)